本书由广东省高水平大学建设经费资助出版
并受「中央高校基本科研业务费专项资金」（暨南启明星计划）资助

花宏艳 著

申報刊载旧体诗研究

（1872—1949）

凤凰出版社

图书在版编目（CIP）数据

《申报》刊载旧体诗研究 : 1872-1949 / 花宏艳著.
-- 南京 : 凤凰出版社, 2018.9
ISBN 978-7-5506-2807-6

Ⅰ. ①申… Ⅱ. ①花… Ⅲ. ①古体诗－诗歌研究－中国－近代 Ⅳ. ①I207.22

中国版本图书馆CIP数据核字(2018)第171538号

书　　名	《申报》刊载旧体诗研究（1872-1949）
著　　者	花宏艳
责任编辑	王清溪
装帧设计	徐　慧
出版发行	凤凰出版社(原江苏古籍出版社) 发行部电话025-83223462
出版社地址	南京市中央路165号,邮编:210009
出版社网址	http://www.fhcbs.com
照　　排	南京凯建图文制作有限公司
印　　刷	苏州市越洋印刷有限公司 苏州市吴中区南官渡路20号　邮编:215104
开　　本	880×1230毫米　1/32
印　　张	12
字　　数	247千字
版　　次	2018年9月第1版　2018年9月第1次印刷
标准书号	ISBN 978-7-5506-2807-6
定　　价	72.00元

(本书凡印装错误可向承印厂调换,电话:0512-68180638)

目录

绪　论

一个特别有用的文学研究工作，就是考证从公元1500年到现在，那些古代经典作家的地位的变迁，尤其看他们是如何逐渐地被遗忘的。……它的衰微正可用来作为我们考虑所有经典跌落的原因：文学经典是经过什么样的阶段，才被驱逐出去或渐渐耗尽其生命力的？一向被视为经典的作品，如果它一旦失去了整个文化制度的支持，它又会怎样？……经典的建立和淘汰与整个文化发展的动向息息相关。如果要了解一个（或一群）作者与经典变化的关系，那么我们就非得考虑所有的文化、社会、政治的因素不可。经典的变迁其实就是文化传统的演变，它绝对不是偶然的。

——孙康宜《明清文人的经典论和女性观》

大清同治壬申三月二十三日

申報

英四月三十日

第一號

本館告白

今天下可傳之事甚多矣而湮沒不彰者比比皆是其故何歟蓋無好事者爲之紀載遂使奇聞逸事閴然無稱殊可嘆惜也溯自古今以來史記百家載籍極博山經地志紀錄綦詳然所載皆前代之遺聞已往之故事且篇幅浩繁文辭高古非搢紳先生不能有也非文人學士不能觀也至於稗官小說代有傳書若張華志博物干寶記搜神齊諧爲志怪之書虞初爲文章之選凡茲諸類均可流觀維其事或荒誕無稽其文皆典贍有則是僅能助儒者之清談未必爲雅俗所共賞求其紀述當今時事文則質而不俚事則簡而能詳上而學士大夫下及農工商賈皆能通曉者則莫如新聞紙之善矣新聞紙之製創自西人傳於中土向見香港唐字新聞體例甚善今仿其意設申報於上洋凡　國家之政治風俗之變遷中外交涉之要務商賈貿易之利弊與夫一切可驚可愕可喜之事足以新人聽聞者靡不畢載務求其真實無妄使觀者明白易曉不爲浮誇之辭不述荒唐之語庶幾留心時務者於此可以得其概而出謀生理者於此亦不至受其欺此新聞之作固大有益於天下也且夫天下至廣也其事至繁也而其人又散處不能相見也夫誰能居寰而周知哉自新聞紙出而凡可傳之事無不遍播於天下矣自新聞紙出而世之覽者亦皆不出戶庭而知天下矣豈不善哉惟是事屬創舉體例若初患或恐囿於方隅限於知識遺漏洵多尚希　四方君子進而教之匡其不逮實有厚望焉申報主人謹白

本館條例

啟者新聞紙之設原欲以闢新奇廣聞視俾流佈四方者也使不事遐搜博採以擴我見聞徒何資兼聽並觀以傳其新異是不可徒拘拘于一鄉一邑也茲本館特將條例開列于左如　貴客願賜教或樂識者祈惠顧一切爲幸

一本新報議價于上海各店零賣每張取錢八文各遠處發賣每張取錢十文本館躉賣每張取錢六文

一如有騷人韻士有願以短什長篇惠教者如天下各名區竹枝詞及長歌紀事之類概不取值

一如有名言讜論實有係乎國計民生地利水源之類者上關　皇朝經濟之需下知小民稼穡之苦附登斯報概不取酬

《申报》创刊号(1872 年 4 月 30 日)

一、研究缘起

(一) 经典的衰微

前引美国学者孙康宜就文学经典研究所作的论证，同样的文学文化史的意义也适用于中国传统文学经典——诗歌的研究。诗歌长期以来是中国文学史上的正统，然而，五四之后，随着新文化运动的开展，白话文学和国语运动的合流，旧体诗逐渐从主流地位走向边缘地带。

所谓“旧体诗”的称谓，本身已经蕴含了新旧文学分野的现代文学史观。微知在1933年发表的《从〈春秋〉与〈自由谈〉说起》一文中谈到：“中国文坛，本无新旧之分，但到了五四运动那年，陈独秀在《新青年》上一声号炮，别树一帜，提倡文学革命，胡适之、钱玄同、刘半农等，在后摇旗呐喊。这时中国青年外感外侮的压迫，内受政治的刺激，失望与烦闷，为了要求光明的出路，各种新思潮，遂受青年热烈的拥护，使文学革命建了伟大的成功。从此之后，中国文坛新旧的界限，判若鸿沟。”①

中国古典文学以“雅”、“俗”区分正统与非正统的地位，而没有新旧之分，传统文人尤其强调这一点：“自新文化运动以来，顺应世界潮流之声浪，喧盈耳鼓，因有旧文学皆死文学等谬论，岂知文学之可贵，端在其永久性，本无新旧之可分。”②但新文化运动者却始终强调新旧文学的差异，借以宣布旧文学的不合法性和新文学的建设性：“真正的文学家，必明文学进化的理。严格讲起来，文学并无中外的国界，只有新旧的时

---

① 微知：《从〈春秋〉与〈自由谈〉说起》，《社会新闻》，1933年第2卷第13期。
② 缪凤林：《文德篇》，《学衡》，1922年3月第3期。

代,新的时代总比旧的时代进化许多。”①

“自来成功者之纪载必流于文饰,而失败者之纪载又每至于湮没无传。”②在二十世纪文学研究中,存在着一种普遍性的缺失,即对前五四文学的简单化。长期以来,人们把五四作为文学史的制高点,那些非五四主流的作家、文体与文学现象被自然屏蔽掉。受此文学史观影响,近现代旧体诗的研究也成为了一个长期被忽视的领域。事实上,一种文学体裁的消长变迁远远比社会变革来得复杂与绵延,在此过程中,我们不仅看到的是一种文学经典的时代际遇,更能够看清楚传统中国向现代中国转型的过程中,政治格局、文化制度、传播媒介、文学观念对一种文学体裁走势的影响。

(二) 传播的变迁

传播方式的变迁是近现代文学区别于古典文学的重要特征。近代报刊自其诞生之日起即与文学、文学主体发生着密不可分的联系。传统文学借助近代报刊这一新兴媒介,突破人际传播的局限,在最广阔的范围内实现其传播价值。可以毫不夸张地说,传播方式的近代化是传统文学近代化的重要媒介基础和前提条件。正如栾梅健所言:“如果没有近代传播媒介的变革,就根本不可能有20世纪中国文学的兴盛,也就无从形成20世纪中国文学如此庞大的体系与格局。”③

大众传媒对文学生产与传播的重要意义在现代文学史的进程中尤

① 朱希祖:《非“折中派的文学”》,赵家璧主编,郑振铎编选:《中国新文学大系》(文学论争集),上海:上海文艺出版社2003年版,第88—89页。

② 徐一士:《一士类稿·瞿序》,《一士类稿》,太原:山西古籍出版社1996年版第7页。

③ 栾梅健:《前工业文明与中国文学》,上海:复旦大学出版社2008年版,第57页。

为凸显，事实上，报纸期刊是现代知识分子的生活方式，也是现代文学发生、发展的土壤。正因为现代文学刊物的不断涌现，才有众多不同流派的文学社团和纷繁的文学活动的此起彼伏，并由此而形成现代意义上的文学界。然而，从传播媒介改变文学生产方式的意义上来说，现代文学必须从近代文学那里追根溯源。

以《申报》为例，旧体诗在近现代报刊上经历了一个从勃兴到繁盛直至边缘化的过程，把这个带有共性的旧体诗流变过程放置在传播视野下观察将使之得到更加清晰的呈现。

旧体诗是最早与传播媒介发生联系的文学体裁，其原因正在于早期新闻业不发达，而由传统文人转化而来的第一批新闻从业人员又最擅长旧体诗词，因此，诗词往往成为早期报刊版面中重要的“补白”内容。在近代文学的各种体裁中，诗歌能够最快、最自由地对时局进行回应，同时，诗歌也是传统文人最为驾轻就熟的一种文学体裁。在晚清近代，许多报刊从最初创刊之时起就已经纷纷设立专栏，刊登旧体诗，近代大众传媒兴起背景下的旧体诗词的创作一时蔚为大观。

19 世纪末 20 世纪初，尤其是 1917 年之前，旧体诗在近代报刊中几乎是无刊不登的内容。1910—1915 年间，近代报刊上的旧体诗蔚然成风，海上文人依靠各类报刊传媒，唱酬往来，建立了广泛的文人交际网络。1917 年五四新文化运动之后，白话文和白话诗兴起，旧体诗的创作局面日益逼仄。在五四学人对旧体诗的猛烈抨击下，旧体诗本身不断显露出各种弊病使一些报刊媒体逐渐改变编辑策略，传播环境变化，大量的旧体诗在文白论战的过程中不断被排挤出主流媒体，旧体诗发表空间日益缩小乃至丧失，旧体诗遂成为现代文学压迫下丧失话语权的边缘文体。

总之,传播视野中的旧体诗研究,从纵向来看,可考鉴不同时期《申报》旧体诗的流变形态及其社会文化因素;从横向来看,可体现新旧文学论争与并存的文学场域下诗歌这一经典文学体裁走向边缘的必然性。

然而,在近代文学研究中,小说与戏曲是学界的主要研究对象,而近代诗文在报刊杂志上的传播却鲜有人关注。事实上,在近代文学诸文体中,首先发生变革,并比较清晰地透露出近代化色彩的是诗歌和散文,其次才是小说和戏剧。这种情况的出现,从文学发展的一般规律和近代报刊事业发展的角度来看,可以说是一个必然出现和必然经历的过程。

(三) 研究的支点

近代传播方式的变迁不仅仅带来传统文学生产、传播、流通等方式的更替,甚至可视为近代学术文化风气变迁中的一个关节点。正如王尔敏所说:"中国人启步走上报学领域,乃近代学术文化一个十分可贵的转折,为期即在同治十一年至十三年(1871—1872)。"①

在晚清中国,传统的旧体诗是在何种契机之下与新兴媒体遇合的?从人际传播到大众传播,面对传播方式的改变,旧体诗及其作家群体在有限的范围内对新际遇做出了怎样的调试与创新?二十世纪二十年代之后,新文学家渐次亮相,不断占领旧文学传播的阵地,旧文学处在现代文学场域之下,是怎样一步步丧失掉主流传播阵地的?二十世纪三

---

① 王尔敏:《中国近代文运之升降》,北京:中华书局2011年版,第211页。

十年代之后，在新旧文学分野的视野下，旧体诗人与新文学作家是怎样在各自的传播阵地中对立与共存的？……在本书中，所有这些问题的答案都将落实在对《申报》刊载旧体诗的研究中。

《申报》又名《申江新报》，创刊于清同治十一年三月二十三日即1872年4月30日，终刊于1949年5月27日，历时77年，共出版25600期，是近代中国发行最久，发行体系最完备，社会影响最深远的报纸。就宏观地位而言，《申报》“屹然为中国报坛耆宿，一报之迁革，殆即中国近世报业进展之雏形也”①。而对当时的普通民众来说，《申报》即是新闻纸的代称：“乡间闭塞之区，至今犹惟知有申报，而不知申报外尚有他报也。乡人见有携新闻纸者，辄曰‘申报纸’。而此三字，乃为中国新闻纸之代名词矣。”②在近代中国，无论是从《申报》在民众中的深刻影响力还是从《申报》文献资料的丰富性与完整性等方面来考虑，《申报》都是一个具有充分代表性的文学文化研究个案。

从1872年创刊至1949年终刊，《申报》旧体诗的历史伴随着整个《申报》与近代新闻传播事业的发展过程。旧体诗成为《申报》中刊登时间最长、数量最多的文学体裁，据笔者初步统计，《申报》上刊登的旧体诗数量接近2万首。1872年4月30日，《申报》创刊号上即刊登有广征诗词作品的《本馆条例》：“如有骚人韵士有愿以短什长篇惠教者，如天下各区竹枝词及长歌纪事之类，概不取值。”隔天，在《申报》第2号第四版上，即刊登了南湖蘅梦庵主的《观西人斗驰马歌》。漫长的77年历史中，《申报》旧体诗亦经历了一个复杂的流变过程，而不同时期，旧体诗

① 胡道静：《报坛逸话》，上海：世界书局1940年版，第82页。
② 梵彤：《申报纸》，《申报》，1927年9月8日。

刊登数量、版面的变化不仅仅体现出主编的意向与经营者的策略,更与晚清新闻传播事业的发展、近代文运的变迁、政治文化思潮的转变等历史变局有着密切的关系。

在《申报》长达半个多世纪的历史中,旧体诗作品的消长变迁成为一个不容忽视的存在。而更为重要的是,其背后所关联的文学观念与文化制度的嬗变,近代社会思潮的更迭,市民社会景观与文人心态的转变,新旧文学传播阵地的消长,等等,都关乎中国文学从传统向现代转换的意义。

因此,本书将以《申报》刊载旧体诗为对象,一方面研究大众传播环境下旧体诗的生存状态,考察旧体诗及其创作者所经历的文本、作家与受众的新变和分化,以及创作心态、文学观念、艺术风格的现代化体验。另一方面则研究相同的传播背景下,新旧诗学如何竞争与共存,最终借由近现代旧体诗在大众传播环境下的独特际遇与尴尬处境,凸显传统中国的旧体诗在多种合力的作用下出现的消长态势及其背后所关联的各种因缘。

二、研究现状与学术史回顾

《〈申报〉刊载旧体诗研究(1872—1949)》试图以传播学的视野探讨旧体诗的近现代际遇,因此,相关的研究内容可以分为两个部分:一为近现代旧体诗研究,二为近现代报刊的文学文化研究。

(一) 近现代旧体诗研究

二十世纪旧体诗研究横跨了古代文学和现代文学两个二级学科,但是相对于现代文学领域内围绕旧体诗的“现代性”问题和“入史”问题展开的激烈论争，古代文学领域内对二十世纪旧体诗问题的关注则显得相对平淡。

九十年代以前，由于意识形态等方面的原因，旧体诗在现当代文学史中始终处于一种缺席的状态。1990 年之前的研究论文，其中总论性质的论文只有 8 篇，而个案分析的有 29 篇，二十世纪中国文学在这样寂寥的旧体诗研究状况中，能够敏锐地提出旧体诗的文学史价值与意义问题，已是难能可贵了。

1980 年第 2 期的《社会科学战线》发表了姚雪垠的《中国现代文学史的另一种编写方法》一文，其中，他谈到了打破目前文学史只论述“五四”新文学运动以来的白话体文学作品的常规写法，提出“要包括‘五四’新文学运动以来的旧体诗、词”的“大文学史”观。

姚氏认为，涵盖在“大文学史”的概念之下，除了五四主流白话文学之外，学术界还可以兼顾到许多长期被忽略和遗忘的旧文学作品和作家群体，姚雪垠在 80 年代提出的“大文学史”观有效地开拓了现代文学研究的学术深度和思想视域。

二十世纪九十年代之后，越来越多理性关注的目光投向了旧体诗的研究，笔者以“旧体诗”为篇名，在中国知网上进行搜索，除去旧体诗创作之外，共搜索到相关研究论文 355 篇。钱仲联先生在《1919—1949 旧体诗文集叙录》(南京：江苏教育出版社 1998 年版)序言中强调现代旧体诗应该占有文学史的一席之地：“文言文与白话文学在文学史上的地位的轻重，五四前后正好相反，而新旧文学‘差别是那样深刻，简直令人难信它们产生于同一民族’，但我们一直因为各种原因没有对旧文学向新文学的转变作深刻的反思。五四之后的文学创作研究似乎全部是新文学的天下,似乎五四划了一道鸿沟,昔日盛行的文言文学作品就不再产生了。历史的真相是,五四以后产生的旧文学作品恰如五四以前的白话文学作品,也应该占有文学史上一席之地。”①

王晋光、涂小马等将《1919—1949旧体诗文集叙录》一书分为诗集、词曲集、文集、诗文词曲合集四个部分,收录30年间出版的旧体文学别集和总集共322种,并在每一作品集的介绍中都涵盖了作家生平、创作背景和相关评价,为现代旧体诗的研究提供了扎实的文献支持。

1998年,朱文华的《风骚余韵论——中国现代文学背景下的旧体诗》(上海:复旦大学出版社1998年版)把现代旧体诗现象置于五四以来的中国现代文学背景下作审视和考察,除了勾勒揭示出五四以来的旧体诗创作在各个不同阶段的风貌特征,还从整体上分析评述了五四以来旧体诗创作的各种倾向性问题。该书有专章讨论到近代旧体诗在大众传媒中的生存状态,可惜本书的重点不在于此,因此尚留存了诸多进一步发掘的空间。

胡迎建的《民国旧体诗史稿》(南昌:江西人民出版社2005年版)以旧体诗的发展立场为经,论述了旧体诗发展的四个重要阶段,同时以众多流派的诗人群体为纬,论述包括南社诗人在内的代表性诗人,但该书并没有涉及近代旧体诗与大众传媒的互动关系。

此外,孙志军的博士论文《现代旧体诗的文化认同与写作空间》(华中师范大学2004年)和时国炎的博士论文《现代意识与二十世纪上半期新文学家旧体诗》(南京师范大学2008年)都站在现代文学立场上,考察

---

① 王晋光、涂小马等:《1919—1949旧体诗文集叙录》,南京:江苏教育出版社1998年版,第2—3页。

新文学家旧体诗的现代性价值，并兼及新诗和旧诗的对立与调和关系。此外，二者都注意到新旧文学争夺《小说月报》、《小说海》、《小说大观》、《学衡》、《青鹤》、《大公报·文学副刊》等传播阵地的文学史现象。可惜这两篇博士学位论文关于旧体诗与传播媒介的部分，内容相对来说都比较零散，不成体系。值得一提的是，孙志军的《现代旧体诗的文化认同与写作空间》一文中，附录了《1919—1949年间刊印的旧体诗集》，可与《1919—1949旧体诗文集叙录》互相参照。此外，潘建伟的博士学位论文《对立与互通——新旧诗坛关系之研究(1912—1937)》(浙江大学2012年)认为民国二十五年(1936)之前，旧诗仍是诗坛主流，并从新旧诗学的直接论争和互相印证来阐释新旧诗学之间对立与互通的特殊关系，实际上提供的即是1912年以后新旧文学并存的文学场域景观。

其他与旧体诗研究相关的单篇论文则各有侧重，如马大勇的《20世纪旧体诗词研究的回望与前瞻》(《文学评论》2011年第6期)带着鲜明的学术史眼光，围绕“现代性”、“入史”等核心问题，梳理了20世纪80年代以来关于旧体诗词的重要研究成果，并就旧体诗研究现状提出了文献整理、个案研究等几个关键而亟待解决的问题。此外，探讨现代文学旧体诗入史问题的主要成果有袁进的《中国现代文学中的旧体文学亟待研究》(《河南大学学报》2002年第1期)，马大勇的《论现代旧体诗词不可不入史》(《文艺争鸣》2008年第1期)；辨析旧体诗现代性属性的，如李仲凡的《现代旧体诗词的非现代性》(《求索》2008年第12期)，陈友康的《二十世纪中国旧体诗词的合法性和现代性》(《中国社会科学》2005年第6期)，等等。

(二) 近现代报刊与旧体诗研究

近年来,一些学者就报刊与近代文学的互动关系做了有益的探索,其中小说和戏曲两种文体的报刊传播研究是受到关注最多,也是开展得最为充分的领域,而旧体诗与近现代报刊的传播研究相对来说进展比较缓慢和零散。

就《申报》而言,国内外对此的关注热点多集中于《申报》广告的传播史、社会史研究,而少有人将400册《申报》影印本中的旧体诗搜集、整理出来进行跨学科的文学文化研究。目前为止,对《申报》刊载旧体诗的整体性研究尚付阙如,但在部分研究近现代报刊与旧体诗关系的成果中,对于《申报》刊载的旧体诗开始有不同程度的关注。

近代报刊文学研究的首要基础是对于文献资料的充分掌握。目前,《申报》旧体诗研究并无专门论文和著述,然而,有少量成果却不同程度地对这个课题有所涉及,例如北京大学2002年方迎九的博士学位论文《文学性与新闻性的消长——早期〈申报〉文人研究》,即以1872—1905年间的《申报》文人为研究对象,试图了解文人写作和编辑所处的地域、政治、经济、文化生态。值得一提的是,该论文通过大量细致的史料爬梳考证了蒋芷湘、钱昕伯、何桂笙、黄式权、蔡尔康等早期《申报》文人群体的生平,以及围绕在这个群体周边的,以《申报》为唱和平台的袁祖志、葛其龙、邹弢、王韬、李芋仙等一批洋场才子的生平、名号,并论证了早期《申报》文人的互相唱酬,为早期《申报》旧体诗的创作提供了扎实的文献学基础。可惜,作者对于《申报》文人的研究仅仅局限于1872—1905年间,而无法展现《申报》旧体诗消长的全貌。

苏州大学2010年孙琴的博士学位论文《我国最早之文学期刊——

〈瀛寰琐纪〉研究》亦考证了葛其龙等核心作者的交游述略，由于《瀛寰琐纪》与早期《申报》作者群体有高度的重合性，因此，该论文谈及《瀛寰琐纪》作者群体的唱和交游活动对于《申报》旧体诗研究可提供重要的补充。由于《瀛寰琐纪》的存在时间不长，因此，该论文同样只涉及到早期《申报》的旧体诗创作和作家群体研究。

在单篇论文方面，为早期《申报》旧体文人群体研究提供论证的有邬国义的系列论文《第一部翻译小说〈昕夕闲谈〉译事考论》(《中华文史论丛》2008 年第 4 期)和《〈申报〉第一任主笔蒋其章卒年及其他》(《华东师范大学学报》2011 年第 1 期)。作者利用当时的报刊杂志，以及有关清人诗文集、日记、县志、未刊稿等丰富的文献史料，具体而翔实地考述了《申报》第一任主笔蒋其章的生卒年、其在主持《申报》期间翻译《昕夕闲谈》的贡献以及晚期在山东济南幕府任职期间的诗友唱和。此外，邵志择的《〈申报〉第一任主笔蒋芷湘考略》(《新闻与传播研究》2008 年第 5 期)亦对蒋氏《申报》时期的文学活动轨迹进行了补充考证。以上研究对于《申报》文人群体的研究的拓展有着重要的文献价值与意义，例如邬国义经过细致的史料梳理，廓清了对《申报》第一任主笔蒋其章的研究误区。比如学界惯常认为蒋芷湘是在 1884 年考中进士后离开申报馆的，而邬国义通过史料钩沉论证了蒋芷湘为光绪三年(1877)丁丑科进士，他于光绪四年(1878)春离开沪上，赴敦煌县令之任。正是因为廓清了这一基本史实才能够合理解释蒋芷湘在担任《申报》主笔期间所做的开拓性工作和后人对他的评价等问题。

整体性的研究，如张天星的《报刊与晚清文学现代化的发生》(南京:凤凰出版社 2011 年版)在大量可靠的近现代报刊文献的基础上深入探讨了大众传播背景下,晚清文学在文学制度、文学创作与文学批评三个方面的发展与新变,为近代文学与大众传播的研究开拓了新的研究视野。其中有专章论述早期《申报》旧体诗,但可惜作者只关注了1872年至1890年间《申报》刊载的旧体诗,因此,无法建构出《申报》77年旧体诗消长变迁之全貌。

王灿发的《现代报纸副刊专刊透视——30年代〈申报〉副刊研究》(内蒙古:远方出版社2005版),主要从新闻传播学的视角研究20世纪30年代《申报·自由谈》的改版,以及《春秋》副刊的编辑思想和版面内容,对旧体诗内容没有涉及。谢庆立的《中国早期报纸副刊编辑形态的演变》(北京:学苑出版社2008年版)论述了早期《申报》刊登的文艺作品的版面、编辑方式和文化形态等问题,但并没有涉及1911年《自由谈》创刊后的旧体诗创作盛况。

著名历史学家王尔敏虽非专治中国文学史,但他以史家眼光写就的《中国近代文运之升降》(北京:中华书局2011年版)一书中,将近代知识普及运动与通俗文学的兴起作关联研究,以口岸流风的兴盛、市民社会的繁荣观照近代文学之变迁,对近代文学变迁与传播媒体的互动研究颇有新见。

与《申报》文学文化研究有关的单篇论文主要有袁省达的《申报〈自由谈〉源流》(《新文学史料》1978年第1期)和鲁湘元的《〈申报〉与中国近现代报刊文学》(《中国现代文学研究丛刊》2001年第2期)。前者以详尽的史料条分缕析地梳理了《申报·自由谈》38年历史中出现的11位主编,后者则从《申报》的商品机制、稿酬契约和传播影响等方面探讨了晚清报刊文学的新变与局限。

除了《申报》外，大众传媒与近代文学互动关系的研究热点还集中在《东方杂志》、《小说月报》以及上海小报等代表性期刊中，其中具有代表性的成果主要有董敏丽的《想像的现代性》(桂林：广西师范大学 2006 年版)、谢晓霞的《〈小说月报〉1910—1920：商业、文化与未完成的现代性》(上海：上海三联书店 2006 年版)和柳珊的《在历史缝隙间挣扎——1910—1920 年间的〈小说月报〉研究》(南昌：百花洲文艺出版社 2004 年版)。洪煜的《近代上海小报与市民文化研究》(上海：上海书店出版社 2007 年版)，该书从社会史的角度详细论证了 1897 到 1937 年间，上海小报的历史由来、生存环境以及文人群体特征等。

杨萌芽的《古典诗歌的最后守望——清末民初宋诗派文人群体研究》(武汉：武汉出版社 2001 年版)着力探讨 1895—1921 年之间的宋诗派作家群体的聚合、文学活动、关系网络、身份认同等主题，其中有一章涉及到古典诗歌的现代传播，即以《庸言》杂志与《东方杂志》为个案，考察近代宋诗派文人群体在现代期刊中的生存状况。此外，尹奇岭的《民国南京旧体诗人雅集与结社研究》(北京：中国社会科学出版社 2011 年版)中注意到 1917 年前后旧体诗词在《太平洋》、《国民》等报纸期刊中遭遇的逐渐式微的趋势，但上述著作只在各自的侧重点上兼及旧体诗与传播媒介的互动研究，传播视野下的旧体诗研究仍有较大的拓展空间。

值得一提的是，近年来一些与晚清报刊文学相关的单篇论文，无论在研究对象还是研究方法上都颇有创新。例如侯运华的《早期〈小说月报〉与旧文学改良的终结——一个基于数据统计和文本比较的分析》(《中国现代文学研究丛刊》2010 年第 2 期)，运用统计数据和文本比较的方法,探讨《小说月报》改革的必然性。薛勤的《20 世纪初东北旧体文学研究——以〈盛京时报〉旧体诗为中心的考察》(《求是学刊》2011 年 11 月)一文,从署名方式、创作方法和文本结构等方面探索旧体诗的新变,呈现传统文学观念与现代文学观念在文学场中表现出的各种复杂交错的关系。

这部分研究成果都关注到了前五四时期传统文学与传播媒介的互动关系,虽然没有涉及《申报》旧体诗研究,但却为研究新旧文学竞争与共存下的20 世纪初期文学场域的复杂形态提供学理性的支持。由于文献辑录等原因,虽然这些研究个案在短期之内还显得比较零散,难成体系,但这些都无碍于它们成为近代文学与报刊传播研究领域新的学术亮点。

总之,就目前的研究成果与现状来说,二十世纪旧体诗的研究主要集中在现代文学领域,而近代传媒中的文学研究又多关注小说、戏曲的报刊传播研究,关于近现代传媒中的旧体诗问题则缺少深入细致的研究。究其原因,一方面是由于近现代旧体诗在近现代文学中处于边缘地位,历来不受重视;另一方面则是因为近现代报刊资料内容太过浩瀚,文献资料的搜集存在相当的难度。因此,本书以 77 年《申报》史料为基础,一方面在文献辑录上可以做填补空白之尝试,另一方面可为近代化视野下旧体诗的消长变迁提供典型个案分析,而这些工作,对于二十世纪旧体诗的现代处境等问题都将提供新的研究视点与扎实的学术论证。

三、写作架构与研究方法

(一) 写作架构

本书研究1872至1949年间《申报》刊载的旧体诗,拟在这个横跨晚清、民国的77年历史中,完整而清晰地勾勒出《申报》刊载旧体诗的历史流变。同时本书亦不局限于文本本身,而希望将期刊内部的生存状态与外部文化环境的变迁作连接思考,并以《申报》旧体诗为交接点,力求在近现代文化转型的大背景中言说古典文学现代转换的过程。

第一部分为绪论,主要说明本书的研究缘起、研究现状与文献探讨,写作架构与研究方法,在研究史的回顾中阐述选题的必要性与创新性。

第一章为市民社会兴起与口岸文风变迁。分为三个小节:一为近代上海崛起与报刊业的繁荣。论述近代上海在开埠之后,随着租界的建设逐渐成为最早最充分接受欧风美雨浸润的现代都市,西风东渐,技术的革新和经济的飞速发展使得上海成为当时国内的出版印刷中心,《申报》正是诞生于此一背景下的近代上海。二为口岸流风与市民消费空间的肇兴,论述市民阶层作为一个具有消费能力和休闲时间的社会群体为上海娱乐业的兴盛提供了强大的动力;同时,开埠之后的上海在趋利之风的熏染下,世风日渐浇漓,文风亦随之趋向于浅俗,再加上报刊等传播媒介的推波助澜,古典诗文的正统地位受到动摇。三为早期报人社会生活与文化心态之变迁。论述了科举制度的废止与士人群体的边缘化,一大批由仕途而入报馆的传统文人纷纷离开乡土,向沪上汇集,完成早期报人身份与地位的嬗变。同时,阐释近代传播技术的创新和趋利之风的推动下，普通士人由“寿世”到“售世”的文学传播观念之嬗变。

第二章为早期《申报》旧体诗研究。主要分为两个部分，第一部分讨论为什么最初在《申报》上蔚然成风的旧体诗是竹枝词。其关键的原因主要有雅俗文学风气的消长、《申报》创刊时期发行经营情况的制约，以及《申报》旧体诗新闻性与文学性之消长。第二部分探讨传统文人心态之变迁。研究《申报》从创刊时期到1911年《申报·自由谈》创立五十年间，传统文人从对近代报纸期刊的抗拒与蔑视到“斗方名士，咸以名缀报尾为荣”的心态变迁史。

第三章为前期《自由谈》旧体诗研究。《申报》这一段时间刊载的旧体诗成就最大、数量最多，但却往往为学界所忽略。首先，分析《自由谈》的定位与编辑群体的承继。1911年王钝根首创《自由谈》栏目，虽然他只主持了4年《自由谈》，但在主笔期间，他对《自由谈》栏目方向的定位，他本身的文学旨趣与追求，他对读者群体的培养等都对此后《自由谈》的编辑方针、文学立场和主编群体的承继产生了深远而持久的影响。其次，旧体诗诗人群体的聚合。王钝根主编期间，曾经在《自由谈》上连续三年刊登了131位作者的铜版小像，本书将对这个作家群体作统计学分析，并根据其地域特征，分析近代上海与江南文化的特殊关系。第三，在传统文人担任《自由谈》主流作家群期间，发生了一些与旧体诗相关的传播现象和事件。包括了青追悼会、《玉田恨史》和酒丐、栩园酬唱等等，本书将以传播学和文学文化学的方法揭示这些现象和事件的传播学意义及其诗学价值。

第四章为《自由谈》改革与旧体诗传播阵地的消退。这一阶段是

《申报》旧体诗的重要转折阶段,共分为三个部分进行论述。第一部分重点探讨1921年前后新旧文学的传播环境。1921年,是新文化运动已然兴起,但传统文学、传统思想由于惯性的原因依然在缓慢前行的阶段,是"风起于青蘋之末"的变革前兆。然而,这一年的标志性文化事件是商务印书馆的老牌期刊《东方杂志》和《小说月报》纷纷于这一年进行"弃旧从新"的改革,旧体诗词从此失去了这两家主流媒体阵地。通过对大量报刊材料的辑录,笔者初步论证了在此文化环境的变迁中,《申报·自由谈》本身也在累积着旧体诗变革的因素。第二部分为1932年黎烈文改革《自由谈》后直到1949年《申报》停刊。这一阶段重点探讨《申报·自由谈》改版与《春秋》创刊。1932年黎烈文主编《自由谈》,以决绝的态度与旧文学断裂,锐意将《自由谈》改版为传播新文学的阵地,与此同时,在政治上持中立态度的《申报》并没有完全抛弃旧式文人读者群,而是重新开辟了《春秋》副刊,由周瘦鹃主编。第三部分为改革后,《申报》自由谈的旧体诗流变。《自由谈》一变为新文学阵地之后,《申报》上的旧体诗除了转向《春秋》之外,还有一部分流向了《本埠增刊》,而在淞沪会战前后,旧体诗甚至重新出现了一个短暂的辉煌时期。但旧体文学的媒介生存状态日益狭隘,越来越多的报纸期刊纷纷摈弃旧体诗,从近现代传播视野的角度考察,《申报》旧体诗正逐渐走向式微。

结语部分,是对于此次研究的总结和收束,共分为两个部分。一为基于文献数据的结论,探讨《自由谈》旧体诗流变及其与鸳鸯蝴蝶派的渊源关系,概而言之,《申报》旧体诗流变主要可以分为四个时期:1872年4月30日《申报》创刊至1890年3月21日宣布停刊旧体诗的初步繁盛期;1890 年 3 月 21 日至 1911 年 8 月 24 日《自由谈》创刊的短暂沉寂期;1911 年 8 月 24 日至 1932 年 12 月 1 日《自由谈》改版的全面兴盛期;1932 年 12 月 1 日至 1949 年 5 月 27 日《申报》终刊的传播消退期。而在《申报》旧体诗的各个发展时期,无论从海派文学的起源还是作者队伍的构成以及海上唱酬之风的流行等多个侧面都可见出鸳鸯蝴蝶派与《申报》的深厚渊源关系。

二为从传播视野来探讨新旧文学论战与旧体诗边缘地位之形成。1921 年前后,在新文学的持续攻击之下,旧体诗人群体是如何应对的?在白话运动与国语运动合流的大趋势下,旧体诗是怎样一步步退出主流传播平台的?通过一系列问题的探讨论证在 1921 年后的现代传播空间中,旧体诗逐渐走向边缘化的必然性和历史性。收束全书和总结不足,为古典文学向现代文学转变提供新的研究视野并对笔者今后关于传播视野下旧体诗的衰退提供新的期待视野。

(二) 研究方法

第一,对近现代报刊文献资料的整理。文献资料和文学理论是文学研究的两个基本坐标,而其中文献整理又是最基本的工作。正如徐晋如所说:“在(文献)工作尚未取得阶段性的进展之前,任何通论性质的、文学史性质的专著、论文都是靠不住的。”[①]就本书而言,文献资料的整理关乎着文本的可靠性,20 世纪 80 年代,上海书店出版社出版了 400 册影印本《申报》,但目前为止,还未有人全面搜集过《申报》上的旧体诗。然而,25600 期的《申报》上共登载了多少旧体诗?不同时期的旧体

① 徐晋如:《20 世纪诗词研究的几个问题》,《中山大学学报》2007 年第 1 期。

诗刊登数量，态势与社会文化思潮有着何种关联性？这个复杂的文本在何种因素的制约下呈现出怎样的多样性？

这些问题的解决都有赖于对《申报》文献资料的完全掌握，也唯有凭借这些准确的数据才能够澄清现代文学研究中对旧体文学的一些盲点和误区。过往学界研究《申报·自由谈》往往只看重 1932 年 12 月黎烈文改革之后的新文学传播，而对于旧体诗等旧派文学的传播却乏人问津，以至于长期造成一种《自由谈》改革后便不再刊登旧体诗的错觉。实际上，1932 年《申报·自由谈》改版之后，旧体诗的创作不是消亡了，而是转移阵地了。其中有一些被刊载于周瘦鹃主编的《春秋》，1932 年前后，还有大量的旧体诗被刊载于《申报·本埠增刊》这个临时性的栏目中，笔者在其间曾发现大量钱仲联的旧体诗，而这些发表于《申报》副刊的旧体诗几乎为所有钱仲联诗文集失收。因此，在本书的研究过程中，文献资料的整理既具有重要的文献意义又具有重要的理论价值。

第二，《申报》旧体诗数量多、周期长，由于文本本身的开放性与多元性，因此本书还将采用传统的“诗史互证”的方法以及一些跨学科的研究方法。《申报》的旧体诗作者多是一些科场失意的旧式文人，他们的诗词作品大量是唱和应酬之作，往往被认为缺少文学史价值与意义。然而，假若抛开单纯的文学作品价值论，从史料意义上说，那些在文学史上评价很低的唱和应酬之作，因为保留了非常细致真实的原生态的历史场景，而具有了特殊的史料考证价值。

此外，大众传播学与文学理论的结合也是本书的重要研究方法。传播学在此既是一种全新的研究视角也是一种有效的研究方法。包括文学传播媒介的变化与文学发生论、文学传播意识的建立与普及、文学观念的转变与专业作家群体的确立、文学作品与受众以及作家的关系、文学文化事件的传播与影响等等都是本书将要运用的重要的方法与理论。

第三,重要个案的深度研究。本书拟打破传统古代文学作家、作品、意义的三段论研究方法,在梳理《申报》旧体诗整体流变的过程中注重重要个案的深度研究。就《申报·自由谈》的编辑群体而言就涵盖多个侧面,如以个人论,可以研究蒋芷湘、葛其龙、王钝根、陈栩、周瘦鹃、姚鹓雏等传统文人个案;就群体而言,可以研究不同主编背后所对应的文人群体,如蒋芷湘与早期《申报》文人群体、王钝根与"星期六"派、陈栩、周瘦鹃与鸳鸯蝴蝶派、姚鹓雏与南社等等;就文学现象和事件而言,可以探讨不同主编时期的一系列传播事件,如王钝根与"了青追悼会"栏目的设立、陈栩与《玉田恨史》的现代传播方式等等。几乎每一个个案都能够形成一个大小不等的研究子课题,而这些子课题又能够从不同角度和多个侧面反复言说旧体诗这一经典文体在近现代传媒中遭遇的新变与困境。

第四,以问题意识为核心,以《申报》刊载旧体诗为主体,带动对近现代旧体诗与大众传媒互动关系的重点与难点的深入研究,注重宏观研究与微观研究相结合,文献资料的辑录与理论框架的提炼完善并重,既使近代旧体诗在报刊媒体中的生存状态与传播形态得以完整呈现,又依据《申报》不同发展时期研究刊登旧体诗的历史流变,进而探讨近代传媒背景下旧体诗消长与晚清民国社会思想、文化思潮、文学体制嬗变之互动关系。

第一章

市民社会兴起与口岸文风变迁

仆生于小邑之中，居于穷乡之内，生平足迹不出五十里之外，且耕且读，意亦自得。暇时阅《申报》，每见其述洋场之胜景，不禁神为之往，意为之移，然其所谓电灯如月，可以不夜；清水自来，可以不涸；德律风传语，可以代面，虽远隔而如见；电线递信，速于置邮，虽万里如一瞬，此等语，辄目之为海外奇谈，疑信者半。

——初开眼界人《洋场述见篇》

《华人戏园》(选自《申江胜景图》)

《申报》创刊于1872年4月30日，终刊于1949年5月27日，共出版25600期。作为一份典型的民营商业报纸，自其创刊之日起，《申报》便与市民社会和大众文化有着密不可分的联系。早期《申报》的刊物形态是与晚清上海市民社会的形成，近代通俗文学的兴盛，以及初创时期的《申报》经营、发行状况等多种因素密切相关的。

第一节　近代上海崛起与报刊业的繁荣

上海北枕吴淞，南瞰黄浦，依托富庶丰饶的苏南地区，具有一个现代都市崛起的天然地理优势。然而在1843年上海开埠之前，这些地理优势都还不足以使得这个蕞尔之地成为中西经济、文化交汇的枢纽。那时的上海，正如《法华乡志》所记载的，不过是个寂寞无闻的小渔村："上海一隅，本海疆瓯脱之地。有元之时，国家备海寇，始立县治于浦滨，斥卤方升，规模粗具。自明至让清之初，均无所表见。时市肆盛于南城，城之北，荒烟蔓草，青冢白杨，其农户烟村多散处于西、南二境。"①

然而这一切，从1843年上海作为五口通商口岸之一建立租界开始，短短的几十年之内，便发生了翻天覆地的变化。

一、十里洋场之繁荣与市民社会兴起

19世纪以前，中国并无严格的市民观念。人们对市民群体的界定

---

① 王钟纂修：《法华乡志·李鸿翥序》，民国十一年(1922)铅印本。

也颇为单一,所谓市民即居住在城市的居民,而现代意义上的市民意识则更加无从依附。《说文解字》一书释“民”为“众萌也”[①],“萌”为“草芽也”[②]。众多稚嫩的草需要管理者去经营,因此,当官管理人民就被称为“牧民”,而被牧的子民是缺乏自主意识的。然而在西方,所谓公民(Citizen)是一个属于公共领域(Public Sphere)的概念。1843年上海设立租界之后,近代中国市民社会与市民意识便率先萌生于上海这个现代公共领域的发源地。

1844年,上海开埠之初,对外贸易额只有4800000元,落后于广州的33400000元,仅为其14.37%。然而十年之后,1853年,上海进出口总值激增到17200000元,而广州则下降到10500000元,上海首次超过广州。[③] 便利的交通、租界的建立,使得上海迅速成为华东地区的经济枢纽和全国对外贸易的中心。

而开埠之后的十年时间内,上海便以异乎寻常的速度呈现出了令人叹为观止的繁荣景象:“迨道光季年,五口通商,中外互市,遂成巨观。近则轮舶愈多,外海、长江四通八达,人物之至止者,中国则十有八省,外洋则廿有四国,猗欤盛哉,自生民以来未有若是之美备者也!向称天下繁华有四大镇:曰朱仙,曰佛山,曰汉口,曰景德。自香港兴而四镇逊焉,自上海兴而香港又逊焉。”[④]上海的崛起迅速超越了向来以繁华并称的朱仙、佛山、汉口和景德四镇,甚至使香港也为之逊色。

---

① 许慎著,徐铉校定:《说文解字》,南京:江苏古籍出版社2003年版,第265页。
② 许慎著,徐铉校定:《说文解字》,南京:江苏古籍出版社2003年版,第22页。
③ 黄苇:《上海开埠初期对外贸易研究》,上海:上海人民出版社1961年版,第71页。
④ 袁祖志:《沪游杂记序》,葛元煦:《沪游杂记》,上海:上海古籍出版社1983年版,第6页。

开埠之前，当时坐落于黄埔滩的英总领事馆的旧址附近仍然遍布营垒和荒地，四周沟壑纵横，沿路之地，一些旧式的船厂、木行和稻田、棉花田夹杂着一些寂寞的小村落。1848年，王韬初到上海，租界还是一派寂寥景象，“北门外虽有洋行，然殊荒寂，野田旷地之余，累累者皆冢墓也”①，当时的洋行只有11家，而到了1854年，已经增加到120家，1867年，已经有300余家。形成《申报》所载“洋人租界地方，熙来攘往，击毂摩肩，商贾如云，繁盛甲于他处”②的繁华景象。

租界的繁荣离不开先进管理制度和措施的引进。1845年，西人在沪北划定租界之后，锐意经营市政设施，开拓城市公共领域，包括修建马路、引入自来水、铺设路灯、装置电话、开辟公园、创设铁路等等，使得普通民众在西风东渐的过程中，经由物质文明到精神文明的洗礼，逐渐萌生出现代意义上的市民意识。

上海公共租界铺设自来水始于1882年仲夏，成于1883年新秋。简而言之，其方法是在白大桥南堍造一个大水塔，“塔下广开深池，以机器吸浦水。将泥沙汰净，贯注于各处水管中。水管亦用铁铸，大可径尺，自静安寺起至小东门止，遍地埋设，一气流通。又于沿街每十数步竖一吸水铁桶，高四尺许。下面与水管联络，顶上置一小机括。用时将机括拈开，水自激射而上。……居民需水者，可饬水夫送去。不论远近，每担钱十文。激浊扬清，人皆称便”③。然而，当时风气未开，华人用者寥寥，甚至讹传水有毒质，饮之有害，众人相约不饮。后来公司给各水炉、

① 王韬：《漫游随录》，北京：社会科学文献出版社2007年版，第29页。
② 《论洋泾浜小本经纪官体恤事》，《申报》，1873年2月4日。
③ 黄式权：《淞南梦影录》，上海：上海古籍出版社1989年版，第145页。

茶馆免费送水,于是使用自来水的人才越来越多起来。

在照明方面,上海先有煤油灯,后有电灯。上海租界的煤气灯创设于1865年,“初在汉口路,次年迁往新闸。铁管遍埋,银花齐吐,当未设电灯时代,固足以傲不夜城也”①。煤气由铁管引出,点燃后向外喷火,燃烧为灯,用以照明。普通民众不明其原理,便以自己有限的知识结构附会科学原理,将从地下铁管喷出来的煤气称之为“地火”。而后竟至于谣言纷起,“而其最可笑者则云地火盛行,(当时名之曰‘地火灯’。)马路被灼,此后除衣履翩翩之富人,脚着高底相鞋,热气或不至攻入心脾,若苦力小工,终日赤足行走马路者殆矣云云”②。

但仅仅一年之后,人们亲眼见证新能源给日常生活所带来之裨益,遂能够坦然受之了。数年之间,随着管道的普及,煤气价格的锐减,普通的商家亦乐于使用,其价格甚至比传统的火油灯还要便宜。到了19世纪80年代,煤气灯已经在上海普及:“地火皆由铁管通至马路,于是各戏馆及酒楼、茶肆俱可接点。其灯每盏有玻罩,或倒悬,或直竖,或向壁上横穿,各随所便。人行其间,真如入不夜城也。”③而这一时期,煤气灯亦成为了文人竹枝词中频繁咏叹的新事物,屡屡出现在《申报》等报刊媒体中:

竿灯千盏路西东,火自能来夺化工。不必焚膏夸继晷,夜行常

① 胡祥翰:《上海小志》,上海:上海古籍出版社1989年版,第9页。
② 姚公鹤:《上海闲话》,上海:上海古籍出版社1989年版,第16页。
③ 辰桥:《申江百咏》,顾炳权编:《上海洋场竹枝词》,上海:上海书店出版社1996年版,第79页。

在月明中。①

谁知铁树竟开花，谬语当年信不差。凿地金莲生万朵，烛天银粟照千家。辉光灿烂欺明月，烟焰迷离夺彩霞。一路笙歌常彻夜，楼台为尔更繁华。②

活火燃千朵，明星炯万家。楼台春不夜，风月浩无涯。欲夺银蟾彩，真开铁树花。登高遥纵目，疑散赤城霞。③

煤气灯的设置已足以令世人称奇的了，1882 年，西人又将最新发明的电灯引入到租界中来，铺设电灯的方法是："其法以机器发电气，用铅丝遍通各处。用时将机括一开，则放大光明，无殊白昼。"④和一切新事物一样，电灯的铺设最初遭遇到上海市民的种种猜测与质疑，百姓之间纷传电灯的设置将会引来雷击，一度谣传纷纷，人心汹涌，不可遏制，但谣言随着人们对新事物的体验而逐渐平息："初行时，当道惑于谣诼之言，恐电发伤人，咨请西官禁止，后知其有利无害，其禁遂开。"⑤普通市民对电灯这一现代照明工具的出现经历了一个由惊恐而至于接纳的过程，此后，上海这座都市遂真正成为繁华不夜天：

近日沿浦路旁，遍设电灯，以代地火之用。而戏园、酒馆、烟室、茗寮，更无不皎洁当空，清光璀璨。入其门者，但觉火凤挐云，

① 海上逐臭夫：《沪北竹枝词》，《申报》，1872 年 5 月 18 日。
② 慈湖小隐：《洋场咏物诗》，《申报》，1872 年 8 月 12 日。
③ 芷汀：《洋场四咏》，葛元煦：《沪游杂记》，上海：上海古籍出版社 1989 年版，第 49 页。
④⑤ 黄式权：《淞南梦影录》，上海：上海古籍出版社 1989 年版，第 144 页。

普照长春之国;烛龙吐焰,恍游不夜之城。古称西域灯轮,谅不是过。吾友龙湫旧隐曾赋七古云:“泰西奇巧真百变,能使空中捉飞电。电气化作琉璃灯,银海光摇目为眩。一枝火树高烛云,照灼不用蚖膏焚。近风不摇雨不灭,一气直欲通氤氲。忽如月生光,又如虹吐焰。朗若银粟辉,灿若红莲艳。申江今作不夜城,管弦达旦喧歌声。华堂琼筵照夜乐,不须烧烛红妆明。吁嗟乎!繁华至此亦已极,天机至此亦已泄。穷奢极巧恐不常,世事惊心若电掣。我欲别设千万灯,光明四射分星辰。不照高堂与华屋,常照贫家纺绩人。”①

电灯的广泛使用不仅给人们带来了洁净、便利的照明工具,更使得市民的休闲时间不再受日照时间的制约,公共娱乐空间得到极大的拓展,促进了租界娱乐业的日益兴盛。每到入夜,不仅茶室、烟馆人潮涌动,即便是街头也到处是观看灯火夜景的市民:“灯以电名,创制也。前岁始盛于外洋,今年已行于上海。其设于港之滨,路之侧,茶之寮,烟之室者,外则光彻通衢,内则辉生四壁,远近大小共计数十处。每夕士女如云,恍游月明中,无秉烛之劳,有观灯之乐。……行者,止者,坐于榻、倚于栏者,目笑而耳语者,口讲而指画者,洵可谓举国若狂矣。”②

中国古代只有私人概念,而无公共意识。上海开埠以后,西人除了在租界进行一系列的市政设施之外,还颁布了许多管理公共领域的禁

---

① 黄式权:《淞南梦影录》,上海:上海古籍出版社1989年版,第144—145页。

② 历下樵子来稿:《论电气灯之用》,《申报》,1882年11月7日。笔者注:近代文人向报刊投稿,往往随写随刊,因此常注明“来稿”、“未定稿”、“初稿”等,本书特保留原标注。

令，以保证租界的秩序、安全与卫生。葛元煦在《沪游杂记》中就记载了当时租界设立的禁路上倾倒垃圾、禁燃放花爆、禁道旁小便，禁卖臭坏鱼肉、禁聚赌酗酒斗殴等二十条禁令。这些条例和措施，改变了人们的思维定势，强化了市民的公共意识，并在客观上维护了近代上海公共领域的完善。

经过几十年的刻意经营，租界呈现出一派繁荣、整洁、秩序井然的都市景象："自小东门吊桥外，迤北而西，延袤十余里，为番商租地，俗称为'夷场'。洋楼耸峙，高入云霄，八面窗棂，玻璃五色，铁栏铅瓦，玉扇铜环。其中街衢弄巷，纵横交错，久于其地者，亦易迷所向。取中华省会大镇之名，分识道里。街路甚宽广，可容三四马车并驰。地上用碎石铺平，虽久雨无泥泞之患。"①

与传统中国政治、社会观念不同的是，西人在上海租界进行的一系列市政管理与设施，都是围绕着公共领域的建设和市民意识的培养展开的。例如，修筑道路，中外皆然。但近代城市之开辟道路是市政的一个环节，目的是为了交通畅行，商业发达和市民便利。而中国古代修筑道路，或者是为了官员出巡、公文传递，或者是为了行善积德，庇佑子孙，这些都与权力与义务并存的市民意识迥然不同。

上海是西方文化输入之导火索，普通市民除了在租界的规范中逐渐形成市民意识、公共意识外，亦源源不断地接受着纷繁复杂的西洋器物带来的现代体验，并在欧风美雨日积月累的浸润中，经历着人心丕变与世风消长。

① 黄懋材：《沪游脞记》，第 1 页，《丛书集成续编》（史部 · 第 63 册），上海：上海书店出版社 1994 年版，第 163 页。

1843年,上海开埠与外洋通商,各式各样的西洋器物纷纷通过海运港口运抵上海:“上海番舶所聚,洋货充斥,民易炫惑。洋货率始贵而后贱,市商易于射利,喜为贩运,大而服食器用,小而戏耍玩物,渐推渐广,莫之能遏。”①

洋货与土货相比,不仅价格低廉,而且品质优良,使用方便,因此在很短的时间内,这些西方机器制品便进入百姓的日常生活,取代了人们世世代代使用的家庭手工业产品。当时市民生活中常见的洋货主要有洋火、洋灯、洋油、洋针、洋线、洋皂、玻璃镜、钟表、香水、洋烟、洋布、洋袜、皮鞋、手帕、毛巾、洋纸、洋饼干、洋笔墨、自行车、观星灯、显微镜、寒暑针、风雨针、火轮机器、八音盒、地球仪等等。

上海地区庞大的市民群体为西洋货物的盛行提供了广大的消费空间,人们普遍抱着开放接纳的心态,尝试各类西洋器物,形成了趋新趋洋的社会风气:“近来民间日用,无一不用洋货,只就极贱极繁者言之:洋火柴、缝衣针、洋皂、洋烛、洋线等,几乎无人不用。一人所用虽微,而合纵数亦颇可观。洋火柴洋烛,现在沪上亦有制造,然销路未畅,外洋之货,仍源源而来,可见本国之货,只居十之二三。”②就世变的内容来说,那些日常生活物品的变化甚至比重大的政治事件的影响更为深远和广泛。从西方传入的商品不分贵贱地进入了晚清上流社会和下层社会,在不知不觉中改造了人们的日常生活,最终变更了整个社会风尚的走向。

---

① 博润等修,姚光发等纂:《江苏省松江府续志》卷5,疆域志,风俗,台北:成文出版社1974年版,第484页。

② 《皇朝经世文编》卷92,第21页。转引自熊月之、周武主编:《上海:一座现代化都市的编年史》,上海:上海书店出版社2007年版,第135页。

二、出版中心之形成与《申报》创刊

经济的盛衰并不直接作用于文化学术之消长，然而经济却可以通过对教育、印刷、藏书等相关文化事业的影响而间接作用于地域文化学术之流变。吴晗曾在《江浙藏书家史略》中分析了经济繁荣与地域文化学术消长之间的密切关系："大抵一地人文之消长盛衰，盈虚机绪，必以其地经济情形之隆诎为升沉枢纽。而以前辈导挈，流风辉映，后生争鸣，蔚成大观，为之点缀曼衍焉。"①近代上海文化中心地位的确立正是伴随着 1843 年以后上海全国商业中心、经济枢纽地位的确立而来的。

近代上海开埠最早，一般市民受欧风美雨浸润最久、最深切，资本主义的思想观念随西洋器物在市民日常生活的逐渐普及而深入人心。开放吸纳的文化态度使得上海在近代中国不仅仅成为商业经济中心亦在文化学术等方面开一代风气。正如姚公鹤所说："尝谓吾国外力侵入，则上海当为政治上之国耻纪念地；物质进步，则上海又为学术上之文化发轫地。"②

历史上，上海与江浙地区不仅有着亲密的地缘关系，亦有着深厚的文化渊源，开埠之前的上海是鼎盛时期的江南文化的依附。明清时期，江浙地区的学术文化在全国独占鳌头，不论是教育、藏书、科举人才乃至诗人、词人的分布都具有明显的全国性优势。因此梁启超有"一代学术几为江浙皖三省所独占"③之说。梁氏之所以把江浙皖并举，是因为

---

① 吴晗：《江浙藏书家史略》，北京：中华书局 1981 年版，第 117—118 页。

② 姚公鹤：《上海闲话》，上海：上海古籍出版社 1989 年版，第 44 页。

③ 梁启超：《近代学风之地理的分布》，梁启超：《梁启超全集》（第 14 册），北京：北京出版社 1999 年版，第 4258—4275 页。

在清代安徽与江苏合称江南,乡试中更是同试一闱,因此,安徽事实上是江苏不可分割的一个文化区域。

十九世纪中叶之前,全国印刷文化及书籍文化的重心集中在苏州、南京、杭州、常州等江南名城,而作为文化依附和边缘地区的上海只能被动接受江南文化的辐射。就乾隆时期各省进呈的书目观之,江浙两省所进书目占了全国进呈书目的大半,足见当时江南印刷文化地位之重要与影响力之深远。① 然而到了清末民初时期,由于太平天国起义等战乱的破坏,江南地区的经济、文化都受到沉重的打击,江南地区,许多著名的书局和出版机构如扫叶山房、文瑞楼、拜可山房、中西书局、鸿文书局、蜚英书馆、著易堂、抱芳阁、章福记、会文堂书局等都纷纷迁居上海,②大大增强了近代上海的文化实力。近代著名的民间出版机构扫叶山房正是在1860年庚申之难后由苏州迁居上海发展的,扫叶山房主人曾回忆这次转变的契机为:"窃本坊建历百数十载,家藏经史子集各书籍板。乾嘉年间已驰名远近,发兑各省书店。庚申之乱,于上海重整规模。苏省肃清,旋复旧业。迄今又二十年。烬余板片修补重刊,不遗余力。"③

同时,政治上的独立性和经济上的稳定性使得上海租界成为各种文化思潮、书籍、报刊、学术的中心,越来越多优秀的江浙士人纷纷向上海聚合,上海作为新崛起的文化中心的影响越来越大,并不断地辐射全

---

① 参见孙毓修编校:《各省进呈书目》,上海:商务印书馆1926年版。

② 参见李雪梅:《中国近代藏书文化》,北京:现代出版社1999年版,第238—264页。

③ 扫叶山房主人:《扫叶山房书籍发兑》,转引自孟悦:《商务印书馆创办人与上海近代印刷文化的构成》,见王晓明:《批评空间的开拓:二十世纪中国文学研究》,上海:东方出版中心1998年版,第85页。

国范围。

书籍出版与报纸期刊兴盛的前提条件在于印刷技术的改进，作为中西文化交汇的窗口，近代上海印刷事业的繁荣，离不开西方传教士及其所带来的先进的印刷机器。

早在北宋时期，中国就发明了活字印刷术，但它一直未能取代雕版印刷，因为活字印刷重印书籍必须重新排版，反而不如雕版印刷方便。所以尽管有了机器印刷，可是江南制造局出版翻译书籍，仍用雕版印刷，以便重印。

上海开埠之初，英国传教士麦都思就在上海设立了中国第一个近代印刷所——墨海书馆，用来自英国的印刷机从事宗教宣传品的印刷出版。墨海使用一种长一丈，宽三尺的铁制印书车床，用耕田的牛为动力，推动车床旋转，"每转一过，则两面皆印，甚简而速，一日可印四万余纸"①，同时，印刷的材料也比传统方法更为先进："字用活板，以铅浇制。墨用明胶、煤油合搅煎成"，新机器的使用吸引了众多士人前来参观，并将这一新事物作为可供吟咏的诗歌材料，王韬在《瀛壖杂志》中记载道："印书车床，制作甚奇。华士之往来墨海者，无不喜观，人之吟咏。秀水孙次公《洋泾浜杂诗》云：'车翻墨海转轮圆，百种奇编宇内传。忙杀老牛浑未解，不耕禾陇种书田。'"②

墨海书馆之后，外国传教士又陆续创办了字林报馆、美华印书馆、申报馆、点石斋石印局等新式出版机构，人们对于现代印刷方式有了直观的认识。与新式印刷方式相比，传统的印刷方式除了速度缓慢之外

---

①② 王韬：《瀛壖杂志》，上海：上海古籍出版社 1989 年版，第 119 页。

还有着明显的不足之处,比如木刻活字一般只能印 200 本,再多印字迹就会胀大模糊。雕版每板印刷 500—600 次以后就得换板,否则字迹就漫漶难读,而铅印或石印千本以上仍然笔画棱角分明。① 无论在速度还是品质上,机器印刷的优点都是显而易见的:“石印术翻印之古本,文字原形,不爽毫厘,书版尺寸可随意缩小,蝇头小字,笔划清楚,在科举时代,颇得考生之欢迎。”②

申报主人美查创立的点石斋是近代石印书局的开端。美查将销售的对象定位在数量庞大的士子群体。点石斋首次用铅印技术印刷了四万部《康熙字典》,没想到几个月内便售罄。第二次再印刷六万部,恰逢该年举子北上会试,途经上海,每个赴试的士子都购买了五六部《康熙字典》,除了自用之外,还可用以赠送亲友。短短几月,这第二批《康熙字典》又一次销售一空。此后,“书业见获利之巨且易,于是宁人则有拜石山房之开设,粤人则有同文书局之开设,三家鼎足,垄断一时,诚开风气之先者也”③。

19 世纪 60 年代以后,随着西方机器印刷技术的传入,印刷版料的改进,上海的民间印刷业发展迅速,石印有点石斋等 56 家,铅印有墨海书馆等 21 家,从墨海书局到美华书馆,从字林报馆到点石斋石印局,从江南制造局翻译馆到广学会,从同文书局到拜石山房等出版机构,先进的印刷方法在清末民初的上海印刷业中得到普遍推广和使用。上海逐

---

① 参见张天星:《报刊与晚清文学现代化的发生》,南京:凤凰出版社 2011 年版,第 22 页。

② 张静庐辑注:《中国近现代出版史料》,上海:上海书店出版社 2003 年版,第 207 页。

③ 姚公鹤:《上海闲话》,上海:上海古籍出版社 1989 年版,第 12 页。

渐成为西学输入的窗口和近现代中国出版印刷业的中心。上海的书局、出版社以每年多达上千种的速度出版新书，据顾燮光《译书经眼录》统计，1902—1904 年，上海的新式译书机构已有 44 家。至 1906 年，租界内书局发展至 79 家，1909 年增至 92 家。[①] 而 1927—1936 年这 10 年间，仅仅商务印书馆、中华书局和世界书局这三家机构所出的新书即占到全国新书的 65.2%。[②]

除了书籍的印刷之外，先进的印刷技术应用在近代报纸期刊的发展史上亦发挥了更加令人瞩目的成绩。和西学书籍的传入一样，最初中国的报刊是由西方传教士出于宗教目的所创办的，其中比较著名的有马礼逊于 1815 年创办的《察世俗每月统计传》，郭士立在广州发行的《东西洋考每月统计传》，麦都思 1853 年在香港发行的《遐迩贯珍》，麦考文于 1854 在宁波发行的《中外新报》，1857 年在上海发行的《六合丛谈》，林乐知于 1868 年在上海创办的《教会新报》（后改名为《万国公报》），等等。上海租界内最早的报纸《北华捷报》（字林洋行办）诞生于 1850 年，是一份为商业发展服务的英文周刊。而创刊于 1861 年的《上海新报》则是 1872 年之前在上海发行最广泛的报纸。1872 年 4 月 30 日创刊于上海的《申报》则是在近代中国社会思潮、文化观念、学术变迁等方面泛起大波澜与深远影响的报纸。

晚清中国，民智未开之时，这些报纸在各个口岸传播知识文化，对于普通民众具有启蒙与开化的贡献。上海是近代报刊的重要场域则是

① 上海商务总会编：《华商行名簿册》，1906 年、1909 年版，参见方平：《清末上海民办报刊的兴起与公共领域的体制建构》，《华东师范大学学报》2001 年第 3 期。

② 王云五：《十年来的中国出版事业：1927—1937》，中国文化建设协会编：《十年来的中国》，上海：商务印书馆 1937 年版，第 12 页。

毫无疑问的事实,所谓“全国报纸以上海为最先发达,故即在今日,亦以上海报纸为最有声光”①。其原因则大致不出姚公鹤所概括的三点:“一、历史上之地位,则上海报为全国之先导是也。二、交通上之地位,则水陆交会,传达消息灵便是也。三、大商埠之地位,则上海一隅,为全国视线所集,因别种关系而报纸亦随以见重于世是也。”②

据史和等编的《中国近代报刊名录》统计,从1815至1911年,海内外共出版中文报刊1753种,其中由上海出版的达460种,占26%。从戊戌变法到辛亥革命,在上海发行的报刊数量名列全国之首,报纸有《申报》、《时务报》、《新闻报》、《时报》、《中外日报》、《苏报》。③ 而据张仲礼主编的《近代上海城市研究》统计,从1899年至1911年全国共有中文期刊224种,除去日本出版的59种,以及法国和美国出版的各1种,由国内出版的共165种,其中在上海出版的有69种,占总数的41.8%。上海近现代报刊除了在数量上占据全国出版事业的绝对优势外,在质量上也显示出充分的优越性。以文学副刊为例,中国近代质量较高、社会影响较大的文学期刊,绝大部分都出版于上海,任何一种报纸期刊,只有在上海的出版行业占据了一席之地,才能够算是真正有影响的报刊。

创刊于1872年4月30日的《申报》,是近代中国历史上刊印时间最长、社会影响最大、发行体系最完备的报纸。创刊之初的《申报》在开拓上海市场的过程中同时对租界出现的新事物、新思想进行持久而深入的舆

---

① 姚公鹤:《上海闲话》,上海:上海古籍出版社1989年版,第128页。
② 姚公鹤:《上海闲话》,上海:上海古籍出版社1989年版,第128—129页。
③ 史和:《中国近代报刊名录》,福州:福建人民出版社1991年版,第389—422页。

论宣传,客观上起到开启民智、变易风俗与培养市民意识的积极作用。

《申报》的创立人美查兄弟是在第二次鸦片战争结束之后,于同治初年来到上海经营茶叶与布匹生意的,最初收获颇丰。然而到了1871年间,美查兄弟的生意陷入困顿局面,于是不得不另寻出路。当时,美查兄弟雇佣的买办陈庚莘向美查兄弟建议,在上海创办报纸或许有利可图。

作为商人的美查兄弟创办《申报》的目的在于获利,因此在《申报》创刊号的《本馆告白》中,申报主人美查即表明该报力求吸引最广泛的读者群体之宗旨:

> 求其纪述当今时事,文则质而不俚,事则简而能详,上而学士大夫,下及农工商贾,皆能通晓者,则莫如新闻纸之善矣。……向见香港唐字新闻体例甚善,今仿其意,设《申报》于上洋。凡国家之政治,风俗之变迁,中外交涉之要务,商贾贸易之利弊,与夫一切可惊、可愕、可喜之事,足以新人听闻者,靡不毕载,务求其真实无妄,使观者明白易晓。不为浮夸之辞,不述荒唐之语,庶几留心时务者于此可以得其概,而出谋生理者于此亦不至受其欺。此新闻之作固大有益于天下也。①

《申报》的受众层面非常广泛,上至"学士大夫",下至"农工商贾",远非昔日官场邸报所能及。在深受欧风美雨浸润的近代上海,《申报》

① 《本馆告白》,《申报》,1872年4月30日。

关注一切与百姓日常生活密切相关的事与物，在客观上便起到了聚合价值观念和转移社会风气的积极意义。

1876 年 6 月 30 日，中国第一条营业性铁路——淞沪铁路在上海诞生，并举行上海、江湾间试车，《申报》对这一新鲜事物进行了一系列跟踪报道。6 月 30 日，《申报》率先报道了铁路公司向中外人士派发赠券的新闻。7 月 3 日，《申报》访员以形象生动的笔墨记录了民众第一次试乘火车的情形："俄闻放气声，在旁之西人亦吹口号，车即摇摇前行。初犹迟，嗣即逐渐迅疾，但闻辙轨摩荡声甚厉，而人已如电掣飙驰，随之已去矣。乘者、观者一齐笑容可掬，啧啧称叹，而以为得未曾有。……"①在淞沪铁路运营期间，《申报》刊发了一系列相关报道如《火车开市》、《民乐火车开行》、《火车生意热闹》、《论用铁路火车宜先自南北通衢始》、《论铁路有益于中国》、《论吴淞铁路》等等。《申报》还从一个外地人的眼光，感受火车之便捷、舒适与经济等优点，并进而反思保守思想之积习难化："一经上车，不转瞬而轮动如飞，快然遄行，其价则较小车为廉，而其舒服不啻十倍，速则且不止十倍焉。夫然后乃知火车之妙，而叹西人之不我欺，而从前之疑窦以释，积习以化。"②

西风东渐的年代，身处繁华的上海都市，人们在不断的耳濡目染与报刊舆论的互动之下，逐渐对西方的物质文明和思想观念呈现出开放接纳的心态，文化品格与社会风气亦随之变迁。与此同时，《申报》在聚合新的价值观念之际，亦为人们提供一种典型的现代都市想像，吸引着传统士人好奇而歆羡的目光：

---

① 《记华客初乘火车情形》，《申报》，1876 年 7 月 3 日。
② 《论华人之积习难化》，《申报》，1886 年 12 月 18 日。

> 仆生于小邑之中，居于穷乡之内，生平足迹不出五十里之外，且耕且读，意亦自得。暇时阅《申报》，每见其述洋场之胜景，不禁神为之往，意为之移，然其所谓电灯如月，可以不夜；清水自来，可以不涸；德律风传语，可以代面，虽远隔而如见；电线递信，速于置邮，虽万里如一瞬，此等语，辄目之为海外奇谈，疑信者半。因思亲至其地一扩眼界，以征报上所言之虚实。今年有友人经营来沪，仆与俱来，舍于洋场者逾月。终日无事，蹀躞街头，见列柱如林，布线如蛛丝，知为电线，而传报之速则不获见也。一日友人有事传电伦敦，未顿饭时而回电已至，友人告仆曰：此即电报灵速之证也。伦敦去此六七万里，而来去消息至于如此之速。不禁为之舌挢不下。……游毕而返，拥被独眠，清夜思之……仆之得见此等未见之事已为大幸，将来寓沪既久，必且更有所获，再当笔之于书。①

近代上海的崛起为海派文化的生成和涵养提供了物质基础和文化土壤，近代报刊传媒业的兴盛与《申报》的创立为旧体诗提供了新的传播空间与机遇。这些物质基础的建构与传播环境的嬗变对于近现代旧体诗的创作而言，并不是无关痛痒的宏大背景，而是其生存之本。1872年后，《申报》旧派文人群体与海派文化之间的深刻渊源，《申报》旧体诗所呈现的对文学通俗性的极致追求，都与近代上海崛起与传播媒介嬗变等因素密切相关。

---

① 初开眼界人来稿：《洋场述见篇》，《申报》，1888年3月31日。

第二节 口岸流风与市民消费空间的肇兴

19世纪末,中国开放口岸,引来万国通商,直接促成洋商来华牟利,间接酝酿了口岸社会文化的变迁,在时人的眼里,开埠后上海的繁华奢靡几乎是个奇迹:"上海一邑,自通商以后,城外泰西租界之内,光怪陆离,无奇不有,以余足迹所经之地,固未有繁华奢靡向能过于此地者。……上海一邑,不过沿海偏隅,租界数里,不过贸易聚会,乃其繁华竟能过于诸处,岂非奇事乎?西人之楼阁连云,火灯耀日,东西两洋之车往来于市,轮帆各种之舟排列于河,洋行所陈货物,百怪千奇,真有目所未见、耳亦未闻。"①

一、经济繁荣与口岸流风之变迁

近代上海是个移民城市,人口快速增长是上海尤其是租界迅速繁荣的重要原因之一。1843年上海开埠时,人口约为52万余,开埠后,上海很快成为中国最大的通商口岸,人口数量迅速增加,到1910年,上海人口近130万,1915年达200万,1930年达314万。②

上海人口的增加主要来源于外来人口的涌入,上海自1843年开埠

---

① 《论上海繁华》,《申报》,1874年2月10日。

② 邹依仁:《旧上海人口变迁的研究》,上海:上海人民出版社1980年出版,第90页。

以来，经历了几次大的人口迁移，1853 年上海小刀会起义，上海县城和一些郊区的士绅百姓大量涌入租界，1859 年，租界人口达到 8 万。1860 年，太平军大举入侵江苏东部地区，席卷膏腴之地，江南殷实富裕之家，纷纷仓皇逃奔上海，涌入租界避难，正如《申报》所载："江浙两省富商巨族避乱而出，皆以上海为桃源，两省精华荟萃于此，因而房租大贵，真有寸金田地之说。"①以商贾为主的长期流动人口的存在，造成租界人口激增，到 1862 年，租界人口已达到 50 万之多。外来人口的大量涌入打破了华洋分居的租界形态，移民群体脱离了地域和血缘的束缚，在上海都市中寻找新的谋生之所，遂使传统的经济结构和社会结构开始发生质的变化。

经济的繁荣为人们提供了大量的就业机会，上海租界除了可以为江南富户提供人身和财产安全之外，其繁华与富庶还不断地吸引着周边地区的人们脱离乡土关系，投身到现代都市中寻找新的机遇与职业。《负曝闲谈》中主人公的对话流露出发达的上海都市对周边地区士人的强大吸引力："混在杭州城里，一万年也不会有什么机缘。上海是通商口岸，地大物博，况且又有租界，有什么事，可以受外人保护的。"②时人认为在上海，只要稍有才艺，便可衣食无忧："人苟能少有材艺，一身之外，毫无长物，至申图事，竟有数年之间，顿成巨富者。其次，亦能少获盈余。即不然亦可丰衣足食。……"③

1865 年《上海公共租界工部局年报》关于公共租界内的职业分类统

① 《论本埠地贵》，《申报》，1882 年 1 月 7 日。
② 蘧园：《负曝闲谈》，上海：上海古籍出版社 1985 年版，第 65 页。
③ 《论上海繁华》，《申报》，1874 年 2 月 10 日。

计显示：由 6521 人组成的职业人群中，中外各业商人共 2570 人，其他职业人群则主要由洋行雇员、航运人员、警员、工程师、机械师、裁缝、理发师、工人、佣人、苦力等组成。这些依据新的社会分工而形成的人群，在上海构成了一个中西杂居，以市场交换为生的近代市民社会。①

作为有一定文化基础的市民群体，他们对于文化消费产品是颇为关注的，甚至是近代报刊杂志的主要受众群体之一。例如早期《申报》发行期间，许多商店的店员有每天趴在柜台上看《申报》的习惯，既了解了政治、经济、文化等各类信息，又打发消遣的时光："《申报》文理不求高深，但欲浅显，令各人一阅而即知之。购一《申报》，全店传观，多则数十人，少则十数人，能识字即能阅读。既可多知事务，又可学演文墨，故自《申报》创设后，每店日费十余文，可以有益众友徒，亦何乐而不为哉。"②

19 世纪末 20 世纪初，在上海这样一个完全凭借商业力量崛起的现代都市，传统的生产关系最易被打破，人们不再以言"商"为耻了。甲午战争之后，"商本"思潮风行于世，"绅商"成为最时髦的称呼，商人在政治经济活动中占据越来越重要的地位。随着 1905 年科举制度被废除，士的地位不断下降，传统四民社会解体，"士农工商"的格局被"士商农工"所取代，甚至出现了"士阶层"向"商阶层"流动的倾向。

在商业社会中，农耕社会的价值体系遭到破坏，传统士人的地位逐渐由主流走向边缘。胡思敬在《国闻备乘》里曾讲到读书人地位的动

---

① 参见叶中强：《近代上海市民文化消费空间的形成及其社会功能》，《上海财经大学学报》2006 年第 8 期。

② 《论本报之销路》，《申报》，1877 年 2 月 10 日。

摇："本朝最重科目，咸、同时俗尚未变，士由异途进者，乡里耻之……光绪庚子以前，予亲见者尚如此。后遇永新龙舍人于京师，询其遗俗，今不然矣。诸生焚弃笔砚，辗转谋食四方，多槁死。翰林回籍措赀，俗名'张罗'，商贾皆避匿不见。科举废，学堂兴，朝局大变，盖不独江西为然也。"①

在商业经济繁荣的文化氛围之中，奢靡享乐之风盛行，不论是传统士人还是普通市民都不再耻于言利。据 1872 年的《申报》记载，上海开埠以后，江浙地区的士人纷纷涌入上海谋求馆职，一切以获利丰厚为目的："上海为商贾辐辏之地，铺户林立，各省趋利之徒固已少长咸集，而寒士之谋馆者亦若以乐土之可居，而群贤毕至。计上海大小馆地不下千余，其师为浙西各属及苏太之人居多，加以本地之业砚田者，几无位置。斯人之处，安得龙门书院再辟广厦千万间乎。是故风闻某处有馆缺，不问东家之若何，子弟之若何，即纷纷嘱托，如群蚁之附膻。或有明年之去就，主人尚未定局而荐书叠至，宛欲其舍旧迎新者。"②繁华的上海吸引着周边人们趋利而来，如 1880 年《申报》所载那些在上海洋行有一席之地的人多为人歆羡不已："人谓来沪上者，无不有发洋财之望。闻某人现在上海业某洋行生理，则啧啧然称道之；见某人自上海回，则欣欣焉歆羡之。"③在人心变动，风俗浇漓的时代，即便是昔日处于深闺的妇女，也不免受到趋利之风的影响，不甘于依附传统农业和家庭手工业，而是纷纷涌入租界纱场做工："妇女贪上海租界佣价之昂，趋之若

① 胡思敬：《国闻备乘》，北京：中华书局 2007 年版，第 66—67 页。
② 《师说》，《申报》，1872 年 8 月 17 日。
③ 《岁除论》，《申报》，1880 年 2 月 8 日。

骛,甚有弃家者,此又昔之所未见者也。"①"农家最劳苦而安分,终岁勤动,竟无休日,若无产者受值佣工,不少偷懒。妇女亦事耕耘,暇则纺织,犹存勤俭之遗风焉。然自租界北辟,男以鬻贩营生而奢华渐启,女以纱丝工作而礼教鲜存矣。"②

近代商阶层的崛起不仅在政治、经济等宏观方面对社会产生影响,更在日常生活、社会风气等微观方面产生深入而持久的影响。具体而言,由于商业经济的发达,趋利之风盛行,当时上海尤其是租界地区普遍流行着奢侈享乐之风。而人心的丕变,世道的浇漓,也必然造成礼法秩序的松弛、礼教的不断被僭越。

人们的日常用度、衣饰冠带,不再由身份、地位的高低决定,而是由财物之多寡决定。而当时社会上普遍充斥着一种以奢靡虚荣为尚的风气,1893 年《申报》对此风气批评道:"今日之天下,一奢华靡丽之天下也。衣服则必求其锦绣绫罗,饮食则必求其肥醲甘脆,或且饰珠玉于衣襦冠履,效西人之燔炙烹焦。一出入也,必以舆马为荣;一起居也,必以安逸为乐。以致风气日即于骄奢而不知变,俗尚日趋于淫佚而不知返。……此则中国之大患积而重焉,必有江河日下之势。"③

在趋利的风气之下,传统社会的伦理道德遭到破坏,礼教不断受到僭越,同时世风的变换在客观上也起到了打破封建等级制度的作用。生活方式的变化引起了礼法秩序的松弛,普通百姓不再顾虑什么服饰

① 葛冲编:《青浦乡土志》,见黄苇、夏林根编:《近代上海地区方志经济史料选辑》,上海:上海人民出版社 1984 年版,第 336 页。

② 侯丙吉:《彭浦里志》,见黄苇、夏林根编:《近代上海地区方志经济史料选辑》,第 336 页。

③ 《勤能补俭论》,《申报》,1893 年 10 月 16 日。

制度，身份限制，而是自由地选择自己的衣着打扮。不仅庶民可以随意穿着官服，一些身份低微的人，也可以随意购买富人士绅的服装。王韬在笔记中所记录的"近来风俗日趋华靡，衣服僭侈，上下无别，而沪为尤甚。洋泾浜负贩之子，猝有厚获，即御狐貂，炫耀过市……衙署隶役，不著黑衣，近直与缙绅交际，酒食游戏征逐，恬不为怪，此风不知何时可革"①之现状，反映了一个传统士人在西风东渐的时代，面对商品经济繁荣所带来的人心丕变，世风浇漓的道德震荡，内心所产生的深刻的无奈与焦虑之感。

二、消费空间与通俗文学的语境

人口的大规模迁移为上海租界繁荣提供了劳动力基础，反之，人口和财富的激增又日益促进了租界的经济文化繁荣。脱离了土地关系的束缚，市民群体比传统农民拥有更多的休闲时间、更盈余的收入，上海都市的声光化电又为他们的娱乐生活提供了更广阔的空间，市民消费群体的需要亦为上海娱乐业的兴盛提供了强大的动力。

19 世纪中叶以后，晚清士人的笔记资料中收录了大量的诗词尤其是竹枝词记录当时上海洋场的风俗与盛况，黄式权的《淞南梦影录》中云："上海本弹丸蕞尔地，而富商大贾，云集麟从，以佻达为风流，以奢豪为能事。金银气旺，诗酒情疏。求如昔之月地花天，唱酬风雅者，盖已可望而不可即矣"②，并收录钱塘袁翔甫的《望江南》词三十首，对彼时上海的奢靡风俗、消费空间、商业繁荣、器物更新、身份变易等问题都有所

① 王韬：《瀛壖杂志》，上海：上海古籍出版社 1989 年版，第 10 页。
② 黄式权：《淞南梦影录》，上海：上海古籍出版社 1989 年版，第 141 页。

关涉,可谓文言道俗,穷形尽相:

申江好,万国竞来同。海舶几多浑莫辨,地球何处不相通。人巧夺天工。

申江好,胜境说吴淞。晓日暮霞光灿灿,朝潮夕汐势汹汹。过客愿留踪。

申江好,小县作名邦。买卖生涯推第一,风流泽薮叹无双。豪杰望风降。

申江好,铁厂最清奇。自昔公输无此巧,其中灵妙有谁知。从此废工师。

申江好,行乐易忘归。处处珠围兼翠绕,家家燕瘦又环肥。金尽手犹挥。

申江好,莫叹食无鱼。赪尾银鳞终岁足,雕蚶镂蛤及时储。鲜美有谁如。

申江好,戏馆列通衢。集秀昆腔来茂苑,名优丹桂属京都。昼夜供欢娱。

申江好,妓室等琼闺。旧好新知分冷热,长三幺二判高低。身价也难齐。

申江好,最异是新街。夜火零丁门户密,春风容易凤鸾谐。大半产秦淮。

申江好,高驾马车来。浪子闲游朝几度,人家遣兴日多回。迅疾似奔雷。

申江好,忧富不忧贫。库积雄财惊顿失,街栖乞丐忽更新。同是一般人。

申江好，妓女着红裙。邑庙烧香托幅幅，新年出局看纷纷。贵贱不能分。

申江好，最好庙花园。堂列点春兼萃秀，人来蚁聚更蜂屯。茶话玉泉轩。

申江好，风雪不知寒。煤火通红烧屋角，烟囱高耸出檐端。坐卧十分安。

申江好，南北两雄关。百货金钱征似海，万邦税饷积如山。财赋重区寰。

申江好，巧绝火轮船。转磨制同灯走马，登程疾似箭离弦。万里往来便。

申江好，书馆姓名标。屏却须眉重巾帼，只谈弦索不笙箫。暮暮又朝朝。

申江好，酒肆备佳肴。昔日膏粱矜饮啖，而今市井解烹炮。是处有良庖。

申江好，水蜜著名桃。黄歇浦西生最好，黄泥墙畔品尤高。红晕认鹅毛。

申江好，沧海不扬波。局启招商其利溥，船兼转漕未嫌多。齐唱太平歌。

申江好，贸易重丝茶。湖客章身争炫耀，徽商侈口逞豪华。强半自矜夸。

申江好，马路说洋场。万户千门皆孔道，四通八达尽康庄。示我咏周行。

申江好，地火最光明。漏转铜龙夸不夜，花开钱树照深更。比月更澄清。

申江好，电线疾雷霆。万里语言同面晤，重洋息信霎时听。机括竟无形。

申江好，最乐是游僧。酒肉场中全不讳，烟花队里各争能。入定问何曾？

申江好，高爽指洋楼。耸出重霄云欲接，洞开八面景全收。四顾豁双眸。

申江好，烟馆最深深。诚信眠云花共倚，恒昌醉乐酒同斟。招友几番临。

申江好，古玩尽搜探。商鼎周彝酬万镒，唐碑晋帖重千缣。真伪几曾谙。

申江好，男女不防嫌。榻上横陈同倚枕，车中共载弗垂帘。一任众观瞻。

申江好，市侩肆贪饕。布地金银供计较，熏天酒肉别酸咸。风雅一齐芟。①

这一组词中涉及了戏馆、妓院、酒肆、烟馆等当时上海最兴盛的娱乐场所。晚清的上海滩，尤其是宝善街、四马路一带，遍布着酒楼、茶楼、烟馆、酒肆、戏园和妓院，人们在这些娱乐场所中表现出惊人的消费能力。例如，洋场每日仅瓜子一项消费，合计已在千元左右。时人甚至

① 黄式权：《淞南梦影录》，上海：上海古籍出版社 1989 年版，第 141—142 页。

将上海租界最热闹的地方四马路称为“销金窟”,“沪上热闹之区独称宝善街为巨擘,今则销金之局盖在四马路焉。每当夕阳西逝,怒马东来,茶烟酒雾,鬓影衣香,氤氲焉荡人心魄。若夫荷暑已退,柳风乍拂,粉白黛绿者咸凭槛倚阑,招摇过客。余诗有曰:‘夕阳纸扇如蝴蝶,遍傍阑干十二楼。’盖情景甚似也。入夜则两行灯火,蜿蜒如游龙,过其间者,但觉檀板管笙与夫歌唱笑语、人车马车之声,嘈杂喧阗,相接不绝,抑何其盛也!盖英界为沪上之胜,而四马路又为英界之胜,是以游人竞称四马路焉。而余之游沪,以四马路会归外,更有八事焉:戏馆也,书场也,酒楼也,茶室也,烟间也,马车也,花园也,堂子也”①。

近代上海市民的消费空间是一个多层次的文化空间,不仅能满足商人士绅的文化需求,也可为一般的普通市民提供各种休闲娱乐。如1877年10月13日的《申报》头版以细致的笔触描述了一位普通市民悠游出入洋场,从烟馆会友到外滩骑马,从茶楼凭眺到酒肆对饮,从澡堂沐浴再到书市听曲的日常休闲生活,为人们提供了近代上海多层次的市民文化消费景观:

> 余观于上海而知人生行乐之地固在目前也。富有十万金,贾贸顺利,月得子金数百供我挥霍,能有几人?下此者,庀精致烟具全副,不瘾不痼,客至则出以佐谈笑。横卧榻上,沽水煮细茶一壶,知己相对,清闲无事即永昼晤语可也。或好游喜玩,赁马车一辆,二三人乘以遨嬉,鞭疾马骤,周浦滩西北郊地,精神为之一爽。或

① 池志澂:《沪游梦影》,上海:上海古籍出版社1989年版,第156页。

> 登茶楼酒肆，闲坐对饮，凭栏眺望，见游人如蚁，东擇西屯，怪怪奇奇无所不有，亦足畅我心目，娱我性情。忽焉入盆汤，周身刮磨，涤荡垢秽，觉浑身上下为之通泰，又徐步以入书馆，吴姬三两拨弦度曲，神韵悠扬，耳际旷爽，心静如水，纵人声嘈杂，若或勿闻。如是者，随意行之皆足为乐。古人求长生不死之术，令至今日而居上海，亦将以为神仙不啻矣。身非富人，依人作嫁，或为商伙，或为馆师，则碌碌终朝，当夕阳西匿，暝色未昏，亦将行此数者以适一时之意，以解一日之烦，固不必富人而后为此，亦不必闲人而后能此。①

"不必富人而后为此，亦不必闲人而后能此"，在上海，不同层次的人们有各自不同层次的娱乐方式，上海洋场具有强大的包容性，人们不论贫贱富贵，都能够在这里找到自己的行乐之道，甚至不费一文，亦能找到休闲之乐："上海一隅，花天酒地，人皆视为极乐之国。而寓其地者，或囊内无钱，杖头萧索，更从何处行乐？然或当天朗气清之际，或值风清月白之时，负手徐步独立于柳阴之下；或登茶楼，选幽座，倚栏瀹茗，视路上行人如织，车马络绎，裙屐少年逐逐于衣香鬓影之间，以一饱眼福，此一乐也。津馆、徽馆或苦其太费，但从蚁香阁、夏同泰等炉头贯酒，与二三友人轮流作东，薄醉而出，欣欣然有自得意，亦未始不可言乐。"②

口岸社会的繁荣，使得市民群体成为一支不容忽视的文化消费力量，他们依附商品经济而存在，而较少受到传统的道德观念的束缚。伴

---

① 《上海乐事解》，《申报》，1877年10月13日。
② 《论苦中乐境》，《申报》，1882年3月5日。

随着商业经济的日益繁荣，市民群体的不断扩大，他们自己的商业性、世俗性的精神生活需求也在日益增长，此种口岸流风亦促使了近代文学中雅俗文体地位的变迁。概而言之，即诗歌、散文等正统文学逐渐失去主流地位，而昔日被视为难登大雅之堂的小说、戏曲却因其契合了市民群体的商品消费需求和世俗文化心理而迎来了蓬勃发展的新时期。同时，晚清报纸期刊的创立与兴盛则成为推动近代雅俗文体变迁的重要传播力量。

传统小说的文运在近代为之一变，从难登大雅之堂的边缘文学一跃而为承担了启蒙和娱乐两大功能的主流文体。与高文典册不同，小说的特点在于"极摹世态人情"，功能则"主在娱心，而杂以惩劝"①，对于文化程度不高的普通市民来说，小说具有诗歌、散文等正统文学不可比拟的世俗性与娱乐性。因此，小说在感易人心，转移风俗等方面亦具有突出的优势，所谓："窃以感动人心变易风俗，莫如小说。推行广速，传之不久，辄能家喻户晓，气习不难为之一变。"②

上海承口岸开放之先机，受欧风美雨浸润最久、最深切，对于迅速壮大的市民群体来说，他们需要一种反映市民日常生活的"叙事陪伴"。而对于《申报》等以盈利为目的的商业报刊来说，迎合市民阅读口味，不断扩大销路是他们始终不变的宗旨。1875 年 10 月 18，《申报》刊登《觅书》启事，将营业范围从报刊出版扩展至书籍印刷："启者，本馆以刷印各书籍发售为常。如远近诸君子，有已成未刊之著作拟将问世，本馆愿

① 鲁迅：《中国小说史略 · 宋之话本》，《鲁迅全集》（第九卷），北京：人民文学出版社 1981 年版，第 115 页。

② 《万国公报》第七十八卷，1895 年五月号，转引自王尔敏：《中国近代文运之升降》，北京：中华书局 2011 年版，第 29 页。

出价购稿,代为排印,抑或俟装订好后,送书数百部以申酬谢之意亦无不可,总视书之易售与否而斟酌焉。”①

除了消费群体的需求和印刷媒介的变迁外,知识分子对小说文体的理论倡导和文学实践亦对小说文运的兴起起到了重要的推动作用。

古典中国,诗歌和散文是长期占据主流地位的经典文体,然而,传统文运的发展随着近代中国社会的骤然变更而出现了转捩点。正如历史学家王尔敏所说:“中国近代文学风气之重大转变,其原始动机与思想启念,均导源于甲午中日战争惨败之痛彻醒觉。全国普遍反应,激起人们奔走呼号,广泛唤起国人救亡图存。在表达唤醒同胞之入手方式,俱循通俗文学一途。……至于实际表现,在一致体认之下,众志所趋,多已舍弃正面之学理申说,而由通俗文学之讽喻弹射,涵咏熏陶,以婉转教化平民。实是构成一代之文学特色。”②

两次鸦片战争之后,国人在深受震撼之余,更加激发了图强求变的决心,而以通俗文学感化人心成为时人救亡图存的理想工具。自1897年始,严复、夏曾佑、梁启超、狄葆贤、金天翮、吴沃尧、寅半生、陶祐曾、徐念慈等一批有远见的开明知识分子率先提出了以通俗文学开化民智、启蒙社会的主张。

1897年严复和夏曾佑联名在《国闻报》发表《本馆附印说部缘起》,强调小说在开化民智方面所起到的重要作用:“夫说部之兴,其入人之深,行世之远,几几出于经史上,而天下之人心风俗,遂不免为说部之所

① 《觅书》,《申报》,1875年10月18日。

② 王尔敏:《中国近代知识普及运动与通俗文学之兴起》,王尔敏:《中国近代文运之升降》,北京:中华书局2011年版,第29页。

持。……且闻欧、美、东瀛，其开化之时往往得小说之助。是以不惮辛勤，广为采辑，附纸分送。或译诸大瀛之外，或扶其孤本之微。文章事实，万有不同，不能预拟；而本原之地，宗旨所存，则在乎使民开化。”①1898年，梁启超在《清议报》发表《译印政治小说序》，借康有为之口，宣传小说对于社会变迁和政治改良具有不可替代的作用：“仅识字之人，有不读经，无有不读小说者。故六经不能教，当以小说教之；正史不能入，当以小说入之；语录不能谕，当以小说谕之；律例不能治，当以小说治之。”②1907年，陶祐曾在第十期《游戏世界》中强调小说的重要地位：“自小说之名词出现，而膨胀东西剧烈之风潮，握揽古今利害之界线者，唯此小说；影响世界普通之好尚，变迁民族运动之方针者，亦唯此小说。小说！小说！诚文学界中之占最上乘者也。其感人也易，其入人也深，其化人也神，其及人也广。是以列强进化，多赖稗官，大陆竞争，亦由说部。”③

晚清民初，倡导小说为一代文风的先觉者中，尤以梁启超的影响与作用最为卓越。在理论建树上，他在《译印政治小说序》、《新小说》创刊号及《论小说与群治之关系》等文章中，主张“小说为文学之最上乘”，大大提升了小说的文学学术地位，后人对小说功能与地位的言说大都受其启发而又不出其规范。在小说创作方面，梁启超以硕学鸿儒的身份创办《新小说》月刊、开辟《小说丛话》栏目，继之而起的《绣像小说》、《新

① 陈平原、夏晓虹：《二十世纪中国小说理论资料》(第一卷)，北京：北京大学出版社1989年版，第12页。

② 陈平原、夏晓虹：《二十世纪中国小说理论资料》(第一卷)，北京：北京大学出版社1989年版，第21页。

③ 阿英：《晚清文学丛钞》(小说戏曲研究卷)，北京：中华书局1960年版，第39—40页。

新小说》、《月月小说》、《小说七日报》、《游戏世界》、《小说林》、《中外小说林》、《竞立社小说月报》等众多小说期刊的先后创立，才使得小说这种文体在一波又一波的创作与翻译的高潮中逐渐巩固了其近现代学术地位。

上有知识分子的倡导提携，下有市民大众的文学需求，再加上报纸期刊的大量印行，清末明初必然是一个小说创作的鼎盛时期。据日本学者樽本照雄所编《新编清末民初小说目录》，仅清末出版的小说总数，即达2632种，其中创作1531种，翻译1101种。若再加上民初小说，则总数达16046件(包括重版)，其中创作11074件，翻译4972件。[①] 而据阿英编的《晚清戏曲小说目》所收的小说书目，从1892—1911年，创作小说已达到450多种，这组数据还不包括纷繁的清末民初各地报纸副刊上登载的小说。

口岸社会的繁荣与市民消费空间的急遽膨胀，使得通俗性成为海派文学的重要特征之一。孕育于口岸社会与市民空间之中的《申报》旧体诗创作一方面极力呈现出向通俗市民文学靠拢的趋势，如《申报》初期大量刊登的洋场竹枝词就是这种趋向的表现；另一方面，事实证明，小说比诗歌更易于满足市民文化的消费空间，旧体诗在近现代报刊上的短暂繁荣与逐渐消退，是一种必然。

---

① [日]樽本照雄：《清末小说研究集稿》，济南：齐鲁书社2006年版，第162—163页。

第三节 早期报人社会生活与文化心态之变迁

近代小说创作的蔚然成风，就市场而言，应对了广大市民阶层的需求；就传播手段而言，借助了近代报刊媒体的兴盛。然而，在小说这种边缘文体的主流化过程中，最重要的因素还在于以传统士人为核心的作家群体的聚合，以及由此而带来的士人身份与创作心态的转变。

一、科举废止：士人边缘化的制度开始

19 世纪中叶，传统士人对于上海尤其是租界这个在夷狄掌控之下深受西风浸染的繁华之地，始终抱有排斥与警戒的态度。

传统士人甫一接触洋场繁华，在强烈的震惊之余，亦对西方文明之渗透产生深重的不安感，如《上海新报》上登载的一位士人初入洋场的矛盾心态："同治十年，岁在辛未，孟冬之初，游于松江上海之洋场。叹异事也，西人毕至，华番咸集此地，有高楼大厦，煤灯电线，又有洋泾激湍环绕左右，倩以为桥梁水阁，寓目其标，岂无丝竹管弦之盛。一游一览，实足以乱我性情。"①

而更有甚者，有的士人居于上海三十年而不入洋场，以示夷夏之大防。据姚公鹤《上海闲话》记载，在同光之交的士林，对于上海洋场普遍

---

① 《上海新报》，1871 年 12 月 15 日。

保持着一种疏离的态度:"上海者,外人首先来华之根据地,亦西方文化输入之导火线也。以与吾华习尚之不同,故士大夫既尽力致其攻诘之词(如左宗棠与友人书,诋新闻记者为'江浙无赖文人之末路'),并目上海为全国首恶地。又某道学家笔记,以生长上海,足迹三十年不涉夷场为有守。又湖北名士张某,寓书王韬,力劝其不应托庇外宇,盖皆同、光朝之事实也。"①

姚公鹤所谓左宗棠对上海新闻记者的诋毁,其原委在于昔日左宗棠驻守新疆,曾经委托胡雪岩向上海洋商借款1200万元。然而沪上报纸多有微词,左宗棠听闻有反对者,颇为震怒,遂在与友人的书信中有"江浙无赖文人,以报馆为末路"之语。

左宗棠对于新闻从业者的轻视实际上代表了那一时期普遍的社会心态,因为在晚清尤其是1905年之前,科举仕进才是读书人的正途,那些寄身报馆的落拓文人在科举制度的巨大阴影下,是普遍被社会轻视的边缘群体。姚公鹤在《上海闲话》中谈到,彼时社会醉心科举,文人寄身报馆被认为是不名誉的事情,昔日的报馆主笔甚至不敢透露自己的报人身份:

> 社会间又不知报纸为何物,父老且有以不阅报纸为子弟勖者。(一则虑其分心外骛,一则以报纸所载多不切用之文字也。彼时社会以帖括为唯一学问,而报纸所载亦实多琐碎支离之记事,故双方愈无接近之机。……昔日之报馆主笔,不仅社会上认为不名誉,即

① 姚公鹤:《上海闲话》,上海:上海古籍出版社1989年版,第103页。

> 该主笔亦不敢以此自鸣于世。吾乡沈任佺君，光绪初年即就沪上某报之聘，转辗蝉联，至光绪末年而止，然对人则嗫嚅不敢出口也。……盖举世为科举梦所浸灌也。①

“科举在清代为寒士求出路第一门径，以故无恒产者舍此不能救贫，至于做官则在第二步。”②是年春夏秋三季，直是为科举忙碌。以寒士无恒产，为一生出路计，舍科举一途不能救贫。

在举世为科举梦所浸润的时代，在有着悠久学术传统的江浙地区，此种心态尤为深入人心。

明清以来，富庶的江浙地区始终在学术文化上占据绝对优势。无论是教育机构的兴盛还是民间藏书的数量乃至科举人数的比例都在全国占有领先地位。江浙士人，只要家中略有资才，都不惜为子弟提供良好的教育，所有的耕读之苦不过是为了有朝一日能够光耀门楣。正如归有光所描述：“吴为人材渊薮，文字之盛，甲于天下。其人耻为他业，自髫龄以上，皆能诵习举子应主司之试。居庠校中，有白首不自己者。江以南，其俗尽然。”③

深厚的科举取士传统的浸染加上明清尤其是晚清士阶层的急遽膨胀造成了江浙地区举业竞争的白热化。例如，道光时江苏、安徽两省乡试取录定额 144 人，而应试士子却多至一万四五千人。即便是县级的初

---

① 姚公鹤：《上海闲话》，上海：上海古籍出版社 1989 年版，第 127—131 页。
② 朱峙三：《朱峙三日记》，1904 年 5 月 16 日，《辛亥革命史丛刊》（第 11 辑），武汉：湖北人民出版社 2002 年版，第 285 页。
③ 归有光：《送王汝康会试序》，归有光：《震川先生集》（上册）：上海：上海古籍出版社 1981 年版，第 191 页。

级考试,也是僧多粥少,如无锡、金匮两县,学额仅 30 人,而应院试的童生却往往多达一千数百人。①

历史学家王尔敏认为:"晚清十年,正为中国文士命运重大转变关键。甲辰(1904)科举停废,表面看只是一纸诏令,实则对中国文士打击深重。五百年来逢此巨变,固有社会体系由是崩解。此在江、浙两省最为显著,亦最见严重。"②如果说积重难返的科举制度使晚清士人不得不在仕途困境中艰难挣扎,那么 1905 年清政府下诏废除科举制度,则给惯于在仕路上蒙昧挣扎的士人以釜底抽薪的剧痛。他们此前所引以为豪的价值体系轰然倒塌,文化制度的骤然转变使得他们的价值观念与身份认同产生了断裂与失落。

刘大鹏在《退想斋日记》中曾深切地流露出科举制度废除对于一代士人的物质与精神生活所造成的巨大的冲击:"下诏停止科考,士心散涣,有子弟皆不作读书想,别图他业,以使子弟为之,世变至此,殊可畏惧","甫晓起来心若死灰,看得眼前一切,均属空虚,无一可以垂之永久,惟所积之德庶可与天地相终始","昨日在县,同人皆言科考一废,吾辈生路已绝,欲图他业以谋生,则又无业可托,将如之何?"③

一般说来,传统士人的生计不外乎三种:塾师、儒医与幕僚,其中坐馆授徒又是士人最体面、最常见的谋生手段。包天笑在进入报刊媒介之前认为:"我的前途,注定了两件事,便是教书与考试,考试与教书。

---

① 刘志琴主编、李长莉著:《近代中国社会文化变迁录》(第一卷),杭州:浙江人民出版社 1998 年版,第 19 页。

② 王尔敏:《中国近代之文运升降》,北京:中华书局 2011 年版,第 74 页。

③ 刘大鹏遗著,乔志强标注:《退想斋日记》,太原:山西人民出版社 1990 年版,第 146—147 页。

在平日是教书，到考试之期便考试，考试不中，仍旧教书。即使是考试中了，除非是青云直上，得以连捷，否则还是教书，人家中了举人以后，还是教书的很多呢”①。

科举废除之后，子弟们纷纷弃旧学而向西学，对于刘大鹏等内地乡绅来说，科举制度的废除，不但使他们失去了菲薄的书院膏火，甚至还断送了他们舌耕度日的生计。

然而，在商品经济繁荣的江浙地区，失去了科举制度的庇护，传统士人有着更为多样的谋生之路，其中，寄身报馆就是最常见的一种选择。因此，众多江浙文人纷纷流向上海，成为卖文求生的口岸文人，此后遂有通俗文学的蔚为大观：

> 江浙文风鼎盛，为全国之冠。人人苦读经传，十年寒窗，以博科名。甲第首选，多为江浙猎获。入仕正途，通显捷径，士人争竞以赴，形成普遍风气，并亦构成一定社会体系。儒师砚耕，恃为衣食。举子莘莘，慕求功名。入仕显达，财势俱已在握。今既停止科举，考试无用，仕途湮塞，举子弃学，儒师失业，各奔谋生之路。别无他能，只有就近奔赴江海口岸，卖文求活，乃不能不弃八股而著小说。因是多用笔名，不肯暴露真名。适报刊发达，相得益彰，得风气之先者，成名最速，然此名已非彼名也。略考此期通俗文学作者，多流寓于通商口岸，又多为江、浙、闽、广四省文士，且多为举人秀才，岂是偶然而有？②

---

① 包天笑：《钏影楼回忆录》，香港：大华出版社 1971 年版，第 143 页。
② 王尔敏：《中国近代文运之升降》，北京：中华书局 2011 年版，第 74 页。

传统士人寄身于报馆并非有志于献身新闻事业,而是有其迫不得已的苦衷,其中最主要的是在于场屋困顿,久应科考而不售。《申报》等早期报刊的主笔和主要投稿者都曾经有过多次科考不中的经历。

钱昕伯,秀才,浙江吴兴人,名徵,别号雾里看花客、修月楼主人,为《申报》第二任总主笔,任职时间为1884—1898年。早在《申报》创刊之前,钱昕伯就曾受命于美查,前往香港考察,并征求王韬的意见。

何桂笙(1840—1894),秀才,名镛,浙江山阴人,别署高昌寒食生、山阴悟痴生。何氏"幼负不羁才,有神童之誉。补博士弟子员,未几即食饩。屡试辄高等,乡父老咸以远到期之。屡膺鹗荐,未遂鹏搏,郁郁不自得"①。

蔡尔康,秀才,江苏上海人,字子茀,号紫绂,别署缕馨仙史。1873年起以"不愁明月馆主"之号在《申报》发表诗词。并于1876—1878年在《申报》担任编纂,后主编《民报》和《瀛寰画报》。蔡氏曾八次应试而不中,所谓"堂备满荐,八试不售"是也②。

吴子让,江西南丰县人,曾担任六年《申报》主笔,美查誉之为"少负大志,于学无所不窥",以太学生应省试受挫而放弃帖括之业。后来被曾国藩赏识,纳为幕僚。

韩邦庆(1856—1894),江苏松江人,字子云,号太仙,别署大一山人,花也怜侬。1892年创办《海上奇书》杂志,著有长篇小说《海上花列传》。韩氏"自幼随父宦游京师,资质极聪慧,读书别有神悟。及长,南旋,应童试,人娄庠为诸生。越岁,食廪饩,时年甫二十余也。屡应秋

① 《山阴何君桂笙小传》,《申报》,1894年12月8日。
② 蔡尔康:《先妣沈太安人行述》,《万国公报》第92期,1896年9月。

试，不获售。尝一试北闱，仍铩羽而归。自此遂淡于功名”①。

葛其龙（？—1886），浙江平湖人，字隐耕，号龙湫旧隐，别署寄庵老人。早年科场失意，曾以“岂有才华惊海内，空教辞赋动江关”②之句抒发内心的牢骚。葛其龙自《申报》创刊之年起，便以龙湫旧隐的别号在《申报》和《瀛寰琐纪》上发表诗词作品，并组织诗社雅集，一时成为早期《申报》旧文人群体的核心。较于其他士人更为幸运的是，葛其龙曾在光绪五年（1879）已卯科顺天乡试中试第十名，实现了自己的举业梦。③

邹弢（1850—1931），字翰飞，号潇湘馆侍者，又号司香旧尉，别号瘦鹤词人，晚号守死楼主，江苏无锡人。同治五年（1866）随父迁居苏州。光绪元年（1875）为诸生，然入泮后，尝十试秋闱，皆遭弃。因此葛其龙在《三借庐集》的序言中感叹邹弢的命运为：“翰飞富于才而穷于遇，当世卿大夫无非慕其名爱其才者，而绝不闻一为推挽至以卖文糊其口，可谓穷矣”④。旅居沪上时期，邹弢与葛其龙、袁祖志等海上文人时有唱和。光绪五年（1879），葛其龙中举，邹弢怀着复杂的心情赋诗一首：“遥闻君报捷，我更愧樗蒲。燕市芳踪隔（时君应京兆试），吴江客思孤。烟情凉菡萏，秋梦眷蘼芜。海上同赓唱。殷勤记得无？”（《沪上龙湫旧隐葛隐耕孝廉（其龙）》）⑤

① 胡适：《海上花列传·序》，《胡适全集》（第3卷），合肥：安徽教育出版社2003年版，第507页。
② 葛其龙：《和滇南香海词人秋兴八首用杜工部诗韵》，《申报》，1872年9月25日。
③ 来新夏：《清代科举人物家传资料汇编》（第30册），北京：学苑出版社2006年版，第214页。
④ 葛其龙：《三借庐集·序》，《清代诗文集汇编》（第773册），上海：上海古籍出版社2010年版，第3477页。
⑤ 邹弢：《三借庐集》，《清代诗文集汇编》（第773册），上海：上海古籍出版社2010年版，第41页。

李伯元(1867—1906),秀才,名宝嘉,别号南亭亭长,江苏常州人。晚清上海小报的创始人,光绪二十三年(1897),创办《指南报》,以此揭露时弊,劝善惩恶。不久,改办《游戏报》,后又改为《繁华报》,并受商务印书馆之聘,编辑出版《绣像小说》半月刊。李氏生于仕宦之家,祖父、父亲、伯父都是科第出身,但却仕途失意,“少擅制艺及诗赋,以第一名入学,累举不第”①。

袁祖志(1827—1898),字翔甫,号仓山旧主,浙江钱塘人,袁枚孙。咸丰时官县令,后寓居上海。晚年结庐称吟社,有《谈瀛阁诗稿》。1876年至1882年,任上海《新报》主编。光绪十九年(1893)下半年,应聘为《新闻报》总编辑。

袁祖志曾有七次应试而不中的经历,1877年,他在五十岁生日之期所作《五十述怀》流露出科场失意后的释怀:“已是人生半百身,有才无命例沉沦。传家岂必科名重(余七次应试不售),入世惟存面目真。牛马凭他为月旦,惊风独我困风尘(亲友同侪中乱后多膺显秩)。一言慷慨逢人说,廉吏儿孙不讳贫。”②但1879年,他又作诗鼓励好友葛其龙赴京兆应试:“壮志宜乘破浪舟,如君不负海天游。蓬瀛近接三霄路,桂窟高含八月秋。此日吟诗推卓卓,他年敷政定优优。长安道上人文萃,应让宏才出一头。”(《和葛隐耕其龙留别原韵即送由轮舟应京兆试》)③

早期报人的价值观念深深根植于儒家传统,在举世文人皆沉浸于

① 鲁迅:《中国小说史略·清末之谴责小说》,《鲁迅全集》(第九卷),人民文学出版社1981年版,第282页。

② 袁祖志:《秋虫吟·下》,《清代诗文集汇编》(第705册),上海:上海古籍出版社2010年版,第537页。

③ 袁祖志:《秋虫吟·下》,《清代诗文集汇编》(第705册),上海:上海古籍出版社2010年版,第551页。

科举梦的时代，寄身报馆，秉笔西人，终非长久之策，而他们向士林回归的唯一方式是继续参加科举考试，直到中举为止。《申报》第一任主笔蒋芷湘就是一位由报人重新回归士人的典型例子。

蒋芷湘，浙江杭州人，字其章，号蘅梦庵主，别号小吉罗庵主，曾于1872年至1875年在《申报》担任第一任主笔。蒋其章出身读书世家，"师从沈祖懋、钱振伦、薛时雨"。他在进入申报馆时已经是举人，任职《申报》主笔期间仍然对举业功名念念不忘，光绪三年丁丑年（1877），蒋其章终于科举成功，"会试中式第五十六名，殿试第三甲第四十九名，朝考二等第四十三名"①。考中进士之后，蒋芷湘遂放弃了《申报》主笔的职位，于光绪四年春离开申报馆，赴甘肃省敦煌县令之任。

相对于其他士人来说，蒋芷湘是颇为幸运的。王韬在墨海书馆期间曾经两次参加科举考试，1905年接替黄协埙担任《申报》总编纂的金剑花在1903年还积极赴试，隔年，科举制度就被废除了。钱昕伯、何桂笙、蔡尔康等人都是在考中秀才之后便屡试不中，不得已在西人的报馆书局中消磨掉了昔日的雄心壮志。

既不能通过科举制度进入主流士人群体，又不甘于自认为不光彩的报人身份，早期报人的矛盾心态影响着他们的身份认同，他们常常感叹寄身报馆，秉笔西人是令人蒙羞的雕虫小技。吴绮缘曾感叹道："嗟乎！吾曹昂藏七尺躯，处此浊世，不思有以自见，乃犹日握铅椠，从事于稗官家言，夫亦可耻甚矣！"②著名的鸳鸯蝴蝶派作家徐枕亚因为从事小

---

① 来新夏：《清代科举人物家传资料汇编》（第10册），北京：学苑出版社2006年版，第537—538页。

② 《小说季报·序》，《小说季报》第1期，1918年8月。

说创作而愧不能当:“丈夫不能负长枪大戟为国家干城,又不能著书立说以经世有用之文章先觉觉后觉,待恃此雕虫小计与天下相见,已自可羞。”①

二、浪迹沪滨:早期报人群体的麇集

19世纪中叶,晚清中国还不具备严格的新闻概念,许多报纸稿件少,信息量少,因此不少报刊主笔以“有闻必录”为借口,不惜收录那些不经证实的讹传。再加上中国早期报人都是供职于西人手下的“秉笔者”。因此,他们往往被士林所不齿。

1897年担任申报主笔的雷瑨曾在1922年申报馆五十周年文集《最近之五十年中》详细论述了《申报》初创时期,新闻事业之鄙陋与报人社会地位之低下:

> 彼时朝野清平,海隅无事。政界中人,咸雍容揄扬,润色鸿业,为博取富贵功名之计。对于报纸,既不尊崇亦不甚忌嫉,而全国社会优秀分子大都醉心科举,无人肯从事于新闻事业。惟落拓文人,疏狂学子,或借报纸以发抒其抑郁无聊之意,与各埠访员,人格尤鲜高贵,所抚拾报告者大率里巷琐闻,无关宏旨。国家大政事、大计划,微论无从探访,即得之亦决不敢形诸笔墨。……要而言之,其时开报馆者,惟以牟利为目标,任笔政者惟以省事为要诀。而其总原因,由于全国上下皆无政治思想,无世界眼光,以为报纸者不

① 《小说季报·发刊弁言》,《小说季报》第1期,1918年8月。

过为洋商一种营业，与吾侪初无若何之关系。故申报虽为中国最先创办之新闻事业，而自同治末年迄乎光绪中叶，此长时期中论说纪事无非老生常谈，年复一年，绝鲜进步。凡此云云，盖鄙人于初任申报笔政时，检阅旧报纸并闻之馆中先辈所述而约略得其状况者也。①

就报人群体而言，他们大都为一些科场失意的落拓文人，寄身报馆不过是为了抒发郁闷无聊之意，而士人群体中的优秀分子仍汲汲于科举功名，被禁锢于传统儒家“修身治国齐家平天下”的价值观念中。因此无论是当时报纸的主笔还是各地访员，人数和水平都不足称道。就报馆的经营者而言，一切目的不外乎牟利，而缺乏对新闻从业者的责任心，所以仍有华人笔政以省事为先。就社会心态来说，当时国人民智未开而缺乏世界眼光和公共政治思想，因此仅将报纸作为洋商的一种，普遍对其抱有怀疑和抗拒的心态。

新闻事业不发达，报人从业素质低下，因此民间对于报业颇多误会龃龉之情，姚公鹤的《上海闲话》中记录了近代早期报刊在民间所遭受的尴尬状况：

本埠则必雇有专人，于分送长年定阅各家者外，其有剩余之报，则挨门分送于各商店。然各商店并不欢迎，且有厉声色以饷之者。而此分送之人，则唯唯承受惟谨。及届月终，复多方以善言乞

① 雷瑨：《申报馆之过去状况》，申报馆编：《最近之五十年》，上海：申报馆 1923 年版，第 490 页。

取报资,多少即亦不论,几与沿门求乞无异。……

其轻视报界为何如!惟当时并不以左(宗棠)之诋斥为非者,盖社会普遍心理,认报纸为朝报之变相,发行报纸为卖朝报之一类(卖朝报为塘驿杂役之专业,就邸抄另印,以出售于人。售时必以锣随行,其举动颇猥鄙,而所传消息亦不尽可信,故社会轻之,今乡僻尚有此等人),故每一报社之主笔、访员,均为不名誉之职业,不仅官场仇视之,即社会亦以搬弄是非轻薄之,宜文襄之因事大肆其讥评也。①

晚清社会不仅对报刊杂志抱怀疑之态度,亦对报刊从业人员抱轻视态度,包天笑在《钏影楼回忆录》中谈到自己进时报馆时遭到亲友的一致反对:"当我就职时报馆的时候,我的家乡许多长亲,都不大赞成。他们说当报馆主笔的人,最伤阴德,你笔下一不留神,人家的名誉,甚是生命,也许便被你断送。我的妇翁陈挹之先生,便以此告诫我,他是一位好善的长者。我想:如果我的祖母在世,也许不许我就此职业。那时的清政府,也痛恨着新闻记者,称之为'斯文败类',见之于上谕奏折……"②

在科举制度废除之前,社会普遍对任职西人报馆的华人主笔抱有偏见,1874年,士人亢树滋甚至写了一封言辞激烈的《与〈申报〉馆人书》,斥责蒋芷湘等早期在西人报馆中从业的传统士人:

① 姚公鹤:《上海闲话》,上海:上海古籍出版社1989年版,第127—128页。
② 包天笑:《钏影楼回忆录》,香港:大华出版社1971年版,第322页。

> 甲戌七月初八日致书申报馆主笔人足下,《申报》之行于海内数载矣,仆从未寓目。今夏以东人肆侮,始取而观之,则见报中所言,皆阳尊我中而阴实侮之。……所惜者堂堂中朝,生足下之败类,以玷辱士林为可耻耳。……吾与足下风殊类别,本不当进而与言,惟因足下文笔可观,苟能正其心术,从事儒先之学,何遽不富贵?即世不我用,而键户著书,亦岂无以自见。若以身受西人之聘,供彼使令,则当劝其坚守和约,勿启衅端,使中外相安无事,而彼亦获通商之利。奈何妄生非议,出此倾危之计,而上得罪于君上,下得罪于祖宗,终致自杀其身哉。①

亢树滋对《申报》抱有深刻的偏见,因此才在该报创刊两年之后才取阅之。他对于蒋芷湘等传统士人的"身受西人之聘,供彼使令"颇为不满,直斥其为玷辱士林的败类,甚至将华人主笔视为中西扰攘纷争的罪魁祸首。

亢树滋的言谈虽然过于偏激,然而在举国沉浸于科举梦的时代,他的激愤之辞多少映射出晚清社会对于传统士人从事新闻事业的轻视与不屑态度。对于那些在西人报馆书局讨生活的传统士人来说,此种社会观念在他们自身的呈现便是一种内外矛盾的心态。

19世纪中叶,受聘于西人报馆的华人主笔多数是仕途失意、身份寂寥的落拓文人,是士群体中的末流。报人不齿于士林,在科举制度废止

---

① 亢树滋:《与〈申报〉馆人书》,《市隐书屋诗文稿》卷五,清同治刻本,转引自孙琴:《我国最早之文学期刊〈瀛寰琐纪〉研究》,苏州大学博士学位论文2010年版,第23页。

之前,尤为明显,即使有的报人受到了社会的尊重,亦是因为其士人身份,而非报人角色,"社会之视报人,或尊之为清高,以其文字生涯,'士居四民之首',而非以其为报人"①。那时候,报人多不敢自鸣于世。姚公鹤曾感叹:"在十数年前,新闻记者为一种文氓职业,社会殊不重视,渠执业时每日黄昏至社办公,数时即竣。归去偶遇亲旧,伪云教读夜馆,不敢明告也。"②

当时的报人除了要面对社会的非议之外,还需要应对物质条件的压力,他们不仅薪水菲薄,就连居住的环境也异常恶劣。由于新闻事业尚属草创时期,《申报》等报刊的发行量还很少,因此,报人的薪水亦颇为菲薄,据雷瑨回忆,当时"薪水按西历发给,至丰者月不过银币四十元,余则以次递降,最低之数,只有十余元,而饭食茗点茶水洗衣剃发与夫笔墨等等无不取给于中,生涯之落寞,盖无有甚于此者"③。《申报掌故弹》曾记述当年《申报》老报人的生活窘况:

> 他们虽然荣膺了"买办"或"师爷"的头衔,可是生活是十分清苦的。那时最高的薪水只有四十元,余则依次递降,最低的只有十余元。饮食、洗衣、理发,以及笔墨之费,均取给于此。虽然那时生活程度尚低,但总已觉得周转不来。据说那时的何桂笙,月薪三十元,他生平喜欢买书,每月总有一半的钱用在买书上面,所以常常

---

① 潘公弼:《望平街之回忆》,台北:《报学》创刊号,1951 年版,转引自王敏:《上海报人社会生活》,上海:上海辞书出版社 2008 年版,第 35 页。

② 红禅:《报坛逸话》,《报学月刊》,1 卷 3 期,上海:光华书局 1929 年版,转引自王敏:《上海报人社会生活》,上海:上海辞书出版社 2008 年版,第 36 页。

③ 雷瑨:《申报馆之过去状况》,申报馆编:《最近之五十年》,上海:申报馆 1923 年版,第 492 页。

陷于身无分文的困境，只好每天独自一人，跑到杨柳楼台，泡上一壶茶，买几个烧饼充饥。①

微薄的收入常令报人捉襟见肘，而大发感慨："吾人橐笔谋生，今岁之所入稍裕于去岁，而岁暮饥荒仍无异于前。"②在上海洋场享有声誉的袁枚之孙袁祖志担任《新闻报》主笔时，菲薄的收入不仅不能维持他的名士风流，甚至连日常生活都难以为继："寓沪时赤贫如洗，庭筠里有《国华报》者，慕其名延为主笔，出版仅月余即停刊。未几入《新闻报》馆担任论文，月薪仅二十元，会当夏令，求一布大褂而不可得，常在马路中仅着一布短衫，手执大芭蕉扇，摇曳以行，饭则恒至小饭店就食。其贫如此，然作文千言立就，词旨充鬯，其文思敏捷有乃祖风，盖家学渊源，洵非余子所能企及也。"③。

早期报人不仅困扰于薪水菲薄，入不敷出，甚至还要忍受工作环境的恶劣不堪。雷瑨在《申报馆之过去状况》中对当时报人的工作环境有过细致的描述："申报房屋，本甚敝旧，惟西人办公处尚轩爽洁净。起居办事之室，方广不逾寻丈，光线甚暗，而寝处饮食便溺等等，奚在其中。冬则寒风砭骨，夏则炽热如炉。最难堪者，臭虫生殖之繁，到处蠕蠕，大堪惊异。往往终夜被扰，不能睡眠。"④

晚清近代，西方印刷机器和技术传入中国，不仅改变了文学的传播

① 《申报掌故谭·买办和师爷》，《申报馆内通讯》(第一卷第四期)，转引自王敏：《上海报人社会生活》，上海：上海辞书出版社 2008 年版，第 209 页。
② 《岁除论》，《申报》，1880 年 2 月 8 日。
③ 陈伯熙：《上海轶事大观》，上海：上海书店出版社 2000 年版，第 54—55 页。
④ 雷瑨：《申报馆之过去状况》，申报馆编：《最近之五十年》，上海：申报馆 1923 年版，第 492 页。

方式,更在日积月累的实践中改变着人们的传播观念。

古代中国即有著书立说之传统。所谓立德、立功与立言为三不朽,在古人看来,文人著书立说是一件神圣不朽的事情。然而,在晚清中国,随着西方先进的印刷机器和技术的传入,文人著作能够在最短的时间内以最快的速度在最广阔的范围内传播,近代文学初步呈现出即时性的现代传播特征。

邹弢在光绪三年(1877),由申报馆刊印了他的文言小说《浇愁集》。这部著作是他早期的代表作,在当时颇受读者的青睐。申报馆初印后又重新刊印,之后又有书贾将该书以石印技术重新印刷出售。然而邹弢本人却对此书的刊行颇感遗憾:"余于丁丑岁作《浇愁集》,稿甫脱,即为坊贾携去,其中太半点勘未精。书出重阅,颇不满意,至今犹悔之。"①

寅半生在《小说闲评》的序言中更为深刻地揭露出近代文风的改变,小说作品从昔日的"披阅十载"到如今的"朝脱稿而夕印行",体现的不仅仅是传播技术的创新,更是在趋利之风的推动下,普通士人的文学传播观念的嬗变:

> 十年前之世界为八股世界,近则忽变为小说世界,盖昔之肆力于八股者,今则斗心角智,无不以小说家自命。于是小说之书日见其多,著小说之人日见其夥,略通虚字者无不握管而著小说。循是以往,小说之书,有不汗牛充栋者几希?顾小说若是其盛,而求一良小说足与前小说媲美者卒鲜。何则?昔之为小说者,抱才不遇,

① 萧相恺:《序〈浇愁集〉》,邹弢:《浇愁集》,合肥:黄山书社 2009 年版,第 3 页。

无所表见，借小说以自娱，息心静气，穷十年或数十年之力，以成一巨册。几经锻炼，几经删削，藏之名山，不敢遽出以问世，如《水浒》、《红楼》等书是已。今则不然，朝脱稿而夕印行，一刹那间即已无人顾问。盖操觚之始，视为利薮，苟成一书，售诸书贾，可博数十金，于愿已足，虽明知疵累百出，亦无暇修饰，甚有草创数回即印行，此后竟不复续成者，最为可恨。虽共推文豪之饮冰室主人亦蹈此习（如《新罗马传奇》、《新中国未来记》俱未成书），他何论焉。①

近代士人文学传播心态的改变不仅体现在小说创作中，也对诗歌创作产生重要影响。《申报》自1872年刊登旧体诗以来，一个明显的现象是许多诗词作品往往在题目后面点缀以“甫稿（草）”、“初稿”、“未定稿”、“待删稿”、“待定稿”、“求政草”等字样，一言以蔽之，即作者发表的都是未经删订的初稿，以1873年1月至6月间《申报》发表的诗歌为例：

表1　1873年1月至6月《申报》诗歌非定稿数量

稿件性质	数量（首）	稿件性质	数量（首）
为是草、未是稿	2	初稿	121
未定草、未定稿	103	初草、甫草	10
甫稿	17	未是草、求是草	8
漫稿	4	待政稿、待定稿	31

由上表可见，1873年1月至6月间，《申报》共发表730首诗歌，其中署名标注为不定稿的为296首，占稿件总量的40.54%之多。由此可

① 寅半生：《〈小说闲评〉叙》，转引自阿英：《晚清文学丛钞》（小说戏曲研究卷），北京：中华书局1960年版，第467—468页。

见,报刊传媒即时性的特点促使近代文人改变了传统的文学生产方式,随写随刊成了他们文学生产的新特征。这些都表明"《申报》已经让它周围的作家群改变了传统的传播观念,他们不再是乘兴而作然后投掷书箧以待来日整理,而是以加快创作、迅速发表的方式写作。可见,有了近代报刊的参与,文学作品'朝脱稿夕印行'的传播方式和理念就会发生"①。

即使不能在科场显名,有的报人仍然将传统功名视为最重要的身份证明。这种失意文人的幽微心理往往在一些与署名相关的细节中流露出来。

1872年5月2日,《申报》第二号上刊登了主笔蒋芷湘的竹枝词《观西人斗驰马歌》,这是《申报》上刊登的最早的旧体诗,此后至1890年的数十年间,旧体诗成为了《申报》的重要内容,海内外众多诗人互相酬唱,形成了《申报》早期旧体诗创作的第一个高峰。然而,值得令人深思的是,《申报》上刊登的旧体诗作者绝大多数是以笔名示人。例如,胡适注意到韩邦庆向以"花也怜侬"之名创作,"作者自署'花也怜侬',因当时风气未开,小说家身价不如今日之尊贵,故不愿使世人知真实姓名……随意署一别号"②。早期报人群体普遍受到社会的轻视,因此,投稿人亦不愿意以真名示人,长此以往,几成定例。早期《申报》发表的旧体诗多署别名,而蒋芷湘、蔡尔康、葛其龙等人亦都是以别名风行天下的。

---

① 张天星:《报刊与晚清文学现代化的发生》,南京:凤凰出版社2011年版,第35页。

② 胡适:《海上花列传·序》,《胡适全集》(第3卷),合肥:安徽教育出版社2003年版,第507页。

表 2　早期《申报》主要作者笔名一览表

姓　名	笔　名	姓　名	笔　名
蒋芷湘	蘅梦庵主、小吉罗庵主	钱昕伯	雾里看花客、修月楼主人
何桂笙	高昌寒食生、山阴悟痴生、桂笙、镜中花史	黄式权	海上梦畹生、畹香留梦主、天榆生、梦留室主
蔡尔康	缕馨仙史、不愁明月馆主人、小游仙、缕香仙史、铸铁庵主	袁祖志	仓山旧主、海上逐臭夫、忏情生
邹　弢	瘦鹤词人、潇湘馆侍者、邹酒丐	葛其龙	龙湫旧隐，寄庵老人
高太痴	太痴生、芍药茵唤眠侍者、怅花吊酒词人	韩邦庆	大一山人、花也怜侬
姚芷芳	赋秋生	李芋仙	二爱仙人、湘灵馆主、天补道人、鍊柔居士
管斯骏	平江藜床卧读生、管可寿斋主人	孙熙曾	鸳湖映雪生、扫花仙史、散花仙史
江　湄	鹤槎山农	金免痴	免痴道人
杜晋卿	饭颗山樵	李东沅	酒坐琴言室主
张兆熊	海上忘机客	张春华	鸳湖隐名氏

由于许多作者多以署名、别号投稿，往往给《申报》的编务工作造成了一定的困扰。例如同治壬申(1872)六月廿八日，《申报》发布《本馆告白》，敬告各投稿者在署别号之外，务必另页附上真名，以便于编辑部联系。同时，《申报》还郑重申明，一定会为作者真名保密，免于作者隐私泄露。

盖闻古人贵集思之益，吾常羞掠美之名，假我文章想自得挥毫之乐，隐其姓氏，未免绝识面之缘。本馆自开设以来，荷蒙吟坛名宿、词林丈人不弃，愚蒙每多投赠，或苔笺之近达，或梅使之遥颁。……诸君下赐佳章，仅标别号，徒使买丝而欲绣，竟至投刺之无从。耳熟能详，神交空切，伏请嗣后赐函，务将姓名住址另列一行，以副仰止之意。本馆仍将别号刊印，断不显著简端。庶几慨许识荆，藉不负投桃之雅，从此荣膺御李，当益倾篆竹之忱。①

1913年，《申报》一度在报纸上刊登投稿者的姓名，亦受到投稿人的反对："前两星期版尾揭载投稿者姓名，有多来书反谓稿不见登，殊不愿以姓名示人而受虚夸之谢语；稿若见登，则不必言谢而谢意自在其中。编辑者深然其说，故自本星期起，不复汇揭投稿者姓名，惟有默谢而已。"②

虽然众多士人不愿意在报刊上以真名示人，然而他们却很愿意以功名头衔示人，表明自身对于主流价值观念的认同。郑逸梅的一则轶闻记录了蔡尔康"大如邮政明信片，所列头衔累累，异于常例"的名片上，"四品衔分部主事奏保经济特科六举优行恩贡生，历办《申报》副主笔、《沪报》总主笔、《新闻报》开创正主笔、南洋官报采访委员，历掌《万国公报》广学会正翻译"③。

《申报》旧体诗创作的蔚为大观，除了口岸社会的繁荣、市民空间的扩展等诸多客观原因外，还需凭借创作主体——文人之手来完成。1905年，科举制度的废除，断绝了传统士人向社会上层流动的阶梯。为了维持生计，广大士人群体不得不另寻他路，而此时繁华的十里洋场、纷纭的大小报馆为他们提供了寄身之所。在这里，中国第一代报人依靠着《申报》、《新闻报》、《字林沪报》等报刊传媒的平台，用他们最为驾轻就熟的旧体诗，往来酬唱，建构起传统文人的交际网络，并掀起了近代海上文坛的第一个旧体诗创作高峰。

① 《本馆告白》，《申报》，1872年8月2日。
② 《编辑者言》，《申报》，1913年1月27日。
③ 《纪申报前任主笔蔡紫黻》，郑逸梅：《梅庵谈荟》，哈尔滨：黑龙江人民出版社1985年版，第118页。

第二章

早期《申报》旧体诗研究

沪北风光尽足夸，门开新北更繁华。出城便判华夷界，一抹平沙大道斜。

丹桂园兼金桂轩，笙歌从不问朝昏。灯红酒绿花枝艳，任是无情也断魂。

传神端不藉丹青，有术能教镜照形。赢得玉人怜玉貌，争模小影挂云屏。

抛球看惯不须称，拍卖商量到泰兴。听说明朝大跑马，倾城士女兴飞腾。

大自鸣钟矗碧霄，报时报刻自朝朝。行人要对襟头表，驻足墙荫子细听。

竿灯千盏路西东，火自能来夺化工。不必焚膏夸继晷，夜行常在月明中。

——袁祖志《沪北竹枝词》(节选)

《赛马志盛》（选自《点石斋画报》）

近代报纸刊登旧体诗并不始于《申报》，但论影响之广泛，传播之久远与数量之巨大，则非《申报》莫属。《申报》创刊于 1872 年 4 月 30 日，创刊号之后的第二期即 1872 年 5 月 2 日的《申报》上，刊登了南湖蘅梦庵主也就是《申报》第一任主笔蒋芷湘的诗歌《观西人斗驰马歌》。而从《申报》第 15 号也就是 1872 年 5 月 18 日以后，旧体诗数量越来越多，刊登频率越来越高，旧体诗成为《申报》版面定型发展过程中一项重要的内容。这一时期的旧体诗不论在数量、内容，还是形态上，对此后《申报》的旧体诗流变、期刊作家群体的形成、文学风气的转移，乃至对近代小报、文学副刊的定型都具有重要的启示意义。

第一节　上海洋场竹枝词之兴盛

《申报》上刊登的第一首竹枝词是 1872 年 5 月 18 日的《沪北竹枝词》，作者署名海上逐臭夫。此后，《申报》以平均三天一首的频率，大量地刊发竹枝词，吸引着文人士子往来酬唱，形成竹枝词创作的热潮："自壬申(1872)三月十二日第十五号《申报》中创载《沪北竹枝词》四十八章，从此好事者更唱迭和，累牍连篇，迄今三年，犹未已也。"①可以说，竹枝词虽不是最早出现在《申报》上的旧体诗种类，但却是最早在海上文坛泛起波澜的诗歌形式。

---

① 忏情生：《和沪北竹枝词》，《申报》，1875 年 1 月 4 日。笔者注：此处所言"壬申三月十二日"实为"壬申四月十二日"之误。

一、"以诗词为补白":旧体诗结缘报刊

在《申报》刊载旧体诗的77年历史中,竹枝词尤其是上海洋场竹枝词的兴盛是第一个值得关注的文学现象。事实上,竹枝词在早期《申报》上所形成的蔚然风气除了文学自身发展的规律之外,还与近代中文报刊发轫初期,交通转运之滞后、新闻意识之淡泊以及新闻队伍的不健全等客观因素密切相关。

19世纪70年代,在开化最久的上海,尽管《上海新报》已存在了10年之久,但近代中国新闻事业仍属草创阶段,彼时报刊无论形式还是内容都颇为匮乏:"其始间日出一纸,印以中国毛太纸,篇幅固甚狭小,所载多诗文之类,间及中外近事,类皆信笔点缀,如传奇小说然,人皆不甚重视之。"①

早期中国公共交通的不顺畅严重制约了报刊发行和新闻传播的速度,1853年香港月刊《遐尔贯珍》(Chinese Serials)的编辑这样说道:"中华不似泰西诸国,恒无分送日报,又无置邮递信更为迅速驰骤。平时透达信息,多由耳食传闻,或由书简寄送。素有带书函以资当生,其日行至速亦不逾一百二十里,故此土相距辽远之事,颇难早得确耗。"②此种情形直到30年后,仍未有大的改观。

1880年,傅兰雅谈到江南译书局的销售情形时感叹交通设施的落后依然是影响书籍销售的重要原因:"惟中国邮递之法,尚无定章,而国

---

① 黄协埙:《本报最初时代之经过》,申报馆编:《最近之五十年》,上海:申报馆1923年版,第489页。

② 《遐尔贯珍》1853年8月,转引自方汉奇:《中国新闻事业通史》(卷一),北京:中国人民大学出版社1996年版,第427页。

家尚未安设信局，又未布置铁路，则远处不便购买。且未出示声明，又未分传寄售，则内地无由闻知，故所售之书尚为甚少。若有以上各法，则销售者必多数十倍也。”①

而在《申报》创刊时期，交通阻滞亦是制约《申报》发行和销量的重要因素：“当咸同之世，风气未开，交通艰阻……日出不过一页，行销不逾千份。”②这也是《申报》管理者在报纸初创时期必须克服的重要困难。

在1872年4月30日的《申报》创刊号上，《本馆条例》申明：“本馆之设新报，原冀流传广远，故设法由信局带往京都及各省销售。”因此，创刊之初，《申报》即依托民信局发行报刊，建立起庞大的国内发行网络，实现了“流传广远”的发行目的。据包天笑回忆，1884年左右在苏州，每天下午就能够读到隔天出版的《申报》。③ 发行渠道的畅通使得《申报》的销量持续上升：“同治十一年(1872)三月，本报初创时……每日销数约六百张。……十三年(1874)终，销数增六百余张。光绪二年(1876)五月，销数益广，每日达二千余张。三年(1877)，忽增至五千张。六年，重要各都市，无不有本报。如北京、天津、南京、武昌、汉口、南昌、九江、香港、安庆、保定、广东、广西、四川、湖南、杭州、福州、苏州、扬州、宁波、烟台等处。”④至此，《申报》已在“各省码头风行甚广”⑤。

《申报》经营早期，报纸发行的快慢是与交通运输是否顺畅成正比

---

① 傅兰雅：《江南制造总局翻译西书事略》，转引自张静庐：《中国近代出版史料初编》，上海：上海书店出版社2003年版，第24页。
② 秦理斋：《中国报纸进化小史》，申报馆编：《最近之五十年》，上海：申报馆1923年版，第450页。
③ 包天笑：《钏影楼回忆录》，香港：大华出版社1971年版，第106页。
④ 李嵩生：《本报之沿革》，申报馆编：《最近之五十年》，上海：申报馆1923年版，第455页。
⑤ 葛元煦：《沪游杂记》，上海：上海古籍出版社1989年版，第12页。

例的。例如1872年12月16日《申报》曾刊登如下告示:“近因天津轮船业经守冻封河,所有京报邸抄均须陆路转递,陆路跋涉维艰以至传送稍慢。”1874年《申报》中也发表了关于运送京报的告白:“以后河水既泮,火船复开,故京报邮来较速。”①

19世纪70、80年代,《申报》常常会在冬令季节刊登如下告白:“本馆自开设以来,所有京报上奏疏必按日分排,谕旨则随到随录,仰蒙官商称便,众口同声。但每逢冬末春初,北洋封河,轮船停止,各信须由旱路寄来,未免稍稽时日。”

从创刊号开始,《申报》前四号为隔日刊,而第五号开始为日刊,但星期日却不出刊。其原因亦与交通状况密切相关。1872年的《申报》常常刊登这样的告白:“十一月份,除初三日、初十日、十七日、二十四日无轮船开,不发,余每晨准发一张,风雨不改。”②这里所列举的初二、初九、十六以及二十三日,都是星期天。可见《申报》星期天不出刊的直接原因在于这几天轮船停开,报刊无法如常送达。

近代中国公共交通的滞后是早期报纸版面新闻内容匮乏的重要原因。《新闻报》主笔孙玉声回忆创刊时期报刊编辑常常处于“无米下锅”的尴尬境地:

> 第当日犹轮轨未通,交通迟滞,各埠访函之来,远道者十数日,或数十日不等,即近如苏杭,亦须二三日始达,电报则仅上谕可传外,其余无只字,故主政者于每日报中材料,颇感困难。一届冬令

① 《本馆告白》,《申报》,1874年3月19日。
② 《申报》,1872年11月6日。

封河，京津各道消息不通。岁除各官署封印以后，未至开印，公牍俱无，致巧媳尤难作无米之炊。不得已，乃以论说充篇幅，间及诗词杂稿。呕尽心血，煞费经营，故每与前辈主笔天南遁叟王丈紫诠等，道及笔政之主持不易。余在新闻报十有一年，泰半度此岁月也。逮夫宣统以还，铁路广通，邮局遍设，千里之函，朝发夕至。报章内容于是丰富。阅者渐众，而报馆亦日多。各奋其竞争之心，消息必求迅速，乃有专电一栏之设。如遇地方要事，即由访员电达，登载靡遗。……昔之所以不能若人者，一缘邮电未通，报纸编辑不能完善，一缘风气未经大开，故阅报之人犹鲜耳。①

"不得已，乃以论说充篇幅，间及诗词杂稿"，新闻稿件供应的不及时直接促成了文学类稿件在报刊上的大量涌现，旧体诗成为填补新闻版面的重要补白材料。孙玉声所谓"余在新闻报十有一年，泰半度此岁月也"，也就是说从《新闻报》1893 创刊之时起至宣统元年（1909）邮局和电报普及以前，因交通的阻滞而用旧体诗词填充版面的状况非常普遍。1872—1905 年间，早期《申报》出现的第一个旧体诗唱和高潮正是这样一个历史阶段的产物。

《申报》创刊号上的第一条新闻为《驰马角胜》，报道了当时上海租界西人赛马的盛况，其记录颇为简略："西人于廿二至念四日连日驰马角胜负……其驰马之际，西人则异样结束，务求精彩或二三骑或三四

① 海上漱石生：《新闻报三十年来之回顾》，沈恩孚：《新闻报馆三十年纪念册》，上海：上海新闻报馆 1922 年版，第 90 页。

骑，联辔而行，风驰电疾，石走沙飞，各向前驱，不为后殿。"①

而在第二号《申报》上又刊登了第一任主笔蒋芷湘的一首名为《观西人斗驰马歌》的诗歌，较之新闻稿件的质木无文，这首诗歌反而在渲染赛马氛围，描摹比赛状况方面都更胜一筹：

> 春郊暖衮杨丝风，玉鞭挥霍来花骢。西人结束竞新异，锦鞯绣袄纷青红。广场高飐旂竿动，圆围数里沙堤控。短阑界出驰道斜，神骏牵来气都竦。二人并辔丝缰柔，二人稍后飞黄虬。更有两骑同时发，追风逐电惊双眸。无何一骑争先驶，参差马首谁相避。后者翻前前者骑，奔腾直挟狂飙势。草头一点疾若飞，黄鬃黑鬣何纷披。五花眩映不及瞬，据鞍顾视犹嫌迟。四蹄快夺流行捷，尾毛竖作胡绳直。须臾双骑瞥已回，红旗影下屹然立。名驹血汗神气间，从容缓辔齐腾骞。后者偃骞足不前，桥根盘辟斜阳天。是时观者夹道望，眼光尽注雕鞍上。肩摩毂击喝彩高，扬鞭意得夸雄豪……

早期《申报》中刊登的大量竹枝词说明在以文学稿件填充报纸版面的时代，文学的通俗性得到了凸显。《申报》创刊号的《本馆告白》认为过往的遗闻记载不具备通俗性，"然所载者皆前代之遗闻，以往之故事且篇幅浩繁，文辞高古，非荐绅先生不能有也，非文人学士不能观也"，而《申报》则务必在文章的通俗性上下功夫，使"文则质而不俚，事则简而能详，上而学士大夫下及农工商贾皆能通晓者"②。旧体诗作为重要

① 《观西人斗驰马歌》，《申报》，1872 年 5 月 2 日。
② 《本馆告白》，《申报》，1872 年 4 月 30 日。

的报刊题材之一，自然也不能例外。

近代报刊的兴起改变了传统旧体诗的传播方式，同时报刊的通俗性亦深刻地制约着旧体诗的审美风向。晚清著名报人严独鹤认为报刊文章若陈义过高，则失去其报纸的通俗教育功用："文艺之作，宜取高雅。此固正当之论。第就报纸之性质以言之，则陈义过高。取材过雅，皆似不适于普通读者。盖报纸之功用，舍传播消息，主持舆论外，亦可目为通俗教育之一种利器。与其他艺术专书文学著作，只供通人研究者不同。若一编既出而不能得一般人士之了解，则已失其报纸之效用矣。"①

事实上，早在西人创办宗教性刊物的时期，旧体诗词的通俗性已经受到了关注。李提摩太曾在《万国公报》上征求教义方面的诗歌，要求"按章作成中国诗式，或五言七言绝句、律句、古风、排律、或词或赋，各随其便。……又要词意简明，不嫌浅白，令不读书之男女老幼凡闻见者显而易晓"②。

《申报》创刊号上向广大文人征求诗文作品："如有骚人韵士有愿以短什长篇惠教者如天下各名区竹枝词及长歌纪事之类，概不取值。"事实上，文人韵士的短什长篇包括长韵、绝句、律诗以及曲词等在《申报》初创的三年中都鲜有刊登，相反，在《申报》中大量出现，不断掀起文坛波澜的也不是"天下各名区竹枝词"，而是反映上海市民社会景观的洋场竹枝词。

---

① 严独鹤：《十年中之感想》，沈恩孚：《新闻报馆三十年纪念册》，上海：上海新闻报馆 1922 年版，第 101 页。

② 《英国教士请作圣大卫诗篇诗词启》，《万国公报》影印本第 6896 页，转引自张天星：《报刊与晚清文学现代化的发生》，南京：凤凰出版社 2011 年版，第 255 页。

竹枝词是风土诗的一种,起源于四川巴渝民歌,最初是一种用以日常唱答的歌词。其形式为七言四句,类似于七言绝句。由于竹枝词不重视平仄、不求对仗亦极少用典,因此在诗歌的吟唱上更为活泼自由,可以不拘一格,随意成韵。

竹枝词最大的作用在于移风易俗,补正史之阙,所谓:"世衰道微,礼乐教化不行于上,骚人墨客抚时感事,发为诗歌,往往移风而易俗,其感人之速,入人之深者尤为竹枝词。"①因此,竹枝词具有社会史和民俗史的多重价值。正如唐圭璋所说:"(竹枝词)内容则以咏风土为主,无论通都大邑或穷乡僻壤,举凡山川胜迹、人物风流、百业民情、岁时风俗,皆可抒写。非仅诗境得以开拓,且保存丰富之社会史料。"②

二、洋场竹枝词与上海市民社会景观

《申报》于1872年5月18日第15号上刊登了两组共48首竹枝词:海上逐臭夫的《沪北竹枝词》和忏情生的《续沪北竹枝词》,占据了整整一个版面的位置。创办之初,《申报》的新闻和论说很少有超过1000字的,但竹枝词却常常以大量的篇幅占据整个版面,如《沪北竹枝词》,全诗加附录,共计1194字。再如1872年5月31日的《青村新乐府》也超过了1000字,甚至被置于"中外新闻"栏之前,可见当时文学稿件地位之重要性了。

竹枝词作为一种记录风土民情的通俗性文体,深刻契合了晚清报

① 许奏云:《上海竹枝词·序》,刘豁公:《上海竹枝词》,上海:雕龙出版部1925年版,第1页。

② 唐圭璋:《唐序》,丘良任:《竹枝纪事诗》,广州:暨南大学出版社1994年版,第1页。

刊文学通俗性的诉求，一时之间，沪上文人竞相创作俚词俗句，使竹枝词成为海上文坛的新风尚："客窗寂寂静难禁，一纸新闻说字林。今日忽传有申报，江南遐迩共知音"①；"我来沪上作枝棲，花映东邻月映西。看到竹枝聊写意，和成俚句隔云泥"②；"繁华过眼即成空，船未江心好转篷。数阙俚词聊警省，笔花未灿句难工"③；"多少骚坛赋竹枝，效颦我亦唱俚词。吟成工拙原非计，聊助清谈挥尘时。"④据初步统计，仅从1872年到1890年，《申报》上发表的直接描写洋场的竹枝词就多达1089首。竹枝词在早期《申报》上的兴盛，除了新闻稿件的缺乏、报章文体的通俗性要求等原因外，士大夫文人的提倡亦是一个重要因素。时人认为，正是租界的兴起为文人创作竹枝词提供了"兴会之遇"：

> 然唱《竹枝》者，亦终不能多见，岂名士性情，不乐咏此体，大抵无兴会之遇之者耳！沪上自中外互市以来，繁丽富庶甲天下，墨士文人，咸乐游是邦，借月旦以品题，为海上生色。况夫牟利者有陶朱公其术，履丰者有石氏之财，且更城开不夜，灯燃长明，国是名香，花能解语者乎。惟是名场风月，过眼生波，曲院歌丝，回头是梦，曷不以江淹之管而为是记事之章？⑤

上海开埠之后，租界内康庄如砥，钟楼矗立；入夜则灯火辉煌，车马

①② 嘉门晚红山人：《续沪江竹枝词二十首》，《申报》，1872年9月28日。
③ 沪上闲鸥：《洋泾竹枝词》，《申报》，1872年7月19日。
④ 珠联璧合山房未定草：《春申浦竹枝词》，《申报》，1874年10月10日。
⑤ 《广沪上竹枝词序》，顾炳权编：《上海洋场竹枝词》，上海：上海书店出版社1996年版，第495页。

喧嚣,一时间富丽繁华甲于天下,吸引了周边地区无数文人墨客前来游历观光:“顾吾思之,男子桑狐蓬矢志在四方,游者所以广见闻证学问,夫岂游目骋怀,陶情适志云尔哉?游于沪者,当观于制造局之机器而知功用之巧拙;观于招商局之轮船而知商货之盈亏。此外石印书局、电报局、电气灯、自来火、自来水各公司皆当一一身历目睹,以穷其理而致其知,复退而与格致书院诸君讲求而考论之,以求其益精而匡其不逮。夫如是,则可谓不负斯游矣。若仅以游目骋怀,陶情适志如七事者以为沪游之梗概,吾无取焉。”①

传统士人来到光怪陆离的上海洋场既开阔了眼界,又搜集到许多闻所未闻的诗料,促进了竹枝词的兴盛。正如王韬在《瀛濡杂志》中所言:“洋泾浜为西人通商总集,其间巨桥峻关,华楼彩辂,天魔睹艳,海马扬尘,琪花弄妍,翠鸟鸣暮,以及假手制造之具,悦耳药曼之音,淫思巧构,靡物不奇。虽穷极奢欲,暴殄已甚,而文人雅士来作勾留者,正可以佐谈屑,拾诗料。迩来《竹枝》、《杨柳》之词,述者甚多。”②

士人初来上海,往往惊诧于租界的繁华:“沪北风光尽足夸,门开新北更繁华。出城便判华夷界,一抹平沙大道斜”,③“租界鱼鳞历国分,洋房楼阁入氤氲。地皮万丈原无尽,填取申江一片云”,④“共说洋泾绮丽乡,外夷五口许通商。鱼鳞租界浑相接,楼阁参差倚夕阳”⑤。

十里洋场在西人的管辖下,有齐整洁净的马路:“双马轮车夹小车,

---

① 《沪游纪略》,《申报》,1888年8月3日。
② 王韬:《瀛壖杂志》,上海:上海古籍出版社1989年版,第110页。
③ 海上逐臭夫:《沪北竹枝词》,《申报》,1872年5月18日。
④ 《沪北西人竹枝词》,《申报》,1872年5月29日。
⑤ 沪上闲鸥:《洋泾竹枝词》,《申报》,1872年7月19日。

终朝辘轳起尘沙。却劳工部经营好，洒扫街前十万家"，有繁荣富庶的商业贸易："巨贾千毂未足夸，洋商交易羡丝茶。每逢礼拜公司放，百万朱提散客家"①，有充满着异国情调的教堂："屋山尖矗似云峰，忽见红旗飙碧空。知是今朝逢礼拜，敞堂敲撤度人钟"②。在这个华洋杂处的环境中，西人是拥有话语权的特权阶级，他们衣饰华美，气派十足："短衣精致荷兰绒，铜练金环铁扣胸。又有皮絇靴样好，声来橐橐快趋风"③，他们策马奔驰，威风凛凛："三四层楼金碧辉，英商出入最风威。马车一路雷轰去，好似人能插翅飞"④。为西人服务的买办亦成为令人艳羡的特殊群体："糠摆渡名不等闲，宁波帮口埒香山。逢人自诩瓜瓜叫，身列洋行第几班"⑤，"衣衫华美习为常，抱布贸丝作大商。几句西人言语识，肩舆日日到洋行"⑥。

当然，最吸引士人眼光的还是洋场中各种令人眼花缭乱的西洋器物，包括火轮船、仓库、银行、洋行、领事馆、人力车、铁路、自来水、电灯、煤气、自鸣钟、自行车、足球、消防车、马车、门铃、电话、电线、电报、轮船、照相机、八音盒、显微镜、寒暑表、氢气球、地球仪、电扇、望远镜、墨镜、洒水车、消防车等等，这些西洋器物也是文人竹枝词中最为常见的吟咏对象之一：

西域移来不夜城，自来火较月光明。居人不信金吾禁，路上徘

① 《续沪江竹枝词二十首》，《申报》，1872 年 9 月 28 日。
②③ 《沪北西人竹枝词》，《申报》，1872 年 5 月 29 日。
④ 留月主人：《沪城口占竹枝词》，《申报》，1874 年 11 月 26 日。
⑤ 邗江词客：《沪游竹枝词》，《申报》，1874 年 6 月 11 日。
⑥ 慈湖小隐：《续沪北竹枝词》，《申报》，1872 年 8 月 12 日。

徊听五更。(笔者注:电灯)①

最是称奇一线长,跨山越海度重洋。竟能咫尺天涯路,音信飞传倏忽详。(笔者注:电报)②

大自鸣钟矗碧霄,报时报刻自朝朝。行人要对襟头表,驻足墙荫子细瞧。(笔者注:大自鸣钟)③

传神端不借丹青,有术能教镜照影。赢得玉人怜玉貌,争摹小影挂云屏。(笔者注:照相)④

柝急钟楼报祝融,赤衣光夺满场红。腾空百道飞泉泻,机器新成灭火龙。(笔者注:消防车)⑤

显微小镜制偏精,方寸洋笺折叠平。暗拓小窗间把玩,牛毛人物太分明。(笔者注:显微镜)⑥

气摄空中铁匣沈,表随天意换晴阴。是谁尽泻苍穹密?寒暑针兼风雨针。(笔者注:寒暑表)⑦

内地士人初来上海,往往以一种他者的眼光凝视、观看和想象着这充满异域风情的十里洋场,不论是喷香水的黑人、穿礼服的西方妇女等西洋人形象,还是西餐、酒吧等西方饮食文化,抑或者是交谊舞、赛马和桌球等现代大众娱乐,都是他们津津乐道的洋场风俗。如《申报》1872年5月29日刊登的《沪北西人竹枝词》便刻画了租界中的各种人物与风

---

① 鸳湖隐名氏:《洋场竹枝词》,《申报》,1872年7月12日。
② 珠联璧合山房:《春申浦竹枝词》,1874年10月10日。
③④ 海上逐臭夫:《沪北竹枝词》,《申报》,1872年5月18日。
⑤ 《沪北西人竹枝词》,《申报》,1872年5月29日。
⑥⑦ 《续沪北西人竹枝词》,《申报》,1872年5月30日。

俗，并自言“聊撰小诗编异俗”，表达以《竹枝词》留存社会风俗史料之意：

银刀锋利击鲜来，脯脍纷罗盛宴排。传语新厨添大菜，当筵一割已推开。（自注：宴客设大菜，一割即命撤去再易他馔。）

相携同坐七香车，彼美西方艳若花。似怕街头人看煞，方巾遮面拥青纱。

元绸小盖掩娥眉，裙桶撑开十幅披。最爱沙堤群试步，随身玉雪耍孩儿。

筵排五味架边齐，请客今朝用火鸡。卑酒百壶斟不厌，鳞鳞五色泛玻璃。（自注：用火鸡最为珍重，非上客不设也。）

烧鸭烧猪味已兼，两旁侍者解酸盐。只缘几盏葡萄酒，一饮千金也不嫌。

春秋佳日趁晴明，跑马场开纵辔行。胜负事何关局外，也将金币赌输赢。

角技新开蹴鞠场，怒冠对立逞戎装。星流快说抛球乐，上下盘旋狮子王。

弹子房开昼复宵，乘闲习技兴都豪。空中飞舞浑难住，笑问谁输百廿骁。

面似乌龙足炫奇，黑衣翻映漆光雌。无由偏爱修容饰，香水如油擦两颐。（自注：黑人其黑如漆，光可以鉴。尤喜修容，香水肥皂常不去手。）

小饮旗亭醉不支，玉瓶倾倒酒波迟。无端跳舞双携手，履舄居然一处飞。(自注:醉饮肆中则男女抱持叫跳,以为相悦云。)

璃杯互劝酒休辞,击鼓渊渊节奏迟。入抱回身欢已极,八音筒里写相思。(自注:击鼓劝酒以为极乐,并有八音筒奏中外各乐。)

客来海上见闻多,风景欧洲问若何。聊撰小诗编异俗,墨池幽怪伏蛟鼍。

在这组竹枝词中,注释的使用成为一个突出的新现象。大量新事物、新景象在洋场竹枝词中频繁出现,若不使用注释,对于那些未曾接触过这些新事物的人尤其是洋场以外的人来说,几乎如入云雾之中。例如浙西惜红生的《沪上竹枝词并叙》中的两首:

球治空灵可验时,日中升降候无差。(验时球每日十一点三刻升起半杆,十一点五十分升至杆顶,至十二点钟球即落下,以便验对时刻。)报风还把大机测,晴雨分扬各色旗。(报风旗每日上午十点钟扯起,递报吴淞口外风信,旗无定形色,惟视风之所向随时改悬,兼验晴雨。)

冬节材过便近年,家家插绿遍门前(西俗度岁,用冬青柏子缀于门首)。那知西历更除夕,恰遇当头月正圆。(冬既望适遇西历元旦。)①

注释对于洋场竹枝词的必要性正如周作人所强调的:“百咏之类当

① 浙西惜红生:《沪上竹枝词并叙》,《申报》,1885年1月28日。

初大抵只是简单的诗集,偶尔有点小注或解题,后来逐渐增多,不但说明本事,为读诗所必需,而且差不多成为当然必具的一部分。"①这两首竹枝词便是典型的例子。第一首为描写验时间的"验时球"和测试风速的"报风旗",第二首为描写西方圣诞节装点圣诞树的风俗。借助这种篇幅较长而又必须使用的注释,竹枝词才能呈现出中国人日常生活难以亲见的新事物和新风俗,从而达到对传统诗歌意象范畴的突破与扩充。

市民社会的兴起催生了大众娱乐的繁荣,在上海租界之内,茶楼、戏园、妓院和烟馆是普通市民最热衷的娱乐场所,也是文人们流连徜徉、诗词唱和的重要场所。

洋场处处足逍遥,漫把情形笔墨描。大小戏园开满路,笙歌夜夜似元宵。②

茶馆先推丽水台,三层楼阁面河开。日逢两点钟声后,男女纷纷杂坐来。③

歇浦弹丸别有天,茶园酒肆任流连。知君新有烟霞癖,和药眠云阁上眠。④

芳名久传丽贞娘,争道琵琶最擅长。珠凤弹词刚唱罢,接来京调更飞扬。⑤

① 周作人:《关于竹枝词》,吴平等编:《周作人民俗学论集》,上海:上海文艺出版社1999年版,第248页。

② 晟溪养浩主人稿:《戏园竹枝词》,《申报》,1872年7月9日。

③ 慈湖小隐:《续沪北竹枝词》,《申报》,1872年8月12日。

④⑤ 珠联璧合山房:《春申浦竹枝词》,《申报》,1874年10月10日。

小东门外最繁华,妇女跑堂处处夸。选入清膏房里住,居然美丽胜名花。①

帽儿新戏更风流,也用刀枪与戟矛。女扮男装浑莫辨,人人尽说杏花楼。②

竹枝词多描绘各处风土人情,而发表在《申报》上的竹枝词却体现了对传统题材的创新与突破,上海洋场竹枝词的描写对象已经由传统自然风光转变为现代性的都市景观。例如传统的"沪上八景"主要指海天旭日、黄浦秋涛、龙华晚钟、吴淞烟雨等自然景观,而《申报》上刊登的竹枝词却多以现代都市景观取代自然景观。有的人将自来火、自来水、电气灯、大自鸣钟等西方器物作为新的"沪北八景":"自来水:激行搏跃性惟然,识性因将地脉穿。不必姜诗生沪北,家家奉母有江泉"③;"电气灯:不待呵成气自来,聚精好似月初盈。只疑谁向龙王府,乞得明珠照沪城"④。而更多的文人却竞相吟咏桂园新剧、松风品茶、飞车拥丽、夜市燃灯、浦滩步月等沪北十景,⑤使之成为《申报》洋场竹枝词的热门题材。

早期《申报》刊载的竹枝词,有弥补新闻稿件不足之用处,因此,晚清的洋场竹枝词在具有文学性的同时亦兼具了一定的纪实性和新闻性。1873年3月3日和3月13日《申报》刊登的《别琴竹枝词》就充分显示了早期《申报》旧体诗的实用性。这一组竹枝词分两次刊登共100首,

---

① 苕东客未定稿:《烟馆竹枝词》,《申报》,1872年7月4日。
② 晟溪养浩主人稿:《戏园竹枝词》,《申报》,1872年7月9日。
③④ 四十九峰樵子:《沪北八景》,《申报》,1886年10年14日。
⑤ 古月山房新翘氏:《沪北十景》,《申报》,1873年2月7日。

作者署名为洗耳狂人阳湖少坪，作者曾自附序言如下：

“别琴”二字肇于华人，用以作贸易、事端二义。英人取之，以为杜撰英语之别名，盖极言其鄙俚也。余自习举业，读西书，讲究翻译以来，知英国字即语，语即字，由字学语则音正并当，由文理学语而语斯妥。夫所谓讲英语者，岂易言哉！今沪北一带之通事，日与西人交接，所重在语而不之考究，敷衍了事，不讲别琴语者，百不得一。西人虽迁就之，莫不酸鼻。余恐斯语之愈变而愈差也，故于今上元节前，辑《併法举隅》一书，凡十余日即脱稿，拟作《别琴竹枝词》百首参入，以明指其弊窦，庶学英语者知所矜式焉。①

所谓“别琴”(pidgin)即别琴英语，是晚清华人在中外贸易过程中发明的一种不规范的中英混杂的英语，即“肇于华人，用以作贸易、事端二义”。然而这种在实践中产生的英语却具有很强的实用性。别琴英语最初起源于广州，后来随着上海开埠后对外贸易发展的需要，逐渐发展为洋泾浜英语。

《别琴竹枝词》的作者“杨少坪名勋，常州人，原上海广方言馆学生，是上海也是中国最早一批由正规外语学校培养出来的外语人才”②。杨勋注意到英语在租界的使用越来越广泛，但是俚俗蹩脚的“别琴英语”却让洋人“莫不酸鼻”。为了纠正英语交流的误区，作者遂作《别琴竹枝词》一百首，用以纠正补偏。正如作者所说：“右俚句五十首系近日所

① 洗耳狂人阳湖杨少坪未定草：《别琴竹枝词》，《申报》，1873年3月3日。
② 顾炳权编：《上海洋场竹枝词》，上海：上海书店出版社1996年版，第464页。

拟,率尔操觚,知不足当大雅之目,然命意以辟谬为主,间有慨世语,非仆臆见,实真情也。刻下书未就刊,拟先请于贵馆报中刊发,用广其传。其余五十首,容迟数日拟呈可也。词中因间英音,义甚肤浅,鄙俚之处,乞诸吟坛改政为幸。"①这一组竹枝词既具有留存社会史料的文献价值与意义,另一方面又可为沪上进行中西贸易的买办等提供较为规范的基本日常英语范例。《别琴竹枝词》共一百首,现仅举其中的三首为例:

生意原来别有琴,洋场通事尽知音。不须另学英人字,的里(三)温(一)多(二)值万金。

清晨相见谷(好)猫迎(晨),好度由途叙阔情。若不从中肄鬼肄(赚钱),如何密四叫先生。

滑推姆问是何时,定内(夜膳也,筵席也)为因(酒也)用酒卮。一夜才当温内脱,自鸣钟谓克劳基(粤人呼克老克为克劳基)。

在这组竹枝词中,作者一方面释音,另一方面释义,将英语的读音用最为接近的中文标注出来,例如"定内"指晚餐,即 dinner,"为因"为 wine 是啤酒,"温内脱"为一夜 one night,"克劳基"为钟表 clock。在《别琴竹枝词》中,两种不同体系语言的错杂纷呈显示出东西方文化初遇时期的陌生、碰撞与交流。

竹枝词以句式短小,形式灵活而著称,然而,早期《申报》刊载的竹枝词往往以组诗的形式出现,少则 20 多首,多则上百首。如《别琴竹枝

① 洗耳狂人阳湖杨少坪未定草:《别琴竹枝词》,《申报》,1873 年 3 月 3 日。

词》一百首分别占据了1873年3月3日和13日当日《申报》的一个整版，1874年6月11日的《沪游竹枝词五十首》共1400字，占据了一个整版。《申报》正是通过这样一组组颇具规模的竹枝词的反复吟唱，向上海以及上海以外的普通市民描绘出十里洋场的宏阔气象和风俗变迁：

十五诗删列国风，贞淫互见盛衰同。我来问俗多殊异，联得新词寄雪鸿。

万里通商海禁开，千年荒冢幻楼台。可怜酒地花天里，夜有青燐泣草莱。

连云楼阁压江头，绣户珠簾响玉钩。不道通商夸靡丽，也疑身在泰西游。

棋盘街道各纵横，马路条条认最清。不怕夜游忘秉烛，汽灯如炬彻宵明。

百货如山任品题，当行何必更居奇。中五牙侩谁经济，铃客纷纷走不疲。

光怪陆离物色新，都都叫卖听难真。一声响拍群嚣息，绝似参禅棒喝人。

糠摆渡名不等闲，宁波帮口埒香山。逢人自诩呱呱叫，身列洋行第几班。

居然纨绔衣轻裘，日逐花丛作浪游。归卧忽惊空箪冷，夜深忘却费衾裯。

豫园花会更翻新，士女嬉游到点春。行过湖心桥路窄，碰头偏逢意中人。

梨花列座好排场,有客豪华拥上方。拼得红儿频转局,好教人看野鸳鸯。

绝妙歌喉杨月楼,误从戏局认风流。痴心也欲携红拂,空戴南冠学楚囚。

别有风光一洞天,好花香到舞楼前。笙歌夜谱霓裳曲,妒煞蟾宫女谪仙。

蛇影杯弓事有由,丑声传播实堪羞。劝君动止须周密,一纸新闻速置邮。

诗人心事在休和,但祝年年海不波。长保繁华好风月,竹枝重唱太平歌。①

竹枝词的特点在于通俗性,然而最上乘的竹枝词应该是能于俗中见雅,所谓"竹枝词不难于雅,而难于俗。能俗中见雅,斯得其三昧矣"②。这组署名为邗江以湘的《沪游竹枝词》便体现了"俗中见雅"的文人竹枝词特色。

"万里通商海禁开,千年荒冢幻楼台。可怜酒地花天里,夜有青燐泣草莱",这是由荒冢和草莱与今日的酒地花天相对比,遂生出沪北由不毛之地到十里洋场的历史变迁之感;"光怪陆离物色新,都都叫卖听难真。一声响拍群嚣息,绝似参禅棒喝人",商业贸易中的拍卖举锤,在国人看来竟然绝似佛家参禅的"当头棒喝";"豫园花会更翻新,士女嬉

① 邗江以湘甫草于沪寓之留耕砚室:《沪游竹枝词》,《申报》,1874年6月11日。
② 邹弢:《三借庐笔谈》,《笔记小说大观》(第26册),扬州:江苏广陵古籍刻印社1983年版,第402页。

游到点春。行过互信桥路窄，蓬头偏逢意中人”，晚清士女游览豫园已成为一种新的民俗风尚。

这一组竹枝词中还提到了1873年12月4日以后，《申报》曾连续报道，刊发30多篇新闻稿的杨月楼案件。杨月楼是晚清京剧小生，于1872—1873年间在上海金桂园演出，倾倒了无数沪上男女，所谓："金桂何如丹桂优，佳人个个懒勾留。一般京调非偏爱，只为贪看杨月楼。"①1873年冬，杨月楼在丹桂园演出表现男女思慕之情的《梵王宫》，茶商韦氏之女阿宝在连看三天演出之后竟对杨月楼心生爱慕之情，韦母遂要求杨月楼"延媒妁以求婚"。由于韦氏女与杨月楼身份地位悬殊，受到商人和士绅的激烈反对，杨月楼本人亦以触犯"良贱不婚"的条例而获罪，制造了轰动一时的晚清杨月楼案。本诗中所谓"绝妙歌喉杨月楼，误从戏局认风流。痴心也欲携红拂，空戴南冠学楚囚"便是对杨月楼事件的高度浓缩。

关注社会热点，聚焦市民文化，早期《申报》竹枝词具有鲜明的文学性与新闻性合一的特征："偶将俚句补新闻，拟为春申扫俗氛。付与诸公同一笑，休嫌村语不成文。"②

竹枝词的兴盛在《申报》创刊初期，尤其是1872—1875年之间是一个值得关注的文学文化现象。就客观原因来说，竹枝词在《申报》上的大量出现，一方面缓解了近代报刊创立初期新闻稿件匮乏的压力，另一方面则体现出了报章文学的通俗性要求对近代雅俗文体的选择和淘汰。同时，报刊的登载传扬，士人的此唱彼和，亦成为洋场竹枝词在《申

① 忏情生：《续沪北竹枝词》，《申报》，1872年5月18日。
② 晟溪养浩主人稿：《戏园竹枝词》，《申报》，1872年7月9日。

报》上蔚成大观的重要推手。虽然文风泛滥之时,亦有泥沙俱下之作,《申报》主笔黄式权曾经对此颇有微词:"历年《申报》中,所载上海竹枝词,不下数十家,然皆极写繁华,苦无情韵。"①然而正是这些连篇累牍的洋场竹枝词集中地向世人展示并强化出鲜活的近代上海市民生活景观,并透露出古典诗歌现代化体验的第一丝端倪。

第二节　海上唱酬与文学交际网络的建立

历史学家王尔敏认为过渡时代的文学具有重要的思想史意义:"自中日甲午战争以后至民国初十年间,中国之思想动向与文学风气,自成一重要段落。并不同于前代,虽为后期渊源,然亦不同于后世。就文学家立场言,因其文学水准不高,体裁陈旧,多不予重视,往往称之为过渡时代。但是若就思想史立场观察,虽然内容杂驳,文体纷歧,而却思想繁富,问题多样。重点不在于文学之艺术成就,价值高下,实在于其所表达之思想,特别是流布广远,功效甚巨。"②

《申报》自 1872 年 5 月 2 日第 2 号刊登南湖蘅梦庵主的《观西人斗驰马歌》开始,到 1890 年 3 月 21 日刊登《词坛雅鉴》,停止刊收一切旧体诗词及零星稿件,近二十年时间里,《申报》刊登的旧体诗诗词数量多达

---

① 黄式权:《锄墨书舍零墨》卷三,《扬州竹枝词》,申报馆 1878 年版,转引自方迎九:《文学性与新闻性的消长》,北京大学博士学位论文 2002 年版,第 95 页。

② 王尔敏:《中国近代知识普及运动与通俗文学之兴起》,王尔敏:《中国近代文运之升降》,北京:中华书局 2011 年版,第 2 页。

万首。但由于文学成就不高，这一阶段的文学作品多受冷落，然而，如果将这些诗歌作为社会史和文化史的原始资料，考察转型时期文人群体的历史际遇以及文学生产的时代新变，那么这些旧体诗自有其重要的思想史与文学史价值。

一、以《申报》主笔为核心的文人唱酬

《申报》与此前的中文报刊最大的不同在于，创办者美查兄弟尤其是弟弟安纳斯脱·美查(Ernest Major)深谙中国文化，他们将报刊的编辑业务全权委托给华人主笔，奠定了早期《申报》"洋人出资、秀才主笔"的格局。因此《申报》在创刊时期，无论是编辑方针还是稿件选择、题材偏向等，都显示出了与传统士人群体的亲缘性。

在新闻意识尚未被社会广泛接受的时期，争取拥有广泛社会基础的士人群体的支持是《申报》打开销路的重要措施之一。

《申报》早期的内容大致可分为四类："一为谕旨宫门钞等，以备官场之浏览；一为大小考试之文章题目，以备学子之揣摩；一为诗词歌曲，以备名流文士之推敲，一为各地之盗命火警及一切狐怪异闻，以备一般人茶余酒后之谈助。"①四条之中有两条是与读书人密切相关的，一是与士人命运息息相关的科考信息，二是名流文士之间的诗词歌曲。《申报》在创刊号上刊登《本馆条例》："如有骚人韵士有愿以短什长篇惠教者如天下各名区竹枝词及长歌纪事之类，概不取值"②，即以"概不取值"的方式吸引普通士人广泛投稿。

---

① 张默：《六十年来之申报》，申报馆：《申报概况》，上海：申报馆 1935 年版。
② 《本馆条例》，《申报》，1872 年 4 月 30 日。

《申报》早期主笔蒋芷湘、钱昕伯、何桂笙、黄式权等人作为士人群体的一员，深谙传统文人的习惯与旨趣，他们在实施编辑方针、征集稿件和厘定选题的过程中，实际上已经形成了一个以《申报》为传播平台，以众多主笔为核心，且初步具有现代性色彩的文学场域。

蒋芷湘(1842.6—1892.2)①，字其章，浙江杭州人。曾用蘅梦庵主、小吉罗庵主和蠡勺居士等笔名在《申报》发表文学作品。一般来说，蒋芷湘“写散文时用‘小吉罗庵主’的笔名，写诗用‘蘅梦庵主’或‘小吉罗庵主’，写白话小说就用‘蠡勺居士’”②。为《申报》第一任主笔，于1872—1875年在申报馆主持笔政。蒋芷湘虽然掌握了广泛的媒介资源，然而在时人眼里他本人的形象亦不失为一位温文尔雅的君子：“蘅梦先生者，窃尝为之倾倒矣。先生南国词人，西泠才子……乃青鞋布袜，淡若畸人。羽扇罗衫，静如处子。姗姗仙骨，弱不胜衣。脉脉芳情，呐如缄口。……乃是才人本色耳。”③

19世纪70年代，中国新闻观念尚不成熟，社会认为新闻从业人员尤其是读书人受雇于西人报馆是士风的沦丧：“具此伟才，何难雍容揄扬上鸣国家之盛，汩没于稗官野史之谈，浸淫于志怪搜奇之论，雕绘一切，以取悦于庸俗之耳目，未免长才短驭伤志士之怀矣。”④那时候，文人在报刊发表文章往往不署真名，因此，蒋芷湘在《申报》上发表文学作品

① 参见邬国义：《第一部翻译小说〈昕夕闲谈〉译事考论》，《中华文史论丛》2008年第4期，邬国义：《〈申报〉第一任主笔蒋其章卒年及其他》，《华东师范大学学报》2011年第1期。

② [美]韩南(Patrick Hanan)著，徐侠译：《中国近代小说的兴起》，上海：上海教育出版社2004年版，第106页。

③ 顾敬修：《篆香老人赠小吉庵主人序本馆附启》，《申报》，1873年12月25日。

④ 平之氏：《附录来书》，《申报》，1872年11月4日。

以及新闻评论，常常使用蘅梦庵主、小罗吉庵主人和蠡勺居士等笔名。蒋芷湘除了发表文学作品和新闻论说之外，还翻译了中国第一部西方小说《昕夕闲谈》，然而作者却仅署名“蠡勺居士”，申报馆书目在介绍此书中亦不提作者，仅言及“是书系经名手从英国小说中翻译而成者也”①。令人深思的是，同样是1877年的《申报馆书目》，蒋芷湘编选的另一部书《文苑菁华》却注明为“是书皆近人所作制艺，武林蒋芷湘进士其章所选也”②。两者待遇之差别，究其原因不过在于前者是荒诞不经的西人小说，而后者是关乎举业的近人制艺。

由于史料的缺乏，蒋芷湘任职申报馆三年期间的细节鲜为人知，我们仅能从他发表在《申报》上的一些诗歌感受到他一些不为人所知的苦衷：

> 宵冷荒鸡一倍酸，铁衾孤拥感无端。文章可许成奇木，身世居然逐粪丸。强欲留欢调凤轸，未妨夜睡仗龙团。归装早入家园梦，玉臂云鬟讵耐寒。
>
> 一襟愁话诉谁知，静对冰荷冷不支。眼底未堪容俗物，胸中苦想合时宜。尽除蹄啮驹偏病，纵困樊笼鹤尚饥。可惜临窗呵冻笔，未曾亲制送穷词。③

从这两首诗流露的情绪端倪，我们大致可以猜到，蒋芷湘在申报馆

① 周振鹤编：《晚清营业书目》，上海：上海书店出版社2005年版，第193页。
② 周振鹤编：《晚清营业书目》，上海：上海书店出版社2005年版，第182页。
③ 蘅梦庵主：《岁暮感怀》，《申报》，1873年4月17日。

期间过的是一种物质匮乏,情怀抑郁的不如意生活。这也就不难解释蒋氏日后果断抛弃新闻事业的原因了。蒋芷湘在入申报馆之前已经是"武林名孝廉",而他在《申报》任职期间,一直不曾放弃举业,并在1877年的会试中高中第五十六名,殿试第三甲第四十九名。1878年,蒋氏出任敦煌知县,从此不再涉足新闻事业。既然为西人办报被视为一种不名誉的事情,那么出于为长者和尊者讳的目的,蒋芷湘的继任蔡尔康等人虽然深知蒋芷湘为《申报》所作的贡献,但却用一种选择性的沉默作为对蒋芷湘的善意庇护。这也便是经年之后,《申报》第一任主笔蒋芷湘不为人所熟知的原因所在。

早期《申报》的旧体诗稿源主要有两种,一为作者投稿,一为主笔约稿。事实上,在人们还未形成阅报习惯,以及并不清楚《申报》征集稿件的体裁选取、风格倾向等问题之前,《申报》主笔的约稿及其自创稿往往带着一种鲜明的示范性和导向性,是早期文学稿件的主要来源。

1872年创刊号的《申报》上刊出"概不取值"的广告后,蒋芷湘随即在第二号上以南湖蘅梦庵主的笔名发表了《申报》第一首诗歌——《观西人斗驰马歌》。同时,他"特勤加搜讨,遍访知交"①,利用广泛的社交网络在江浙文人中访求旧体诗,以保证编辑方针的持续性和连贯性。由于蒋芷湘的不懈努力,《申报》诗歌吸引了越来越多的士人关注,申报馆接收的稿件也日益增多,以至于无法满足士人们一一刊登的需求。于是,1872年11月,《申报》另外开辟文学专刊《瀛寰琐纪》,辑录这些《申报》无法容纳的诗词歌赋。

---

① 《刊行〈瀛寰琐纪〉自叙》,《申报》,1872年10月11日,第557页。

除了稿件的征集编选之外，蒋芷湘任职期间的一项重要工作是拟定题目，在文人之中组织诗酒雅集，并在《申报》上大量刊登这些往来唱和之作，形成了一个以蒋芷湘为核心，以《申报》为平台的文人创作中心，时人曾赞誉为："蘅梦庵主乃武林名孝廉，倡雅会于东南，士林望重，建骚坛于沪渎，《申报》纷驰。"①

1872年12月，蒋芷湘在士人中发起消寒雅集："壬申长至日同人作消寒雅集于怡红词馆漫成二律用索和章"，并将自己的原作以及龙湫旧隐、云来阁主的和作刊登在同一期《申报》版面上：

> 海滨难得订心知，煮酒围炉兴不支。琴剑自怜孤客况，壶觞如与故人期。清游留伴花枝醉，名迹欣从草稿披。（是日席间出诸同人唱酬诗札示客。）颇愧不才叨末座，诸君风雅尽吾师。
>
> 旗鼓何当张一军，狂吟意兴托初醺。梦中红蝠犹能幻，曲里黄鞶已厌闻。但得神交逾舊雨，自堪眼界拓层云。旅游愧领诸君意，愿作申江结客文。蘅梦庵主原倡②

"壬申长至日同人作消寒雅集于怡红词馆漫成二律用索和章"点明了这次雅集的时间和地点，"海滨难得订心知，煮酒围炉兴不支"，"旗鼓何当张一军，狂吟意兴托初醺"则记录了雅集期间沪上文人诗酒唱和的盛况。

---

① 顾敬修：《篆香老人赠小吉庵主人序本馆附启》，《申报》，1873年12月25日。
② 蘅梦庵主原倡：《消寒雅集唱和诗》，《申报》，1872年12月25日。

相逢蒨雨复新知,酒力难胜强自支。正拟海滨联雅集,漫教湖上话归期。金樽檀板心常恋,玉轴牙签手乱披。才调如君真独步,不当论友合论师。

严申酒令比行军,一盏初倾我已醺。吟社好从今日启,清歌犹忆昨宵闻。旋看东阁飞红雪(第一集分咏红梅四律),应遣旗亭赌白云。藏得虞山遗集在,围炉重与赏奇文。(蘅梦庵主藏有牧斋外集,消寒第二集拟以命题故云。)龙湫旧隐次韵①

“旋看东阁飞红雪,应遣旗亭赌白云”以及“藏得虞山遗集在,围炉重与赏奇文”,龙湫旧隐点明了两次海滨唱酬的主题分别是咏红梅和赏析蒋芷湘收藏的《牧斋外集》。

人生聚处浑无定,但得相逢醉莫辞。依柱狂吟发清兴,搔头傅粉故多姿。眼前行乐宜如此,身外浮名不自知。十幅蛮笺一尊酒,破窗风雪约他时。

江乡小别三千里,寒意栽添四五分。北辙南辕谁似我,酒豪诗圣属诸君。却逢裙屐联高会,自哂疏狂愧不文。孰是骚坛主盟者,醉抗健笔张吾军。(浪迹海上半年矣,秋间旋里两阅月,殊有离群之感。昨甫解装,蘅梦庵主告余曰,自子去后,吾因龙湫旧隐得遍交诸名士,颇盛文宴,余甚羡之,复闻有消寒雅集,不揣弇鄙,愿附

① 龙湫旧隐次韵:《消寒雅集唱和诗》,《申报》,1872年12月25日。

末座因和蘅梦庵主原倡二章即尘诸吟坛印可。)

云来阁主和作①

诗歌之后,云来阁主有一段记录性的文字透露了蒋芷湘与海上文人交游的重要信息:"浪迹海上半年矣,秋间旋里两阅月,殊有离群之感。昨甫解装,蘅梦庵主告余曰,自子去后,吾因龙湫旧隐得遍交诸名士,颇盛文宴,余甚羡之,复闻有消寒雅集,不揣鄙,愿附末座因和蘅梦庵主原倡二章即尘诸吟坛印可。"② 蒋芷湘正是通过龙湫旧隐葛其龙而遍交海上名士,并与他们不断地唱和往来,诗酒应酬,在近代海上文人的诗词雅集中寻找自我的身份认同。

蒋芷湘发起的以《红梅八律》为题的第一次文人雅集,《申报》刊登了大量的唱和之作:1872 年 12 月 27 日《红梅八律 消寒第一集》(8 首)、1872 年 12 月 30 日《消寒雅集 第一集》(鹤槎山农初稿)、1872 年 12 月 31 日《红梅八律　怡红词馆消寒第一集》(龙湫旧隐初稿)、1873 年 1 月 2 日《红梅八律》、1873 年 1 月 4 日《红梅四首》(娴萍为是草)、《和蘅梦庵主人消寒雅集诗原韵》(爱吾庐主人初稿,2 首)、1873 年 1 月 6 日《红梅四律》(梦鱼居士初草)、《和消寒雅集诗次蘅梦庵主韵》(慈豁酒坐琴言室芷汀氏呈稿)、1873 年 1 月 7 日《红梅四章》(酒坐琴言室芷汀氏初稿)和《恭和大作红梅四律原韵即请郢正》(啖华阁主人未定稿)、1873 年 1 月 8 日《拙作红梅四律录请诸大吟坛绳正》(梦游仙史初稿)、《红梅四首》(写晴轩主人雅儒女史稿)、《壬申长至日同人作消寒雅集于怡红词馆和

①② 云来阁主:《消寒雅集唱和诗》,《申报》,1872 年 12 月 25 日。

大吟坛原韵》(茉申初稿)、《消寒第一集即席次蘅梦庵主韵录请同社诸大吟坛绳政》(梦游仙史初稿)……

随后的一个月时间内,蒋芷湘又陆续组织了消寒雅集的第二集(1873年1月10日)、第三集(1873年1月13日)和第四集(1873年1月21日)。正是通过这样反复的应酬、唱和,《申报》吸引了一大批稳定而广泛的士人群体的关注,同时蒋芷湘也因其特殊身份而奠定了文坛盟主的地位。1873年春,蒋芷湘有回乡之举,离别之际与海上诗友依依惜别:

为想团栾饯岁筵,孤舟争耐暮寒天。分牋赌酒怀前约,水柝邮灯亦夙缘。感旧未忘冲雪路,思亲再谱望云篇。不须追忆琴尊柬,枯坐篷窗已惘然。

匆匆打桨总嫌迟,鹈水鸳湖路未难。听水乍惊游枕梦,计程终系故园思。难酹赤鲟来潮愿,已误黄羊祀灶期。多谢诸君齐屈指,霜华正是压篷时。①

1873年4月2日《申报》即刊登了鹤槎山农和龙湫旧隐各两首诗:

之子游申浦,清才莫与京。龙文延雅誉,牛耳执诗盟。却喜高轩过,浑忘扫径迎。如何才握手,便话别离情。

书剑促归装,鞭丝笠影忙。鸿泥留沪滨,豹雾泽钱塘。志士重

① 小罗吉庵主初稿:《归舟感怀沪上故人即用龙湫旧隐赠别原韵成诗二章录请云来阁主和正即乞诸吟坛同和》,《申报》,1873年2月13日。

然诺，良朋怀远方。竹间三径在，愧我不求羊。（《喜蘅梦庵主见过即以话别》鹤槎山农）①

久贵洛阳纸，研都复铼京。何期萍水聚，得订岁寒盟。夜雨孤舟送，春风一棹迎。依依江岸柳，几度不胜情。

乍见又分袂，骊驹太觉忙。乡心萦胜地，别梦绕横塘。放鹤登孤岭，听钟到上方。怅予羁沪渎，犹似触藩羊。（《前题次鹤槎山农韵》龙湫旧隐）②

1873年4月8日又刊登了署名昆池钓徒的两首和韵诗：

史笔兼词笔，才华媲子京。空教传鲤简，未许订鸥盟。（余与君书札往来，实未谋面。）南浦烟波阔，西湖花柳迎。几时逢蒋捷，擎酒话深情。

橐笔游申浦，冲波两桨忙。雄戈摇海岳，雅调谱陂塘。（去岁以海滨酬唱图求题蒙填《买陂塘》词剧佳）文字交千里，相思水一方。牧斋遗集在，幸未付红羊。（君藏有牧斋外集）③

鹤槎山农的“龙文延雅誉，牛耳执诗盟”与昆池钓徒的“史笔兼词笔，才华媲子京”，都说明了《申报》主笔蒋芷湘在文人群体中所具有的诗坛盟主的地位。昆池钓徒自注“余与君书札往来，实未谋面”即说明

① 鹤槎山农：《喜蘅梦庵主见过即以话别》，《申报》，1873年4月2日。
② 龙湫旧隐：《前题次鹤槎山农韵》，《申报》，1873年4月2日。
③ 昆池钓徒初草：《寄怀蘅梦庵主即次鹤槎山农原韵》，《申报》，1873年4月8日。

他与蒋芷湘的交情是纯粹的文字之交,那么他的这些唱和之作便完全是凭借《申报》这个传播平台来实现的。

二、以洋场才子为核心的文人聚合

早期《申报》周围凝聚的读者和作者群体有一个特点,他们大多是江浙旧籍而寄居上海,鲁迅先生曾说:“上海过去的文艺,开始的是《申报》。要讲《申报》,是必须追溯到六十年以前的。但这些事我不知道。我所能记得的,是三十年以前,那时的《申报》,还是用中国竹纸的,单面印,而在那里做文章的,则多是从别处跑来的‘才子’。”①所谓“从别处跑来的才子”,既指《申报》的主笔和编辑群体,又指由读者队伍发展而来的《申报》作者群体。

自太平天国占领江南之后,江浙地区大量的文人士子纷纷涌入上海,直到晚清上海开埠,海上文风愈益鼎盛。正如高邕在《海上墨林·序》中所说:“大江南北,书画士无量数,其居乡而高隐者,不可知。其橐笔而游,闻风而趋者,必于上海。”②虽然地域的迁徙使得他们脱离了以往建立在亲缘和地缘关系上的友朋乡谊,但文人之间诗酒雅集,酬唱往来的生活方式却并没有改变,同时这也是他们建立新的交际网络的重要方式,一时之间,海上诗社蔚然兴盛:“沪上虽一逐利之场,熙熙攘攘,皆为利来,然其间不乏骚人迁客、逸士遗民,或海滨高蹈,或泽畔行吟,或同王粲之离家,或似梁鸿之赁庑,或效晏婴之近市。因声气相感而自

---

① 鲁迅:《上海文艺之一瞥》,《鲁迅全集》(第四卷),北京:人民文学出版社 1981 年版,第 29 页。

② 杨逸:《海上墨林》,上海:上海古籍出版社 1989 年版,第 5 页。

然集合者……诗社前有盟鸥社、丽则吟社、希社，惜皆未久。继起者有求声诗社，旋改鸣社，外省知名士加入者亦不少，成立迄今二十年矣。”①

早期《申报》的主笔和编辑群体，多是一些科场失意的文人，他们在国人普遍沉醉于举业的时代氛围下，艰难生存于新闻性与文学性此消彼长的报刊文学空间，为近现代上海文学与报刊的结合做着有益的尝试。《申报》早期主笔与编辑群体，除了蒋芷湘之外主要还有吴子让，江西南丰人，曾国藩幕僚；钱昕伯，浙江吴兴人，秀才；何桂笙，浙江山阴人，秀才；蔡尔康，江苏上海人，秀才；姚赋秋，江苏苏州人，布衣；沈毓桂，江苏震泽人，未有功名；钱明略，未详，似为浙人；沈饱山，浙江山阴人，岁贡生；沈增理，江苏青浦人，秀才；蔡宠九，山东历城人，江南制造局翻译；黄式权，江苏南汇人，秀才；高太痴，江苏苏州人，秀才；朱逢甲，江苏华亭人，秀才；韩邦庆，江苏松江人，秀才。② 他们在担任报刊主笔、编辑期间，以《申报》为平台，不断与海上文人相唱和，在上海都市空间中积极开拓人际交往的新空间。1883 年 11 月 15 日《申报》曾刊登了袁祖志的一组《海外怀人诗》，其中提到了这个群体中的数人：

雾里看花花不老，花间酌酒酒弥香。买丝不把平原绣，君抱高才我意降。（钱昕伯）

眼底明于水一泓，胸中容得酒千斛。甜吟密咏人人服，独让高昌寒食生。（何桂笙）

① 胡详翰：《上海小志》，上海：上海古籍出版社 1989 年版，第 46 页。

② 参见马光仁主编：《上海新闻史（1850—1949）》，上海：复旦大学出版社 1996 年版，第 101—102 页。

词成绝妙有谁入，白石新声此绪余。我有楼台傍杨柳，晓风残月合卿居。(蔡尔康)

三长才学识能兼，下笔千言信手拈。众口莫嗤持论激，由来时事赖针砭。(沈饱山)

才侈千言成顷刻，更从五字费推敲。羡他双管能兼擅，何事卑官苦系匏。(蔡宠九)①

钱昕伯(1883—?)，名徵，王韬之婿，《申报》第二任主笔，因高度近视而自署名为"雾里看花客"。曾协助美查创办《申报》，1884—1898年间任职申报馆，并与蔡尔康共同编辑诗文集《屑玉丛谈》。

何桂笙(1841—1894)，名镛，浙江山阴人。别署高昌寒食生、山阴悟痴生、镜中花史等。何桂笙"本累世簪缨，为越中之望族"②，后因战乱而逃至上海，他自言其逃亡生涯之潦倒情状："我昔仓皇出避难，先人诗卷烟云散。夜叩农家借投宿，短衣破裤不蔽骭。东逃西走三十日，艰难始达黄浦岸。"③乡试屡挫，一生为秀才。钱昕伯担任主笔期间，因病而将总主笔工作交由何桂笙担任："每一篇出，人无不骇其敏绝。誉留众口，纸贵一时。……外邦之文人学士航海而至者，如朝鲜，如日本，如越南，无不执贽请谒，而求其诗文。"④

蔡尔康(1852—1923?)，字子绂，号紫绂，别署缕馨仙史、不愁明月馆主人、小游仙、铸铁庵主等。1873年4月12日以不愁明月馆主人小

① 袁祖志:《海外怀人诗》,《申报》,1883年11月15日。
②④ 高太痴:《何桂笙先生五十寿序》,《申报》,1890年5月8日。
③ 吴兴雾里看花客求是草:《题黄子慎太守〈归诗图〉》,《申报》,1881年10月1日。

游仙之名在《申报》发表《漫游》一诗，此后蔡尔康的诗歌常常见诸《申报》报端。1884年底入申报馆工作，从事《申报》书籍和文艺期刊的编辑工作，主要有《寰宇琐记》、《屑玉丛谈》和《尊闻阁同人诗选》等。时人有诗赞曰："饱学多才岂偶然，前身应是李青莲。纵横论事超常解，脱略存心绝俗缘。锦绣囊中真富贵，功名度外自神仙。临文字字皆珠玉，海内词坛孰比肩？"①

沈饱山(1864—1885)，字定年。1875始襄理《申报》笔政十年，美查誉之为："凡有议论多出君手，海内观者，无不佩服，仰之如山斗，仆亦深相依赖。"②1876年，曾仿申报馆"三琐纪"的形式编印《侯鲭新录》杂志。

蔡宠九(1843—?)，江苏苏州人，字锡龄。先后担任过《申报》和天津《时报》的主笔。此外在袁祖志的诗歌中未曾提起到《申报》主笔还有：

黄式权(1852—1924)，上海人，字协埙。别署海上梦畹生、畹香留梦室主，南汇老名士。孙玉声谓其："长于诗、古文辞，多风华典赡之作。尝久主《申报》笔政，议论沉着，非浮光掠影者可比；而引证博洽，尤为枵腹家所不能望其项背。……晚年息影乡居，任南汇修志局事。暇则惟以著述自娱，而耽吟则更甚于昔。鸣社同人公推其编刊社稿作序列诸首端，骈四俪六极班香宋艳之奇，读者罔不心折。"③在就职申报馆以前，黄的生活亦相当窘迫："十年身世等飘篷，耗尽雄心剑铗中。垂尾几如丧家狗，见人羞效叩头虫。何曾退步营三窟，只觉浮生叹五穷。欲脱羁

① 杨春田：《奉赠缕馨仙史大词宗》，《申报》，1880年3月8日。
② 尊闻阁主：《敕授文林郎截取知县八旗官学教习兼袭云骑尉岁贡生沈君哀诔》，《申报》，1885年10月18日。
③ 孙玉声：《退醒庐笔记》，太原：山西古籍出版社1995年版，第163页。

愁苦无策,几回搔首望长空。”①黄式权于1898年继钱昕伯之后担任《申报》总主笔,1905年以病辞。时人评曰:“诗派宗山谷,襟怀澹水云。知君仗风义,随处结同群。落纸多新句,挥毫博异闻。高山如在望,何幸挹清芬。”②

高太痴,江苏松江人。孙玉声《退醒庐笔记》记载曰:“太痴生高恮轩名莹,吴人。嗣寄籍上海,更名冲,字侣琴,应试入邑庠,与周病鸳同请业于高昌寒食生何桂笙先生之门习新闻学。尝主《同文沪报》等笔政,年少风流,下笔时多绮语缠绵之作。工诗词,亦艳体为多,间杂哀怨,稿尾署名必‘太痴生’或‘祇太痴’二字,人乃皆以太痴呼之,浑忘其为外篆也。”③

围绕在《申报》周围的文人群体,除了这些主笔、总主笔之外,还有一批与《申报》关系密切,通过文人之间不断的唱和应酬而固定下来的作者群。其中较为重要的有葛其龙、李芋仙、袁祖志、邹弢、管斯骏等人。

葛其龙,生卒年不详。浙江平湖人,字隐耕,号龙湫旧隐。寄居上海,应童试时遂考沪籍。早年举业不顺,因才华出众而屡遭排斥:“同试者以葛文章诗赋色色惊人,嫉妒特甚,乃相约投禀邑尊,指陈冒籍,环请扣考,抨击不遗余力。邑宰怜其才,竟不之理,终覆之日,葛且名冠一军。各童愤不能平,府试时复纷纷攻讦。郡尊亦怜才者,虽饬行县复查,而案发葛仍列第一名。逮至院试,亦以案元入泮。故葛有‘奉劝诸

① 海上梦畹生黄协埙呈草:《述怀》,《申报》,1880年7月2日。
② 南州逸史:《怀梦畹生》,《申报》,1884年12月11日。
③ 孙玉声:《退醒庐笔记》,太原:山西古籍出版社1995年版,第126页。

君不必攻，案元仍是葛其龙'之句，各童无如之何。"[①]1879年己卯乡试中举，著有《寄庵诗钞》。

葛其龙自《申报》创刊之年起，便发表诗词作品，并主持海上文坛，被誉为"一代文豪也"[②]。葛其龙借助《申报》的媒介平台，广泛地和全国各地的文人应酬唱和，成为上海早期文坛中的核心人物。《申报》第一任主笔蒋芷湘亦是经过葛其龙的推介而与沪上文坛建立联系，云来阁主《消寒雅集唱和诗》前小序说："浪迹海上半年矣，秋间旋里两阅月，殊有离群之感。昨甫解装，蘅梦庵主告余曰'自子去后，吾因龙湫旧隐得遍交诸名士，颇盛文宴'，余甚羡之。"[③]由此可见葛其龙在《申报》文人交际网络中所处地位之重要性。

袁祖志(1872—1898)，字翔甫，号仓山旧主，浙江钱塘人。袁枚孙。咸丰时官县令，后寓居上海，创作了大量竹枝词，时人记曰："钱塘袁翔甫大令祖志，风雅好事。寓沪有年，尝即目所耳闻之事，赋成《竹枝词》百余首。纤悉无遗，文言道俗，手民甫竟，几于无翼而飞。"[④]袁祖志亦是提倡海上唱酬之风的重要作家："海上为商贾辐辏之区，人物繁庶，甲于他所。然萦情会计者多，从事吟咏者少。……提倡有年，乃渐有起而附和者，主持风雅之功在此邦诚可首屈一指。"[⑤]

袁氏曾筑"杨柳楼台"，为海上文人诗酒唱和之地："四海名贤竞唱

---

①② 孙玉声：《退醒庐笔记》，太原：山西古籍出版社1995年版，第40页。
③ 云来阁主：《消寒雅集唱和诗》，《申报》，1872年12月25日。
④ 黄式权：《淞南梦影录》，上海：上海古籍出版社1989年版，第131页。
⑤ 袁祖志：《谈瀛阁诗稿》(卷三)，《清代诗文集汇编》(705册)，上海：上海古籍出版社2010年版，第555页。

酬,壁间珠玉播千秋。随园文宴今谁继,要让先生第一头。"①

李芋仙(1821—1885),四川忠州人。名士棻,署名二爱仙人、湘灵馆主等。为曾国藩入室弟子,曾在《申报》发表大量诗歌。李伯元对李士棻极为推崇:"二十年前,名流荟萃沪江,时称极盛。征花载酒,结社题诗,先辈风流令人神往。而才情品概,尤当以忠州李芋老为最。其所著有《天瘦阁诗集》,诗在少陵、义山之间。"②时人赞曰:"宦海回头李谪仙,一身四海任流连。诗书堆里销尘虑,脂粉丛中遣暮年。纵酒剧谈情太热,护花每恨力难全。英雄儿女同沦落,剩结天涯文字缘。"③

邹弢(1850—1931),江苏无锡人,字翰飞,号潇湘馆侍者,又号司香旧尉,别号瘦鹤词人,晚号死守楼主。1875 年为诸生,然入泮后,尝十试秋闱,皆遭弃。1881 年旅居上海,11 月被西人聘为《益闻报》主笔,生活举步维艰:"癸未(1883 年)夏,余与申江黄式权秀才,同主益闻馆笔政,昏灯晨砚,相得益彰。顾家贫多愁,不能自适,亦可怜虫也。"④邹弢少不羁,壮岁尤落拓。因生平嗜酒,又自号邹酒丐,尝为天南遁叟王韬门下士。以真挚性情作文章,传诵一时。晚年归里,卖文自给,著有《三借庐赘谈》、《三借庐賸稿》、《海上尘天影》、《三借庐集》、《浇愁集》等。袁祖志的怀人诗誉之为:"迟我卅年游海上,输君拔帜遽登坛。裁红晕绿天然好,好句教人击节看。"⑤

---

① 邹弢:《登杨柳楼台呈仓山诗老》,《申报》,1881 年 11 月 10 日。
② 李伯元:《南亭笔记》,南京:江苏古籍出版社 2000 年版,第 196—197 页。
③ 管士骏:《喜晤二爱仙人》,《申报》,1882 年 6 月 11 日。
④ 邹弢:《三借庐笔谈》,《笔记小说大观》(第 26 册),扬州:江苏广陵古籍刻印社 1983 年版,第 332 页。
⑤ 袁祖志:《海外怀人诗》,《申报》,1883 年 11 月 15 日。

邱炜萲在《五百石洞天挥麈》中曾说："数年前尝闻沪上寓公，有李芋仙，其人与王紫诠、何桂笙、邹翰飞、钱昕伯诸名士先后襄理西人美查所设华文日报，号曰《申报》者。复以其暇日，提倡风雅，发挥文墨坛坫之盛。诗酒之欢，佳话一时，颇云不弱。"①

文学期刊使中国文人发表文学作品的传播方式产生变化。以往文人自行刊刻诗文选集固然可以海内风行，但如今文人之间的文学交流和唱和可以在一个更直接公开的媒介上进行，由于无法预期回复的对象是谁，文人相当于与一个虚拟的文人群体对话。与以往文人只是在乡党私谊圈子中进行诗词唱和不同的是，《申报》文人往往借助媒介平台，第一时间将唱和之作刊布出来，使得文人间的诗词唱和具有了公共领域的性质，同时，随着《申报》发行量和影响力的扩大，越来越多的文人聚集到这个庞大的文学传播网络中来。

1872 年 5 月 18 日，《申报》发表海上逐臭夫的《沪北竹枝词》，是为《申报》第一首竹枝词。随后，具有号召力的海上文人纷纷创作竹枝词刊布于《申报》，如 1872 年 6 月 13 日龙湫旧隐（葛其龙）发表《前洋泾竹枝词》；1872 年 6 月 12 日海上忘机客（张兆熊）发表《后竹枝词》；1872 年 7 月 12 日，鸳湖隐名氏发表《洋场竹枝词》等等。"概不取值"的优惠条件和名家的示范作用吸引了越来越多的读者的创作热情。1872 年 7 月 19 日，沪上闲鸥发表《洋泾竹枝词》24 首，并自言："仆不善诗词，自惭俚鄙，因见鄙友龙湫旧隐稿，意在动人，语颇警切，效其意为二十四绝，仍

① 邱炜媛：《五百石洞天挥麈》，《续修四库全书》（第 1708 册），上海：上海古籍出版社 2002 年版，第 159 页。

俟高明斯正。”①1872年7月23日,鸳湖居士发表《沪城感事诗》,申报馆编者记曰:“诸名士沪上竹枝词迭经本馆刊行,不少名篇俊句。今有鸳湖居士《沪城感事诗》五首尤为清真雅正,有关世道人心,复录之以备异日猷轩之采。”②1872年9月28日,嘉门晚红山人有作《续沪江竹枝词二十首》并曰:“前续八十九号尊报中有慈湖小隐竹枝词二十首,词意清新,雅俗共赏,仆见而慕之,遂反其意而和其原韵,信口占来,不计工拙,还希贵馆斧政是幸。”③

在早期《申报》文人群体中,龙湫旧隐葛其龙是核心人物,往往他的诗歌在《申报》刊登以后,就有为数众多的唱和之作蜂拥而来,和诗作者既有葛其龙的昔日友朋,又有素未谋面的慕名者,一时间,旧雨新知纷纷在《申报》上此唱彼和,蔚为壮观。

1872年11月19日《申报》上刊登:“龙湫旧隐,余友也。近从《申报》中屡读著作,无不惬心贵当,弥切钦迟。辄欲快聆尘论,并侯与居。乃疏懒性成,遂致如山阴访戴,乘兴而来,往往兴尽而返,歉仄良深。昨阅《瀛寰琐纪》,见有白桃花诗社倡和二十四律,愧不获与诸君子一堂雅集,藉正是非,爰补成四律,望贵馆削政登入报中,俾龙湫旧隐与诸大吟坛共政之。狗尾继貂,知不免云。”④“白桃花吟社”是葛其龙等人在1872年春季招集的一次雅集,由葛其龙首倡,23位文人次韵唱和,结为《白桃花吟社唱和诗》,刊于《瀛寰琐纪》第一卷,《申报》上亦出现少量和作。

① 沪上闲鸥:《洋泾竹枝词》,《申报》,1872年7月19日。
② 鸳湖居士:《沪城感事诗》,《申报》,1872年7月23日。
③ 嘉门晚红山人:《续沪江竹枝词二十首》,《申报》,1872年9月28日。
④ 衣玉文人草:《补和白桃花诗四律次用原韵》,《申报》,1872年11月19日。

1872年8月12日《申报》刊登龙湫旧隐《洋场咏物诗四律》并附来书："未亲尘教，久诵鸿文，上下千年，独具龙门之笔。纵横万里，广搜蜃海之谈，薇盥连番，葵倾奚似某旧家乳水。寄籍申江，忝附艺林，喜交名士，耳闻已久。曾殷访戴之情，面晤无缘，莫遂识荆之愿。虽巴人下里，缪见赏于知音而蝉噪蛙鸣，终有惭于大雅，乃高怀谦抑询厥里。居雅意，殷勤叩其姓氏，用敢自陈鄙陋，藉申仰慕之私，还祈不弃庸愚，更切推敲之助，附呈俚曲并请大裁。"①

在士人的社会里，举凡游历、科考、赴任、探亲等等个人事件都可以成为交际网络中的核心事件以及文人之间的唱和主题。1880年秋，《申报》文人曾在上海豫园大开菊社："庚辰秋九月，长洲姚芷芳、嘉兴杨南湖伯润、金君免痴于海上豫园大开菊社，南湖首倡二绝句。一时中外诗人和者数百家，柴桑而后，此亦足以自豪矣。"②黄式权对此次盛会亦有记载："昔年赋秋生在豫园创菊花会，会设四美轩。疏花瘦石，秋意满前。紫艳黄娇，令人作东篱下想。主人惨绿翩翩，诗情淡远，首倡七绝二首，一时和者如仓山旧主、龙湫旧隐、瘦鹤词人、南湖逸史、揖竹词人诸君，流连啸傲，别具风流。自赋秋从军辽沈，此会久不举行。"③

1873年春蒋芷湘返回杭州，便成为《申报》文人第四次消寒雅集的主题，蒋芷湘率先发表了《诸同人约于十四日作消寒第四集兼为公饯鄙人之举，因雨未赴，偶成小诗附柬龙湫旧隐并祈遍示诸吟坛赐和为荷》：

---

① 龙湫旧隐：《附来书并洋场咏物诗四律》，《申报》，1872年8月12日。
② 邹弢：《三借庐笔谈》，《笔记小说大观》（第26册），扬州：江苏广陵古籍刻印社1983年版，第313页。
③ 黄式权：《淞南梦影录》，上海：上海古籍出版社1989年版，第120页。

预邀近局写羁怀，雨雪从教夙约乖。夜话未留征士榻，晨餐恍学太常斋。浅斟低唱知谁是，蜡屐担簦望客偕，何日消寒期再订，分牋重与斗诗牌。①

随后，龙湫旧隐附和作并跋曰：“消寒雅集已举三次矣，适蘅梦庵主将返西泠同人拟于十四日举行四集预作江干之饯，以天雨不果。蒙柬句索和依韵奉酬录请削正。”

连番文酒惬幽怀，四集如何愿独乖。君梦湖山羁客馆，我吟风雪坐萧斋。人生离合原无定，他日行藏可许偕。且待江天开霁景，重歌艳曲记牙牌。②

1873年1月21日，蒋芷湘又在《申报》上刊登了两首和作——《消寒第四集为诸同人公践鄙人之举，龙湫旧隐口占二律依韵斟酌，希吟坛玉和》：

郑重九楼送别筵，微阴苦酿暮寒天。停云妙许陪文宴，咏雪才教证墨缘。无那拍浮拼烂醉，不妨击赏斗新篇。诸君泥饮多情甚，为破羁愁一辗然。

---

① 蘅梦庵主甫草：《诸同人约于十四日作消寒第四集兼为公饯鄙人之举，因雨未赴，偶成小诗附柬龙湫旧隐并祈遍示诸吟坛赐和为荷》，《申报》，1873年1月16日。

② 龙湫旧隐呈稿：《消寒雅集已举三次矣，适蘅梦庵主将返西泠，同人拟于十四日举行四集，预作江干之饯，以天雨不果，蒙柬句索和，依韵奉酬录请削正》，《申报》，1873年1月16日。

相知反恨订交迟，岁暮匆匆又别离。鸿爪且留泥上印，鲈腮犹去梦中思。尊前雅兴输君续，篷底闲愁与我期。未必遽能挥手去，一宵寒雨待潮时。①

随后，龙湫旧隐有《蘅梦庵主以归舟感怀诗索和，仍用赠别原韵酬二律邮呈》，鹤槎山农有《消寒第四集饯蘅梦庵主回武林，予因疾未赴，即次龙湫旧隐原韵赠行》，香海词人有《壬申岁春，蘅梦庵主旋里，龙湫旧隐赋诗赠行，仆缪夸神交即依原韵遥送文旌并希正和》等唱和之作。同时，蒋芷湘又与龙湫旧隐往来发表了多首别离怀人之作，例如 1873 年 2 月 13 日刊登的《归舟感怀沪上故人即用龙湫旧隐赠别原韵，成诗二章，录请云来阁主和正即乞诸吟坛同和》：

为想团栾饯岁筵，孤舟争耐暮寒天。分笺赌酒怀前约，水柝邮灯亦夙缘。感旧未忘衢雪路，思亲再谱望云篇。不须追忆琴尊柬，枯坐篷窗已惘然。

忽忽打桨总嫌迟，鹁水鸳湖路未离。听水乍惊游枕梦，计程终系故园思。难酹赤鲟乘潮愿，已误黄羊祀灶期。多谢诸君齐屈指，霜华正是压篷时。

1872 年 9 月 24 日，葛其龙在《申报》上发表《地震书感》，此诗虽是吟咏自然现象，但却深有寄托：

① 蘅梦庵主初稿：《消寒第四集为诸同人公践鄙人之举，龙湫旧隐口占二律依韵斟酌，希吟坛玉和》，《申报》，1873 年 1 月 21 日。

过眼曾惊劫火红，那堪变又示苍穹。撼摇鳌柱乾坤动，翻覆莺花世界空。只手何人能底定，当头几辈尚痴聋。歌台舞榭知多少，正在邯郸一梦中。

诗歌末尾附言曰:“此记壬申八月十九日事也。夫天灾示警，既历见于史书。地震凶兆复目睹。夫近事吴头楚尾，每多遇劫之人。隋苑苏台，不少遭兵之地乃干戈乍息，便极欢娱。歌舞方酣，顿忘患难。胭脂金粉胜六代之繁华，酒池肉林穷万钱之奢侈。若申江则尤甚者也。某曾遭粤寇，弥历杞忧，爰作此诗以昭炯戒。所愿人心早悟，居安无忘危之情。庶几天变可回，作善有降祥之庆矣。”①

随后，《申报》上出现了多首和作，如《地震书感和龙湫旧隐韵》:“当年劫火惨飞红，变象分明示上穹。柱石乍经安反侧(御赐曾文正公中天柱石四字)，乾坤邦复撼平空。昭昭史册恒垂鉴，梦梦尘凡此振聋。鳌背蛇头凭浪说，须将休咎下真中。”②士人借助媒介平台，纷纷表达对龙湫旧隐的仰慕之情并以稿件能够被申报馆收录为幸:“阅贵馆《申报》屡读龙湫旧隐大著，清词丽句，以慷以慨，拜服之至，所恨同游海上，得吟佳作，未识荆颜，因觉和《地震书感》一律聊志钦慕，录请贵馆斧政，刊入报中，不识龙湫旧隐见之其肯教我否耶?”③东江散人曰:“屡读龙湫旧隐诸作，清词丽句佩服良深，不揣鄙陋，特和地震书感一律，敢祈贵馆斧削登诸申报以志景仰名流之意。”④

① 龙湫旧隐:《地震书感》,《申报》,1872 年 9 月 24 日。
② 《地震书感和龙湫旧隐韵》:《申报》,1872 年 10 月 11 日。
③ 泉唐歗岑氏草:《地震书感和龙湫旧隐韵》,《申报》,1872 年 9 月 30 日。
④ 东江散人漫草:《地震书感和龙湫旧隐韵》,《申报》,1872 年 10 月 11 日。

《申报》文人之间，通过诗歌唱酬所形成的交际网络范围之广已达到令人难以置信的程度。例如，《海上花列传》的作者韩邦庆在乡试屡挫后，旅居上海，与《申报》主笔钱昕伯、何桂笙等交游，胡适在《海上花列传》的序言中说："作者常年旅居沪渎，与《申报》主笔钱昕伯、何桂笙诸人暨沪上诸名士互以诗唱酬。亦尝担任《申报》撰著；顾性落拓不耐拘束，除偶作论说外，若琐碎繁冗之编辑，掉头不屑也。"①虽然韩邦庆不以交际著称但他的交际网络仍然颇为可观："三五年来，其愿与予为友，而予亦能举其姓名者，又五百余人；其相周旋晋接者，日常数十辈。"②

《申报》上常常刊登文人之间的"怀人诗"，透过这些以组诗形式出现的诗歌可窥见文人之间错落繁复的交际网络。例如，袁祖志曾出访欧洲各国，写下《海外怀人诗》，并刊发于 1883 年 11 月 15 日《申报》，仅这一组诗就涉及到与袁祖志诗酒唱和的友人共 62 人：闽钊、金鸿保、汪兆麒、葛元煦、刘文、朱焯、谢国恩、朱树萱、葛其龙、钱昕伯、金继、何桂笙、邹弢、蔡尔康、李毓林、周河清、张鸿禄、严锡康、高长绅、王承基、李曾裕、陈宝渠、翁秉钧、莫祥芝、傅文彩、吕鸣谦、范小蘅、沈饱山、杨诚之、万剑盟、蔡宠九、黄瘦竹、孙泳甫、朱梦庐、陈衍昌、郭莲生、梁幼兰、管斯骏、张兆熊、闽正帆、吴文佑、孙儒伯、吴兰生、姚少莲、闵鲁孙、刘葆吾、藏道鸣、徐逸生、金尔珍、郑鹤汀、姚敬堂、章肖珊、舒春圃、万基、黄正卿、顾芷升、洪辛之、周召臣、胡榛、陈炳卿、张小琴、皮惠之。

① 胡适：《海上花列传・序》，胡适著，郑大华整理：《胡适全集》（第 3 集），合肥：安徽教育出版社 2003 年版，第 507 页。

② 大一山人稿：《论交答问》，《申报》，1889 年 11 月 20 日。

《申报》创刊初期,蒋芷湘、葛其龙、江湄、李东沅等倡领海上诗坛,先后组织了消寒社、白桃花社、聚星吟社、消夏社、玉兰吟社等。以“尊闻阁”同人的名义组织的白桃花吟社的诗作,在申报馆发行的文学杂志《瀛寰琐纪》上得到集中的发表。

滇南香海词人杨稚虹曾高度赞誉申报馆之文学活动:“贵馆握江淹之彩笔,携李贺之锦囊,论事则琴座生风,摛词则银台浣露。鸡林贾客愿易名篇,凤诏诗仙争抄杰句,固已播风流之窟,蜚声翰墨之场矣。”①

早期申报馆“概不取值”的征文广告以及文人群体的往来唱和对晚清报业和近代文学的发展都产生了深远之影响。就商业运营来说,申报馆对文人读者的争取建立了申报馆与文人之间的亲和关系,也是使《申报》销量在短时间内快速稳定增长的重要原因之一。

就文学生产而言,《申报》对文人诗词的大量刊登彻底改变了人们的习惯,使得文人借助报刊发表文学作品成为一种时尚,为近现代报纸副刊的诞生提供了范例与借鉴。传统士人风雅唱酬的热情被极大地激发出来,钱昕伯为申报馆辑录文人投稿为《屑玉丛谈》,从稿件的累积可见文人投稿之热情:“凡承同人邮稿来者,俱藏诸行箧,日积月累,正如山僧乞米,不自知其囊之盈绌……发箧检取各稿本陈诸案上,盖已裒然盈尺矣。”②人们开始以仰视的态度看待报刊,且抱着感激的态度盼望诗歌能够被《申报》采纳:“贵馆申报百事全刊,四方毕达,窃作短吟描成长

① 滇南香海词人:《洋场咏物词四阙调寄沁园春并附来书》,《申报》,1872 年 9 月 4 日。

② 钱徵:《屑玉丛谈·序》,钱徵、蔡尔康:《屑玉丛谈初集》,台北:文海出版社 2003 年版。

恨，万望付诸梨枣传及关山。倘愿慰重逢则恩铭五内矣。”①不过，那些此唱彼和的诗作流风所及，也引起一些非议：“彼倡此和，喋喋不休，或描写艳情，或流连景物，互矜风雅，高据词坛，无量数斗方名士，咸以姓名得缀报尾为荣，累牍连篇，阅者生厌，盖诗社之变相也。”②

同时，《申报》文人尤其是主笔的地位也得到了极大的提高，例如《申报》主笔蔡尔康在《创兴新闻报记》中说：“官绅富商，皆粘余名；有与报章事宜者，皆乐就余；公私宴会之与时局有关者，多招致余；文人学士，以诗文嘱登报者，又皆标‘缕馨仙史’外号。”③时人赞誉他在《申报》上的文字工作为：“搜罗刊定不辞劳，梨枣荣于一字褒。偶向诗中通姓名，竟从海上主风骚。枯肠渐觉吟怀减，巨眼能将选政操。敢道品题声价重，虚名浪博我思逃。”④

1877 年初，《申报》已在“各省码头风行甚广”⑤毫无疑问，早期《申报》刊载旧体诗，在应对早期报刊新闻内容的匮乏、吸引士人群体的关注并提高报纸的销量以及上海洋场文人围绕近代报刊的聚合等多个层面都发挥了重要作用。

---

① 寓沪淑娟女史：《感怀绝句十六首》，《申报》，1872 年 12 月 12 日。
② 雷瑨：《申报馆之过去状况》，申报馆编：《最近之五十年》，上海：申报馆 1923 年版，第 490 页。
③ 蔡尔康：《创兴新闻报记》，上海档案馆馆藏卷宗 Q430—1—173 号，转引自樊亚平、王小平：《早期寄身外报者的职业认同——以蔡尔康为例》，《新闻与传播研究》2010 年第 6 期。
④ 程仲承：《寄赠缕馨词长即请郢政》，《申报》，1880 年 7 月 7 日。
⑤ 葛元煦：《沪游杂记》，上海：上海古籍出版社 1989 年版，第 12 页。

第三节　1890—1911:《申报》旧体诗的沉寂期

1890 年 3 月 21 日《申报》上刊登了一则《词坛雅鉴》,断然终结了《申报》18 年以来绵延不绝的旧体诗唱和传统:“本馆创始迄今持承诸词坛惠示佳章美玉,明珠动盈简牍。兹以报纸限于篇幅暂置所有诗词及一切零星杂著请勿邮寄,俾省笔札之劳。区区割爱之苦衷,当亦同人所共谅也。”因此,从 1890 年至《申报·自由谈》创刊的 1911 年间,《申报》上的旧体诗词几乎绝迹,《申报》自创刊以来所形成的海上文人唱酬的风气进入了一个较长的沉寂期。

《申报》旧体诗的停刊,其表层原因不外乎这则启事上所申明的“报纸限于篇幅”的版面原因,而事实上,《申报》二十一年间旧体诗的缺失有着与申报馆内部人事变迁和股权变更等多方掣肘的深层原因。

一、出版事业与经营策略之转变

有研究者认为,《申报》停刊旧体诗的原因在于申报馆主人美查将报刊的人力和物力资源转移到申昌书局、点石斋石印书局和机器图书印书局等出版事业中,“1877 年 11 月以后,申报馆的文学活动主要集中在它的几个书局当中”①。这是一个听起来颇为合理的解释,然而,仔细

① 鲁湘元:《〈申报〉与中国近现代报刊文学》,《中国现代文学研究丛刊》2001 年第 2 期。

考究下来,却发现事实并非如此。

《申报》创刊半年后,美查即提出以报纸印刷的余力,转印书籍出售的主张。利用报馆现有印刷设备来印刷出版图书,一方面是对于报馆剩余生产力的合理利用,另一方面则是在报纸得到社会各阶层广泛认同之前,使《申报》得以和市民社会建立亲厚关系的重要措施。当时中国人传统的阅读方式依然是书籍,而申报馆除了设立本馆出版部外,还专门开办了申昌书局、点石斋书局、图书集成书局等数个专门的出版印刷机构。虽然美查向出版业拓展业务的初衷不外乎是牟利,美查曾自言:"琅函许示,诸君投雁足之书;宝笈乐刊,本刊得蝇头之利"①,然而,将西方先进的印刷机器及技术投入中国出版事业中,申报馆无疑具有开风气之先的意义。

美查于1872年创办《申报》已采用铅字排印,1875年即大量兼印书籍,1878年自国外引进石印技术,开创点石斋印书局。十九世纪七十年代以来,申报馆引进的印刷技术和机器推动了江浙一带印刷事业的发展:"石印书籍肇自泰西,自英商美查就沪上开点石斋,见者悉惊奇赞叹。既而宁、粤各商仿效其法,争相开设。而所印各书无不钩心斗角,各炫所长……其装潢之古雅,校对之精良,更不待言。诚书城之奇观,文林之盛事也。"②

申报馆出版的图书主要分为实用性的科场八股文、试贴诗和娱乐性的通俗文艺、笔记小说等等,前者为广大文人士子提供科举制业之襄

---

① 《申报馆书目》,周振鹤:《晚清营业书目》,上海:上海书店出版社2005年版,第179页。

② 《密探石室》,《申报》,1887年2月5日。

助;后者则满足市民百姓日常消闲娱乐的需求。

1873年为清朝正科之年,美查敏锐地察觉到为普通士人阶层提供科举应试类书籍具有广泛的社会需求,本年3月至6月间,《申报》上曾反复刊登这样一则《征刻时艺启》:“启者,今岁为癸酉科乡试之期,本馆特延请名人选刻时艺以供学者揣摩。所选皆近时新出名作,一切陈文概不登入。惟虑所见不多,或形孤陋,尚希同志诸君匡其不逮,如有佳作,请惠寄来馆。本馆不揣固陋,谨当精加选择然后发刊不取刻赀。想诸君子定不吝教也。”①

农历六月三十日,《申报》刊登《文苑菁华》预售广告:“本馆选刊文苑菁华计四书文五百十篇,现已刷印齐全,可以出售矣。定价每部洋银七角本馆趸买价洋六角。如有各书坊承卖者可来馆面议数目可以。特此布闻。”②从刊发征文启事到书籍印刷成册,仅仅用了3个多月时间,③让人不得不感叹时艺之作的受欢迎程度以及申报馆印刷技术之快捷。

1882年,申报馆还翻印了《康熙字典》,由于该书具有印刷精美、字体清晰、携带方便、定价不高等诸多优点,受到读书人的普遍欢迎,先后印行两次共计10万部,使美查获利丰厚。

19世纪末,申报馆向出版界拓展业务,以铅活字排印袖珍本《聚珍版丛书》,开启了晚清书局翻印旧书和刊行新著之风气。中国古代书籍分为铜活字、木活字和泥活字三种排印方式,而以清代《武英殿聚珍版

---

① 《征刻时艺启》,《申报》,1883年4月18日。
② 《文苑菁华刷齐出售》,《申报》,1883年8月23日。
③ 笔者自注:1883年(癸酉)为闰六月。

丛书》一百四十余种最为著名。申报馆在该报创刊后不久到1895年间，共刊行各类袖珍版图书一百六十余种。这类丛书充分发挥了铅活字清晰小巧的优点，美查亦自称为“爰自壬戌岁昉敬遵武英殿聚珍版之制，校印各种书籍，清奇浓淡，不名一家”①。因此，申报馆出版的这些袖珍版丛书在版本目录学方面有重要的价值与意义：“本报早年出版的袖珍本《聚珍版丛书》虽去今未久，然论其版本，学者颇重视之，谓：‘可与武英殿聚珍本媲美。’以活铅字排印书籍，本报聚珍版开此风气。不仅是出版界有名的版式，亦为近代文化史上一大关键。”②除了聚珍版丛书外，1884年至1888年间，申报馆还专门设立上海图书集成印书局，用活字排印《古今图书集成》。《古今图书集成》是我国搜集最博、卷页最富的大类书，全书共一万卷，分订一千六百二十八册，《申报》出版的这个版本曾被西人称为“康熙百科全书美查版”，具有重要的版本学价值。

早期申报馆出版业务的迅速扩展离不开创办人美查的悉心访求和苦心经营。美查留居上海日久，深受中国传统文化浸润：“仆少长泰西，壮游中土，间尝究极中国之文字，思欲一一有以传之。”③王韬与尊闻阁主人美查过从甚密，从王韬的一些回忆中亦可见出美查对于古籍辑佚工作的良苦用心：“既游欧洲归，体衰多病，屏居斗室，日在茗碗药炉中作生活，稍稍浏览说部，琢抉诗词，藉以消愁排闷。迩见海上尊闻阁主人集吴门秦淮画舫诸录，付之手民，播于艺苑。”④

---

①③　尊闻阁主：《申报馆书目续集序》，周振鹤：《晚清营业书目》，上海：上海书店出版社2005年版，第197页。

②　《申报馆内通讯》一卷十期，转引自徐载平、徐瑞芳：《清末四十年申报史料》，北京：新华出版社1988年版，第324页。

④　王韬：《艳史丛钞序》，王韬：《弢园文录外编》，上海：上海书店出版社2002年版，第205页。

王韬与申报馆主人美查私交甚笃,美查与王韬之间的私交直接促成了王氏多部著作问世并在申报馆付梓。《遁窟谰言》为王韬的游戏之作,内容芜杂,格调不高,而该书之出版,全赖美查之积极促成。1873年,《申报》主笔钱徵(王韬之婿)赴香港考察办报事宜,并代为转达美查有排印说部之举,请求王韬将书稿交其带赴上海。钱徵在《遁窟谰言》跋中提到成书之因缘:"时适尊闻阁主人有征刻说部之举,嘱徵代为寄声先生(指王韬),因以《遁窟谰言》十二卷见示。并云'此书于花晨月夕时,随意撰就,脱稿后并不加以修饰',意若欲徵为之点窜者。不知乱头粗服,亦复正佳。"①1880年9月《遁窟谰言》由点石斋印书局再版重印,王韬在序言中提到:"岁乙亥,尊闻阁主人有蒐集说部之志,徵及于余,溁洄歙浦,结海外之相知,迢递珠江,检箧中而直达。"②

1884年,王韬结束流亡生涯,返回上海,时而为《申报》撰写论说。本年,申报馆创立《点石斋画报》,王韬的《淞隐漫录》获得优先发表的待遇,随后,申报馆主人美查将该书集结出版,并延请点石斋著名的书画家吴友如、田英、张志瀛等为王韬的《淞隐漫录》逐篇绘图。其情形,王韬在该书序言中有详细记载:

> 余向有《遁窟谰言》,则以穷而遁于天南而作也。今也倦游知返,小住春申浦上,小筑三椽,聊庋图籍,燕巢鹪寄,藉蔽风雨。穷而将死,岂复有心于游戏之言哉?尊闻阁主人屡请示所作,将以付

① 钱徵:《遁窟谰言·跋》,王韬:《遁窟谰言》,上海:大达图书供应社1935年版,第193页。

② 王韬:《遁窟谰言·自序》,王韬:《遁窟谰言》,上海:大达图书供应社1935年版,第7页。

之剞劂氏。于是酒阑茗罢，炉畔灯唇，辄复伸纸命笔，追忆三十年来所见所闻可惊可愕之事，聊记十一，或触前尘，或发旧恨，则墨瀋淋漓，时与泪痕狼藉相间。每脱稿，即令小婿缮写别纸。尊闻阁主人见之，辄拍案叫绝，延善于丹青者，即书中意绘成图幅，出以问世。将陆续成书十有二卷，而名之曰《淞隐漫录》。①

自1873年3月起，《申报》就多次刊登《搜书》、《觅书》等启事，遍访孤本珍本图书，尤其是说部新奇之作。例如1875年，申报馆以铅活字排印了《儒林外史》，受到了读者的热烈追捧："曾不浃旬而便即售罄，在后购阅者，俱以来迟弗获为憾。"②1875年12月，申报馆从日本购得已经绝版的孤本《快心篇》三十二卷，报馆读者纷纷前来抢购，"工既竣，来售者日不绝于道，盖皆知其说理之正而见解之超也"③。一系列说部书籍在读者市场上的成功使得申报馆不断扩大图书出版这一业务。1878年3月，一则《搜书启事》在《申报》上反复刊出：

启者，本馆以印刷各种书籍发售为常。如远近君子，有已成未刻之著作，拟将问世，本馆愿出价购稿，代为排印。或装订好后，送书数十或百部申酬谢之意。总视书之易售与否而斟酌焉。如有罕见之本，宜于重刊者，本馆亦可以价买。或送数十部新印之书，借

① 王韬：《淞隐漫录》，北京：人民文学出版社1983年版，第2—3页。
② 《本馆告白》，《申报》，1875年5月19日。
③ 《申报馆书目》，周振鹤：《晚清营业书目》，上海：上海书店出版社2005年版，第193页。

以报谢。至于原本,于刊成之后,仍可璧还也。①

由这则启事可以看出,彼时书籍印刷发售已成为申报馆的一项日常工作。而“以书申谢”和“可以价买”两种交易方式则可以看作是近代稿酬支付的雏形。

1873年至1889年,申报馆在大力拓展图书出版业的16年间,创造了近代中国出版史上的多个第一,亦受到读者市场的热捧。其筚路蓝缕之功正如蔡尔康在1877年出版的《申报馆书目序》所言:“迩日申江以聚珍板印书问世者不下四五家,而申报馆独为其创,六载以来,日有搜辑,月有投赠,计印成五十余种,皆从未刊行及原板业经毁失者,故问价之人踵相接也。”②

值得注意的是,1873年至1889年是申报馆大力拓展图书事业的时期,同时也是《申报》大量刊登上海竹枝词,为洋场才子提供文学传播空间,传统士人以《申报》主笔为核心,此唱彼和,汇聚读者群体和创作群体的时期。所谓申报馆将报刊人力和物力资源转移到出版业而使得旧体诗停刊的结论是不成立的。相反,早期申报馆出版事业的兴衰与《申报》刊登旧体诗的消长几乎是同一步调的,而二者的沉寂亦共同源于1889年美查时代的结束。

① 徐载平、徐瑞芳:《清末四十年申报史料》,北京:新华出版社1988年版,第320页。

② 蔡尔康:《申报馆书目序》,周振鹤:《晚清营业书目》,上海:上海书店出版社2005年版,第177页。

二、人事变迁与旧体诗的停刊

1889年,美查将申报馆旗下所有企业包括工厂、报馆和三家书局,改组为美查股份有限公司,变卖了《申报》的股权,收回本利返回英国。黄协埙在《本报最初时代之经过》中谈到:"阅岁,美查欣然曰:'我之心力已瘁矣,我之名誉已扬矣,我以《申报》所获之利,添设点石斋石印书局、图书集成铅印书局、遂昌火柴厂、江苏药水厂,已次第告厥成功矣。急流勇退,正在此时。'乃将申报馆改为公司,已则航海返故国。公司诸务,委芬林及阿拍拿二君代之,二人皆英国籍,美查盖同乡也。"①

1889年美查变卖股权回国,不仅仅带来申报馆的股权和人事变更,更直接影响了《申报》的运营策略和编辑方针。美查回国之后,申报的股份分为四部分,董事会负责人由美查的英国同乡埃皮诺脱(即阿拍拿)担任,也就是华人主笔所说的洋大班。与此同时,申报馆进行了一系列的人事更迭:"公司大班为英人阿拍拿,翻译为葡萄牙人毕礼纳。华经理仍为席君子眉,主笔房为黄君式权、金君剑花、赵君梦遴。馆中办事权限:营业部分由席君主之,编撰部分由黄君主之,而全馆总权操诸英大班之首。惟大班不谙华语,遇馆事有所商酌,均由毕礼纳传译。盖毕君固沟通中外,联络上下之枢纽也。"②

美查时代的结束,直接导致了申报馆出版业务的停滞和《申报》中

---

① 黄协埙:《本报最初时代之经过》,申报馆编:《最近之五十年》,上海:申报馆1923年版,第489页。

② 雷瑨:《申报馆之过去状况》,申报馆编:《最近之五十年》,上海:申报馆1923年版,第491页。

旧体诗词的停刊。所谓"文化亦赖有传之者耳"①,在创办和经营《申报》的17年时间中,美查担任了中西方文化交流的杰出贡献者。而他的继任——洋大班阿拍拿完全不通中文,对申报馆的日常管理亦需借助葡萄牙翻译毕礼纳转达,由此可以想见其对待中华文化的态度必然是隔膜冷淡的,又何来中西文化交流之说。

美查时代的结束即意味着申报馆文化事业的停顿。自从1899年之后,申报专心报业而不再着意于出版业,申报经17年努力所积累的出版业成就逐渐为后起的商务印书馆等新兴出版印刷机构所取代。而从1890年3月21日刊登《词坛雅鉴》拒绝一切诗词杂著到1911年8月《自由谈》创刊,《申报》的旧体诗传播整整中断了二十一年。这二十年文化事业的停顿,除了有申报管理者不熟悉中国业务的原因外,亦与《申报》总主笔黄式权的保守政治态度密切相关。

十九世纪的最后十年正是康梁大力提倡戊戌变法,新学说新政说杂然纷起,革命思潮震荡全社会的时期。然而时任《申报》主笔的黄式权却坚持保守妥协之态度,受到时人的不满与排斥,雷瑨与金剑花、赵梦遴苦于不能力争:"总主笔黄君尤兢兢于字句间,撰述之稍涉激烈者,记载之略触忌讳者,必于阅总时悉数删去。鄙人与金、赵诸君,心殊不以为然。第权限所在,力争不得,亦无如何也。"②黄式权的继任张默也认为:"黄君昧于时势,犹牢守其往昔成见,对于戊戌政变,则斥康、梁为

① 美查:《申报馆书目续集序》,周振鹤:《晚清营业书目》,上海:上海书店出版社2005年版,第197页。

②④ 雷瑨:《申报馆之过去状况》,申报馆编:《最近之五十年》,上海:申报馆1923年版,第491页。

叛徒，对于甲午战败、庚子拳乱，亦未敢直揭其责任所在。于是《申报》渐为阅者所不满。”①

1895 年黄式权主笔《申报》之后，“本报际此仅能维持常状，碌碌无所表见”②，在保守政治思想的禁锢下，《申报》俨然已成了“顽固”、“腐败”等名词的代言。与前期相比，“报纸之精神形式大致不外前节所述，惟诗词一门时已不甚登载，每日销数约在七八千份之谱”④。这一时期的《申报》既不能以刊登旧体诗词来吸引文人群体的关注，满足传统士人诗词唱和的需求；又在新闻稿件中固步自封，力排新学，成为保守与腐败的代名词，因而《申报》销量与影响力的大幅度下滑便不难想象了。

《申报》的销量从最盛时的近万份下跌至“每日销数约在七八千份之谱”，销量的大幅度下滑给美查股份公司的董事长阿拍拿带来了深切的危机感，最终促成了 1905 年《申报》的大改革。

1900 年之后，《时报》、《中外日报》、《游戏报》、《采风报》等诸多报纸乘时而起，为吸引时人的关注，各报刊无论在思想还是形式上都力求创新，各树一帜。处在海上报刊媒体变更的时代风潮中，《申报》的固步自封显得颇不合时宜，“于是社会趋向渐不免舍此就彼，销数就衰，一落千丈。公司大班深恐营业失败，急谋改弦更张”③。

1905 年大改革后，《申报》开始零星出现一些诗词作品，但旧体诗的全面复兴，依然要等到 1911 年。延宕的这几年时间里，申报馆相继完成

① 张默：《六十年来之申报》，《申报概况》，上海：申报馆 1935 年版，第 29 页。

② 伍特公：《墨衢实录》，申报馆编：《最近之五十年》，上海：申报馆 1923 年版，第 433 页。

③ 雷瑨：《申报馆之过去状况》，申报馆编：《最近之五十年》，上海：申报馆 1923 年版，第 492 页。

了人事与股权方面的一系列变更。

为控制报刊的舆论批评,1908 年 9 月,清政府在上海推行《大清报律》,要求《申报》、《新闻报》等报馆辞退外国人股份,否则将禁止报刊在上海地区之外邮递发行。当时《申报》的总主笔金剑华和主笔雷瑨等乘机游说席子佩和洋人大班阿拍拿,最终促成了 1909 年 5 月阿拍拿以7.5 万元的价格将《申报》股权出让给席子佩。

然席子佩经营《申报》不过半年,已感财力不济,恰逢上海道蔡乃煌提出向《申报》参股,于是席子佩遂将一半股份出让给蔡乃煌。1911 年,蔡乃煌受到两江总督的弹劾并被革职查办,席子佩回收股权,《申报》最终退去官商合办的色彩,正式成为由国人主办的民营报纸。

1911 年 8 月间,《申报》进行了 1905 年以来的又一次改革,声称:“本报素以详尽取胜者也,然近时人心每喜简便。夫就简便则不能详尽,就详尽则不能简便,两者不可兼得者也。今本报改革之本意,则欲并两者而兼之。”①

三、上海小报对旧体诗市场的争夺

从 1890 年 3 月 21 日《申报》刊登《词坛雅鉴》停刊一切诗词及零星杂著到 1911 年 8 月 24 日王钝根创办《申报·自由谈》,在《申报》旧体诗沉寂的二十一年间,上海的其他报刊如《消闲报》、《游戏报》等小报则继承了近代报刊的诗词唱酬传统,并将此作为吸引文人、推销报刊的商业手段。19 世纪末,上海小报对旧体诗的吸纳为麇集于海上的普通士人

① 《本报改革要言》,《申报》,1911 年 8 月 24 日。

提供了一个发表作品和建构社交网络的平台。

1872 年 4 月 30 日，《申报》创刊，由于新闻材料的缺失，早期主笔“不得已，乃以论说充篇幅，间及诗词杂稿，呕尽心血，煞费经营”①。以诗词作品填充版面以缓解“新闻”不足的压力是早期《申报》编辑体例的一大特色，亦是《申报》战胜对手，迅速扩大销量的重要原因之一。时人曾戏拟《申报馆赋》称：“士子之诗文，草野之议论，中外之传闻，几段几篇，采取于人，倚叠如山……竹枝歌咏，多于市人之言语……瀛寰举月辑一卷，半搜风土。”②

1872 年 12 月 31 日，行销上海十年之久的《上海新报》在《申报》的强势竞争下，仅支撑了八个月便不得不宣布终刊。1882 年 4 月 2 日，字林洋行又创办了一张中文报纸《字林沪报》。这一次，它吸纳了《上海新报》的失败教训，将文艺作为吸引读者的重点内容，每日在新闻后面刊载“诗词杂作”，并声明：“凡有诗词歌赋嘱登本报者，概不取值。”

蔡尔康曾于 1874 年至 1881 年间任职《申报》主笔，其主要任务在于汇辑“仿聚珍版丛书”以及辑录《瀛寰琐纪》和编选《尊闻阁同人诗选》。1882 年，蔡尔康担任《字林沪报》的第一任主笔。在蔡尔康主笔《字林沪报》的八年时间里着力加强该报的诗词等副刊性文字而与《申报》争夺读者。1887 年 3 月，蔡尔康开始为《字林沪报》编辑附张《花团锦簇楼诗集》，开启近现代报刊文艺副刊的先河。该专刊为不定期出版，前后出版了 4 年半，共计 9 卷。

① 海上漱石生：《新闻报三十年来之回顾》，沈恩孚：《新闻报馆三十年纪念册》，上海：上海新闻报馆 1922 年版，第 90 页。

② 海上双鸳鸯砚斋戏仿阿房宫赋：《申报馆赋》，《申报》，1873 年 2 月 15 日。

十九世纪末,当《申报》版面中的旧体诗内容渐渐萎靡、消失之时,蔡尔康的《花团锦簇楼诗集》毫无疑问为广大士人提供了诗词唱和的传媒媒介,《字林沪报》的销量亦因此而迅速增加,孙玉声《报海前尘录》称:“惟缕馨仙史蔡紫黻先生,在《沪报》辑《花团锦簇楼诗集》,于报中特辟一栏,编排作书版式,可以装订成册,是为例外。而词章家所有稿件皆投《沪报》,当时吸引人才甚多,报纸亦骤增销数。凡投稿者无不人购一纸,是则因补白而推及出书,蔡先生诚可谓别开生面。”①

1897 年 11 月 24 日,《字林沪报》以附张的形式出版了我国第一份文艺副刊——《消闲报》。所谓消闲者,即以消闲之心态寄情于诗词小说之中,正如《沪报附送消闲报启》中所宣称的:“要皆希奇开笑,艳冶娱情,殿以诗词小品。盖名曰消闲,真可以遣愁、排闷、醒睡,除烦也。”②

《字林沪报》针对不同读者的需求刊登不同内容的文艺作品,而诗词始终是争取士人关注的重要内容:“《沪报》知时下多风雅士也,除报上选刊古文词外,并附送《花团锦簇楼》、《通艺阁》、《霓裳同咏楼》、《漱芳斋》等各诗集。又知阅报诸君能诗者半,不能诗者亦半;好诗者半,不好诗者亦半,复选刊各小说之尤佳者,附送如《野叟曝言》、《七侠五义》,《异迹仙踪》、《老饕赘语》等,类合而计之,名目繁多,实他报所未有,而亦有目者所共赏。”③

十九世纪最后十年的上海小报,除了大量刊登文人群体的唱酬之

① 孙玉声:《报海前尘录》,《新夜报》,1934 年 4 月 19 日。

② 《沪报附送〈消闲报〉启》,阿英:《晚清文艺报刊述略》,北京:中华书局 1958 年版,第 67 页。

③ 《沪报附送〈消闲报〉说》,《消闲报》,1897 年 11 月 24 日,转引自何宏玲:《晚清上海小报与近代小说关系初探》,《江淮论坛》2006 年第 1 期。

作外，还经常以报刊为核心，组织系列文学社团活动。例如1898年，李伯元曾以《游戏报》为依托，在上海创办著名的海上文社，征集文人雅士的诗词联句并刊载于《游戏报》上。由于投稿者过于积极，报纸有限的篇幅无法容纳日益增多的稿件，于是李伯元专门开辟《海上文社日录》，日出一册刊登读者来稿。而每一课出，则应者云集，往往不下一二千卷，可以毫不夸张地说，李伯元组织的“海上文社”的诗词唱和可视为当时海上文坛的一大盛事：

> 曩者同人谋开文社于海上，属仆董其事，仆虽不敏，亦乐得与社中诸君子相周旋，故毅然以社事自任。初例：月三课，益以加课乃至四五课、六七课不等。每课所征诗词、联语，以次杂出。数月以来，承海内通人雅士不我遐弃，其以珠玉相投者日夥、月夥。每课不下一二千卷。仆恐其久而散佚，负诸君之苦心盛意也，乃有《同声集》之刻——取每课所取佳作付诸梨枣，志一时之盛事，留千古之美谈，且畀后之来者亦得有所考见焉。……
>
> 今“海上文社”竭力提倡，扢扬风雅，诚可以使海内君子藉以联络声气，发越神智，互相切磋，获相得益彰之益。一线风流，于兹未坠。然社中所征仅仅此诗词联句，犹未足以尽文章之能事，盍进而务夫其大者？使海内君子不懈而及于古，以复我中国古者周、秦、汉、魏、六朝、唐、宋之盛。因思泰西有词章报一种，爰仿其制，订为此编。日出一册，名曰《文社日录》。除文社中所得诗联选择刊刻外，凡海内通人、雅士之所著述，若骈散奇耦、诗词、歌赋、小说、原本不懈而及于古，与周、秦、汉、魏、六朝、唐、宋之作者相媲美，且有

勇猛精进为有益行远之文而因之以见道者,则本社振兴之初心,庶几其可以少慰也夫。①

无论是蔡尔康编辑《花团锦簇楼诗集》对文人读者的争取还是李伯元海上文社的蔚为壮观都说明在十九世纪末二十世纪初,以报纸期刊为媒介,进行旧体诗词的往来唱和是满足广大士人阶层日常交际行为的重要方式,也就是说,在文言文为白话文所取代之前,旧体诗仍然是报刊媒体中不可或缺的重要形式,依然在读者群体中拥有广泛的市场号召力。这一点从当时各大著名报刊的销售量上亦可以窥见。

1899 年 9 月,日本学者内藤湖南在中国旅行期间曾记录当时上海报纸的日发行量为:《申报》在七千份内外,《新闻报》、《中外日报》二至三千份,《沪报》一千份左右,《苏报》更少,惟有《游戏报》的发行量在万余份以上。②

内藤湖南所谓《游戏报》发行量在万余份以上未为确定,但《游戏报》在当时受到读者的普遍追捧却是事实,“日售七八千纸,黎明出报,未午即罄。而人竞相赐阅者,犹复纷至沓来”③。当时《消闲报》创刊不久亦自云:“本《沪报》自附送《消闲报》以来,销路日广。盖购阅者既可洞知时事,又可藉以消闲,故文人墨客多喜观之。”④而有的读者来信称:“消闲报馆主笔先生大人,织锦才高,名驰海上;生花管妙,誉遍骚坛。

---

① 李伯元:《海上文社日录序》,《游戏报》,1899 年 12 月 30 日。
② [日]《清末小说研究》年刊第 5 号,1981 年 12 月,转引自王燕:《晚清小说期刊史论》,长春:吉林人民出版社 2002 年版,第 247 页。
③ 马光仁:《上海新闻史》,上海:复旦大学出版社 1996 年版,第 149 页。
④ 《消消闲》,《消闲报》,1897 年 12 月 16 日。

固知一纸风行，掷蚨争购。尤羡万言日试，倚马立成。”①

概而言之，从1890年《申报》刊登《词坛雅鉴》宣布不再刊登诗词杂著到1911年《申报·自由谈》创刊的二十一年可称为《申报》旧体诗的沉潜期。由于申报馆内部的一系列人事变迁和股权更替，《申报》中的旧体诗内容几乎绝迹。然而，这一时期的旧体诗在广大士人阶层中还存在着深厚的文化基础和广泛的商业市场，因此，以《消闲报》、《游戏报》为代表的一批小报吸纳了被《申报》排斥的旧体诗创作群体，形成了此一时期上海小报中诗词唱酬的热潮。

直到1911年《申报》完成几次大改革后，《申报》的总经理席子佩才正式选定自己的同乡青浦王钝根为主编，创立《自由谈》专刊。于是，在沉潜期后，《申报》的旧体诗才以更加繁复的面貌再次出现在世人面前。

① 《惠函照录》，《消闲报》，1898年4月28日。

第一卷

瀛寰瑣紀

壬申十月申報館刊

第三章

前期《自由谈》旧体诗研究

莫恨岁月短，莫怨道路长。长者有终极，短者无尽藏。蘧庐一宇宙，朝暮一洪荒。生死与离别，天地孰主张。我生四十年，壮者日以亡。岂无知心人，关河两相望。达观固所愿，铁石非衷肠。晨兴抚儿女，夕梦驰齐梁。慨然对明镜，荏苒悲流光。

——了青《答金抱璞世祁》

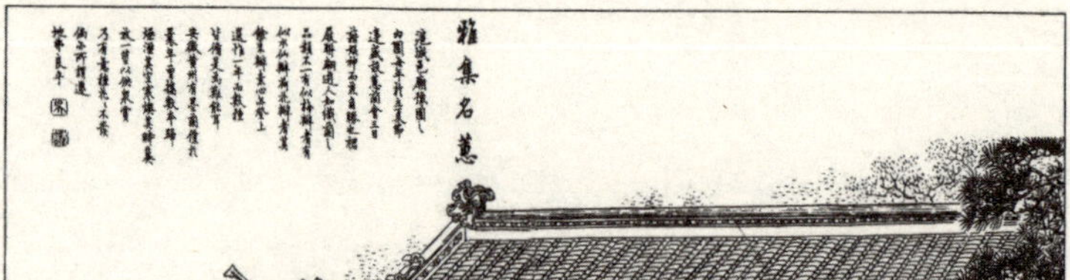

《雅集名蕙》(选自《点石斋画报》)

《自由谈》是《申报》历史最悠久、影响最深远的副刊，创刊于报馆改组后的 1911 年 8 月 24 日，1949 年 5 月随着《申报》的终刊而终刊。期间，由于战争和版面调整等种种原因，曾于 1935 年至 1938 年和 1943 年至 1945 年两度停刊。回顾《自由谈》30 多年的办刊历史，如果以 1932 年黎烈文改革为分界点，那么，《自由谈》前期可以说是传统文人的唱酬平台，而后期则是新文学的传播平台，两者之间的界限，泾渭分明。

今日文学史对改版后的《自由谈》关注较多，事实上，前期的《自由谈》在晚清民初的海上文坛中曾起到凝聚文人作家群体、探索副刊运行以及体验文学传播现代性等诸多重要作用。同时，在当时的文学场域中，尤其是白话文学蔚然成风之前，《自由谈》在文坛和士子中的地位是不容质疑的。

第一节　《自由谈》的创立及其与鸳鸯蝴蝶派的深厚渊源

1911 年，经过申报馆内部的一系列股权更迭和人事变迁之后，尽快恢复《申报》的竞争力和提高报纸的发行量是总经理席子佩迫切需要解决的问题。此时的海上报业，已然不仅仅是《申》、《新》两家大报的天下了，纷纭叠起的各种小报对于市民群体的吸引，对于文学副刊的尝试，已经使得他们在市场上牢牢占据了一席之地。《同文沪报》的高太痴每日出版《消闲录》附张，孙玉声在《报海前尘录》中谈到昔日情形为："毗陵李伯元君创办《游戏报》，余创《采风》及《笑林》二报，梁溪邹翰飞君创

《趣报》,吴门沈习之君创《寓言报》,李伯元君又续创《繁华报》,一时各小报如雨后春笋,日出日多。……销数日增月盛,各大报几暗受打击。于是《新闻报》及《申报》,乃有《快活林》、《自由谈》等之附刊,亦专载小品文字,以与各小报竞争。谑者咸戏呼之曰报屁股。"[①]为了应对小报的冲击,《申报》于1911年8月24日创立了《自由谈》副刊。

一、世俗品格:王钝根的定型

从1911年8月至1932年11月,从王钝根到吴觉迷,从姚鹓雏到陈栩,从陈冷到周瘦鹃,前期《自由谈》经历了多次主编的更迭。但从办刊宗旨和编辑风格来说,基本上是一致的,如若细微体察,此种一致性中可窥见《自由谈》与鸳鸯蝴蝶派[②]的深厚渊源关系。

1911年,《申报》总理席子佩看中他的同乡王钝根在青浦创办《自治旬报》的经验与声名,遂邀请他前来执掌《自由谈》。

王钝根(1888—1950),名晦,字耕培,江苏青浦人。王钝根出身耕读世家,祖父王鸿钧,为清末著名的古文家;其父访岩,秀才出身,亦擅长文章。就目前能够查阅到的文献史料,很难翻阅到王钝根自撰的生平述略,倒是在一些报纸期刊上,能够见到时人对他的评价。《自由谈》作者许瘦蝶因多次与王钝根通信,而对于他略有所知:"君名永申,字钝根,青浦人,性通倪,善滑稽,所为文,效淳于髡之谲谏,而不流于尖刻,以是人争诵之。善书法,以中锋取胜,园劲而有挺拔之势,其时出版界,

---

① 海上漱石生:《报海前尘录》,《新夜报》,1934年4月28日。
② 此处所指之鸳鸯蝴蝶派为广义上的概念,即新文学之外所有通俗文学的全称。

咸喜倩其为封面题签。”①

王钝根为人性情温和，善于交际，在作者和读者群中有着很好的口碑：“我瞧见《游戏杂志》上印着他的照相，一团和气，简直是个阿弥陀佛，我又打听人家据说，钝根先生实在是和蔼可亲，毫无报馆记者习气。因此人缘极好，朋友极多。一天到晚会客不停，不论贵贱贫富，他总是一律看待，殷勤款接，绝无倦容。并且他生平没有发过一回大怒。这种涵养功夫更非常人可及了。”②

王钝根是一个性格圆融、温厚敦实之人。他在担任《自由谈》后，一方面依托自己的社交网络广泛向亲友组织稿件；另一方面，努力提携后进，积极培养作者队伍，使得越来越多的传统士人凝聚在以他为中心的《自由谈》的周围。

其实早在《自由谈》创立的前几年，《申报》上已逐渐开始恢复文学作品的刊登。1907 年 1 月 8 日，《申报》上开始以连载的方式刊登小说《棲霞女侠小传》。到 1908 年 2 月 7 日，《申报》第二张第四版出现了“文苑”栏目，刊登了恢复期的第一首诗作《女地狱歌》。从 1908 年 9 月开始，“文苑”栏目中的旧体诗数量逐渐增多，但该栏目出现的时间、刊登旧体诗的数量依然不固定。而随着 1911 年 8 月 24 日《自由谈》的创刊，《申报》旧体诗的版面才得以固定，旧体诗创作的局面才能够全面复兴。

初创时期的《自由谈》，主要设有“游戏文章”、“海外奇谈”、“瞎费心思”、“尊闻阁词选”、“文字因缘”、“咬文嚼字”、“慷慨悲歌”、“回文诗”、“缠绵悱恻”等栏目，其中旧体诗占有很重要的比例。然而数量的激增

① 许瘦蝶：《记王钝根》，《永安月刊》，1948 年第 108 期。
② 无名女子：《我也嫁给钝根》，《社会之花》，1924 年 4 月 5 日。

并不代表质量的飞跃，相反，初创时期《自由谈》上的旧体诗多数格调不高，连篇累牍刊登的是香奁艳情及文人冶游之作。这一点从此一时期旧体诗频繁变更的栏目名称可以印证，如“缠绵悱恻”、“情天恨海”、“脂粉香艳”、“有情人吐属”、“新回文诗”、“灵心巧思”、“绝妙好辞”等等，其内容无外乎艳情一类。

事实上，抛开文学史观念的价值尺度，这些文人冶游之作在初创期《自由谈》上的频频出现反映的是《申报》主笔们对于尽快吸引传统士人眼光的迫切之情。《自由谈》创立之日，即刊登《征文告白》：“海内文家如有以诗词歌曲、遗闻轶事以及游戏诙谐之作惠寄本馆，最为欢迎。即请开明住址以便随时通信，惟原稿恕不奉还。”①从这则征文告白中可以看出，旧体诗背后的文人群体是《自由谈》力争的读者群体。因此，在稿源并不充裕的初创时期，大量成就不高的旧体诗得到了刊载的机会。半年之后，王钝根曾在一篇读者回信中透露了编者的此番苦心：“顷接侯燕宾君来函，谓《自由谈》投稿日益踊跃，致文采平常者辄遭弃置，未免使人扫兴。其实投稿者不皆求酬而采择者不可太苛。钝根深然其说，继今日始，凡投稿之采登者，除篇末记等者按等奉酬外，其有不愿得酬但嘱登载之稿，篇末概不纪等，亦不奉酬。阅读者谅之。”②也就是说，王钝根与读者之间已达成共识，对于那些不要求稿酬而只盼望刊登稿件的作者来说，稿件的裁汰标准可以适当放宽。

当然，并不是说《自由谈》创刊前后所刊登的旧体诗全部都是无甚可观的艳冶之作，其中亦有不少感叹世事与世情变迁之诗堪称佳作，如

① 《征文告白》，《申报》，1911 年 8 月 30 日。
② 《启事》，《申报》，1913 年 2 月 11 日。

松江一读者的投稿《贡院叹》:

照墙坍,旗杆倒,内外阶除鞠茂草。门前夷作牧马场,偌大屋廊不了了。(官绅提议改设厂局未决,均以不了了之。)本是寒儒吐气地,峨冠博带今不见。希望科举复何年,庶几门神欠伸起(大门久仆地上)。朝廷忽下立宪诏,贡院借投选民票。蛇神牛鬼来纷纷,冷落门厅变热闹。乙级选后选甲级,堂阶立逼富人迹。陡然跳出一魁星,一手执票一手笔。(有一选民面凹凸若魁星,茫然闯入。)当时信口费相商,自举无妨算照章。此次侥幸若当选,回家收拾老烟枪。贡院守神呵呵笑,难得富翁一齐到。生平看惯只寒酸,今日方知眼界小。①

亦有反映变迁时代,士人沉郁、悲凉、无助情怀的慷慨悲歌,如童爱楼的《对酒高歌·中宵独酌忽有所触遂成斯作》:

人生贵适意,肯作侯与王。人生贵适意,宁作癫与狂。癫狂能自作,侯王不易望。王侯贵如戏,狂亦非真狂。智力忧不及,百欲难相偿。故借杯中物,使我名利忘。我醉既懒眠,一任人事忙。我醉既懒看,一任世态凉。醒时日又昏,独立在苍茫。不如仍携枕,高卧效羲皇。

世有丈夫子,霖雨慰苍生。亦有小人者,贪刻殃群氓。宦海风

① 松江来稿:《贡院叹》,《申报》,1910 年 2 月 23 日。

波恶,一时难澄清。我不服管带,案不语其情。又以性拙直,不解向上迎。因此为世弃,惟与鸥鹭盟。侧闻临民者,权势如雷鸣。小民不解事,常起雀角争。一入酷吏手,常作走狗烹。我虽有利剑,奈彼有功名。乃持浊酒壶,浇我胸不平。

桂花香满鼻,明月正当头。手举一杯酒,独坐在高楼。人羡我心乐,不知予心忧。应叹草野夫,虽与廊庙谋。大臣衔爵禄,末吏事贪求。百僚无擎雷,至尊怀谊柔。卧龙老岩谷,强敌越鸿沟。我有一枝笔,欲学班超头。自量才与力,壮怀恐难酬。饮罢雄心发,月下视吴钩。①

经过了短暂的调整,《自由谈》创刊后的半年时间之内,旧体诗的刊登逐渐固定在两个栏目之中——“尊闻阁词选”和“文字因缘”。稿件渐渐充裕,编辑选择的余地越来越大,那些格调不高的艳体诗逐渐消失了。最为可贵的是,王钝根在副刊能够顺利运行的条件下,有意识地培养作者队伍。他常常不厌其烦地帮助作者修改稿件,增强读者投稿的积极性,一位《自由谈》作者颇为感念钝根的辛苦付出:“后来我高兴了也试作投稿,居然常常登载,并承钝根先生不厌烦劳,细加润色。那时别家报纸也都学《申报》的样增添文艺的附张了。可是我投稿去,总不见登载,因此我知道钝根先生的性情和厚实在是比众不同。又听人说大凡主笔先生都不肯破费功夫替人家修改文字,宁可省下时间来自己著作。既可得名又可得利,那么真难为钝根先生竟肯牺牲自己名利,暗

① 爱楼:《对酒高歌·中宵独酌忽有所触遂成斯作》,《申报》,1911年8月28日。

中行这人所不知的方便。”①

王钝根投注于《自由谈》的心血很快得到回报，越来越多的传统文人和普通市民参与到副刊的写作中来，向《自由谈》投稿已然成为海上文坛的新风气。了青曾撰《投稿痴》一文言及文人投稿之热情：“了青读《自由谈》，拍案鼓掌。……试问投稿诸君，平白地费如许气力，究竟为著何事？余乃喟然叹曰：‘钝根先生以一纸《自由谈》使多少文人尽作痴子，以求自省其笔墨。是先生之名虽钝，而天下之乖固莫乖于先生矣。虽然，余既闻有人之言而仍不免于费笔费墨费纸费心血费足力（投掷亦需足力）费邮资以博钝根先生之一笑，则天下之痴又莫痴于了青矣。’”②而有的作者甚至署名“投稿癖”③在《自由谈》上发表诗歌。

1913 年 12 月 14 日，《自由谈》上刊登了一位署名济行的《投稿歌》，细致曲折地描绘了一位普通市民向《自由谈》投稿的忐忑不安以及对主编王钝根的敬畏仰慕之情：

> 论投稿，技虽小。提起投稿兴偏高。……刚凑巧，这一篇游戏文章，做得称绝妙，不比人家率尔把觚操。封个笔，付邮包，才欲贴个三分新邮票。中途又恐付洪乔，倒不如，保险买张双挂号，火车通，一日到。日望着主笔先生早登我的稿。主笔拿来开口笑，早将他扭做纸团儿抛。寄也寄不还，登又登不了。只闷得我心急如火烧，枉心焦，真倒霉，空教我西抹东涂寻材料，脑海中费了多少思

① 无名女子：《我也嫁给钝根》，《社会之花》，1924 年 4 月 5 日。
② 了青：《投稿痴》，《申报》，1912 年 9 月 24 日。
③ 投稿癖：《卧病·丙辰五月作》、《咏史·丙辰冬作》，《申报》，1918 年 6 月 2 日。

潮，稿纸儿已丢过好几遭。熟料此番又如黄鹤杳。清晨起，正无聊，今日的《申报》又来到。专电新闻不紧要，先将这《自由谈》来仔细瞧，第四张上刚一找，忽然喜欢上眉梢。闷葫芦打破了，谁说钝根不公道，居然今日《自由谈》里将我姓名标。①

《新闻报》副刊《快活林》主编严独鹤认为，能够在海上文坛占据重要地位的并不仅仅是率尔操觚的小说家，还应关注那些能够提携后进之辈如包天笑、周瘦鹃、陈蝶仙、王钝根等：

当世文人学子率尔操觚月旦人者，但知评骘曾有著作传世者，谓之小说家。殊不知能汲引后学，拔通儒于草茅，使其成一家言。传诵当世，厥功尤伟。据余廿五年闻见所及，则得四人。……吴门包天笑(朗生)。廿余年来所汲引之人才，虽不过徐卓呆、毕倚虹、张毅汉、江红蕉等三数人，而皆成小说巨子。即周瘦鹃氏之名震一时，虽首得天虚我生、王钝根之助而天笑生亦与有力焉。今海内作手宗周者实夥，而朱鸳雏、张舍我、张枕绿、程小青诸君又得周之表章，得急起直追陈(蝶仙)系之小蝶、常觉、瘦蝶、拜花诸人。不特可以齐驱并驾且有突出一头地者，此则周之力焉，亦即可云包、陈之力。盖有嬗变替承之辙迹可按也。②

开创《自由谈》的王钝根虽然著述不多，但对后辈的汲引却不遗余

① 济航：《投稿歌》，《申报》，1913年12月14日。
② 姚民哀：《说林濡染谭》，《红玫瑰》，1926年第2卷第40期。

力，陈蝶仙、周瘦鹃等人亦是在他的提携之下才成为文学大家的，因此时人遂誉之为："若包、若严、若周、若陈（蝶仙）、若王（钝根）诸先生，均执牛耳有年，则次第揄扬后进，赖以成名者，必多固亦宜矣。"①

占据文学传播的主流平台就意味着拥有某些文化特权，因此，王钝根在晚清民国海上文坛的地位颇为超然。据张静庐回忆："在民国二三年间，中国的文坛是'礼拜六派'最活跃时代，真正老牌的礼拜六周刊就产生在这个期间。那时候文坛的领袖者有二个巨头，一位是青浦王钝根先生，一位是吴门包天笑（郎孙）先生。而包天笑先生的势力似乎不及王先生，因为那时的王先生拥有《申报·自由谈》和《游戏杂志》、《礼拜六》周刊三大地盘，我们不能否认周瘦鹃、陈蝶仙（天虚我生）的成名，是经他推荐出来的。"②

在以《自由谈》为平台的文学交际网络中，王钝根实际上是这个关系网络中的核心人物，凭借媒介平台建立作者队伍并与他们诗词唱和。如许瘦蝶与王钝根便是在频繁的诗词唱和、绘画题赠之中建立起名士友情的："君性亢爽，貌英挺，尝以小影寄予，至今犹储敝箧，予报以《虞美人》词云：'仙根夙具何尝钝，待向王孙问，笔尖横扫万人惊，一纸庄言谐论惊群生。《自由谈》是神交券，锦字传飞燕，临风一曲落霞琴，惆怅知音隔断碧云深。'又倩老友王鹗士画《梅花素绫帐眉》以赠，并题句云：'高楼夜月明，纸帐春寒重。梅花一树横，欹枕园诗梦。'时河山光复，颁行阳历，九月九日遇雨，寄君两绝云：'禅心静契木樨香，消受闲窗一味凉。不道天公更旧例，居然风雨作重阳'、'晚来呼酒上琴台，欲赋秋声

① 姚民哀：《说林濡染谭》，《红玫瑰》，1926年第2卷第40期。
② 张静庐：《在出版界二十年》，上海：上海书店出版社1984年版，第34页。

斗逸才。毕竟黄花终兀傲,寄人篱下不轻开。'"①

作为《自由谈》主笔的王钝根具有了现代媒体的符号化意义,越来越多的读者群体借助着《自由谈》的媒介平台与王钝根进行文学交流,从而使这份文学副刊具有了公共空间的初步特征。

绝忆诗人传钝根,秋风瑟瑟不开门。月明江上如相见,冷淡心期把酒温。

文字论交易入魔,世间钝者不嫌多。死生流转重逢日,旧雨新知一笑呵。(《寄申报主笔钝根二绝》)②

落笔有神助,先生气概雄。奇文共欣赏,妙论怕雷同。世味胸间饱,风尘眼界空。天下不平事,都付笑谈中。

放瞻陈时事,茫茫百感伤。悲歌增阅历,游戏入文章。今古几棋局,乾坤一剧场。俯仰忽惆怅,身世已沧桑。(《赠钝根先生》)③

男儿不得志,三十尚能歌。马骨生原贱,猿肠断更多。再来嗟已晚,相对恨如何。我亦栖栖者,无钱买钓蓑。

白眼看犹懒,丹心血渐凉。贾生空痛哭,箕子老猖狂。大局今如此,斯人不可望。但求千日酒,醉死亦何妨。(《海秋吴耳似移入德人里过访有赠乞和呈钝根》)④

---

① 许瘦蝶:《记王钝根》,《永安月刊》,1948 年第 108 期。

② 《寄申报主笔王钝根二绝》,《申报》,1911 年 9 月 9 日。

③ 秦寄尘:《赠钝根先生》,《申报》,1913 年 8 月 4 日。

④ 徐枕亚:《海秋吴耳似移入德人里过访有赠乞和呈钝根》,《申报》,1914 年 5 月 15 日。

1913 年 3 月 14 日，王钝根率先在《自由谈》上发出启事，向海内征集作者照像，从而使得爱楼、了青等这些频繁出现在《自由谈》上的名字具体化为真实的个人影像。此举在广大读者中引起强烈反响，鹿门旧隐曾作集句诗《读自由谈得见诸词人玉照颇慰渴思爰集古成二绝句寄赠钝根》：

故人渐远无消息（苏轼），一笑相逢那易得（苏轼）。每逢佳士亦写真（杜甫），独以深心辨古色。（欧大任）

数行玉札存心久（皮日休），诗中有味清于酒（宋璟）。白云何处更相期（李益），晚来怅望君知否（白居易）。①

署名梵音的读者将《自由谈》上刊登的作者照片汇集成册，题诗两首并自序云："《自由谈》出现以来，琳琅满纸，美不胜收。今复缀以诸君写真，使读者无望风悬想之憾。洵善举也。爰什袭藏之，汇为一册，并不揣翦陋，系两诗于卷头，聊博诸君之一粲云。"

锦心绣口自由编，雅什如珠落綵笺。愿假天孙织手力，搜罗墨客画图边。

名流谈吐古人风，色相文章一纸中。裁就装潢陈座右，料应胜似碧纱笼。（《题自由谈小照册》）②

---

① 鹿门旧隐：《读自由谈得见诸词人玉照颇慰渴思爰集古成二绝句寄赠钝根》，《申报》，1913 年 4 月 23 日。

② 梵音：《题自由谈小照册》，《申报》，1913 年 12 月 3 日。

王钝根在编辑《自由谈》的同时,还将《自由谈》中无法刊登的文字,择其精要,编为《自由杂志》,刊行两期之后,遂改为《游戏杂志》。同时,1914 年 6 月,王钝根还与孙剑秋、周瘦鹃共同创办了著名的民国期刊《礼拜六》,开创了近代上海报刊娱乐性、消闲性为主的文化品格。此外,王钝根还创立了《心声》半月刊、《社会之花》、《说部精英》等杂志,在当时都颇有影响。

1915 年,袁世凯专政期间,王钝根由于个人政见与申报馆经营者不合,遂愤然辞职,许瘦鹤满怀遗憾地回忆当日情形:“袁世凯欲盗国,钳制舆论,君不直其所为,愤而投笔归,其后与予音问遂隔,予虽苦忆,无从投笺为憾。微闻君寓居僧寺,鬻书为生活计,确否未敢必也。”①

许氏所言应与当日情形相差无几,1915 年,王钝根在《礼拜六》杂志第 51 期刊登的辞职启事可以与之互为印证:

> 钝根向在《申报》创设《自由谈》,四年以来,蒙海内诸大文坛相率以诗文、词曲、小说、笔记见寄,且引钝根为文字交。钝根不才,至感且幸。蝎来中日交涉,全国恐慌,钝根主张激昂,与主者意见相左,不得已辞职,舍《自由谈》诸神交而去,良用歉然。钝根笔墨繁冗,又弗克一一致书诸公,为别敬修短启,维希鉴原。倘蒙垂念旧谊仍赐教言,请寄:上海交通路通裕里,中华图书馆编译所。幸甚幸甚。钝根顿首。②

---

① 许瘦蝶:《记王钝根》,《永安月刊》,1948 年第 108 期。
② 钝根:《钝根启事》,《礼拜六》,1915 年第 51 期。

从 1911 年至 1915 年，虽然王钝根任职《申报》不过短短 4 年时间，然而他推荐的主笔人选、他凝聚的作者群体及其市民文化观念深深影响了前期《自由谈》的文化风格。可以说，从 1911 年创刊到 1932 年黎烈文改革的二十一年间，整个《自由谈》所呈现出的市民文化风貌和消闲文学品格，离不开王钝根的倡导与影响。因此，虽然王钝根之后，《自由谈》的主编迭经改易，然而由于编辑思想的一致性，传统文人得以在大致相同的文化背景和传播平台中赋诗填词、应酬唱和。

二、鸳蝴文风：主编人选的承继

1945 年，《申报》上刊登一篇《〈自由谈〉小史》的文章，“（《自由谈》）刊载的是当时极受欢迎的作品，执笔者全是海上著名文人，在目下看来，殊有鸳鸯蝴蝶作风无疑”①。所谓《自由谈》具有鸳鸯蝴蝶作风，这一点从《自由谈》主编人选的承继上即可以看出。

1915 年王钝根辞职之后，第二任主编吴觉迷是王钝根发掘的《自由谈》作者之一。1915 年 3 月 19 日到 1916 年 3 月 31 日，吴觉迷主持副刊只有短短一年时间。期间，《自由谈》没有太大的改变，一切还是按照原来划定的模式如常运行。他在《自由谈》上唯一一点突破是曾经征求军人诗稿，以激发国民勇气。

吴觉迷之后，第三任《自由谈》主编为姚鹓雏。姚鹓雏（1892—1954），原名锡钧，松江县人，南社社员，好诗酒，有名士气，诗词誉满东南。刘豁公在《吾友逸话》中曰：“姚鹓雏雄于文，复豪于饮。或询其量，

① 陈伟：《〈自由谈〉小史》，《申报·自由谈》，1945 年 8 月 22 日。

无所谓量也,盖可饮一斗,亦可饮一石。亲旧以酒见招,虽事集必赴。饮时侃侃而谈,发言恒惊其四座。苟属文,则尤须酒助兴,右手握笔,左手执酒杯,且饮且书。其速无艺,一盅甫罄,三千言成矣。"①

姚氏任主编期间,《自由谈》上曾出现了一些南社社员之间的赠答之作。彼时,《自由谈》经过5年的苦心经营,已在海上文坛和士子群体中影响颇巨,《自由谈》的投稿日渐踊跃,其中不免有良莠不齐之作,因此,姚鹓雏一上任即刊登《启事》,申明需对诗词稿件严格审定:"对于诗词一种,选择务严,力汰冗杂,宁缺毋滥,当为高明所谅。至于近人名作,触眼琳琅,或已灾梨,或已见报。下走孤陋,初未接当世闻达之席,亦不欲以依附为荣。"②

姚鹓雏主持《申报》时期,旧体诗呈现出变革之前的异样繁盛,旧体诗词几乎占据了当时所有的报纸期刊。《自由谈》的旧体诗稿件更是不胜裁汰,姚鹓雏遂在1916年6月25日宣布专门开辟诗文专栏:"本栏厚荷阅者不弃,惠赐佳章,每以地为有限,不能即时披露为叹。兹拟另辟文艺余感一栏专载诗文,赠答及关于艺文诸杂作,欲假本栏披露者所愿君子有以教我。"③

1916年10月底,陈栩继任《自由谈》第四任主编,他的主编生涯不过两年时间,但这两年正是新文学即将发生,旧体诗诗文在海上文坛中占据着耀眼风光的鼎盛期。

陈栩(1879—1940),浙江钱塘人,原名寿嵩,字昆叔,又字蝶仙、栩

---

① 刘豁公:《吾友逸话》,《申报》,1920年4月27日。
② 姚鹓雏:《启事》,《申报》,1916年4月30日。
③ 姚鹓雏:《启事》,《申报》,1916年6月25日。

园，别署天虚我生、国货之隐者。陈蝶仙多才多艺，“诗文词曲，无所不工”①，“所著书，在癸亥编目，除由著易堂书局刊行之《栩园丛稿》初二编，专为诗文词曲外，尚有传奇七种，弹词三种，剧本八种，说部一百二种，杂著二十种，或为书局家单行本，或散见于报章杂志中”②。

在进入申报馆之前，陈蝶仙曾以“惜红生”之笔名在《消闲录》和《国魂报》等期刊媒体上发表唱酬之作，1912 年开始在《申报》上发表文学作品，1916 年担任《自由谈》主笔，五四运动之后，陈蝶仙的兴趣转向实业，创办了家庭工业社，发明蝴蝶牌牙粉行销海内，由于文人而成功转型为实业家。对此，郑逸梅在《天虚我生往事》中有简略概述：“民元之际，王钝根辟《自由谈》于《申报》，又辑《游戏杂志》，均邀蝶老为特约撰述，蝶老写《琼花劫》、《井底双鸳》及《桐花笺传奇》以应之。……既而钝根弃儒而贾，蝶老代辑《自由谈》，又特辟一栏曰《常识》，述小工艺制造日用品，颇得社会人士之欢迎，乃另刊《家庭常识》单行本，又复风行于时。适其时五四运动，民气炽盛，蝶老遂乘机创擦面牙粉，代金刚石牙粉而为异军苍头，即家庭工业社之始创也。工业社蒸蒸日上，而蝶老便由文学家而成功之实业家。”③

陈蝶仙在近代报坛与文坛的突出成就离不开王钝根的提携与帮助，同时他本人亦与王氏保持着良好的私谊关系，并共同主持了《游戏杂志》、《女子世界》等刊物。在进入申报馆工作之前，1912 年 10 月 25 日，陈蝶仙即在《自由谈》发表诗歌《感赋何公旦》二首。同时，他许多著名的小说如《鸳鸯血》、《黄金崇》、《玉田恨史》等都是借由《自由谈》的传

①③　郑逸梅：《天虚我生往事》，《永安月刊》，1940 年第 13 期。
②　朱云光：《天虚我生小传》，《浙江商务》，1936 年第 1 卷第 3 期。

播平台率先与读者见面的。

民初新文学运动发生前夜,旧体诗的创作几乎占领了当时各类期刊,《自由谈》由于影响深远而稿件压力尤大。1913 年 8 月 27 日开始,为了解决旧体诗词稿件激增的问题,陈蝶仙受邀在《自由谈》上开创“栩园诗选”、“栩园词选”栏目,再加上原有的“尊闻阁词选”、“文字因缘”和“诗选”,这一时期旧体诗词的专栏竟然有五个之多。然而,新增加的栏目仍然不足以应对传统士人高涨的投稿热情,由于稿件太过拥挤,有的作者甚至写信苛责《自由谈》编辑,因此陈蝶仙甫一上任,即在《自由谈》发表启事,申明编辑之立场与苦衷:“投稿诸君鉴:猥承不弃,宠锡琳琅,曷胜欣幸,极表欢迎。惟每日邮函多至二三百起,一一展读已觉目不暇给……栩固非惜墨如金者,其奈晷刻无多,心力有限,何惟冀鉴谅。勿以简慢为罪。再者《自由谈》篇幅不广,来稿拥挤,惟有络续选刊,即在编者亦无何种存见,语有之曰岂能尽如人意,但求无愧我心。”①

1918 年,陈蝶仙专注于创办实业而无暇兼顾报刊主编工作,从本年 10 月 10 日起到 1920 年 3 月 31 日,《自由谈》主编由当时《申报》总主笔陈冷兼任。1920 年 4 月,史量才选定周瘦鹃作为《自由谈》的主编。

周瘦鹃(1895—1968),原名周祖福,字国贤,上海市人,1914 年夏,他协助王钝根编辑《礼拜六》周刊,并在 1921 年促成《礼拜六》的复刊及担任主编工作。

1920 年 4 月,周瘦鹃在担任《自由谈》特约撰述一年后,被正式录用为《自由谈》编辑,年轻的周瘦鹃为能够担任大报的编辑而不胜欣喜:

---

① 陈蝶仙:《栩园启事》,《申报》,1916 年 12 月 25 日。

“一九二〇年四月一日，我承申报主人史量才先生之招，踏进了汉口路申报馆的大门，半小时恳谈之下，竟以副刊《自由谈》编辑一席交给了我。那时《自由谈》并没有固定的编辑，由总编辑陈冷血先生兼管着，真是大材小用。陈先生每天写一段评论时事的‘自由谈之自由谈’，短小精悍，鞭辟入里。而我却担任了整整一年的特约撰述，每天在家写作一篇小品文，送去副刊，从未间断，中外古今，无所不谈，花样儿倒是层出不穷的。史先生大概已察看了我一年，认为编《自由谈》可以胜任，这才把我招去了。像我这么一个初出茅庐的小伙子，居然爬上了报馆编辑先生的席位，一时欢天喜地，真有一跤跌在青云里之感。”①

从 1920 年 4 月直到 1932 年 11 月，周瘦鹃主持《自由谈》12 年，他既是该刊主持时间最长的编辑，又是《自由谈》变革发生期的关键人物，因此，有关周瘦鹃及其主持期间的《自由谈》等相关内容将留待下一章节进行阐释。

从《自由谈》创刊到新文学变革前夜，《自由谈》上旧体诗的创作风貌与内容亦颇为繁盛，新的传播媒介的广泛应用使得旧体诗在文学传播过程中承担了一些崭新的现代性的功能，其中包括以旧体诗宣传新兴期刊。

1914 年 6 月，王钝根、孙剑秋和周瘦鹃在上海创办《礼拜六》周刊，一年之后《申报》发表了蔡选青的《天虚我生题赠钝根剑秋二君编辑之〈礼拜六〉四绝敬步原韵》，赞誉王钝根在上海期刊界的地位以及《礼拜六》于海内风行之盛况：

---

① 周瘦鹃：《二十余年老伴侣》，周瘦鹃：《姑苏书简》，北京：新华出版社 1995 年版，第 95—96 页。

大声呼得国魂醒，著作非同覆瓯经。古调翻新弹一曲，要寻当世解人听。

志言破浪未乘风，同此人间作寓公。愧我文章无价值，家园永守类痴聋。

笔参造化不言工，编辑群推一代宗。岂必高文兼典册，如闻暮鼓与晨钟。

右军才识(谓王君钝根)泰山笔(谓孙君剑秋)，海内风行四六期(礼拜六出版已至四十六期)。勿怪洛阳惊纸贵，簇新文字正投时。①

此外还有丁自韦的《题〈礼拜六〉第三十八册》、绍彭的《题钝根剑秋所编礼拜六》和春奂庭的《题〈礼拜六〉·调寄沁园》等。而更多的时候，《自由谈》的传播功效被用在新创报刊的宣传介绍之上，如1914年12月，王钝根和天虚我生在上海创办《女子世界》杂志，一个月后，《申报·自由谈》上即刊登了多首诗词作品，希冀依靠《自由谈》的传播平台，向《申报》广泛的读者群体宣传这一新兴的女性启蒙期刊。二月江苏、淮北、浙江、安徽等各地读者即纷纷给《自由谈》寄来以《女子世界》为题的诗词作品：

王粲最精思，搜罗绝妙辞。(谓钝根)徐陵序新咏，张说跋昭仪。芥子须弥纳，雌龙晗下持。自由编辑罢，又作女儿师。

① 蔡选青:《天虚我生题赠钝根剑秋二君编辑之〈礼拜六〉四绝敬步原韵》,《申报》,1915年4月30日。

生已天虚我，权将女教覃（谓蝶仙）。中才搜咏絮，西史重罗兰。一冶熔欧亚，三从误孔聃。谁将此新义，一与达人谭。

同胞四万万，过半数娥眉。参政争何烈，平权悟已迟。陶成新世界，珍重古闺仪。吟咏犹余（此处缺一字），闲情一偶为。

举世皆巾帼，搜才到扫眉。蜩螗乱中夏，蚕食启东夷。国势成谈虎，男儿尚委蛇。木兰诗试让，抛杼戈愧提。（《题女子世界》）①

其他还有许瘦蝶的《天虚我生编制月报一种专刊女界美术文学名曰〈女子世界〉词以题之调寄好女儿》、天长后雨田的《蝶恋花·方君题〈女子世界〉一词读之想见王陈两君丰采为此赋寄即用筠庭韵以当祝词》、盐城程筱�的《江南好·〈女子世界〉出版祝词》、淮北申仲渔的《高阳台东园函嘱题钝根蝶仙新编〈女子世界〉倚此赋寄沪江》、纫琴女士的《双红豆·得东园信知〈女子世界〉已为钝根蝶仙编成喜而有赋》、纫碧女士《十六字令二首题〈女子世界〉》、盐城杨碧珠的《双红豆·东园师函来为钝根蝶仙两君新编〈女子世界〉征文赋以代柬》、绮碧《卖花声·题〈女子世界〉》、歙县方筠庭的《蝶恋花·得乡人东园手书欣悉天虚我生新编〈女子世界〉奉题一阕》、兴化张碧琴的《题蝶仙新编〈女子世界〉》和盐城陈琴仙的《题〈女子世界〉》等等。

尤其是辛亥革命成功之后，民国乱象并未好转，整个社会都陷入苦闷徘徊之中。对于海上文人来说，如果说他们把滑稽调侃、休闲娱乐的市井生活面貌投注在鸳鸯派风格的小说之中，那么那些在《自由谈》上

① 汪幼兰：《题女子世界》，《申报》，1915 年 3 月 1 日。

刊登的数量庞杂的感怀诗、寄怀诗就是他们士子沉沦、报国无门的另一副面孔：

治安策少贾长沙，全局棋输一著差。科举竟成广陵散，曲声莫唱后庭花。别开世界民为主，大好江山国化家。草莽微生心未已，凭高犹自望京华。

经济铜驼触目悲，疮痍万众骚难瘳。纵横铁血苍生劫，毁弃冠裳故国羞。南渡朝廷终误宋，西山薇蕨尽归周。推翻政策何时一，只恐纷争祸未休。

沦落都由我不才，才优自遇赏音来。众星究未明如月，时雨仍须动以雷。擅誉难防谗有口，矜能终是祸之胎。炎凉世态今尝备，用世雄心半已灰。

划然长啸气如虹，感慨深于一啸中。政尚共和谁时间，事无运动莫争功。著书易自成孤愤，论世难期进大同。未免迂儒多曲谨，抱残守缺哭涂鸦。(《感怀》)①

天涯放浪南吟朋，太息中原半犬鹰。我辈鼻端空出火，若曹血管已成冰。舆情只合供摧仰，清议何妨任沸腾。老去朱家应自惜，一身侠骨尚生棱。

争得沉沉学睡仙，百无聊赖始谈禅。哀时若使亡英物，老国何从享大年。君纵工愁非善病，人皆欲杀是相怜。雄心不逐韶光驶，底事先鞭让昔贤。

---

① 蔡选青：《感怀》，《申报》，1913年10月31日。

忧时老杜苦吟诗，万种伤心酒一卮。古剑已韫芒作战，故宫应见黍离离。起衰政策无人问，劝进文章有鬼知。满眼凄凉谁解得，斜阳如血俯楼时。

几曾洗甲向天河，竖子强颜庆止戈。名士只今知耻少，好官但解得钱多。贾生痛哭原无补，屈子佯狂亦太颇。我为苍生先请命，幸毋高隐到岩阿。（《琴南述庵两先生诗沉郁苍凉悲歌慷慨具识曲中依因知弦外音感不绝于予心爰次韵以代札》）①

忍寒先鸟起，负手恣行散。经霜叶稍脱，槭槭响枯籁。急景易萧瑟，长咏得慷慨。欲和蟋蟀吟，徒深广武叹。

霜气侵微檗，袖手味独适。向来抱散性，甘自即冲寂。朱楼闻银筝，掩抑三太息。辍斤亦何意，感此念臣质。

露下冷江城，晓角静无声。摇落一以至，积悴不复荣。荒庭来悲飙，高堂含峥嵘。奋衣起低昂，新情非故情。

枯枝太零乱，纳我隔窗影。空庭浮夜色，微月画虚景。短世接残梦，积意何用骋。荣公岂不贤，带索歌自永。（《咏怀》）②

"两鬓侵霜添暮景，于今万念总成灰"③、"自笑邅述骨相寒，读书空剩旧儒冠"④，文坛上所表现出来的苍凉感伤之所以成为一种时代情绪，不仅仅来源于某个人或某几个人的作品，而是在传统知识分子中普遍

① 仁后：《琴南述庵两先生诗沉郁苍凉悲歌慷慨具识曲中依因知弦外音感不绝于予心爰次韵以代札》，《申报》，1915年9月4日。
② 姚鹓雏：《咏怀》，《申报》，1916年6月22日。
③ 吟叟：《岁暮书怀》，《申报》，1914年1月20日。
④ 蔡选青：《述怀一律上伍佑场知事庐君守之》，《申报》，1917年8月2日。

弥漫的一种审美风格,表现在早期《自由谈》中,便是相同类型主题的大量、高频率出现。简要概括,其他同类诗作主要还有林述庵的《寄林琴南》、林琴南的《和林述庵》和《咏史四首》、春风草庐主人的《甲寅杂感四首》、秦寄尘的《时局叹》、《人心叹》、《儒生叹》、《士人叹》、《庚戌除夕大雪》、蔡笠青的《岁暮杂感》、姚鹓雏的《南社酒集沪上书示楚伧兼示同社诸子》、陈栩的《读南湖诗有感次韵却寄》、汪汲青的《岳麓山》、《长沙吟》等等。

三、海上唱酬:交际网络的建构

作为传统的中国文人,最重要的文化认同在于文人之间的诗词唱和,在江浙文人汇聚的近代上海,离开了传统血缘和地缘纽带的士子文人尤为迫切地需要通过诗词唱和重建文化交际网络。当日情状正如陈三立所云:"当国变,上海号外裔所庇地,健儿游士群聚耦语,睥睨,指画,造端流毒倚为渊薮,而四方士大夫雅儒故老亦往往寄命其间。喘息定类摅其忧悲愤怨托诸歌诗,或稍缘以为名,市矜宠。"①而在中国近代报刊业高度发达的上海,文人士子除了可以展开私谊之间的诗词唱和外,还可以借助新兴的报刊媒体,在公共空间进行唱和。

文人的聚集自然少不了往来唱酬,近代上海出现了不少传统诗社,其中,希社因其发起人高翀与《申报》的特殊关系,而得以借助《自由谈》的平台进行社友间的诗词唱酬。希社是1912年8月27日由高太痴等民初遗民在上海豫园发起成立的,以"翼卫圣教,昌明国学"为社旨,以

① 陈三立:《清故江苏候补道庞君墓志铭》,陈三立著,钱文忠标点:《散原精舍文集》,沈阳:辽宁教育出版社1998年版,第168页。

兴学、讲道、编书为职志的文人社团。1920年高翀故去，众人推邹弢为社长，希社由是中兴。入社之初，主要成员有有潘兰史、邹弢等140余人。1913年1月21日，高太痴在《自由谈》上发表五言古诗《希社成立首唱五言古三十四韵》："吾爱东林贤，气节激弥奋。绝学几其复，结社维英俊。张（溥）陈（子龙）杨（庭枢）夏（允彝）辈，不翅骖之靳。名满苏松间，流风追挽近。……壬子七月望，希社遂发轫。……为感辰星疏，耆旧今已仅（此言希少之意）。庶以回晦盲，重知履古训（此言希冀之意）。……吾侪生不辰，讲学固其分。希之与夏儿，实同后先进。幸昭息壤盟，合布文坛阵。风雅存正始，义理辨精蕴。放怀起高咏，寄与酌芳酝。"①从这首五古中，可以看出高太痴倡议成立希社，无非是为了在新旧嬗变的过渡时代，追慕明末文人遗风，以结社的方式来挽救世运沉落并使文人风雅以存。

希社成立之后，社友们的许多次重要唱酬活动都有诗词作品刊登在《自由谈》上，例如，1913年10月希社小集，初期司社事者邹弢曾作《希社小集招致同人成三绝句呈请同社正和》：

六十光阴付逝波，匆匆又是四年过。交游几辈晨星散，落叶西风感慨多。

菊花深处小楼开（余于蒲西寓庐建小楼曰守死），同社联欢酒百杯。醉态掀天狂盖地，太平时世栋梁材。

老病垂危又转生，苍苍爱我亦多情。庄周土盎刘伶钟，几度踌

① 高太痴：《希社成立首唱五言古三十四韵》，《申报》，1913年1月21日。

踏用不成。(七月病伤寒,八日断饮食,幸同门徐馥荪仆仆来乡,力主医药,得以不死。)①

海上文人脱离乡土关系,以笔墨为谋生工具,同时,他们在繁华的沪滨城市迫切地需要重建社交网络,寻找身份认同,因此,希社的出现恰逢其时。吴东园在1914年3月8日的《自由谈》上刊登《寿星明》词一首,其前言即提到民国初期希社建立受到普通士人的欢迎:"光复后,江淮皖浙间旧日吟俦大半不知所在。自陆君新乐府征稿不惮许子之烦,乃作微生之乞,通音向者止十之二三,颇有离索之感。去年秋,杨中将绍彭招往秣陵,未举。岁暮客小海,袁君凤鸣出高先生太痴手书见示,招入希社雅谊拳拳,感此何极,海内知己天涯比邻,为填短令以寄遐思。"②

承蒙招引入社,希社社友普遍对高太痴感念不已,"声气由来重应求,私衷久愿识荆州。传书何处寻黄耳,对镜无端恼白头。招我陶潜催入社(谓招我入希社),依人王粲怕登楼。江南遍地生红豆,两字相思嵌采骰"③。他们常常在《自由谈》上表达对高太痴的仰慕之情:

早岁风流名士,晚年道学先生。万言起草日,纵横政治,热心革命。两泪酸辛,漫洒一腔怨恨。谁明沧桑,阅后志弥贞。看取黄冠小影。

① 酒芒:《希社小集招致同人成三绝句呈请同社正和》,《申报》,1913年10月25日。
② 东园:《寿星明》,《申报》,1914年3月8日。
③ 东园:《怀人诗·有序》,《申报》,1914年5月22日。

著作飘零剩几，生涯萧瑟逾初。小斋花莳百盆，余聊以慰情课女。希社直追卧子文园，久病相如可怜。结习总难除，犹是论今说古。①

在《自由谈》这个传播平台中，除了多次发表希社的小集课题外，传统士人还在旧体诗词中寄托了社友之间深厚的友情。例如以下两组诗，一为生离，一为死别，无论何种情感，都可以凭借《自由谈》的媒介力量，迅速地传播开来：

料理轻装到鄂城，且将来路作前程。晴曦赫赫刚三伏，尘海茫茫已半生。海外同文防启衅，国中多难未休兵。只因菽水关心切，又作他乡觅食行。

一家都在阖闾城，却自劳劳赴远程。身世已非晓苦趣，风尘重堕慨浮生。记从希社联吟友，每解愁围仗酒兵。怅与文坛暂离别，东风无奈促人行。②

真率论交二十秋，居同里巷复同游。今年希社君新入，雪里飞鸿一爪留（希社丛编曾刊君诗一首）。维摩示疾只经旬，何意匆匆遽反真。太息高斋重过日，药炉书卷已生尘。

拼把浮名换酒徒，醉中拊缶唱乌乌。风流阒寂山河邈，莫问黄公旧日垆。儿能好学妇能贤，亦足承家慰九泉。一事教人肠欲断，

① 问梅山人：《题高太痴君小像调寄西江月》，《申报》，1913 年 7 月 21 日。
② 楼梧：《赴鄂留别希社诸君子次问梅山人韵》，《申报》，1914 年 7 月 30 日。

高堂白发哭青年。①

除了在报刊开拓的公共空间进行诗词唱和,《申报》文人亦常常在酒阵诗场的私人聚会中诗词唱酬,例如周瘦鹃所谓"狼虎会"就是他们诗酒唱和的文人盛会,亦是对王羲之开创的名士流风的继承:"去岁,与天虚我生、钝根、独鹤、常觉、小蝶、丁悚、小巢诸子组一聚餐会,锡以嘉名曰:狼虎。盖谓与会者须狼吞虎咽,不以为谦相尚。……天虚我生即席赋诗寄拜花余杭(拜花,吾宗,隐居于杭,亦酒阵诗场中一健将也),诗前系小序云:'于休沐之日每一小集酌,惟玄酒朋,皆素心。而常与斯集者,有钝根,独鹤之冷隽,常觉、瘦鹃之诙谐,丁、姚二子工于丹青、江、杨两君乃善丝竹;往往一言脱吻,众座捧腹,一簋甫陈,众箸已举,坐无不笑之人,案少生还之馔。高吟朋朋,宗郎之神采珊然;击筑呜呜,酒兵之旌旗可想。诚开竹林之生面,亦兰亭之别裁也。'"②

1921年之后,虽然旧体文学不断受到来自新文学的猛烈批判,然而鸳鸯蝴蝶派由于拥有广泛的市民读者而牢牢地占据着上海报刊文化市场,他们除了在报刊杂志发表旧体诗与读者群体进行公共空间的诗词唱和外,还与鸳鸯蝴蝶派文人之间组成诗社,进行私谊空间下的传统文人唱酬。当时鸳鸯蝴蝶派比较著名的文人社团有上海的"青社"和苏州的"星社",郑逸梅在《记过去之青社》中所言:"民十之际,小说杂志,有中兴之象。诸作家有集团之举,怀酒联欢,切磋文艺,法至善也。集团

① 棣华:《哭陆君允林》,《申报》,1914年1月21日。
② 周瘦鹃:《记狼虎会》,王智毅:《周瘦鹃研究资料》,天津:天津人民出版社1993年版,第68—69页。

之负盛誉者，在苏有星社，在沪则有青社。”①

青社成立于1922年7月上海，社友有包天笑、周瘦鹃、何海鸣、许廑父、胡寄尘、江红蕉、程小青、徐卓呆、张舍我、张碧梧、张枕绿、范烟桥、王西神、严独鹤、王钝根、朱瘦菊、赵苕狂、程瞻庐、沈舜钟、严芙孙、毕倚虹、李涵秋等。

鸳鸯蝴蝶派文人多为江浙旧籍而寄居上海，他们在创作通俗小说的同时，自然需要一个社团进行诗酒雅集以及完成文化身份的认同。和青社成立的原因相似，星社的成立亦是满足了苏州文人在上海文学出版界的私谊交往与群体聚合：“二十年前，上海的出版界呈着蓬勃的气象，小说定期刊物多至十数种，写作者有许多是苏州的文人，由于文字的应求，就常有琴樽的雅集。其间有一个小小的团契，称为‘星社’。”②“星社”于1922年8月成立于苏州留园拥翠山庄，最初发起人为范君博、范烟桥、范菊高、顾明道、赵眠云、郑逸梅、姚苏凤、屠守拙等8人。星社的结社方式颇为松散，然而，在文人之间“同声相应，同气相求”的诗酒往来之中，星社的社员发展到105人之多，且维持了整整十五年之久，成为影响上海文艺界的一个不容忽视的团体力量。在1921年到1936年间，“主编上海报纸副刊、杂志、小型报的，更多星社社友，在声应气求的原则上，星社社友的作品自然占着文艺界相当的地位。起初以小说作者为多，后来书画金石电影戏剧一切从事于文艺工作的，都有

① 郑逸梅：《记过去之青社》，郑逸梅：《淞云闲话》，上海日新出版社1947年版，转引自芮和师、范伯群：《鸳鸯蝴蝶派文学资料》，福州：福建人民出版社1984年版，第227页。

② 天命：《星社溯往》，《万象》1943年8月第3卷第2期，转引自芮和师、范伯群：《鸳鸯蝴蝶派文学资料》，第201页。

参加,从此这发动于8颗小星的星社,形成了无所不包的集团了”①。

“文社的结合,以明末为最盛,几复两社的文章气节,足使史乘生色不少。因此流风遗韵,三百年后,还影响到士林。”②因此,不论是高太痴主持的希社,还是沪上文人组织的青社,抑或是苏州文人聚集的星社,晚清民初文人社团的结合即是鸳鸯蝴蝶派作家对于文人雅集传统的远承流绪,又是他们在世道浇漓、斯文渐灭的转型社会寻找士人身份认同的文化实践。

第二节 《自由谈》作者照像:视觉政治与身份认同

1913年2月28日,《自由谈》主笔王钝根曾在《申报》上刊登《钝根启事》:“自由谈话会同人拟汇集投稿诸文家照像,雕刻铜板,逐日登载以慰神交渴思之怀。即希诸同志不吝色相,速以玉照惠寄为感(并请附注姓名年岁籍贯住址)。”③在这则启事刊发23天之后,刊发了一张署名《投稿者丁悚》的作者照片,此后,《申报》基本上每日在《自由谈》中刊登投稿者照片,从1913年3月23日直至1914年1月11日止,《自由谈》共刊登了131位投稿者的照片,这些照片以见证“在场”的方式印证了民

① 天命:《星社溯往》,《万象》1943年8月第3卷第2期,转引自芮和师、范伯群:《鸳鸯蝴蝶派文学资料》,第205页。

② 天命:《星社溯往》,《万象》1943年8月第3卷第2期,转引自芮和师、范伯群:《鸳鸯蝴蝶派文学资料》,第207页。

③ 王钝根:《钝根启事》,《申报》,1913年2月28日。

初上海旧派文人的形象建构。

一、地域性：从江浙才子到海上报人

就个体研究而言，单个的投稿者照片意义并不明显，然而如果将这131位作者作为一个整体研究对象，进行数据统计和社会学分析，那么这些照片则将成为一份珍贵的具有现代意义的文献史料。

1913年5月22日，王钝根再次刊出征求照片启事，这一次，王钝根将征集的对象具体化为特定的投稿人群体："椒髡、醉红居士、红豆、相思馆主、天白、李生、佐彤、太痴、酒丐、棲梧、豁公、定夷、定耕、豫公、剑痴、一冰、署芸、懒渔、织簾、亡是公、侍仙、景骞、鹗士、荷僧、幻那、远香、蘧园、柚斧、蘅香、拜花、蜀西闲人、太宽、苏生、钝锥、小杜、觉道人、榴花轩主、蓬心室主、莽汉、虎痴、剑龛、剑秋诸先生，瘦红、碧梧、绿窗、倚桐、云珠、秋娘、兰贞、芝卿、庭珍、锦云、艺侠、漱馨、清芬、海珊、半梅、侍仙内史、庐善、珍魏、锄月、施畹芳、姜映清、张曼君诸女士鉴：《自由谈》出现以来，蒙诸文家不弃，时以瑶章见惠，为本报生色，深感盛情。爰拟征求照片铸板排印以代买丝之绣。君等惠稿尤多，祈即赐寄玉照为幸。"①王钝根所指出的这些作者是在《申报》中多次投稿的作者，因此这份索要照片的作者名单实际上呈现的是《自由谈》初创时期的作者群。

从1913年3月23日至1914年1月11日上，共刊登了131位作者的小影。这些作者按照《钝根启事》中的要求，除了提供本人照片之外，还附录了作者的姓名、年岁、籍贯和住址四项信息。若将这131位作者

① 王钝根：《钝根启事》，《自由谈》，1913年5月22日。

的姓名、年龄、籍贯和住址进行统计学分析,将可以从中寻找到一些具有普遍性的规律来。

表 3 《自由谈》刊登投稿者照片之籍贯分布表

籍贯	江苏	浙江	安徽	湖北	福建	湖南	山西	山东	江西	四川	广东	不详
人数	53	46	11	1	1	1	1	1	2	1	4	8
百分比	40.5%	35.1%	8.4%	0.76%	0.76%	0.76%	0.76%	0.76%	1.53%	0.76%	3.1%	6.1%

表 4 《自由谈》刊登投稿者照片之居住地分布

居住地	上海	不详	安徽	江西	江苏	湖北	浙江
人数	53	29	3	2	29	2	13
百分比	40.5%	22.1%	2.29%	1.53%	22.14%	1.53%	9.92%

表 5 《自由谈》刊载投稿者照片之年龄分布

年龄(岁)	14—29	30—49	50—69	70 以上	不详
人数	61	25	1	1	43
百分比	46.56%	19.08%	0.76%	0.76%	32.82%

(表 3—表 5 数据来源:《申报·自由谈》1913 年 3 月 23 日至 1914 年 1 月 11 日)

按照表 3 所示,131 名投稿者中,籍贯不详的人共有 8 人,其他 123 位作者中,江苏一省为 53 人,而浙江一省则为 46 人,江浙两省的总人数共计 99 人,占投稿者总人数的 75.57%。

在表 4 中,呈现出投稿者的居住地分布情况。在 131 位作者中,居住地不详的为 29 人,其中上海一地为 53 人,江浙两地合计 42 人,江南地区也就是上海与江浙的居民人数共计 95 人,占总人数的 72.52%。这两组数据说明,《自由谈》刊登照片的作者绝大多数为原籍江、浙两省而寓居沪上的文人。

表5显示的是投稿者的年龄分布。出乎笔者的意料,数据显示,那些在《自由谈》上积极投稿,往来唱和的作者主体并不是垂垂暮年的民初遗民,而是接受过新式教育启蒙的14—29周岁的青年人。年龄分层的多样性说明,在新文学运动发生之前,旧体诗具有广泛的作者和读者群体。

表3和表4所呈现出来的《自由谈》旧体诗人籍贯分布的特点,一方面与近代上海移民群体以江浙两省为主体的趋势相一致,另一方面则显示了近代上海与江南文化的深厚渊源关系。

近代上海是一座典型的移民城市,非上海人而留居上海者,以国内各省而论,大概要算江苏、浙江两省为最多,江浙两省之中,大概以宁波和绍兴人为最多。如果将邹依仁"旧上海公共租界人口籍贯表"和罗志如《统计表中之上海》中《上海公共租界华人历年人口籍贯表(1885—1930)》数据做一个分类表格,可以清楚地看到,从1885年至1935年,留居上海的移民人口绝大多数来自于江苏和浙江两省,其比例之高,远远超出其他省份的移民。

表6 《上海租界江浙两省籍贯人口比例统计表》(1885—1935)

年份	江苏	浙江	人口总数	两省人口	两省比例
1885	39,604	41,304	109,306	80,908	74.02%
1890	60,789	52,891	143,154	113,68	79.41%
1895	101,176	77,533	219,306	178,709	81.49%
1900	141,855	109,419	299,708	251,274	83.84%

续表

年份	江苏	浙江	人口总数	两省人口	两省比例
1905	169,001	134,033	390,397	303,034	77.62%
1910	180,331	168,761	413,314	349,092	84.46%
1915	230,402	201,206	559,215	431,608	77.18%
1920	292,599	235,779	682,476	528,378	77.42%
1925	308,096	229,059	722,086	537,155	74.39%
1930	500,576	304,544	910,874	805,120	88.39%
1935	591,192	388,865	1,120,860	980,058	87.44%

(数据来源:邹依仁:《旧上海人口变迁的研究》,上海:上海人民出版社 1980 年版;罗志如:《统计表中之上海》,南京:国立中央研究院社会科学研究所 1932 年版。)

江浙移民成为近代上海移民的主体,这一人口分布特征既是整个上海人口变迁的规律,又是不同团体、不同阶层的小范围人群的籍贯分布特点。例如,据 1939 年刊登的《美商申报馆同人录》资料显示,当年申报馆员工共 476 人,其中非江浙籍贯的仅仅 29 人,其中 3 名为美国人,也就是说江浙籍贯的员工在申报馆所占比例竟高达 93.9%。①

当时规模最大的民营文化出版机构——商务印书馆的内部人员构成亦体现了以江浙为主的地缘和亲缘关系结构,当时曾在商务编译所工作过的包天笑回忆:"这个编译所,以江苏人为最多,江苏人中,尤以常州人最多。即以我们编辑教科书方面,如蒋竹庄、庄百俞、严练如诸位,全是常州人。那时候,商务印书馆编辑《辞源》已在发起了,而主其事的陆伟士先生(尔奎)也是常州人;还有孟纯孙先生(森,又号心史)也

① 《美商申报馆同人录》,上海:申报馆 1939 年版,转引自王敏:《上海报人社会生活》,上海:上海辞书出版社 2008 年版,第 72 页。

在商务编译所任事，我不知道他是担任哪一科。其他还有我所不相熟的常州人也不少。次之乃是无锡人，我所熟悉的如蔡松如（文森，后来成为亲戚）、王西神（蕴章）诸君，而我本乡苏州，则寂无一人。其时王云五尚未进商务印书馆，而沈雁冰、郑振铎则是后起之秀。”①包天笑的印象也印证了近代著名出版家、商务元老庄俞的统计：“有关职工的籍贯分布调查亦值得注意：员工以江苏、浙江为主，两者总和已约占总体的92%，其次分别是安徽和福建。若将四省员工的人数相加，总数接近95%。”②

洪煜在《近代上海小报与市民文化研究》中将104位小报文人籍贯进行分类统计，得出结论：“按地域分类，其中江苏、浙江籍89人，占所列总人数的比例85%以上，居绝对优势。”③孙琴在对《瀛寰琐纪》作者群进行考察之后指出，《瀛寰琐纪》作者群有着鲜明的地域性，主要以江、浙、沪一带文人为主，他们以《申报》和《瀛寰琐纪》为两大中心，发表了大量唱酬诗词。④

王韬在《瀛壖杂志》上有这样一段话：“上海，居南吴尽境。古为《舜贡》扬州之域。春秋属吴，后属越，名不甚著。”⑤晚清报人群体多出自江浙两省，除了特殊的地缘关系之外，亦反映了近代上海与江南文化之间深厚的文化渊源关系。在沪北租界崛起之前，近代上海只是江南文化

① 包天笑：《钏影楼回忆录》，香港：大华出版社1971年版，第391页。

② 庄俞：《三十五年来之商务印书馆》，蔡元培等：《商务印书馆九十年》，北京：商务印书馆1987年版，第755页。

③ 洪煜：《近代上海小报与市民文化研究》，上海：上海书店出版社2007年版，第186页。

④ 参见孙琴：《我国最早之文学期刊——〈瀛寰琐纪〉研究》，苏州大学博士学位论文2010年，第180页。

⑤ 王韬：《瀛壖杂记》，上海：上海古籍出版社1998年版，第1页。

辐射下的一个附属区域。随着上海经济文化地位的崛起,一批批失去科举台阶的传统文人纷纷汇聚上海,形成近代第一批报刊作家群体。可以说,尚文重教、学术荟萃的江南文化为近代报刊文人群体在上海的汇聚提供了丰富的文化资源。

就《自由谈》1913年至1914年间刊登照片的投稿者来说,他们绝大多数都是科场失意的江南士子,亦是近代海上报坛的知名人士。他们在上海的汇集,离不开《申报》的传播平台,亦离不开主编王钝根的凝聚作用。例如,丁悚,字慕琴,浙江嘉善人,近代上海著名报人,现代著名画家丁聪之父。《海派作家人物志》记载他:"幼即聪颖,十龄失怙,家本清贫,只身来沪作贾……民初《申报》辟《自由谈》附刊,主编王钝根重其艺,委为该刊治插花。迨《小说周刊》、《礼拜六》及《游戏杂志》等相继出版,封面插图,大率皆出其手,一时名闻遐迩,所至有声。"①

徐哲身,名宦海,浙江剡溪人,著有《养花轩诗集》,颇为士林传诵。其诗词小说散见各报章杂志者甚伙。他在上海文坛的立足离不开王钝根的发掘,王钝根回忆二人交往为:"余为《申报》创编《自由谈》时,君亦投稿健将之一也。"②而天虚我生可以说是王钝根在《自由谈》时期发掘的影响最大的江浙籍作者,王氏自言:"辛亥夏,余为《申报》创编《自由谈》,广征文艺,君方在绍兴幕,以诗八律见投,余读之,大为倾倒。旋后得其短篇小说,益叹赏不已,飞书报谢,君答函尤殷拳可感,自是邮筒往来无虚日。"③

① 《海派作家人物志》,浩气出版公司1946年版,转引自孟兆臣:《中国近代小报史》,北京:社会科学文献出版社2005年版,第238页。
② 王钝根:《本旬刊作者诸大名家小史》,《社会之花》,1924年第1卷第11期。
③ 王钝根:《本旬刊作者诸大名家小史》,《社会之花》,1924年第1卷第1期。

因此，有学者总结近代江南才子的社会特征为："吴中最后一批旧学才子，踩着科举的尾巴，又摸到现代报业文化的龙头，同气相求，很自然地形成一个群体。在这个群体形成和扩大的过程中，地域因素和人气因素起到极大作用，通过同乡关系和投稿关系构成人际网络，通过结社方式得到固定。"①

二、名士气：文化认同与唱酬诗学

江浙文人脱离传统的血缘、地缘关系，汇聚沪滨之地。虽然较之内地乡绅，他们更为全面深入地受到欧风美雨的浸润，在近代上海都市的各个领域亲身体验着现代化的日常生活，并在物质与精神双重层面感受着中西文化与思想的冲撞与融合。然而，在本质上，他们依然是根植于传统中国文化的士子，他们身上始终脱不了名士气。

虽然陈蝶仙在 1918 年后以实业家著称，然而他终生不忘文人本色，临终前遗言谓："我以名士身来，还以名士身去。"②他的一生，诗文词曲小说，无所不工，他的朋友戚饭牛曾赞誉其才华之丰赡："谢灵运云，天下之才共一石，曹子建独得八斗，予谓世界之艺共一尺，陈蝶仙独得七寸，乃子小蝶，可有一寸，余二寸万万人均分之。"③陈蝶仙尤其热衷于以诗词遣兴，进入申报馆之前，他已热衷于在《同文沪报》的副刊上发表诗词作品："有所作，辄披露于《新闻报》，别署惜红生，后《同文沪报》辟《消闲录》，蝶老意兴飙举，唱酬之作，连篇累牍而为之。"④

---

①　徐采石、金燕玉：《鸳鸯蝴蝶派与吴文化》，《中国文化研究》2001 年第 4 期。

②　陈定山：《我父亲天虚我生》，香港：《大成》第 130 期，1984 年 9 月 1 日。

③④　郑逸梅：《天虚我生往事》，《永安月刊》，1940 年第 13 期。

1911年冬,陈蝶仙来沪与王钝根初次见面,相见甚欢,表示愿在海上谋一席之地,与诗友唱和:"自言案牍劳形,颇复厌苦,愿得沪滨一席地,安笔砚,展琴书,日对良友,以诗词小说相唱和,生平之幸也。"①而凭借《自由谈》的传播平台,陈蝶仙以诗词小说相唱和的名士理想亦得以实现。

陈蝶仙一方面在《自由谈》上创作了《黄金祟》、《玉田恨史》等多部小说,另一方面好以诗词为消遣,在《申报》上与友人连篇累牍地进行诗词唱和。1914年1月6日,《自由谈》按照惯例在月初刊登稿酬启事:"天虚我生、超然、常绝、觉迷、剑啸、恨人、了青、渔郎、空闲子、剑秋、佐彤、瘦蝶、济航、蠖屈、孽儿、冰厂、侍仙、周允芳、海宁二我、率公、东埜诸先生鉴:去年十二月份备有润资,如不嫌菲薄,请向本馆账房陈宝贤君函取为盼。"②从这一则普通的领取稿酬通知中人们大致可以看出早期天虚我生的主要唱和对象。有时候文人之间的应酬、赠答之作亦有独抒怀抱,别有寄托之作:

兰池清夏气,雨后花缤纷。香风满庭户,怀仁当夜分。沪北有今雨,江东多暮云。蝉蜩催暑至,蝟蛃先秋闻。何处采芳草,从此美奇芬。浮海棲棲孔,书空咄咄吟。神交极千里,携酒愿论文。(《夏夜怀蝶仙·用颜延年呈散骑韵》)③

三年不见陈无己,欲写相思下笔难。记否瓜山明月夜,凭栏同

---

① 王钝根:《本旬刊作者诸大名家小史》,《社会之花》,1924年第1卷第1期。
② 《启事》,《申报》,1914年1月6日。
③ 东园《夏夜怀蝶仙·用颜延年呈散骑韵》,《申报》,1915年8月7日。

听笛声残。欲往从君奈远何，聊凭尺素达微波。闲愁绮恨难删却，赢得诗成感慨多。(《怀天虚我生》)①

然而，多数情况下，这些唱和之作的成就乏善可陈，郑逸梅在《天虚我生往事》中回忆到"栩园诗剩，蝶老酬应之作，周拜花为之录存者也。拜花喜蝶老诗，见辄写留之，附《天风楼诗剩》，香雪楼词，颇多可诵之句，如'黄罗色减南朝扇，红豆香消北部箱'，又'萧萧病马秋风岸，点点归鸦老树村'，又'鹌鹑出骨煎双脆，萝葡连皮渍五香，豆乳牛茶调味素，菜花鸡粥拌流黄'"②。旧体诗在这里更多地是承担了传统交际功能的文学载体，其社会学、文献学价值往往大于诗学价值。

借助《自由谈》的平台，申报文人常常在报刊上征集唱和之作，在数量最多的同题唱和诗中，作寿是最常见的一种唱和主题。例如 1914 年 12 月吴东园六十生日之际在《自由谈》上向海内文坛广征和诗："六十自言敬求，邹老酒丐、高老太痴、陈公蝶仙、王公钝根、许公瘦蝶、周公瘦鹃、陆公野衲、沈公师隐、徐公伯匡、黄公云台、张公梦兰、沈公佩韦、程公筠甫、袁公锡侯、黄公守朴、朱公谦甫、袁公凤鸣、陈君小蝶、余生并唐袁生卓然、侯君洛蘅、郁君曼陀、徐子黍初、袁生鸳痕，诸大吟坛并乞希社及新乐府同社诸公，《申报·自由谈》投稿诸文豪、诸闺秀赐和。"③

此种情况在陈蝶仙担任《自由谈》主编时期达到鼎盛，而陈蝶仙的

① 拜花:《怀天虚我生》,《申报》,1914 年 5 月 7 日。
② 郑逸梅:《天虚我生往事》,《永安月刊》,1940 年第 13 期。
③ 吴东园:《寿星明》,《申报》,1914 年 12 月 25 日。

一首诗歌往往能引来几十乃至上百首合作。1918 年 6 月 8 日,陈蝶仙在《自由谈》上刊登了《四十初度感赋》组诗,在诗的末尾对和诗的形式做了要求,“附白,如蒙赐和乞用四尺宣纸开十书之以便装裱屏幅汇印成帙”。诗云:

自落形骸已卌年,年来潦倒尚如前。半生事业惟诗卷,偌大家私剩砚田。笔墨贱偿今世债,文章无复自由权。能行吾素惟贫贱,不受人间造孽钱。

往事思量一惘然,卌年前是小神仙。桃花落后春无影,芍药开时五化烟。胜日园林成梦境,旧时哀乐悟情禅。光阴毕竟同流水,不怪宣尼感逝川。

离合悲欢事万千,纷乘最是廿年前。慈云散后诸魔现,天女来时众熊妍。尽把黄金买烦恼,空将水月证团圆。谁知梦醒邯郸后,犹欠今生未了缘。

不惯趋炎只自怜,十年韬晦让人先。牛衣卧泣悲前度,马帐传经望德贤。有限精神惟好睡,无情华发已盈颠。虚生岁月原如此,阴错阳差只听天。(予生于阴历六月四日而同人以阳历六月四为寿,故云。)①

今天看来,这组诗的意义不在于文本的价值,而在于作为一个传播事件的文学史意义。陈蝶仙的诗作在很短的时间内即得到海内文人的

① 天虚我生:《四十初度感赋》,《申报》,1918 年 6 月 8 日。

关注和反馈，应和之作纷至沓来，有的和作甚至超过陈蝶仙的原作，如周拜花的《和栩园四十感怀原韵》：

尔我论交十数年，每从酒后与灯前。词章爱学黄山谷，画本尝摹沈石田。（君昔擅画，以指病不复作，予尚得有工笔山水一帧，至今犹珍袭之。）今雨不来思旧雨，人权安得夺天权。会当偕隐西湖里，明月清风不用钱。

诗才生小自天然，原是罗浮小谪仙。颠倒忘情同木石，纵横落笔扫云烟。奇文共赏诗中圣，绮语初删觉后禅。毕竟风流成结习，又寻花柳过前川。

任他世界扰三钱，兰玉分明已满前。史笔春秋评曲直，人情好恶别媸妍。交情似水年年在，好语如珠颗颗圆。著作等身高六尺，一篇吾爱泪珠缘。

怀才不遇亦堪怜，腹笥便便负孝先。诗礼传家期后辈，词章名世压前贤。齐眉有偶偕梁案，拜石为兄效米癫。强壮年华甘退隐，忍将时局付之天。①

如果说传统诗词唱和时士人面对的是建立在私谊关系中的唱和对象，那么在以《自由谈》为平台的公共空间下的诗词唱和，文人之间面对的则是相对虚拟的唱和对象，大多数情况下，唱和对象之间甚至素未谋面，他们将这种由媒介平台联系的唱和关系称为“神交”，就像

① 舜航周拜花：《和栩园四十感怀原韵》，《申报》，1918 年 6 月 27 日。

吴东园的和作中所谓:"千里神交已七年,虽居王后尚庐前。将军有约来金斗(予方来合肥故云),词客相逢话玉田(海内士夫知君与予皆喜为词)。望重文章方有价,才高造化反无权。况能明月清风买,不用囊中一个钱。"①

从6月12日《自由谈》刊登第一首和作——临海杨镇毅的《和天虚我生四十初度元韵》起,随后的一个多月时间,《自由谈》上或连日或隔日便会刊登对陈蝶仙《四十初度感赋》的唱和之作,到7月11日,稿件仍源源不断地涌入《自由谈》,陈蝶仙不得不刊登稿件截止以及出版专辑启事:"辱承诸君赐和佳章,苦限篇幅,未能一一尽载。兹拟于六月望日截止,无论已刊、未刊,一律另印单本,定七月半出版。凡赐和者各赠一册并附券十张,届出版时再当广告。"②

1918年7月22日,农历六月十五,也就是陈蝶仙所说的"六月望日",《自由谈》刊登了最后一组唱和诗金文憙的《和栩园四十感赋元韵》。这一组征诗,从1918年6月12日至7月22日,除了陈蝶仙的原作之外,《自由谈》上共刊登28组112首和作。在7月22日刊登的《启事》上,陈蝶仙除了刊发截止申明之外,还宣布拟将此次唱和之作辑录成册,付诸手民,是为《栩园倡和集》:"附白:辱承诸君赐和,多至二百余家,琳琅满箧,美不胜收。惟本报篇幅有限,未便以关于个人之作久占一栏,用于今日截止。另将原稿一一检付石印,题为《栩园倡和集》,仿四千名家手迹本式印成单行册子,俟出版日再当广告。陈栩

① 歙县吴东园:《和栩园四十初度元韵》,《申报》,1918年7月4日。
② 陈栩:《附白》,《申报》,1918年7月11日。

谨启。”①

旧体诗承担文人间的交际应酬功能，然而流弊所及使形式因素与交际功能得到极端突出，旧体诗不免忽略了诗歌的言情本质与审美功能，遂成为新文学家口中所谓“必在自然淘汰之列”②的文学废物。然而，朱光潜反而认为，在熟练掌握了规矩之后，艺术游戏是一种富裕生命的表现，是带着镣铐跳舞的一种艺术形式：“艺术和游戏都像斯宾塞(Spencer)所说的。有几分是余力的流露，是富裕生命的表现。初学一件东西都有几分困难，困难在勉强拿规矩法则来约束本无规矩法则的活动，在使自由零乱的活动来迁就固定的纪律与模范，学习的趣味就在逐渐战胜这种困难，使本来牵强笨拙的变为自然娴熟的。习惯既成，驾轻就熟，熟中生巧，于是对于所习得的活动有运用自如之乐。到了这步功夫，我们不特不以迁就规范为困难，而且力有余裕，把它当做一件游戏工具，任意玩弄它来助兴取乐。……每种艺术都用一种媒介，都有一个规范，驾驭媒介和迁就规范在起始时都有若干困难。但是艺术的乐趣就在于征服这种困难之外还有余裕，还能带几分游戏态度任意纵横挥扫，使作品显得逸趣横生。这是由限制中争得的自由，由规范中溢出的生气。艺术使人留恋的也就在此。这个道理可使用于写字、画画，也可适用于唱歌、做诗。”③

文人之间的诗词唱酬，是传统中国雅文化背景下诗意的文学交往

① 陈栩：《附白》，《申报》，1918 年 7 月 22 日。
② 刘半农：《我之文学改良观》，《新青年》第 3 卷第 3 号，1917 年 5 月 1 日。
③ 朱光潜：《诗与纯粹的文字游戏》，朱光潜：《诗论》，南京：江苏凤凰文艺出版社 2008 年版，第 32 页。

方式,正如朱自清所言,“技巧也正是一种趣味”①,朱光潜认为,任何艺术都带有几分游戏的意味,而古典诗歌中所谓“文字游戏”之作,亦有其作为“文字游戏”的美学价值:

> 凡是艺术都带有几分游戏意味,诗歌也不例外。中国诗中文字游戏的成分有时似过火一点。我们现代人偏重意境和情趣,对于文字游戏不免轻视。一个诗人过分地把精力去在形式技巧上做功夫,固然容易走上轻薄纤巧的路。不过我们如果把诗中文字游戏的成分一笔勾销,也未免操之过“激”。就史实说,诗歌在起源时就已与文字游戏发生密切的关联,而这种关联一直维持到现在,不曾断绝。其次,就学理说,凡是真正能引起美感经验的东西都有若干艺术的价值。巧妙的文字游戏,以及技巧的娴熟的运用,可以引起一种美感,也是不容讳言的。文字声音对于文学,犹如颜色、线形对于造型艺术,同是宝贵的媒介。图画既可用形色的错综排列产生美感(依康德看,这才是“纯粹美”),诗歌何尝不能用文字声音的错综排列产生美感呢?在许多伟大作家——如莎士比亚和莫里哀——的作品中,文字游戏的成分都很重要,如果把它洗涤净尽,作品的丰富和美妙便不免大为减色了。②

王钝根等人主持的早期《自由谈》,曾出现文人之间大量的唱和应

---

① 朱自清:《论中国诗的出路》,《中国文学会月刊》,1931年8月第1卷第4号。

② 朱光潜:《诗与纯粹的文字游戏》,朱光潜:《诗论》,南京:江苏凤凰文艺出版社2008年版,第34页。

酬之作，唱和的主题涵盖了文人日常生活的各个层面，包括以祝寿为主题的吴东园《寿星明》、陈蝶仙《四十初度》，以悼念为内容的《了青追悼会》，以及文人宣传自己作品的酒丐邹弢的《三借庐剩稿》、天虚我生的《玉田恨史》等等。

概而言之，从传播学的意义上来说，《申报》文人之间纷纭的应酬唱和包括赠序祝寿、伤悼逝世、诗社酬和、诗酒雅集乃至诗文集出版都可以看做是传统文人凭借报刊平台进行的文学传播事件；从艺术审美的角度来看，诗词唱酬中文人之间带有竞技性质的巧妙的文字游戏和娴熟的艺术技巧的运用亦具有其独特文学审美价值；而从社会文化学的角度来看，旧体诗词的文学唱酬体现的是不同社交场合下，各种社会身份与社会关系之间的文学交往与文化交流，根植于深厚文化传统中的晚清民初文人正是通过《申报》平台的诗词唱和，完成了自我身份的认同与价值的完善。

三、现代性：从文字神交到技术复制

1913 年 2 月 28 日，王钝根在《自由谈》上刊登启事，向海内文家征集作者照片，在随后的一年多时间内，《自由谈》上共刊登了 131 位作者的照片（见附录二），这些照片不仅为时人提供了《自由谈》作者群的铜版影像，也为研究者提供了民初传统士人交往唱酬的文献史料，更重要的是，投稿者照片在《申报》上的大量刊登，是近代文人传播观念变迁的直观呈现。

1872 年 5 月 18 日《申报》创刊的第二期上就已经开始刊登旧体诗词，然而，在新闻观念尚未为社会普遍接受的时代，在举国沉浸于科举迷梦的时代,传统士子文人抛弃仕途举业就馆西人是一件不名誉的事情。因此,当时不论是在《申报》担任主笔、编辑的蒋芷湘、蔡紫黻等人还是其他投稿者,都是以室名、斋名、别名为落款,而绝不以真实姓名示人。类似"蘅梦庵主、龙湫旧隐、海上逐臭夫、忏情生、海上忘机客、沪上闲鸥、花川悔多情生、七月既望非非子、酒坐琴言室主人、泾左碌碌闲人、沪上映雪老人、青溪月圆人寿楼主、华清一叟、惜花逸史、爱吾庐主人、洗耳狂人阳湖少坪、二十一弦斋寄客者、织烟散人、东吴锄经居士、盱南啸月山人"等署名屡屡出在《申报》上,究其原因,正是出于文人之间此种普遍心理的存在。

直到1905年科举废除之后,交通日益发达,《申报》、《新闻报》等逐渐在上海打开局面,此种情况才略有改观,《申报》刊登旧体诗时,已有人使用真名。然而,直到《自由谈》创刊之后的半年后,仍有人拒绝刊登真名。1913年1月27日,《自由谈》曾刊登这样一则启事:"前两星期版尾揭载投稿者姓名,有多来书反谓稿不见登,殊不愿以姓名示人而受虚夸之谢语;稿若见登,则不必言谢而谢意自在其中。编辑者深然其说,故自本星期起,不复汇揭投稿者姓名,惟有默谢而已。"①简而言之,为了迁就投稿者,王钝根宣布不再在版尾公布作者姓名。

1913年3月23日,《自由谈》开始刊登投稿者照片,同时还在照片下面附录了作者的姓名、字号、籍贯与住址四项重要的信息。这在近代文艺副刊史上可说是一项创举,此后,王钝根创办《自由杂志》时亦以刊登作者照片为吸引读者的手段,"编首冠以诸文家铜版影像,潘安丰貌,

① 《编辑者言》,《申报》,1913年1月27日。

子建才华，购而读其文，无异晤言一室，成文字之交也"①。1914年王钝根创办的《礼拜六》杂志畅销海内之后，在报刊上刊登作者照片已经成为风行报业出版界的一项惯例了。

1913年7月后，《自由谈》上常常出现"爱楼、病鹤各捐铜版费一元，谨登志感"②、"迷途寄来邮票五十分助铜版费谨登志感"③一类的捐助铜版费启事。每逢月初，《自由谈》上即刊登每月《铜版费收支报告》："收入：上月存下银十二元八角七分六厘，邮票五十分，铜版五块。本月三号病鹤特捐一元，爱楼特捐一元。八号拙头陀特捐二元，十号迷途捐邮票五十分，十七号子枚捐一元，点墨捐邮票五十分，心铁捐邮票五十分。制得铜版二十块(六寸版十八块，十二寸版二块)以上共收入银十七元八角七分六厘，邮票二百分，铜版二十五块。支出：付代制铜版费十五元七角三分二厘。用去铜版十八块(活泉自制版不在其内)。出入相抵存银二元一角四分四厘，邮票二百分，铜版七块。"④

一方面，《自由谈》刊登作者照片，增加了定制铜版的费用；另一方面，相对于滑稽文章与小说等稿件，诗词作品的篇幅短小而稿费偏低。对于投稿者来说，他们更在意的是自己的作品能否刊登在《申报》上，而不是那些菲薄的稿费，因此，他们往往乐于将稿费捐助给《自由谈》或以邮寄邮票的方式资助铜版费。

《自由谈》的铜版费捐助终止于1913年的一封《读者来信》。1913

① 《启事》，《申报》，1913年9月22日。
② 《申报》，1913年7月4日。
③ 《申报》，1913年7月11日。
④ 《铜版费收支报告》(七月份)，《申报》，1913年8月1日。

年12月5日,《自由谈》刊登了一张照片,在照片的上方却没有按照惯例注明“投稿者某某”,而注明“无我”二字。照片的下方,附录了作者的具体信息:“李通求,号敏仲,字莲舫。安徽太湖人,别号无我山人,年二十二岁。”同时在照片左侧的诗文栏中,编辑刊登了一段说明和一封读者来信:

> 此“无我”非时时投稿之海宁“无我”,乃不甚投稿之太湖“无我”。此“无我”前以照片寄来,因其陌生,未即付印。乃无我忽以书来,至为可笑。录其原文如下。
>
> 主笔先生鉴:前承征索投稿者肖像,并不限定何等资格,无我当即寄上小照一纸,迄今数月未见登出,闻之友人云,须捐过铜版费者方能予登。夫如是则主笔先生非以文会友,乃以钱会友。无我贱相本不足登,恐污报纸,即发还寄太湖县同春药房转交李敏仲收可以。此候撰祉,无我白。①

太湖无我在《申报》上看到主编征集投稿者照片的启事,于是即刻奉上小照一张,却久久不见刊登。而无我经友人误导,认为必须在《自由谈》上捐助过铜版费才能刊登照片,遂指责王钝根为“非以文会友,乃以钱会友”。王钝根收到这封信后,哭笑不得,即刻发表声明,解释原委,并申明《自由谈》已于十一月初停收铜版费:

---

① 《申报》,1913年12月5日。

阅者诸君，当知集印照相之举，发起于投稿诸文人，以为千里神交，得此不啻把晤一室，用意可为至善。且雅不欲以铸版之费，增加本馆开支，乃相率以文润移充。其后兴采愈高，竟有特寄银款者，不图伧父之因此误会也。本馆经理对于诸文家捐润，深为抱歉，然又不便固拒，以负雅意，故钝根于寄来捐款未尝不收。今以无我一书，不得不稍拂盛情，以杜此辈口实，业于上月初宣告截止收捐铜版费。上月《自由谈》所印诸照，其制版费已由本馆供给，惟《自由谈话会》自本年三月起十月止。共收捐银及邮票合计八十七元八角九分六厘，除去铜版费八十七元一角五分六厘，尚存七角四分。今即以为无我玉照之制版费（七角二分）尚余二分，即为寄还无我照片之邮费。其他照片，则钝根永当珍藏，以留纪念，恕不奉还。惟此无我，虽为捐润制像之结局者，尚望阅者诸君勿必责之为雅人韵事之破坏者。盖道德堕落之世，动辄以金钱之心移，亦自不可深怪于无我也。本馆欢迎投稿诸君之忱，与日俱进，铸版之事，当永永继继进行。投稿诸君，尚有未赐玉照者，希即惠寄，以便铸印至盼至感。钝根敬启。①

无我的一封信即终止了《自由谈》延续10个月之久的“捐润制像”惯例，事件虽然包含着一定的偶然性，然而却从另一个侧面正反映了清末民初文人传播观念的变更。

《自由谈》在士人之间受关注程度之高，还可以从另一个角度来考

① 《申报》，1914年12月5日。

察,即读者对于抄袭事件的反馈。1914 年 5 月,有读者来信质疑《自由谈》上刊登的《绛珠叹》为抄袭《海上尘天影》而来,王钝根即刻发表声明,澄清《绛珠叹》正是酒丐邹弢十八年前之旧作,不存在抄袭之说:"某某君鉴:来函诘责《自由谈》曾载酒丐之《绛珠叹》,谓抄袭《海上尘天影》。不知《尘天影》实为酒丐十八年前在湘所作,原名《断肠碑》,后为古香阁主改为《海上尘天影》,足下但知其一不知其二。酒丐老成硕学,决非拾人牙慧者,敬为代白并告阅者。钝根。"①

1914 年 6 月 27 日,《自由谈》上再次刊登了署名冯美周的读者来信,自言其诗《初夏》十三绝被人抄袭而登入《申报》:"主笔先生大鉴:仆本庸才,罔知韵学,间以排除忧闷,或亦发为讴吟,自知牧唱樵歌不值吟坛之一粲。乃阅六月十八日贵报《自由谈》,不知何人将仆所作《初夏》等诗十三绝投,蒙登出,惟易其名曰薄命女。披览之余,殊深惊讶,以为吟哦韵事,竟有盗名欺世之人,秽辱骚坛,罪不容逭。既而思之,仆潦倒半生,罕逢青眼,不意俚言拙句见赏兰阁,念其同病之相怜,转觉知音之可感。虽然彼自称为薄命女者,其真女耶?其真女之薄命者耶?如果怜才心切,何妨添红袖之香说。兹相爱情深亦将洒青衫之泪,用布数行,敬乞登入贵报《自由谈》,藉以质之薄命女,专此即请台安。邗江冯美周上。"②

《自由谈》在传统文人群体中之地位以及受关注程度的提高,有利于自由谈作者群体地位的提高。从羞于以真名发表诗词到以照片和诗词等作品为《自由谈》采纳为荣,传统文人的文学传播观念伴随着近代

① 《申报》,1914 年 5 月 23 日。
② 《来函》,《申报》,1914 年 6 月 27 日。

报业的发展有了质的飞跃。传播观念的改变必然带来一系列习性的变化，那些能够在沪滨之地谋得生存空间的传统文人将为报刊写稿收取合理报酬看成是自然而然的事情。

1914年5月9日，《自由谈》上曾刊登了一篇启事，愿以重金征求游戏文章："《自由谈》从今日起，征求游戏文章，篇幅务求简短，词意务求诙谐。头等每千字奉酬五元，二等四元，三等三元，四等二元，五等一元，原稿概不奉还，小说不收。"①

当时稿酬的形式有两种，一为现金形式，另一为实物形式，即向不受稿酬的作者赠送物品或书籍。如1913年《游戏杂志》的稿酬申明所言："本馆征求谐文小说笔记及其他有趣之文字，月刊《游戏杂志》以飨社会（第一期定于十一月底出版）。奉酬分三等：头等每千字三元，二等二元，三等一元。不愿受酬者请于稿末注明本馆当另赠物品或书籍。并求每次投稿注明通信处，最好附赐玉照一帧，凡有著作选入杂志者，即以玉照印于卷首，各赠本杂志一册。上海棋盘街中华书局馆启。"②

在商业观念深入人心的上海，传统文人为报刊杂志撰写诗文、小说、戏曲等稿件，并按质按量领取相应的报酬已成为一种普遍的观念。《自由谈》每个月月初都会刊登启事，通知作者"敝处备有润笔费少许，即希函致本馆账房陈宝贤君或于任何日下午饬使来馆面取为幸"③。

---

① 《征求游戏文章》，《申报》，1914年5月9日。
② 《申报》，1913年11月9日。
③ 《启事》，《申报》，1914年5月9日。

同时,沪上文人们还对用于人情往来的各类作品进行明码标价,例如1929年1月20日,陈栩在《自由谈》上刊登《天虚我生启事》,公布应酬文字的收费标准:

栩以食少事繁,去死不远,而笔墨债永无偿清之日,将奈何,爰念曩润例,颇能减少酬应,是则宁人息事,唯此为能,盖我若未收受润资,即无所谓欠债,其债权债务之不能成立,固彰彰明也。兹申旧例如左,不如例者,幸勿为单方面之督责,幸甚。

(一)小件诗词或题字撰联,每件十二元,含有营业性质者视第三例。

(二)序跋传记铭赞,均六十元,寿祭行述碑志评论倍之。

(三)代办文牍,及拟章程计划概算数等,视同上例,其繁重者再倍之。

(四)顾问事件,简单者,视第一例,否则视第三例。

(五)来件可由委托者限以时日,请交上海梅雪路家庭工业社总务处收,惟在忙中病中,当即退谢,以绝延误。①

从以室名、斋名、别名代替真名发表旧体诗词到争相以真名刊登诗文稿件;从不愿意在版面中刊登姓名到刊登作者本人的照片并附录姓名、年龄、籍贯和住址等重要信息;从不求报酬到作文作诗按明码标价,不得不说,四十年来,传统士人对待报刊媒体的观念产生了深刻的变

---

① 陈栩:《天虚我生启事》,《申报》,1929年1月20日。

革。人们不再羞于在报刊媒体上透露个人信息，反而以自己的名字、照片能够被《自由谈》采纳为荣。

第三节　前期《自由谈》中的文学现象和传播事件

一、了青追悼会与士人命运之哀叹

1914 年 6 月 8 日，《自由谈》上刊登了一则名为《为了青先生逝世告海内文字交》的启事："《自由谈》多了青先生之作，知阅报诸君必与了青先生有良好之感情。兹闻凶耗，悼惜何如。了青姓徐名岱祥，字泰云。居嘉定城内南门大街七十六号。少负文名，橐笔游燕赵齐鲁间。备尝艰苦。晚年退职家居，与其夫人沈倚桐女士唱酬为乐。所为诗古味隽永，望而知为醇儒。先生亦孤高自赏，不与世俗相周旋，故幕游数十年，依然寒素，家徒四壁，箪瓢屡空。今年五月中，得湿温病，辗转床褥者二十余日，延至六月三号之晨，竟溘然长逝，弥留之际，犹以所著小说未竟全稿为言。呜呼！悲哉，先生一生，才丰遇拙，身后萧条，惟余著作。保守而传扬之责任在后死，尚望海内文士唁以文词，俾垂不朽。了青有知，益深知己之感也。"①

这一段文字与其说是征稿启事，不如说是一篇情深意重的悼念文

① 《为了青先生逝世告海内文字交》，《申报》，1914 年 6 月 8 日。

章。了青(1873—1914),原名徐岱祥,字泰云,嘉定人,为《自由谈》创刊初期的主要作者之一。他在《自由谈》上发表的第一篇文章是1912年9月24日的《投稿痴》,1913年4月和6月间,《自由谈》上征集投稿者照片,就曾分别刊登了青及其夫人倚桐女士的照片和信息:"徐岱祥,字泰云,嘉定人,年四十岁,现寓安徽正阳关榷运局"①、"沈嘉凤三十六岁,江苏扬州,原籍浙江会稽人,适嘉定徐了青"②。在他逝世的前一个月,《自由谈》的作者稿费名单上,他的名字还赫然在列。

了青是《自由谈》最早的一批作者之一,但却不曾担任刊物主笔、编辑等职务,因此,他在《自由谈》作者群中,并不算是核心作家。1912年间,了青在《自由谈》上的投稿比较积极,从7月13日至12月3日,了青曾发表了《辛亥感事》(6首)、《答金抱璞世祁》(3首)、《西园纳凉词》、《古塚行》、《读多心经得莲花一瓣因书其上》、《品茶》、《危楼一角,残灯半明,窗外蛙鸣,床头鼠语,彻夜喧聒,蚊蚤之属复相侵扰,闷怀四触,每不成眠,戏赋四章藉以自遣》、《漫兴》,《宫闱咏古》(7首)、《槎溪归棹》、《冬夜宿故人庄》(2首)、《续感怀》(3首)等40首诗作。就诗歌风貌而言,了青诗作多抒发悲凉的身世之感,以及对于耕读传统、儒家生命哲学的坚守,风格散淡典雅、质朴自然:

寂历悲身世,因之念所亲。有兄千里别,如我半生贫。久负怀中刺,频过客里春。萧条旧行李,赢得许多尘。

闻道铜阳去(得书知近有新蔡之行),经过汝水无。长途霜叶

① 《投稿者了青照片》,《申报》,1913年4月18日。
② 《投稿者倚桐女士》,《申报》,1913年6月7日。

落，荒戍夜灯孤。旧有搜神客，今无盗酒徒。题诗村店壁，应叹古人徂。

今日家山事，遥知念不休。成阴先垄树，无恙旧时楼。丹桔垂初实，黄花发晚秋。寒整三四甕，已作御冬谋。

先世惟耕读，遥遥素德传。蜗庐虽近市，蠹简尚盈船。负笈儿知学，持家嫂更贤，买衫钱尚够，早整故乡鞭。(《寄家兄信阳》)①

密叶曾经覆晓莺，西风吹坠太凄清。千林落日秋无迹，一径空山冷有声。永夜寒砧羁客恨，荒村归棹故乡情。年来不禁飘蓬感，懒向前途策马行。

莫道荣枯意总佳，根株未朽已触排。飘零身世难言命，迟暮年华易感怀。向日连枝缘太浅，无边衰草恨同理。抛残多少栽培意，赢得添薪仰古槐。(《落叶・次曲园老人韵》四选二)②

莫恨岁月短，莫怨道路长。长者有终极，短者无尽藏。蘧庐一宇宙，朝暮一洪荒。生死与离别，天地孰主张。我生四十年，壮者日以亡。岂无知心人，关河两相望。达观固所愿，铁石非衷肠。晨兴抚儿女，夕梦驰齐梁。慨然对明镜，荏苒悲流光。(《答金抱璞世祁》)③

从1913年5月3日至1914年5月12日的一年时间里，了青在《自由谈》上发表的诗作包括《岁寒夜坐有怀二我，聊吟短歌藉寄长想，亦以

① 了青:《寄家兄信阳》,《申报》,1912年11月15日。
② 了青:《落叶・次曲园老人韵》,《申报》,1912年12月1日。
③ 了青:《答金抱璞世祁》,《申报》,1912年12月3日。

订后约也》等在内仅有7首。

然而了青的逝世,在1914年的《自由谈》上却是一件成为众多文人士子广泛参与的传播事件。自1914年6月8日,《自由谈》刊登《为了青先生逝世告海内文字交》启事后,1914年6月11日,《自由谈》"文字因缘"栏目即刊登了东埜的《挽了青先生》诗四首、嘉定二我的《挽徐了青君诗》以及觉迷的《挽了青先生》、嘉定二我的《挽徐君了青》和王钝根的《挽了青徐先生》挽联三对。

此后,《自由谈》上每日刊登海内外悼念了青之诗词挽联,1914年6月15日,《自由谈》上甚至开辟了一个名为"了青追悼会"的专栏,以供刊登悼念了青之诗文作品,该专栏一直维持到7月21日了青领吊之期,《申报》还再次刊登了启事:"二十一号为了青领吊之期,海内同文如有挽章奠仪请即直寄嘉定南门大街七十六号。《自由谈》上之追悼会即以二十一号为止。"①果然,自7月21日之后,《自由谈》不但取消了"了青追悼会"的专栏,而且追悼了青的诗歌在7月23日后便不再刊登了。

《自由谈》在40天时间内对了青逝世的集中报道引起了广大文人士子的关注,他们纷纷向《自由谈》投稿,悼念了青。而由于来稿太多,《自由谈》不得不经常在"了青追悼会"的专栏后面刊登投稿者姓名并声明:"挽了青君诗文联语极多,不及登载,只将作者名字汇列于左以志感谢。"②从1914年6月11日东埜的《挽了青先生》到7月23日淮安丹初何维旭的《集东坡句悼了青徐先生》,在一个多月的时间里,《自由谈》共发表了悼念了青的诗歌117首、联87幅,此外还另附有投稿者姓名144

---

① 《启事》,《自由谈》,1914年7月19日。
② 《启事》,《自由谈》,1914年7月2日。

位，也就是说，《自由谈》收到的悼念了青的诗歌和联语不少于342首。

王钝根主持《自由谈》时期汇聚的《自由谈》文人作者群包括东埜、王钝根、嘉定二我、觉迷、丁悚、许瘦蝶、佐彤、豁公、酒丐、陈蝶仙、寂红女士等等几乎都参与到这场诗词追悼活动中来。其时之盛况，正如珥姒诗名所言：《了青为同谱弟兄，死生契阔，哭之失声，海内追悼无诗不和，亦聊尽寸心于万一也》。①

了青逝世，何以能够在《自由谈》上占据整整一个月的版面？又何以能够吸引海内文人的普遍关注？其原因一方面在于作者与王钝根和《自由谈》之间特殊的关系。东埜的诗作《挽了青先生》其实已经对此有了明确的答案：

《自由谈》上树风声，不尽区区仰止情。挖尽心肝呕尽血，累人从古是微名。（我读先生名自读《申报·自由谈》始。）

门巷邻家柳色青，三元桥接古疁城（自注：疁城即嘉定）。练祁一水清且浅，悔未扁舟访月明。（我家罗店距先生珂里不过十里而遥中界练祁一水可达，而竟失之交臂，惜哉！）

漫将幽恨诉苍天，为了心情不了缘。身后萧条亦何有，新诗赢得万人传。（先生著作等身，文明藉甚，近著《不了缘》小说按期登入《游戏杂志》，缠绵悱恻，为海内所称誉，弥留之时以未得竟全稿为憾。）

怜君惯与命为仇，万斛词源和泪流。一事重泉差可慰，卅年心

① 珥姒：《了青为同谱弟兄，死生契阔，哭之失声，海内追悼无诗不和，亦聊尽寸心于万一也》，《申报》，1914年6月29日。

血有人收(先生至友钝根近与诸文家筹议表扬先生著作之事)。[1]

"《自由谈》上树风声,不尽区区仰止情",了青正是通过《自由谈》的媒体平台与《申报》文人群体建交,在了青逝世前,他的哀情小说《不了缘》仍然在《游戏杂志》上连载,"一事重泉差可慰,卅年心血有人收",王钝根等诸文友决定搜集、整理了青的遗著,算是对了青生前不遇、身后寂寞的一点安慰。而当时的王钝根,"迭主各小说杂志编辑,能号召诸文人,有飞符召奖之才",被时人誉为"入云龙公孙胜"[2],不论在海上文坛还是沪上报界都有很高的地位,因此,当他在《自由谈》上呼吁"尚望海内文士唁以文词,俾垂不朽"之时,士子文人纷纷投稿唱和。

了青追悼会之所以能够在《自由谈》上形成一个公众参与的传播事件,王钝根的倡议与推动作用之外,更重要的一点在于,了青之境遇折射出变革时代广大士子文人的命运悲剧,触动了他们内心的士子之悲与时代之慨。在新旧嬗递的时代,传统文人失去安身立命之所,却依然相信国家之兴亡系于学术之显晦、诗文之盛衰而朝营暮索,亦时代与个人之大悲哀也。陈三立曾在《俞觚庵诗集》序中痛心疾首,剖析俞明振之士子命运与时代悲感:"然而生世无所就,贼不得杀,瑰意畸行无足显天壤,仅区区投命于治其所谓诗者,朝营暮索,敝精尽气,以是取给为养生送死之具。其生也藉之而为业,其死也附之而猎名,亦天下之至

① 东埜:《挽了青先生》,《申报》,1914年6月11日。
② 大胆书生:《小说点将录》,《红杂志》,1922年8月第1期。

悲也。”①

穷愁离乱之际，被时代抛弃的传统士人旅居沪上，虽然出入于繁华洋场，交际于觥筹交错之间，然而，时代的隐痛与生不逢时的命运悲剧使得沪上文人常常忍不住长歌当哭，姚民哀曾自云：“民哀吴人，读书十年，了无所成。诗云乱世文章不值钱。致累民哀打叠行装，剩得萧条琴剑来归海上寓公。伴其旅行者惟有小窗明月，江上清风，不禁放声为天下古今文人一哭。偌大江山无民哀埋愁之地。以歌当哭，以涕为欢，一字一珠，一字一泪，尽付之铜琶铁板唱大江东去浪淘沙。警觉群声为天下后世之人作一先导。虽不能效夫子木铎，当世敬亭，当溯民哀其人也。民哀十年同社，早结神交，五载友予，时相过从，伤心人相遇事必同情。近知其将十年心血文章铸板寿世三索余言，百思不得，仅述民哀之境遇行为，以跋其后亦了此穷愁离乱之荒疏文字云尔。”②

“一生才丰遇拙，身后萧条，惟余著作”，了青的不幸际遇映射了变迁时代老派文人深刻的时代感伤，因此，那些在《自由谈》上连篇累牍的悼念文章与其说是在悼念了青，不如说是在悼念身处变革时代的士人命运。作者天白从共同的士人命运中看到自己与了青的不幸：“生前沦落同天白，死后文章属钝根。千载娄塘（娄塘在嘉定）呜咽水，茫茫何处吊诗魂。”③严子曾的悼亡诗《读报章惊悉了青逝世，朋侪代谢，怅触无穷，哭书两律，哭了青亦自哭也》更表明这些诗歌是哭了青更是自哭：

① 陈三立：《〈俞觚庵诗集〉序》，陈三立著，钱文忠校点：《散原精舍文集》，沈阳：辽宁教育出版社 1988 年版，第 141—142 页。

② 姚民哀：《民哀说集·张跋》，上海：国华书局 1920 年版，第 140 页。

③ 天白：《挽了青先生》，《申报》，1914 年 7 月 19 日。

马当未遇身先死,蜗角微名事可哀。大抵文人多厄运,悬知鬼伯定怜才。风尘困顿同今古,琴剑飘零委草莱。落月屋梁想颜色,不堪重忆梦魂来。

宇弓今得埋愁地,一片微音动士林。傲骨不甘媚世俗,壮怀空负济时心。东山丝竹苍生感,南国衣冠白发侵。此去玉楼期后约,天涯惆怅泪沾襟。①

既是对了青个人命运的慨叹,又可说是整个变革时代士人群体命运的慨叹。正如他诗题中所言"哭了青亦自哭也"。

陈蝶仙在《挽徐了青先生》中谈到个人与了青的文字交往:"仆与了青同社三年,始终未通一询。盖不敢冒昧干渎耳。今年五月甫于《游戏杂志》四期得其戏致一简,爰作一函备陈积愫。寄由钝根转致,复于五期杂志另作戏答一函,正盼回书而了青之讣遽至,不胜身世之感,爰作徵招角招从白石体两阕。"②

陈蝶仙所谓"不胜身世之感",不仅仅是感叹了青的身世,更是为所有被时代抛弃的士人文人发出的感叹。陈栩为民初著名的鸳鸯蝴蝶派作家,曾主编和编辑多家报刊杂志,后更投身实业,成为近代文人转型于商人的成功典范。他自号"天虚我生",陈栩只在友人尺牍中才道出其中的隐曲:"弟则生平仅仅恃一枝笔,混迹于新闻界中,浪操笔政近廿年。旧号惜红生,迨科举废时,进取路绝,乃更号为天虚我生。今人但

---

① 严子曾:《读报章惊悉了青逝世朋侪代谢怅触无穷哭书两律哭了青亦自哭也》,《申报》,1914年6月13日。

② 陈蝶仙:《挽徐了青先生》,《申报》,1914年6月21日。

知弟之别号，而不知即二十年前之惜红生也。潦倒半生，未尝得志，亦可谓名称其实矣。”①时代的变迁断绝了传统士人的进取之路，陈栩所谓“天虚我生”这四个字中隐藏的是传统断裂时代文人士子的绝望与悲哀。

毕生弹铁未逢时，古道知音究属谁。知否申江尘帏里，有人含泪觅遗诗（钝根君拟将了青遗稿汇付枣梨，现正从事搜集）。（《哭了青》豁公）②

南国谁招庾子魂，人生朝露更谁论。枫林月黑归何处，挂剑如今有钝根。

奇才坎坷古今愁，长吉词华赴玉楼。只有遗漏挥泪读，平生未许读荆州。③

“知否申江尘帏里，有人含泪觅遗诗”、“枫林月黑归何处，挂剑如今有钝根”，唯一可以安慰的是，了青的著作还有钝根可以为之辑录、刊行，也算是对了青不幸命运的一点安慰了。

了青的逝世，除了引发文人们对于士人个体命运的悲叹之外，还触动了他们对于乱离时代士人传统消散的悲凉与无奈，如沈吉仁写给了青的挽联与其说是悲悼了青的命运，不如说是对整个士人群体沦落发出的悲叹：“离乱感沧桑，记当年邗水来游，诗酒留恋敦敦戚谊；膏肓成

① 天虚我生：《工商业尺牍偶存》，转引自潘建国：《〈工商业尺牍偶存〉所载鸳鸯蝴蝶派小说家史料辑考》，《明清小说研究》2003年第3期。

② 豁公：《哭了青》，《申报》，1914年6月20日。

③ 野民：《挽了青先生二首》，《申报》，1914年7月5日。

痼疾,怅此后空山凄寂,风流消歇丧斯文。”[①]蒋包康在《悼徐了青君》一诗中亦发出相同的喟叹:“中原大雅久沉沦,国学维持正赖君。愕耗传来齐失色,大家挥泪哭斯文。”[②]

作为一个生前潦倒而身后喧嚣的普通士子,了青的结局可以说是经由现代传播媒介所造就的传播事件,这在《申报》的历史上,不仅是前无古人,亦是后无来者的特殊际遇。了青事件,之所以能够成为一个大众传播事件,除了王钝根的推介外,还在于他的悲惨遭遇契合了一代文人的时代心理。他们似乎已经意识到,传统文化已渐就澌灭,儒家传统逐渐被舍弃,而文人士子亦失去了政治与文化特权,逐渐成为被边缘化的群体。

二、天虚我生与《玉田恨史》之传播

在1917年新文学运动爆发之前,由科举士子转换而来的洋场才子是晚清报业的第一批职业作家群体,他们所擅长的旧体诗词、通俗小说占据了全国各大报刊的传播平台,这是旧体文学难得的独据文坛与报海的短暂时光。

新的传播媒介的使用必然带来传播方式与传播意识的现代化体验,就《申报·自由谈》而言,这一时期出版界的风尚是通俗小说往往借助传统文人的诗词唱和来扩大传播效应,如天虚我生的哀情小说《玉田恨史》之出版与传播。

中国古代不论是诗词还是小说的出版都是作家与书商之间的二维

---

① 深吉仁:《挽了青姊丈》,《申报》,1914年7月2日。
② 蒋包康:《挽徐了青君》,《申报》,1914年7月16日。

沟通，书籍之间的传播多依靠私谊关系网络进行，这种传播的局限性是非常明显的。然而晚清近代报刊兴起之后，情况就截然不同了，从作家到书商的出版环节，中间多了一个重要的报刊平台，报刊成为作者刊发作品的第一传播平台，同时借由这个传播平台，作者与读者之间的互动变得更为直接与迅捷。

此种变化正如吴宓在《空轩诗话》中所说的："中国旧俗，诗词文集，多由私人代作者刊刻，不加注释……不附事实及传记（偶有，亦甚简略）刻成则仅以赠送亲友，不肯发售，亦不以地址告人。致有志寻求而研究其诗者，恒患不易得，得之更不易明。……按今西国新兴诗人，其作品多见于杂志报章，读者可于此中寻求。中国亦略同，如宓幼所诵识近贤之诗，乃由《新民丛报》、《庸言》、《亚细亚日报》、《东方杂志》等处得之。及宓主编《学衡杂志》及《大公报》文学副刊，复以此二者为今贤公布其佳诗之园地及机关，不但有益于人（作者、读者），抑且自己因此得交识诸多贤俊诗友。"①

《玉田恨史》为天虚我生于民国初年创作的小说，于 1913 年 6 月 7 日开始在《自由谈》上连载，王钝根还专门在小说的题头上标以"哀情小说"的字样。6 月 27 日，小说连载完毕，陈栩在《自由谈》上刊登启事，宣布《玉田恨史》将发行单行本，并向海内诸文家征求题辞序跋及插画："哀情小说《玉田恨史》将另印单本发行，读者诸君，倘亦哀此哀情，务乞随时投寄题辞序跋或写为工致之插画，均所欢迎，单本印成，谨当寄赠

① 吴宓：《空轩诗话》，张寅彭主编：《民国诗话丛编》（第六卷），上海：上海书店出版社 2002 年版，第 89—90 页。

以答雅意。”①

同一天,也就是1913年6月27日,《自由谈》上分别刊登了梦犊生、咏霞女士和嬾云女士各四首名为《玉田恨史题词》之作:

弥天际地一情字,怨女痴儿死自缠。头仗慈悲施法力,教他重化并头莲。

死可自由何惜死,那知死后更茫茫。李家少妇真痴绝,鬼趣年年已饱尝。

老僧心久如枯木,万事都从冷眼看。普告世间诸女子,情丝缚定死犹难。

言情写恨生花笔,说鬼传神赋子虚。我爱玉田新恨史,破除迷信教科书。(梦犊生)

儿女心肠体贴深,挑灯想见泪沾襟。分明不是鸿都客,碧落黄泉也替寻。

肯将彩笔为传神,千古精魂托至诚。手拂蛮笺书恨字,依稀重见李夫人。

鸳鸯遗恨有谁知,底事干卿易地思。信道致知能格物,却凭心理写情痴。

语语缠绵字字珠,泪痕和墨两模糊。人间不少伤心史,难得殷郎咄咄书。(咏霞女士)

宛转痴情一往深,不伤心处也沾襟。何该故作销魂语,死到重

① 陈栩:《启事》,《申报》,1913年6月27日。

泉没处寻。

不如人意自由神，辜负相思一念诚。能体芳心伤有汝，前生莫是过来人。

密意深情不可知，无中生有笑陈思。伤心也作孤舟泣，一半聪明一半痴。

历历家珍数泪珠（外子尝作《泪珠缘》说部），愈分明处愈模糊。若非倩女离魂记，定是春婆说梦书。（嬾云女士）

小说甫一连载完毕即有作者投稿题赠，梦犊生、咏霞女士和嬾云女士的这三组诗很可能是作者通过私人关系而获得的组稿。三人中，嬾云女士正是作者天虚我生的妻子，颇能吟咏。其诗中所谓"外子尝作《泪珠缘》说部"是最明显的例证。三组诗中反复出现的字眼"痴"、"怨"、"情"、"恨"、"泪"等等揭示了《玉田恨史》是一部典型的哀情小说。所谓"哀情小说，这一种是专指言情小说中，男女两方不能圆满完聚者而言，内中的情节，要以使人能够读而下泪的，算是此中圣手。"①

《玉田恨史》的故事框架来源于王钝根与陈栩的一次通信，而故事的主人公是王钝根的内弟青浦人李昌海和他的妻子黄氏。李昌海为江苏青浦县朱家角人，秉性醇厚，善事父母，曾肄业于吴淞复旦公学，译著甚富。但不幸的是光绪三十四年夏六月十八夜，因纳凉得伤寒症，七日而亡，年仅二十一岁。他的妻子黄氏，欲殉情而不得，朝夕号泣，哀毁无状。翌年六月，黄氏哀恸而亡。由于黄氏为青浦县玉田村人，因此小说

① 许廑父：《言情小说谈》，芮和师、范伯群：《鸳鸯蝴蝶派文学资料》，福州：福建人民出版社1984年版，第38—39页。

名之为《玉田恨史》。

陈蝶仙将李氏与黄氏的故事敷衍而成哀情小说,并逐日发表在《自由谈》中。从6月7日到6月27日,小说的连载只持续了二十天时间。然而,小说连载的结束并不意味着文学传播的结束,王钝根与陈蝶仙充分运用了报刊媒体中旧体诗唱和的方式密集、持续地宣传《玉田恨史》,为小说单行本的出版营造了充分的宣传氛围和足够的话题。

从1913年7月12日开始,《自由谈》的"文字因缘"一栏,逐日刊登《玉田恨史》题词。这一组命题诗词的刊登不仅时间密集,且数量相当可观。就每天出现的数量来说,少的在3—4首,多的多达20首。即使《自由谈》为《玉田恨史》开辟的大量的刊登空间,然而,源源不断的稿件仍然不能满足作者的投稿热情。1913年9月1日,王钝根不得不刊登启事,声明8月20日为稿件截止日期:"射阳咏梅轩主鉴来小悉《玉田恨史》题词已于八月二十号截止收稿,共于二十号以前投来者仍须陆续登载。钝根复。"①1913年9月1日到11月7日,《自由谈》上又刊登了36位作者的《玉田恨史》题诗。相比前一阶段密集对《玉田恨史》的密集宣传,这一阶段的诗作数量和频率都明显减少,这说明《玉田恨史》在《自由谈》上的宣传期已经过去,之所以还有零星稿件刊登,不过因为钝根启事中所谓"二十号以前投来者仍须陆续登载",也就是对8月20日之前剩余稿件的收尾。

据笔者统计,从1913年6月28日至1913年11月7日,《自由谈》上共刊登了265首《玉田恨史》的题赠诗,其中包括当时《自由谈》的知名

① 王钝根:《启事》,《申报》,1913年9月1日。

作家，亦是海上文坛的热点人物如拜花、了青、东埜、率公、嘉定二我、东园、侍仙、蘧园、剑秋、包者香、拙头陀、迷途、寂红女士、棲梧、佐彤、瘦蝶、小蝶、丁悚等等。如此众多的《自由谈》作者对《玉田恨史》进行宣传与关注，无疑在短时间内牢牢吸引了普通市民的关注，也为小说单行本的销量预设了一个良好的前景。

此次《自由谈》题赠之后，由于种种原因，《玉田恨史》被搁置了整整两年时间才正式出版，陈栩没有忘记当初自己的诺言，再次在《申报》上刊登启事，要求昔日题赠者邮寄诗歌原稿及通信地址，以便于陈栩邮寄书籍作为答谢："曩著哀情小说《玉田恨史》一种，承阅者赐以题词，原拟另刊单本以赠惠题诸君。年来以人事倥偬，未暇践约，近接故旧来函类以食言相责，用特拨冗录付刊印，下月即当出版。凡曾赐题者乞于五月十五号以前录寄原稿一份，并示通信于上海老北门西万安里一号陈宅以便出版寄赠藉答雅谊。天虚我生谨启。"①

1915 年 7 月 6 日，在《玉田恨史》正式出版前的一天，作者陈栩再次刊登《启事》于《自由谈》，预告了小说的发售时间、委托代理商以及定价和赠书等事宜：

栩自髫年即喜弄翰，间尝自刊数种以资投赠。顾印刷不多，动即告罄，友朋函索，辄无以应。近年所作尤复散见于报章杂志中而衣食奔走更无余力自谋梨枣，盖诸稿未刊者实已百余种矣。兹承友人等分任纸印之费，爰拟自编《天虚我生丛稿》一部，区分四类，

① 天虚我生：《启事》，《申报》，1915 年 4 月 30 日。

一为诗文,一为词曲,一为杂著,一为说部,尽举生平所作,络绎付刊,各成单集。兹先印成说部之一哀情小说《玉田恨史》,定于阳历七月七日出版,洋装一册都一百四十余页,除投赠题辞诸君百余部外,并托上海棋盘街中华图书馆代为发行,每册收回纸十成本洋二角除稿续出再当随时报告。再者,凡承赐题《玉田恨史》诸君各赠以册,请附邮票三分函致上海交通路通裕里一百印三号中华图书馆编辑部张振之君索取可也,惟回件寄至何处务请注明以免误投。泉唐陈栩谨白。①

在这一段话中,陈栩说明了三个问题:第一,题辞诸家的赠书。该书共收录100多家共420首诗词,因此作者将以邮寄赠书的方式向诸文家表示谢意;第二,该书每本定价二角,由上海棋盘街中华书馆代为发行;第三,该书正式出版时间为1915年7月7日。

翻开1934年版的哀情小说《玉田恨史》,我们看到,昔日曾经刊登在《申报·自由谈》上的诗词题赠不仅赫然在列,而且在整部书中占据了相当的分量。全书共136页,小说正文部分仅仅有54页,但诗词题赠内容多达80页,共收录了420首诗词题辞,占全书内容的58.8%。

《玉田恨史》的题辞基本上都是《自由谈》上刊登的内容,就连小说结尾刊登的一则《玉田恨史书后》也是1913年7月17日《自由谈》上刊登的读者来信:

① 陈栩:《天虚我生启事》,《申报》,1915年7月6日。

哀情小说《玉田恨史》系天虚我生所著，逐日登诸《自由谈》中。写黄夫人备极缠绵悱恻，凄楚动人。既以返魂乏术，急欲上穷碧落下及黄泉以图重圆破镜。而犹时时顾念其姑。已过非沟渎之见所堪。并论肉体有销灭，爱情无穷期。作者乃能婉婉写出，其殆情中之圣乎。至刲股难医，天神罔佑，拈方靡定，宗祖无灵。觅泉路而不得，扣墓门而弗膺。青燐照夜，乃为腐草之光。冥钻成灰，不受香花之供。凡此诸点，皆作者注意之处，尤足为迷信者当头之棒。故读是书者徒论其写情之处，如见如闻、入情入理。以及起笔之天外飞来，结尾之神妙不测犹非是书之知己也。余与作者素无一面之识，阅报知将另印单本发行，使普天下用情者藉知真谛，迷信者洗涤旧污，则于世道人心犹益非浅。用寄数言以志钦佩。中华民国二年七月青浦朱是龙志。①

朱是龙与天虚我生"素无一面之识"，他的《玉田恨史书后》之所以能够出现在小说的单行本中，完全有赖于《自由谈》这个公共传播平台的作用。

陈栩《玉田恨史》的出版在民初文坛和海上报界确实都是一件颇有影响的事件，而旧体诗在小说的宣传和刊行的过程中，承担了尤为重要的作用，"一时叹为杰构，海内名家题咏殆遍，虑多散佚，特汇集题词数百首，印成单本，都以百四十余页"②。《玉田恨史》的单行本中收录了如

① 朱是龙：《书玉田恨史后》，《申报》，1913 年 7 月 17 日。
② 江绍贞：《陈蝶仙》，《中华民国史料丛稿——民国人物传》（第三卷），北京：中华书局 1981 年版，第 29 页。

此大容量的旧体诗题辞,即使连郑逸梅都认为《玉田恨史》"题序连篇累牍,几占全书之半",但这却并不妨碍该书在民初文人中的地位,"咸认为写情妙手,所谓黄金难买才人笔,写尽闺帏倩女情者是也"①。

在一本小说集中,题辞占据了整整一半的位置,这让人们不禁想起了陈蝶仙昔日对王钝根所言的名士流风与人生理想:"自言案牍劳形,颇复厌苦,愿得沪滨一席地,安笔砚,展琴书,日对良友,以诗词小说相唱和,生平之幸也。"②在《玉田恨史》的单行本中,如果说连篇累牍的旧体诗是天虚我生名士风流的体现,那么小说部分则是他们与通俗文学天然的亲缘关系的体现。

《玉田恨史》并不是鸳鸯蝴蝶派最著名的代表作,其知名度甚至还比不上天虚我生的《泪珠缘》。然而,它在《自由谈》初创时期的出现却必然地成为一种具有象征意义的传播事件。

这一时期,文人凡有新作,往往喜欢借助报刊媒体广而告之,《自由谈》上就常常刊登作者个人的书籍广告。同时,在报刊上向广大读者征求诗词题辞,同时以小说、诗集为回报的方式既扩大了作品的影响力,又保存了文人题赠、赠书的名士风流,成为海上文人乐此不彼的文学传播与交往方式之一。

如酒丐邹弢曾于1914年10月22日在《自由谈》刊登诗歌两首,向海内文人赠送《三借庐剩稿》,条件是受赠者需要在《自由谈》或其他报刊上发表有关《三借庐剩稿》的题辞,并要求提供稿件原件:

---

① 郑逸梅:《谈民初之长篇小说》,芮和师、范伯群:《鸳鸯蝴蝶派文学资料》,福州:福建人民出版社1984年版,第296页。

② 王钝根:《本旬刊作者诸大名家小史》,《社会之花》,1924年第1卷第1期。

痛饮狂吟四十年，蠹书脉望不成仙。今番幸藉同人力（刘翰怡、张石铭、周梦坡、郁屏翰、陆野柄、唐咏茗、汝望溪、陆甸荪、徐绮琴皆助刊资），祸灾枣梨剩此编。

愿乞阳春白雪吟，新编特赠谢知音（此编连尺牍共四种）。邮函须寄三分票（报上刊出之后请以已刊之稿并三分邮票寄徐汇堂西），莫任洪乔信息沉。（《三借庐剩稿》刊成，特多印二百册送同人，但须惠赐题词见《自由谈》或他报刊出者，请裁寄刊稿，即当照赠以书尽为止。）①

同一日的《自由谈》即刊登了署名昆山闲农沈鼎的《酒丐新刊三借庐胜稿成承赐一册即题其小影之后》，作为投稿者的范例。酒丐的征集广告很快得到了文人士子的回应，从 10 月 30 日至 12 月 8 日期间，《自由谈》上共刊登了 50 人次 98 首题为《奉题三借庐剩稿》的文人和韵之作。

二十世纪开始的第一个十年，尤其是新文学运动还未发生之前，近代传媒发展已相当完备，旧体诗词在民初文坛和海上报坛都占据着独一无二的风光，诗词唱酬不仅在文人日常生活中承担着实用性目的，亦可以成为小说单行本和诗集扩大宣传、推动销量的重要手段。

---

① 酒丐：《三借庐剩稿刊成，特多印二百册专送同人，但须惠赐题词见自由谈或他报刊出者请裁寄刊稿，即当照赠以书尽为止》，《申报》，1914 年 10 月 22 日。

上海申報館申昌
書畫室發售外埠
由賣申報處分售

第四章

《自由谈》改革与旧体诗传播阵地的消退

年来诗道衰，白战方披猖。其中空无有，咀嚼若秕糠。话言谓独创，寒山实滥觞。谓辟新纪元，《击壤》早津梁。自命活文学，病已入膏肓。筌蹄视经史，可嗟不自量。野狐思参禅，野马思脱缰。野草终猕薙，野火终自殃。

——陈衍《石遗室诗话》

《申报馆》(选自《申江胜景图》)

1932年12月1日，创刊二十一年之久的《申报·自由谈》改版，改版后的《自由谈》面貌迥异，成为新文学的传播阵地，在周瘦鹃等传统文人看来，这一变革相当于"平地一声雷，来了一个大转变，'自由谈'变了，换上了一副新面目"①。然而，事实上，《自由谈》的改版决不是突如其来的偶然事件，无论是从《自由谈》本身的刊物运作来看还是从当时新旧文化的激荡变迁来考察，《自由谈》的改版都是民间印刷资本在新旧文学共存局面下的必然选择。

第一节 1921年新旧并存的文学场

1921年是周瘦鹃主持《自由谈》的第二年，从1920年至1932年，在长达12年时间的主编生涯中，周瘦鹃将《自由谈》这一与鸳鸯蝴蝶派有着深刻渊源关系的通俗文学副刊的职能发挥得淋漓尽致。然而，民国十年即1921年前后，新旧文学已经开始短兵相接，报纸期刊在新旧文学斗争的场域中生存并发展，意味着周瘦鹃主持的《自由谈》一开始即潜藏着变革的可能性。

一、《东方杂志》改版与宋诗派的退潮

以白话取代文言的文学革命肇始于《新青年》的倡导，正如蔡元培

① 周瘦鹃：《笔墨生涯五十年》，周瘦鹃：《姑苏书简》，北京：新华出版社1995年版，第57页。

所云:“民元前十年左右,白话文也颇流行……但那时候作白话文的缘故,是专为通俗易解,可以普及常识,并非取文言而代之。主张以白话代文言,而高揭文学革命的旗帜,这是从《新青年》时代开始的。”①

1917年前后,文学革命的出现恰如其时,正如陈独秀所论:“中国近来产业发达人口集中,白话文完全是应这个需要而发生而存在的。适之等若在三十年前提倡白话文,只需章行严一篇文章便驳得烟消灰灭,此时章行严的崇论宏议有谁肯听?”②从本质上来说,文白之争就是一场与文化资源、话语权利等密切相关的文学场域的争夺,白话文的支持者成为了积极的进攻者,因为“对于民国初年那些介于上层读书人和不识字者之间,但又想上升到精英层次的边缘知识分子来说,以白话文运动为核心的文学革命无疑适应了他们的需要”③。

1917年1月,胡适在《新青年》第二卷第五号上发表了《文学改良刍议》,明确提出了著名的“八不”主义,并进一步强调“今日作文作诗,宜采用俗语俗字,与其用三千年前之死字,不如用二十世纪之活字;与其作不能行远不能普及之秦汉六朝文字,不如作家喻户晓之《水浒》《西游》文字也”④。随后在《新青年》的第二卷第六号,陈独秀又发表了《文学革命论》,正式扛起了“文学革命”的旗帜,并提出了“推倒雕琢的、阿谀的贵族文学,建设平易的、抒情的国民文学;推倒陈腐的、铺张的古典

---

① 蔡元培:《中国的新文学运动》(总序),《民国丛书》(第五编·50),上海:上海书店出版社1990年版,第9页。

② 陈独秀:《答适之》,林文光选编:《陈独秀文选》,成都:四川文艺出版社2009年版,第83页。

③ 罗志田:《近代中国社会权势的转移:知识分子的边缘化与边缘知识分子的兴起》,《开放时代》1999年第4期。

④ 胡适:《文学改良刍议》,《新青年》第2卷,北京:中国书店出版社2011年版,第335页。

文学，建设新鲜的、立诚的写实文学；推倒迂晦的、艰涩的山林文学，建设明了的、通俗的社会文学"①。这两篇文章的发表被认为是白话文运动的开端。

虽然《新青年》发表的一系列关于文学革命的文章在小范围内引起了一定的关注，然而，这几篇文章、几句口号的力量相对于文言文的深厚传统与广泛势力而言，实在是微不足道的。为了争夺文学场域的话语权，陈独秀和《新青年》把目光投向了当时在期刊界发行量最大、影响力最深远的《东方杂志》，通过一系列的批判论证，宣布文言文的非法性与白话文的合法地位。

《东方杂志》创刊于1904年3月11日，原是一种选报性质的刊物，剪集每月报章杂志上的记事、论文，分类刊登，供留心时事者查考，其中《宫门抄》和《奏折》占首要地位，其次才是时论，此外只偶然发表几篇撰译的文字。"1910年起，依理化部长杜亚泉的倡议，扩充篇幅，改三十二开本为十六开……革新以后，销行到一万份以上，打破历来杂志销数的纪录。"②

1908年，《东方杂志》以"文苑"和"海内诗录"两个栏目为依托，大量刊登陈衍、陈三立、沈曾植、郑孝胥、夏敬观、李宣龚、陈书、冒广生等宋诗派文人以及与宋诗派有深刻渊源的文人的诗词作品，同时，《东方杂志》还于1915年7月至1918年1月间连载刊登了宋诗派的重要理论著作——陈衍的《石遗室诗话续编》，对于宋诗派诗学谱系的建构起到了

① 陈独秀：《文学革命论》，《新青年》第2卷，北京：中国书店出版社2011年版，第393页。

② 章锡琛：《漫谈商务印书馆》，蔡元培等：《商务印书馆九十年》，北京：商务印书馆1987年版，第112页。

重要的作用。吴宓曾回忆幼时从报刊杂志中阅读旧体诗之经历:“按今西国新兴诗人,其作品多见于杂志报章,读者可于此中寻求。中国亦略同。如宓幼时所诵识近贤之诗,乃由《新民丛报》、《庸言》、《亚细亚日报》、《东方杂志》等处得之。”①可见,在新文学成长壮大之前,民间印刷资本与文化权利为传统文人和旧派文学掌握是客观存在的事实。

《东方杂志》的旧体诗逐渐繁盛,形成了一支创作队伍稳定、读者群体固定和发行渠道畅通的诗词传播网络。仅以1920年12月出版的《东方杂志》为例,该期的文苑栏目共刊登了33首旧体诗作品:郑孝胥的《题尊山谷室图卷》(3首)和《题李佛客双辛夷楼填词图》,沈曾植的《海日楼杂诗》、《寒夕口号》(5首)、《社耆画秋湖行色扇为甘卿题》,杨钟义的《汪洛年为作松窗辑书第二图赋赠》和《西圃前辈香雪草堂图卷为令子季儒题三十二韵》,林纾的《为拔可令妹李稺清补画花影吹笙室填词图并题》(2首),陈祺寿《黄忠端手迹庐饮兰索题》和《黄石斋先生断碑砚拓本》,夏敬观的《寿六抱虚六十》、《和答陶在东同年镛》、《为沈衡山题其先德手写门簿》(2首)、《偕王病山朱古微陈仁先胡晴初徐勉左南生泛舟西溪观芦花》,黄濬的《晨游龙潭》和《潭柘越山至麻峪》,陈诗的《读史偶成》,龙绂年的《十月十八日偕李拔可罗谷子俞寿丞游天平山》,李详的《负杖》、《蒯生受先挽诗》、《落叶拟义山》、《论书述沈乙庵语》、《余友丁仲祜笃好藏书自耽白业斥卖旧籍略无顾惜余惧其遂尽也诒以此诗》,李宣龚的《同毂之毅夫寿丞登天平山看红叶》和《为恂儒道兄题其先德志伊先生遗墨》,庄正织的《鹤柴以近诗见寄赋答》和《二十七日访鹤柴不遇再

① 吴宓:《空轩诗话》,张寅彭主编:《民国诗话丛编》(第六卷),上海:上海书店出版社2002年版,第89—90页。

和前韵作》。仅1920年一年,《东方杂志》刊登的旧体诗就达到378首之多,以宋诗派为主的旧文学在改革前的《东方杂志》中是如何地蔚为大观,于此可见一斑。

1918年9月15日,陈独秀在《新青年》上发表《质问〈东方杂志〉记者》,借复辟问题诘难《东方杂志》坚持保守主义立场,随后,1919年2月15日,陈独秀撰文《再质问东方杂志记者》,条分缕析,列出"功利主义与学术"、"辜鸿铭著作评论"、"迷乱之现代人心"等10个问题,要求《东方杂志》正面回应。虽然《东方杂志》十五卷十二号上刊登了伧父的《答新青年杂志记者之质问》,但陈独秀在意的并不是对方的回应,而是针对《东方杂志》的论战确实在短时间内取得了预想的效果。《东方杂志》的声望和销量受到极大冲击,商务印书馆负责人张元济不得不与高梦旦商量应对措施,挽回被动局面,1918年12月25日《张元济日记》中记载:"昨与梦、仙谈,拟将《东方杂志》大减。一面抵制《青年》、《进步》及其他同等之杂志,一面推广印、籍,藉以招徕广告。今日见北京大学又办有《新潮》一种。梦又言减价事,又应斟酌。"①

商务印书馆的补救措施还未见成效,北京大学的学生罗家伦即在《新潮》杂志上发表批评文章,对商务印书馆旗下刊物痛加贬责,《东方杂志》被归为"杂乱派",其特征是:"这派大都毫无主张,毫无选择,只要是稿子就登,最可以做代表的,就是商务印书馆的《东方杂志》。这个上下古今派的杂志,忽而工业,忽而政论,忽而农商,忽而灵学,真是五花八门,无奇不有。你说他旧吗?他又像新。你说他新吗?他实在不

① 张元济:《张元济日记》(下册),北京:商务印书馆1981年版,第504页。

配。”罗家伦向《东方杂志》提出改革的建议:“这样毫无主张,毫无特色,毫无系统的办法,真可以说对社会不发生一点影响,也不能尽一点灌输新知识的责任。我诚心盼望主持这个杂志的人,从速改变方针。”①

罗家伦对《东方杂志》的批判无论在时间还是效果上都可以看作是对陈独秀发难的回应,在不到一年内的三次论战使得《东方杂志》受到沉重打击,时任《东方杂志》编辑的章锡琛回忆:“当时高举新文化运动旗帜的刊物,首先向商务出版的杂志进攻,先是陈独秀在《新青年》上抨击《东方杂志》的反对西方文明,提倡东方文明。接着北大学生组织新潮社的《新潮》发表了罗家伦《今日中国之杂志界》一文,把商务各种杂志骂得体无完肤。……商务受到这样严重的攻击,在文化教育界多年的声誉顿时一落千丈。为了迎合潮流,挽救声誉,不得不进行改革;因为杂志最先受到攻击,就从撤换各杂志的编辑人入手。”②

张元济本不是一个保守的人,既然商务的旗下刊物因受到新文化运动的冲击而销量锐减,那么改革就势在必行了,他曾多次对同人表达改革的意愿:“新文化运动高涨,商务各杂志内容陈旧,销数逐年减少。为求出路,先生多次与同人商议。”③就《东方杂志》而言,首先是以陶葆霖替换杜亚泉:“商请陶葆霖接办《东方杂志》,并拟登征文。前主编杜亚泉太偏旧,投稿中甚有佳作而不用,常刊一些反对新文化运动的稿

① 罗家伦:《今日中国之杂志界》,《新潮》第1卷第4号,1919年4月1日,第625—627页。

② 章锡琛:《漫谈商务印书馆》,蔡元培等:《商务印书馆九十年》,北京:商务印书馆1987年版,第111页。

③ 张树年编:《张元济年谱》,北京:商务印书馆1991年版,第162页。

件,引起社会舆论不满,故有撤杜换陶之议。”①

完成主编的更迭之后,1921 年,《东方杂志》进一步改革期刊的内容,废除经营十三年之久的“文苑”栏目,并声明不再刊登旧体诗文:“中国的旧文学,其势不能够不改革了,所以本志从今年起,决计把文苑废掉,另设《新思想与新文艺》一栏,当作介绍西洋文学的引子。所有诗古文辞一类的投稿,从此就一概不收。”②

在新旧文学斗争与并存的十九世纪二十年代文学场域下,旧派的弊端一目了然,而新派的不可知性又为人们提供了光明的前景。因此,在情感上,新派往往能够比旧派赢得更多支持。与新文化运动者的积极发难相反的是,陈三立、陈衍、郑孝胥等《东方杂志》的旧体诗作家保持了集体沉默,陈衍只在《石遗室诗话》中收录“铭吾”之《读石遗室诗集,呈石遗室老人八十韵》诗中流露出对文学革命的不满情绪:“年来诗道衰,白战方披猖。其中空无有,咀嚼若秕糠。话言谓独创,寒山实滥觞。谓辟新纪元,《击壤》早津梁。自命活文学,病已入膏肓。筌蹄视经史,可嗟不自量。野狐思参禅,野马思脱缰。野草终狝薙,野火终自殃。”③

从此,宋诗派、同光体退出《东方杂志》这一重要公共传播空间,重新回归文人结社、私人刻印等传统文学传播渠道。即使他们的旧体诗词还能够在其他小报上发表,但他们在刊物上的聚合又重新回到一种

① 张树年编:《张元济年谱》,1919 年 5 月 24 日,北京:商务印书馆 1991 年版,第 169 页。
② 《编辑室杂话》,《东方杂志》,1921 年第 18 卷第 2 号。
③ 陈衍:《石遗室诗话》,张寅彭:《民国诗话丛编》(第一卷),上海:上海书店出版社 2002 年版,第 398 页。

散漫的状态。

二、《小说月报》转型对鸳蝴派的冲击

1921年前后,挟新文化运动的强劲势头,白话报刊纷纷兴起,一些老牌的商业报刊在此氛围下不得不着手改革:"白话文在新文化运动的大波浪中得了全国青年的同情,立定了脚跟。南北各地,刊行了四百种以上的白话报,其中以北京的《新青年》,《每周评论》、《新潮》,上海的《星期评论》、《建设》、《解放与改造》、《少年中国》为最有势力。南北各日报的附刊,也白话化了,北京的《晨报副刊》,上海《民国日报》的《觉悟》,《时事新报》的《学灯》,一时为青年最爱好的读物。不久,《东方杂志》、《小说月报》、《教育杂志》也完全改变为白话文的刊物了。"①

同样属于商务印书馆的老牌杂志,同样受新文化运动冲击而被迫改革,如果说《东方杂志》的改革打击的是宋诗派、同光体诗人,那么,《小说月报》则打击的是拥有广泛读者基础的鸳鸯蝴蝶派文人,而作为一本由旧到新的纯文学期刊,《小说月报》的革新又常常在现代文学史上被凸显出旧文学被新文学替代的象征意义。

从1910年创刊到1920年改革,前期《小说月报》共经营了10年,分别由王蕴章和恽铁樵担任主编,恽铁樵负责的是三到八卷的主编工作,而开头和结尾部分的几期杂志则是由王蕴章完成的。王莼农,名蕴章,别号西神,无锡人,南社社员,擅长骈文、词曲,曾任巡抚衙门幕友,与鸳鸯蝴蝶派过从甚密,所作小说多为他们所推崇。

① 曹聚仁:《文白论战史话》,《社会月报》,1934年第1卷第3期。

前期《小说月报》不论是编者还是读者，都受到传统文学的濡养，胡愈之曾说："商务印书馆的编译所有一百多位编辑或助理编辑，大部分是从封建社会科举出身的士大夫。"①同时，第二任主编恽铁樵曾总结《小说月报》读者群为："如来教所谓林下诸公其一也；世家子女之通文理者其二也；男女学校青年其三也。商界农界读者必非新小说籍，曰其然，恐今犹非其时。是故月报，文稍艰深，则阅者为上三种人之少数；月报而稍浅易，则阅者为三种人多数。"②

《小说月报》在 1910 年创刊号的《征文通告》上即声明广泛征集旧体诗文："如荷惠寄诗词杂著以及游记、随笔、异闻，轶事之作，本报一经登载，当酌赠本报若干册以答雅意，惟原稿概不退还。"③从 1910 年创刊号开始，《小说月报》即设立"文苑"栏目刊登旧体诗词，直到 1920 年第 10 期，前后维持了 10 年之久。柳亚子、高吹万、易顺鼎、李拔可、汤荣宝、樊增祥、陈衍等传统士子常常围绕着共同的主题，以《小说月报》为平台，诗词唱和，建立与维护传统文学传播网络。王蕴章曾画《十年说梦图》并在《小说月报》上发表《自叙》，自言"将以作无声之诗史，诉遥怨于灵修也"。王氏对于《小说月报》前后十年之久的文人唱和平台的建立颇为自豪："昔王筠之集，不止一官；白傅之诗，亦分五本。而溯丛书于笠泽，雪綦为劳；拟酬和于西昆，风流未歇。珠非纪事，自成乙乙之穿；竹可编年，聊引乌乌之唱。盖自庚戌岁为涵芬楼草创《小说月报》，中间离

① 胡愈之：《早年同茅盾在一起的日子里》，《胡愈之文集》（第 6 卷），北京：生活·读书·新知三联书店 1996 年版，第 160 页。

② 恽铁樵：《答某君书》，《本社函件备录》，《小说月报》1916 年 7 卷 2 号。

③ 《征文通告》，《小说月报》，1910 年 7 月第 1 期。

合不常,一为前马,再使续貂,聿至今兹,适届十稔。”①

《小说月报》的革新分两个阶段完成,从1920年1月到12月的这一年时间内为“半革新”时期,1921年之后为“全面革新”时期,茅盾回忆当时的情形:“当年(1919年)十一月初,身兼《小说月报》与《妇女杂志》主编的王莼农忽然找我,说是《小说月报》明年起将用三分之一的篇幅提倡新文学,拟名为‘小说新潮’栏,请我主持这一栏的实际编辑事务。”②半革新时期,虽然“文苑”等栏目依然保留,文人的旧体诗词唱和依然在进行,然而,在茅盾看来,这蕴含着变革力量的1920年具有十分重要的意义:“《小说月报》的半革新从1920年1月出版那期开始,亦即《小说月报》第十一卷开始。这说明:十年之久的一个顽固派堡垒终于打开缺口而决定了它的最终结局,即第十二卷起的全部革新。”③

半革新时期的《小说月报》试图走两边讨好的折中路线,结果却两面不讨好,销量的下滑已是意料之中的结果:“事实上,这半年来,《小说月报》的销数步步下降,到第十号时,只印二千册。这在资本家看来,是不够‘血本’的。……然而,冶新旧于一炉,势必两面不讨好。当时新旧思想斗争之剧烈,不容许有两面派。果然像王莼农自己所说,他得罪了‘礼拜六派’,然而亦未能取悦于思想觉悟的青年。而况还有不肯亏‘血本’的商务当局的压力。”④

---

① 王蕴章:《十年说梦图自叙》,《小说月报》,1919年1月10卷1号。

② 茅盾:《革新〈小说月报〉的前后》,茅盾:《我走过的道路》(上),北京:人民文学出版社1981年版,第154页。

③ 茅盾:《革新〈小说月报〉的前后》,茅盾:《我走过的道路》(上),北京:人民文学出版社1981年版,第155页。

④ 茅盾:《革新〈小说月报〉的前后》,茅盾:《我走过的道路》(上),北京:人民文学出版社1981年版,第160页。

1920年2月3日，张元济出席商务董事会第237次会议，会上，张元济分析上年营业减退的原因认为“现在各省自编教科书，又新思潮激进，已有新妇女、新学生、新教育出版。本馆不能一切迎合，故今年(按指旧历)书籍不免减退”①。在1919年3月14日，谈到商务印书馆滞销的图书情况，“经查历年滞销书60余万元，其中实用书30余万元，杂志11万余”②。

1920年11月下旬，张元济与高梦旦商请沈雁冰主编并改组《小说月报》，并在本年最后一期杂志上刊登《本月刊特别启事》，预告1921年的全面改革：

> 爱读本月刊诸君子，本月刊自与诸君子相见，凡十一年矣，此十一年中，国内思想界屡呈变换，本月刊亦常顺应环境，步步改革，冀为我国文学界尽一分之力。此固常读本刊诸君子所稔知者也。
>
> 近年以来，新思想东渐，新文学已过其建设之第一幕而方谋充量发展，本月刊鉴于时机之既至，亦愿本介绍西洋文学之素志，勉为新文学前途尽提倡鼓吹之一分天职。自明年十二卷第一期起，本月刊将尽其能力，介绍西洋之新文学，并输进研究新文学应有之常识；面目既已一新，精神当亦不同。③

改革后的《小说月报》“面目一新”，呈现出迥异于前期的特点。从

---

① 张树年主编：《张元济年谱》，北京：商务印书馆1991年版，第184页。
② 张树年主编：《张元济年谱》，北京：商务印书馆1991年版，第166页。
③ 《本月刊特别启事》，《小说月报》，1920年第12期。

栏目设置上来看,“文苑”、“弹词”、“杂载”等旧体文学的栏目被取消,而与新文学宣传密切相关的“海外文坛消息”、“社评”、“译论”、“读者文坛”的现代文学栏目成为重头戏。从作家群来看,林纾、程瞻庐、许指严、徐卓呆、周瘦鹃、胡怀琛、陈衍、陈散原、庄俞等旧派文人全面退出《小说月报》,而周作人、叶绍钧、耿济之、蒋百里、许地山、郭绍虞、冰心、郑振铎、庐隐、孙伏园、王统照、沈雁冰等文学研究会成员成为《小说月报》标榜的新作家群。

按照茅盾在回忆录《革新〈小说月报〉的前后》中的说法,革新后的《小说月报》销量甚好,不断加印:“改组的《小说月报》第一期印了五千册,马上销完,各处分馆纷纷来电要求下期多发,于是第二期印了七千,到第一卷末期,已印一万。[①]”似乎文学革新运动与这本老牌期刊的转型一样,前途一片光明。

事实上,作为一个曾长期由鸳鸯蝴蝶派主持的文学期刊,《小说月报》改革带来的震动与引起的论争,远远大于《东方杂志》的变动。

就一般读者而言,他们的阅读习惯与期待视野是由鸳鸯蝴蝶派的通俗作家所培养起来的,中国古典文学的形式已经烂熟于心,甚至成为一种无意识的存在。而《小说月报》的改版打破了他们所熟悉的阅读习惯与叙事方式,新的理论、新的思维成为了他们阅读中最大的障碍。据徐念慈统计,当时的读者,“其百分之九十出于旧学界而输入新学说者,其百分之九出于普通之人物,其真受学校教育,而有思想、有财力、欢迎新小说者,未知满百分之一否也?”[②]那些充满着新名词新思想的欧式白

---

① 《本月刊特别启事》,《小说月报》,1920 年第 12 期。
② 魏绍昌、管林:《中国近代文学辞典》,郑州:河南教育出版社,第 41 页。

话文往往成为一般读者阅读的障碍，茅盾书信中亦承认：“据实说，《小说月报》读者一千人中至少有九百人不欲看论文。（他们来信骂的亦骂论文，说不能供他们消遣了！）”①

对于上海的旧派文人而言，“本来在《新青年》、《新潮》上鼓吹的新文学运动，却挟势南下，顷刻之间占了他们的衣食之具，这当然引起恐慌，新旧文学之争一触即发”②。此时，海上文人与旧派文学的危机不再抽象，新旧文学之争成为一场涉及到文化资本、传播阵地、读者市场的文学场域斗争。

三、新旧文学论战与国语运动的催化

1925年，章士钊在《甲寅周刊》上发表《新文化运动》，批评以胡适为代表的新文化运动者对文学话语权的争夺，随后，胡适在《国语》第十二期针锋相对驳斥章士钊等守旧派对文学权利场的争夺：“行严是一个时代的落伍者；他却又虽落伍而不甘心落魄，总想在落伍之后谋一个首领做做。所以他就变成了一个反动派，立志要做落伍者的首领了，他在评《新文化运动》一文里曾骂一般少年人‘以适之为大帝，绩溪为上京，一味于胡氏《文存》中求文章义法，于《尝试集》中求诗歌律令’。其实行严自己却真是梦想人人以秋桐为上帝，以长沙为上京，一味于《甲寅》杂志中求文章义法。”③章、胡之间的论辩深刻地说明了新旧文化之争在本质

① 茅盾：《1921年8月11日雁冰致启明的信》，《茅盾全集》第37卷，合肥：黄山书社，2012年版，第35页。

② 陈建华：《1920年代“新”、“旧”文学之争与文学公共空间的转型》，《现代中文学刊》2009年第1期。

③ 胡适：《老章又反叛了》，《国语》第12期，转引自曹聚仁：《文白论战史话》，《社会月报》，1934年第1卷第3期。

上就是一场关于文学权利场域的争夺。

1921 年,新文化运动初见成效:“南北各地,刊行了四百种以上的白话报,其中以北京的《新青年》,《每周评论》,《新潮》,上海的《星期评论》、《建设》、《解放与改造》、《少年中国》为最有势力。南北各日报的附刊,也白话化了,北京的《晨报附刊》,上海《民国日报》的觉悟,《时事新报》的《学灯》,一时为青年最爱好的读物。不久,《东方杂志》、《小说月报》、《教育杂志》也完全改变为白话文的刊物了。”①正如曹聚仁所说,北京的《国民公报》、上海的《时事新报》等“南北各日报的附刊,也白话化了”,但新旧文学的斗争远比预见的要复杂得多,“这些日报往往只办一个刊登白话作品的副刊,其他各版仍然是文言文,这样的一份报纸上就表现了新旧激烈交战的痕迹”②。

以《小说月报》为例,1921 至 1922 年间,时任主编的茅盾和文学研究会在上海的成员(其中主要是郑振铎)不得不同时面临着来自三方面的文学论战:“此所谓三方面:一是鸳鸯蝴蝶派,这原是意料中的事;二是创造社,这却是十二分的意外,是我以及当时在上海的文学研究会同人所极不愿意,是被迫而应战的;三是南京的学衡派,这也是意外,但我以及文学研究会在上海的同人都认为这些留学欧美回来的东南大学的教授们向新文学的进攻,必须予以坚决的还击。”③

除了第二方面是新文学内部的论战,其他两方面都是新旧文学直接的论战,具体而言,第一方面主要为新文学与鸳鸯蝴蝶派等通俗文学

---

① 曹聚仁:《文白论战史话》,《社会月报》,1934 年第 1 卷第 3 期。
② 舒芜:《“文白之争”温故录》,《新文学史料》,1979 年第 3 期。
③ 茅盾:《复杂而紧张的生活、学习与斗争》,茅盾:《我走过的道路》(上),北京:人民文学出版社 1981 年版,第 180 页。

的论战，而第三方面则是白话诗与新诗的交锋。

《小说月报》1921年改革将拥有广泛读者基础的鸳鸯蝴蝶派作家清除出去，引起了旧派文人的强烈不满，袁寒云曾以小说迷的身份撰文批评《小说月报》改革的不伦不类：

> 好容易把第一期盼了来，急急的折开一看，只见装样，的确有革新的气象，接着就看小说，谁知越看越弄不明白，难道是我的眼睛花了不成，立刻用西湖水，把两眼洗了又洗，四面一望，觉得甚是清楚，遂又展开来看，不指望不但弄不明白，连字句都看不断了。我想大约这头一篇太高深了，遂接着第二第三，看了下去，一直看到末了，仿佛在五里雾中，简直是莫名其妙。……把这本月刊，送了一位程度很高的朋友，请他去看，过了二天，这位朋友，把原书退回，说是他的目力不佳，一时也看不透这书呢。①

《小说月报》销量的不断下滑，市民读者市场的客观存在，使得商务印书馆在1923年1月10日另创一份《小说世界》杂志，继续刊登林纾、赵苕狂、徐卓呆、胡寄尘、包天笑、李涵秋等人的通俗小说。

在隔天的《晨报副刊》上，作者东枝撰文认为《小说世界》的创刊实际上宣告了商务印书馆革新与《小说月报》改版的失败，所谓新思想与新文艺在中国是行不通的：

---

① 寒云：《小说迷的一封书》，《晶报》1922年8月12日，转引自芮和师、范伯群：《鸳鸯蝴蝶派文学资料》，福州：福建人民出版社1984年版，第174页。

两年以来,商务印书馆的老板不知受了什么鬼使神差的驱策,夜梦中也想不到的,大讲特讲起新思潮来……最古怪的莫如《小说月报》,从十二卷一号起,与从前简直画成两截:乌烟瘴气的小说家与商务印书馆几乎断绝了关系,《小说月报》所介绍的只是近世东西洋的文艺作品,创作的也大都出于受过近世东西洋文艺思潮影响的作家。

当初他们以为国人需要新思想新文艺,他们可以趁火打劫。其实,国人何曾需要什么新思想新文艺!新思想必有许多部分与旧思想不相容的,最初领受的人必觉得不舒服。新文艺与旧文艺的特性几乎完全不同,看惯了粗直的旧文章的人一看见这种细描的方法与复杂的文句,不出三行便自瞌睡起来。说得稍微让步一点,凡是一种新思想新文艺的初次介绍,必有一个时期是与国人心理格格不相入的。这种现象,如在一个学术团体,或其他私人结合,知道此中道理的人,看来是绝不以为怪的。因为过了多少日子以后自然好了。但在商人可一定担受不了。①

在新文学方面,1923 年 4 月沈雁冰注意到,"自从三月九日以来,《民国日报》的《觉悟》登载了十几篇关于'文言白话之争'的文章。这是春季国内文坛上一件极可喜的事,这也是宣传'白话'的一个好机会"②。而在"一年多前,国内文学定期刊物还只有《小说月报》一种,那时的《小说月报》孤独地在那里攻击中国旧有的'文以载道'思想,提倡创作。想

① 东枝:《小说世界》,《晨报副刊》,1923 年 1 月第 7 期。
② 茅盾:《杂感》,《茅盾全集》第 18 卷,合肥:黄山书社 2012 年版,第 394 页。

凭它微弱的力量，在广大的沙漠似的中国，播一些种子，在那时候，文艺界真不胜寂寞之感”。但“半年来国内文坛最可喜的现象是自动的文艺刊物之增多。据我们所知，新文学的定期刊物凡有十七八种，其中有十五种是自动的刊物……半年的短时期内竟增加了十几种的文艺定期刊物，实在是新文学日益发展的证据”①。

立场的不同决定了看问题的角度不同，抛开立场与角度不谈，本书的作者东枝确确实实看到了1921年前后的新文学受冷遇而旧文学再次复苏的客观现实：

> 商务印书馆做了这样一件万分“阿木林”的事，本在那里自认倒霉。而外间又来了许多刺激，第一件是年来小书坊中随便雇上几个斯文流氓，大出其《礼拜六》、《星期》、《半月》、《红》、《笑》、《快活》，居然大占其钱。第二件是，风闻该馆又接到前十一卷《小说月报》的读者来信数千起，都责备《小说月报》不应该改良。而在斯文流氓一方面，虽然销场也并不坏，竟可驾《小说月报》而数倍之，但奋斗毕竟不是人人受得了的事，如果商务印书馆老板一旦翩然悔悟过来，“犹足用以为善”，则岂不远胜于独自在外间挣扎？②

一方面，改革后的《小说月报》销量继续下滑，到了1922年，杂志的销量甚至比前一年不升反降③；另一方面，通俗文学期刊在1921年迎来

① 茅盾：《杂感》，《茅盾全集》第18卷，合肥：黄山书社2012年版，第417—418页。
② 东枝：《小说世界》，《晨报副刊》，1923年1月第7期。
③ 茅盾：《茅盾全集》第37卷，合肥：黄山书社2012年版，第95页。

了新一轮的复兴高潮。将新旧两个阵营的文学期刊共同放在1921年文学场中考察,使这一时期的文学刊物和文学活动具有一种强烈的对立与共存的意味。

东枝所谓“几个斯文流氓,大出其《礼拜六》、《星期》、《半月》、《红》、《笑》、《快活》,居然大占其钱”,指的正是1921年至1924年间通俗文学期刊的广泛复兴,其中主要包括:1921年的《礼拜六》、《新声杂志》、《消闲月刊》、《游戏世界》、《东方朔》、《半月》、《礼拜花》、《小说新潮》、《滑稽新报》、《新世界日报》、《春声日报》等;1922年创刊的《快活》、《家庭杂志》、《星期》、《良辰》、《新华》、《紫兰花片》、《星》、《红杂志》、《心声》、《红霞》、《天韵》、《星光》、《长青》、《最小》、《小说日报》等;1923年创刊的《心潮》、《小说世界》、《星光》、《侦探世界》、《笑画》、《盍簪》、《千秋》、《东方小说》、《社会之花》、《波光》、《世界小报》、《上海繁华报》、《小说旬报》、《钟声》、《小阳秋》、《金刚钻报》、《集思》等,1924年有《红雨》、《小说夺标会》、《月亮》、《梨花杂志》、《蔷薇花》、《红玫瑰》、《显微镜报》、《海报》、《光报》、《上海夜报》等。①

1923年,茅盾在《真有代表旧文化旧文艺的作品么》一文中自信地认为旧文学丝毫动摇不了新文学的地位:“(新文学)有反抗‘礼拜六派’运动之必要;至于为文学前途计,倒还在其次,因为他们的运动在本质上不能够损及新文学发达的分毫。”②旧派文人并不擅长意识形态的辩

① 《鸳鸯蝴蝶派文艺期刊目录简编》、《鸳鸯蝴蝶派小报简目》,参见芮和师、范伯群编:《鸳鸯蝴蝶派文学资料》(下),福州:福建人民出版社1984年版,第630—632页、637—638页。

② 茅盾:《复杂而紧张的生活、学习与斗争》,茅盾:《我走过的道路》(上),北京:人民文学出版社1981年版,第190页。

论，但他们却擅长用文学实绩来回应新文学派的批驳。

1923年，毕倚虹在《最小》报上发表的一篇文章中，勾勒出由六股势力统治下的海上文坛与报坛图景："余以目前形势区别，可得六派。一半月派（即半月杂志派）。周瘦鹃诸君属之。二小月派（即商务印书馆作小说月报派）。沈雁冰、郑振铎诸君属之。三小日派（即小说日报派）。徐枕亚许廑父诸君属之。四红活派（即红杂志与快活林派）。严独鹤、程瞻庐诸君属之。五小新派（即小说新报派）。李涵秋、贡少芹诸君属之。六良晨派（即良辰与最小报一派）。张枕绿、张舍我诸君属之。"①当时新旧文学斗争之情势，正如有的学者所称："新文学虽然占据了文坛的制高点，被目为正宗，但在它周围汪洋恣肆的却仍是通俗文学的大海。"②

在新旧文学论战的过程中，旧派文人大多持新旧共存的温和态度。例如胡寄尘曾在《最小》报发表《一封曾被拒绝发表的信》，以邮局、电车等事物的自然发展比喻新旧文学的并存：

> 我前天写信给郑振铎先生。中间有一段说道："譬如前清初行邮政的时候，并不曾将旧有的信局（即民间寄信机关）一例封闭，然后再开设邮政局。只将邮政局办好了，老式的信局自然而然的减少了，久之终必要消灭。又如上海初行电车，并不曾禁止人力车马车驶行，然后行电车。只将电车的成绩办好了，人力车、马车自然

① 毕倚虹：《婆娑小记》，《最小》报1923年4月8日第20号，转引自芮和师、范伯群编《鸳鸯蝴蝶派文学资料》（上），福州：福建人民出版社1984年版，第183—184页。

② 孔庆东：《1921谁主浮沉》，重庆：重庆出版社2009年版，第144页。

要减少了,久之终必也要消灭。改革文学,何尝不是如此呢?"这几句话先生以为何如?现在自己缺乏建设的能力,徒攻击他人,恐怕没有用处。

我再要问,提倡改革文学的人,是为着文学前途呢,还是为着自己的前途。倘是为着文学前途,那么只要作品有进步,无论这作品是何人做的,都应该提倡。不必把新旧的界限放在心里。不必把人我的界限放在心里。①

"不必把新旧的界限放在心里",从读者和市场的角度出发,一切以作品来决定优劣,这是胡寄尘等旧派文人理想的新旧并存状态。然而,对于不占有市场优势和读者基础的新文学支持者来说,新旧文学的矛盾不可调和,因为他们只能通过不断的论争,旧文学的非法性和新文学的合理性才能成立。

1922年7月,茅盾在《小说月报》第13卷第7号上发表《自然主义与中国现代小说》一文,文章的结论认为,"礼拜六派"今天对小市民仍有广泛影响,成为当前以文学为先锋的新文化运动的前进道路上最大的障碍,非先"铲除这股黑暗势力"不可,而要使新文学能发展,使其读者除青年学生外,也吸引小市民阶层,则提倡自然主义,在当前是必要的。②

---

① 胡寄尘:《一封曾被拒绝发表的信》,《最小》报,1922年第8期,转引自芮和师、范伯群编:《鸳鸯蝴蝶派文学资料》(上),福州:福建人民出版社1984年版,第181页。

② 茅盾:《复杂而紧张的生活——学习与斗争》,茅盾:《我走过的道路》(上),北京:人民文学出版社1981年版,第186页。

随后，茅盾在1922年11月出版的《小说月报》中再次撰文批判旧文学："北京《晨报》副刊登着子严君的一段《杂感》说：这些《礼拜六》以下的出版物所代表的并不是什么旧文化旧文学，只是现代的恶趣味——污秽一切的玩世与纵欲的人生观，这是从各方面看来，都很重大而且可怕的事。""《礼拜六》派（包括上海所有定期通俗读物）对于中国国民的毒害，是趣味的恶化。""《礼拜六》派的文人把人生当作游戏、玩弄、笑谑，他们并不想享乐人生，只把它百般揉搓使它污损以为快……这样的下去，中国国民的生活不但将由人类的而入于完全动物的状态，且将更下而入于非生物的状态去了。"①

1921年至1923年间，当新旧文学论战胶着不前之时，国语运动在全国范围内的渐次推广无疑为白话文的普及和文学革命的深入产生了重要的推助力量。1920年1月，教育部通令全国："自本年秋季起，凡国民学校一二年级，先改国文为语体文，以期收言文一致之效。"②并以部令修正《国民学校令》，将有关条文中的"国文"改为"国语"。1922年，各学科的文言文教科书均被废止。1923年，教育部公布了《新学制课程标准纲要》，从此文言失去主流地位，而新文学运动也因此受惠如虎添翼。这对于以维护文言作为理论主柱的旧派来说，不啻是釜底抽薪，使他们失去了理论依据。③

1923年前后，文学革命与国语运动的合流最终促成了新文学正统

① 茅盾：《复杂而紧张的生活、学习与斗争》，茅盾：《我走过的道路》，北京：人民文学出版社1981年版，第190页。

② 《小学国文科改授国语之部令》，《申报》，1920年1月18日。

③ 黎锦熙：《国语运动史纲》，上海：上海商务印书馆1934年版，第107—122页。

地位的确立。“政府一纸空文可以抵得私人几十年的鼓吹”①,连胡适也高度评价说:“这个命令是几十年来的第一件大事。他的影响与结果,我们现在很难计算。但我们可以说:这一道命令把中国教育的革新至少提早了二十年。”②面对白话文取代文言文的大势所趋,失语的旧派文人似乎已经意识到边缘地位的必然性,他们不再做苍白的辩驳,而是“保持了出奇的沉默”③。

第二节　新旧诗学论争与《自由谈》改版

1916 年,胡适宣布新文化运动已经胜利大半,只剩下最后一个堡垒:“白话文学的作战,十仗之中,已胜了七八仗。现在只剩一座诗的壁垒,还须用全力去抢夺。待到白话征服这个诗国时,白话文学的胜利就可说是十足的了。”④在现实社会中,白话文较易于被人们所认可,而白话诗则受到的阻力较大,正如朱自清 40 年代在《新诗杂话》中谈到的:“新文学运动已经二十六年,白话文一般人已经接受了,但是白话诗怀

---

① 胡适:《国语运动的历史》,白吉庵、刘燕云:《胡适教育论著选》,北京:人民教育出版社 1994 年版,第 131 页。
② 胡适:《国语讲习所同学录序》,《胡适教育论著选》,北京:人民教育出版社 1994 年版,第 122 页。
③ 栾梅健:《通俗文学之王——包天笑》,上海:上海书店出版社 1999 年版,第 184 页。
④ 胡适:《逼上梁山》,《中国新文学大系・建设理论集》,上海:良友图书印刷公司 1935 年版,第 19 页。

疑的还是很多。”①

一、文白论战与旧诗传播空间的缩小

1922年北社出版《新诗年选》，编者在《一九一九年诗坛纪略》一文中一面充满诗意地形容新诗正统地位的形成：“胡适登高一呼，四远响应，而新诗在文学上的正统以立”；另一方面则又不禁感叹新诗坛几乎无事可记：“直到一九一九年，新诗还没有出过集子。写不上多少句，要紧的事已记完了。中国诗坛这样寂寞，真令人说来抱愧！……要知道中国诗人实在还是很多的。试看哪家报纸，没有几句五七言做文苑？没有几则诗话诗说做闲谈？不过做新诗的还少罢了。不久做旧诗的都成了做新诗的，那怕诗人不盈千累万？那么再为诗坛记事就不容易了。”②

1916年10月1日，胡适在《新青年》杂志发表致陈独秀的书信，对包括南社在内的旧体诗人进行了毫不留情的批判：“尝谓今日文学之腐败极矣。其下焉者，能押韵而已矣；稍进如南社诸人，夸而无实，滥而不精，浮夸淫琐，几无足称者（南社中间亦有佳作，此所议评，就其大概言之耳）；更进，如樊樊山、陈伯严、郑苏龛之流，视南社为高矣，然其诗皆规摹古人，以能神似某人某人为至高目的，极其所至，亦不过为文学界添几件赝鼎耳！”③

---

① 朱自清：《新诗杂话》，北京：生活·读书·新知三联书店1984年版，第93页。

② 《一九一九年诗坛略纪》，《新诗年选》（1919），上海：亚东图书馆1922年版，第251—254页。

③ 胡适：《寄陈独秀》，载《新青年》二卷二号。北京：中国书店出版社2011年版，第146页。

胡适的批判引起了南社主持者柳亚子的强烈不满,他随后在《民国日报》撰文讽刺"胡适自命新人","所作白话诗直是笑话",在他看来,白话文尚且有说理论事之优势,而白话诗却断无可取之处:

> 中国文学含有一种美的性质,纵他日世界大同,通行'爱斯不难读',中文中语尽在淘汰之列,而文学犹必占美术中一科,与希腊罗马古文颉颃,何必改头换面为非驴非马之恶剧耶!……弟谓文学革命,所革在理想,不在形式,形式宜旧,理想宜新。两言尽之矣。……诗文本同源异流,白话文便于说理论事,殆不可少,第亦宜简洁,毋伤支离。若白话诗,则断断不能通。诗界革命,清人中当推龚定庵,以其颇有新思想也。近人如马君武,亦有此资格,胜梁启超远甚。新见蜀人吴又陵诗集,风格学盛唐,而学术则宗卢、孟、亦一健者。诗界革命,我当数此三人。若胡适者,所谓画虎不成反类犬,宁足道哉,宁足道哉。①

对于深受传统文学熏陶的文人而言,在科学领域他们勇于承认落后,但在文学方面却始终抱有优越感。南社成员冯平写于 1907 年的一段话说出了当时一批人的想法:"慨自欧风东渐以来,文人学子,咸从事于左行文字,心醉白伦之诗、莎士比之歌、福禄特儿之词曲。以谓吾祖国莫有比伦者。呜呼陋矣。以言乎科学,诚相形见绌。若以文学论,未必不足以称伯五洲。彼白伦、莎士比、福禄特儿之辈,固不逮我少陵、太

---

① 柳亚子:《与杨杏佛论文学书》,《民国日报》1917 年 4 月 23 日,转引自朱文华:《风骚余韵论》,上海:复旦大学出版社 1998 年版,第 33 页。

白、稼轩、白石诸先哲远甚也。奈何尽弃其国学而学于人，不特贻祖国文界之羞，抑且为邻邦鸿儒所窃笑。”①

旧派文人对于新诗的态度，偏激者认为新诗所谓“新”并无意义，如汪精卫在为陈去病《浩歌堂诗钞》作的序中认为：“晚近学者，欲矫其弊，乃创为新诗。夫所谓新者，新其意境乎？抑新其格律声色乎？果新其意境，则格律声色虽无变，其旧何害？若徒新其格律声色而已，则所谓逐末者也。故诗无所谓新旧，惟其善而已。”②学衡派吴芳吉也说：“文学惟有是与不是，而无所谓新与不新……”③

旧派文人中较为温和者则认为形式不重要，新诗与旧诗何妨共存，如姚鹓雏认为：“诗做的究竟好不好，不管是新体诗还是旧体诗，重要的是本质，而不是形式”，“等到新思想渐渐地遍及灌输到国人的脑子里，那时，新诗不求新而自新，陈腐的旧诗不必排斥也自废，而那些内容好的经得起咀嚼的旧诗，相信依然会‘不废江河万古流’的”④。这种主张与旧派文人对于白话小说的态度是一致的。

新文学对旧体诗的批判着力点集中于后者的交际应酬功能。刘半农认为“此种文学废物，必在自然淘汰之列”⑤。周作人以仲密的笔名在1922年《晨报副刊》上发表《做旧诗》一文，表明立场：“我自己是不会做

---

① 冯平：《梦罗浮馆词集序》，《南社丛刻》（第二十一集），上海：国光书局1911年版，第5392—5393页。

② 陈去病著，张夷主编：《陈去病全集》（第一册），上海：上海古籍出版社2009年版，第1—2页。

③ 吴芳吉：《再论吾人眼中之新旧文学观》，吴芳吉：《吴芳吉集》，成都：巴蜀书社1994年版，第451页。

④ 姚鹓雏：《也谈新诗和旧体诗》，《晶报》1919年第85号，转引自孙志军：《现代旧体诗的文化认同与写作空间》，华东师范大学博士学位论文2004年版。

⑤ 刘半农：《我之文学改良观》，《新青年》第3卷第3号，1917年5月1日。

旧诗的,也反对别人的做旧诗,其理由是因为旧诗难做,不能自由的表现思想,又易于堕入窠臼。……就实际上说来,做旧诗实在是能不能的问题,并不是该不该的问题。"①

文人间的交往与应酬,这是旧体诗承担的重要文学功能之一,在早期报刊媒体上,旧体诗作为重要的补白内容曾大量出现,然而流弊所及,则出现了众多无聊的游戏笔墨充斥版面的状况,就像吴趼人在《二十年目睹之怪现状》所描述的:"顺手取过一叠新闻纸来,这是上海寄来的。上海此时只有两种新闻纸:一种是《申报》,一种是《字林沪报》。……看到后幅,却刊上许多词章;这词章之中,艳体诗又占了一大半。再看那署的款,却都是连篇累牍,犹如徽号一般的别号,而且还要连表字、姓名一起写上去,竟有二十多个字一个名字的。再看那词章,却又没有甚么惊人之句;而且艳体诗当中,还有许多轻薄句子,如《咏绣鞋》有句云'者番看得浑真切,胡蝶当头茉莉边',又《书所见》云'料来不少芸香气,可惜狂生在上风'之类,不知他怎么都选在报纸上面。据我看来,这等要算是诲淫之作呢。"②

学者姜涛认为:"排斥诗歌的日常交际、游戏功能,体现了相当苛刻的文学现代立场,及其对新的诗歌形态的规范力量"③,然而应酬诗学的流弊也确实使得新文学对旧体诗的批判落到了实处,旧体诗的危机不再空洞。

1920年代前后,旧体诗存在的正当性成为新文学批驳的重点,一方

① 仲密:《做旧诗》,《晨报副刊》,1922年第3期。
② 吴趼人:《二十年目睹之怪现状》,上海:上海古籍出版社1997年版,第39页。
③ 姜涛:《"新诗集"与中国新诗的发生》,北京:北京大学出版社2005年版,第33页。

面通过报刊书籍等印刷媒介扩大新诗的影响力,另一方面则通过频繁的论战否定旧体诗存在的合法性,试图从阅读空间和传播媒介两个方面有效地促成旧体诗边缘地位的形成,这是白话诗正统地位确立的策略性选择。

仅就旧体诗的阅读空间而言,新诗的冲击未必能够马上使读者的阅读习惯改变,纷纷弃旧体诗而就新诗;相反,惯性往往与习性的养成相关,旧体诗的写作和阅读都不是能够在短期内改变的。1935 年 2 月,林语堂主编的《人间世》曾发起"征求五十年来百部佳作",至当年十月告一段落,经各方推荐,共提出候选书目 219 种。其中诗词类共九种,分别为郑珍的《巢经巢室诗集》、金和的《秋蟪吟馆诗草》、廉南湖的《南湖集》、陈三立的《散原精舍诗集》、黄遵宪的《人境庐诗草》、朱祖谋的《彊村语业》、闻一多的《死水》、徐志摩的《猛虎集》和郭沫若的《沫若诗集》。① 九种诗词集中,旧体诗占到 6 种,新诗只有 3 种,可以看出旧体诗在社会上依然有广阔的阅读空间。

1921 年,《国立东南大学南京高师日刊》出了一张《诗学研究号》,清一色刊登的旧体诗,文学研究会的机关报《文学旬刊》刊登了署名斯提的《骸骨之迷恋》一文对之进行批判,并提出"诗的生命,现在是消灭了"的论断,旋即,旧体诗的支持者薛鸿猷马上写了一篇批驳长文《一条疯狗》来驳斥斯提的观点:

旧诗生命已消灭这句话,如果是理想,那么简直是武断,无研

① 《五十年来百部佳作特辑》,《人间世》,1935 年第 38 期。

究的价值。如果是调查所得,请他把调查的地点,时间,方法,核算的标准和结果,明白宣布。如果说是现在没有人做,那么我们以最销行的报纸而论,《申报》、《时报》、《新申报》、《新闻报》、《中华新报》,皆登载旧诗。以思想最高,而带有欧美化的杂志而论,《留美学生季报》本年第三期,所登载康白情君之诗,完全是旧诗,不过多几个新式标点罢了。至于《新声》、《栩园杂志》、《小说新报》、《半月》,各种杂志上,文言诗多极了。(我要申明一句,我引这些杂志,证明做文言诗的人,并不见少。却不是珍重这些杂志,因为自命新文学家之先导者,方攘臂一高呼,说这些杂志,贻害青年不浅呢。)更就中学(外人设立者除外)而论,无不教旧诗。专门学校及大学校(关于实业者除外)还有韵文一科,从事研究。这难道也是骸骨之迷恋吗?旧诗的生命,果真已经消灭吗?如果因为是古人做的,随古人以俱灭;则现在人并未不做旧诗,则其生命,又何曾消灭呢?至于新旧两字之范围,不当以时间分。其思想如果新,虽用文言用韵,我们不妨名之为新诗。思想若是旧,虽属用了许多新诗标点符号,堆砌了许多新名词……我们依然不能认他做新诗。①

虽然薛鸿猷所列举的《申报》、《时报》、《新申报》、《新闻报》、《中华新报》等几大报刊和《新声》、《栩园杂志》等鸳鸯蝴蝶派主办的刊物上旧体诗依然大量存在,但是旧体诗自新文化运动兴起后逐渐退出报刊公共空间,重新回到私人唱和的领域进行传播却是一个事实。

① 薛鸿猷:《一条疯狗》,《文学旬刊》,1921 年第 21 期。

1917年3月创刊于上海的《太平洋》月刊，开始设有“文苑”栏目，刊登梅园、狷公、樊山、一厂、宁太一、演生、吕碧城、刘宏度等人的诗词作品，后来这个栏目时常被删省。再如1919年1月10日创刊于北京的《国民》月刊，开始设有“艺林”栏目，刊载的“诗录”、“诗余”多为黄侃、汪东、吴梅、章炳麟等人的旧体诗词作品。第2卷第1号就改“艺林”为“新文艺”，登载新文艺作品，如俞平伯、罗家伦、黄日葵、常乃德等人的作品。①

例如北京的《晨报》第七版，本是典型的旧式副刊，旧体诗占很大的篇幅，但自1919年2月7日起即实行改革，主要发表鼓吹新思潮的白话散文和新诗等。又如上海的《民国日报》从1919年的6月16日起，取消黄色副刊（曾大量发表旧体诗），而代之以登载新文学作品（包括新诗）的进步文学副刊。②

1921年，商务印书馆旗下的《东方杂志》和《小说月报》先后改革，废除经营多年的“文苑”栏目，宣布不再刊登旧体诗，转而刊登西洋文学和新文学。这两大刊物的改革截断了宋诗派文人的公共传播空间，使得他们的旧体诗重新回到一个狭窄的私人领域进行传播。即使20、30年代，旧派文人还可以在《学衡》、《青鹤》、《大公报·文学副刊》等同人期刊上发表旧体诗，但在新文学的强劲攻势之下，旧体诗不再是各个报纸必备的副刊材料，几本杂志中旧体诗的存在并不能代表旧文学的实绩，从传播空间的角度来看，旧体诗的边缘化是一个不争的事实。

---

① 尹奇岭：《民国南京旧体诗人雅集与结社研究》，北京：中国社会科学出版社2011年版，第73页。

② 朱文华：《风骚余韵论》，上海：复旦大学出版社1998年版，第270页。

二、《自由谈》改版与《春秋》创刊

1932 年,《申报》创刊六十周年,12 月 31 日,《申报》最著名的副刊《自由谈》宣布改版。从 1872 创刊年就存在,并维持了六十年的旧体诗词不再刊登,代之而起的是宣传新思想和新文艺的白话小说和新诗。

1920 年代,自商务印书馆改革《东方杂志》和《小说月报》以来,在文言与白话论争不断,各类新旧期刊涤生涤灭的嬗变时期,《自由谈》上的旧体诗又继续平稳运行了十多年,除了主编周瘦鹃本人属于旧派文人的原因之外,更主要的原因在于《申报》作为一份典型的商业性大报,一向以稳定市场和读者群为基本方针,改革的步伐自然相对落后。事实上,《自由谈》的运行离不开新旧文学论争的时代背景,作为对时代思潮的回应,在彻底改革之前,《自由谈》上的一些启示已经透露出旧体诗日益明显的生存危机。

虽然《自由谈》的改革一直延宕到 1932 年底才进行,尽管《自由谈》在此之前并没有对文白之争作出直接的回应,但是,早在新文学运动初期,《申报》就密切地关注着这一场文学文化论争。1919 年 3 月 6 日,《申报》第一次刊登关于新文化运动的报道,虽然文中仅以客观事实报道新文化运动之开展,但此时《申报》对狂飙突进的新文学的微词仍不难体会:

> 国立北京大学自蔡孑民氏任校长后,气象为之一新,尤以文科为最有声色。文科学长陈独秀氏以新派首领自居,平昔主张新文学甚力,教员中与陈氏沆瀣一气者,有胡适、钱玄同、刘半农、沈尹

默等，学生闻风兴起，服膺师说者，张大其辞者，亦不乏人。其主张以为文学须应世界思潮之趋势，若吾中国历代相传者，乃为雕琢的、阿谀的贵族文学，陈腐的、铺张的古典文学，迂晦的、艰涩的山林文学，应根本推翻，代以平民的、抒怀的国民文学，新鲜的、立诚的写实文学，明了的、通俗的社会文学，此其文学革命之主旨也。自胡适氏主讲文科哲学门后，旗鼓大张，新文学之思潮益澎湃而不可遏。既前后抒其议论于《新青年》杂志，而于其所教授之哲学讲义亦且改用白话文体裁，近又由其同派之学生组织一种杂志曰《新潮》者，以张皇其学说。《新潮》之外更有《每周评论》之印刷物发行，其思想议论之所及，不仅反对旧派文学，冀收摧残廓清之功，即于社会所传留之思想，亦直接间接发见其不适合之点而加以抨击。盖以人类社会之组织与文学本有密切之关系，人类之思想更为文学实质之所存，既反对旧文学，自不能不反对旧思想也……寄语新文学诸君子，中国文学腐败已极，理应顺世界之潮流，力谋改革，诸君之提倡改革，不恤冒世俗之不韪，求文学之革新，用意亦复至善，第宜缓和其手段，毋多树敌，且不宜将旧文学之价值一笔抹杀也。①

"求文学之革新，用意亦复至善，第宜缓和其手段，毋多树敌，且不宜将旧文学之价值一笔抹杀也"，《申报》虽然不否定新文学变革的意义，但却强调新文学应该以缓慢之手段推进革命，且不能将旧文学之价值一笔抹杀。这种观点，是与《申报》作为一份历史悠久的商业大报的

① 静观:《北京大学新旧之暗潮》,《申报》,1919 年 3 月 6 日。

慎重态度是一致的。

仅仅半年之后,随着白话文运动的初见成效,《申报》对其态度截然转变,1919 年 11 月 16 日,《申报》对新文化的再次报道已然是明显的新文化立场了:

> (白话文)其初反对者,约十人而九,近则十人之中,赞成者二三,怀疑者三四,反对者亦仅剩三四矣,而传播此种思想之发源地,实在北京一隅,胡适之、陈独秀辈既倡改良文学之论,一方面为消极的破坏,力抨旧文学之弱点,一方面则为积极的建设,亟筑新文学之始基,其思想传导之速,与夫社会响应之众,殊令人不可拟议。①

在对于新文化运动的密切关注中,《申报》的态度已渐渐转变,《自由谈》的编辑已经开始意识到"《自由谈》近来投稿类皆陈陈相因,读者不无厌倦"②,因而产生了改良内容与征集稿件的需求。

1921 年《自由谈》开始兼容白话作品,本年 1 月 9 日,《自由谈》在每星期日刊登《小说特刊》,并征求稿件,编辑在《启事》中特意说明"文言白话不拘"③。1924 年,《平民周刊》发表启事:"本刊专供平民阅读,稿件宜用白话文,用字尤须浅显。凡高深典雅之文言文未能一一采登,非常抱歉,祈投稿者诸君原谅。"④1927 年,《自由谈》已明确表示"专收新

---

① 野云:《白话文在北京社会之势力》,《申报》,1919 年 11 月 16 日。
② 《特征稿件》,《自由谈》,1918 年 9 月 5 日。
③ 《启事》,《自由谈》,1921 年 1 月 9 日。
④ 《平民周刊启事》,《申报》,1924 年 7 月 5 日。

闻性质之短隽文字……他种作品,概从割爱,幸勿惠寄”①,还特别声明“诗文亦不收”②。到1928年3月,《自由谈》甚至明确表示不欢迎旧体诗:“本刊不愿收者,为诗词文赋,笔记、长篇小说及谈鬼说怪之文章。”③《征稿新例》刊出之后,《自由谈》上的旧体诗版面日益缩小,仅1928一年中,就有3月、4月、5月和10月共四个月份没有刊登旧体诗。1929年3月30日,《自由谈》在《投稿新约》中声明:“本刊现已将今文选、艺苑等栏撤销。故凡诗词文章以及哀启寿序传记行述等等,概请勿寄,以免搁置。其他如游艺婚礼一类之纪事文及其他沉闷陈腐之作,本刊亦不欢迎。”④

逐渐取消旧体诗的版面,《自由谈》在随后的几个月时间内正是这样做的。在3月30日《投稿新约》发布之后,从4月开始直到11月,整整八个月时间《自由谈》没有刊登任何旧体诗词。12月,也仅发表了问溪室主的《月夜怀慕侨》等5首作品。接下来,1930年一整年内,仅仅在12月刊登了杨杏佛的一首《十一月十七日在京试乘福特飞机》,其他月份则不见有任何旧体诗登载。

发表空间的不断收缩与编辑意图的转向,有效地促成了《自由谈》上旧体诗边缘地位的形成。1931年之后,虽然整年不刊登旧体诗的情况不再出现,但实际上《自由谈》每月刊载的旧体诗数量颇为寥寥,平均每月四五首左右,较之于王钝根主持时期,每日数十首的刊载量,相差

---

① 《特别启事》,《自由谈》,1927年6月13日。
② 《本刊特别启事》,《自由谈》,1927年3月12日。
③ 《征稿新例》,《自由谈》,1928年3月2日。
④ 《投稿新约》,《自由谈》,1929年3月30日。

实在甚远。同时,《自由谈》上还在继续刊发排斥旧体诗的申明。1931年1月11日,在《编者的话》中,声明"短篇小说及应酬性质的诗文之类,请勿惠赐"①。在这里,旧体诗的交际应酬功能和哀启、寿序、传记、行述等应用文体已在现代文学观念下被彻底摈弃。1931年12月8日,《自由谈》编辑部再发启事声明"近来诸同文赐寄诗词联语者,日见其多,致与本刊宗旨相左,兹郑重声明,以后请勿再以诗词见贻,如有短篇新颖之作,则不胜欢迎"②。

到1932年11月29日,《自由谈》改革前夜,宣布"本刊自十二月一日起,将重行革新,所用稿件,概系特约撰述;自即日起,停收外稿"③,改革的大幕准备开启,《自由谈》以同仁报刊的面目宣传新文学与新思潮的时代即将到来。

和《东方杂志》与《小说月报》的改革一样,《自由谈》的改革肇始于主编人选的更迭。1932年底,史量才撤换了担任主编长达12年之久的周瘦鹃,换上了从法国留学回来的黎烈文为《自由谈》的改革旗手。

《自由谈》主编人选更迭的表层原因在于申报馆内外对于周瘦鹃的诸多不满:"他平日对于选稿方面,太刻薄而私心,只要是认识的人投去的稿,不看内容,见篇即登,同时无名小卒或为周所陌生的投稿者,则也不看内容,整堆的作为字纸篓的俘虏。因周所编的刊物,总是几个夹袋里的人物!私心自用,以致内容糟不可言!外界对他的攻击日甚,如许啸天主编之《红叶》,也对周有数次剧烈的抨击,史量才为了外界对他的

① 《编者的话》,《自由谈》,1931年1月11日。
② 《本刊启事》,《自由谈》,1931年12月8日。
③ 《启事》,《自由谈》,1932年11月29日。

不满，所以才把他撤去。那知这次史量才的一动，周竟作了导火线，造成了今日新旧两派短兵相接战斗愈烈的境界！”①

事实上，《自由谈》撤换主编的根本原因在于三十年代白话文在报刊传媒中已站稳脚跟，申报馆亦决定随同大流，对副刊进行改版。陈彬龢在《我和〈申报〉》文中提到《自由谈》改革的势在必行：“副刊在上海的混名叫‘报屁股’，似为人所轻视，其实它的分量绝不在社论之下，读报的人尽有不读社论而专在副刊着眼的，就教育意义而言，关系极大。《申报》副刊‘自由谈’，沿袭旧制，满幅尽是游戏文章。天地之大，似除风花雪月外，无一可谈……此时，黎烈文先生适从法国回到上海。他在法国专攻文学，与史先生又有世谊，由史先生提出由黎烈文接替周瘦鹃先生，论人论事，确属佳选。”②史量才是黎烈文的“世交长辈，故常往访候，史先生以烈文未曾入过任何党派，且留欧时专治文学，故令加入申报馆编辑《自由谈》”③。黎烈文的出现适得其时，一场轰轰烈烈的改革拉开序幕。

1932 年 12 月 1 日，《自由谈》发表《幕前致辞》，宣布旧文学已落幕，新文学开始：“到昨天为止，这台上所‘表演’的，已告一段落了，闭幕了。从今天起，新的活动开始，幕又要重新开了，其中有些什么，这里也不多谈，瞧着罢。”黎烈文宣布新的文艺方针为“文艺之应该进步与近代化，需要进步与近代化，乃是当然的事实”④。改革后的《自由谈》以肩负时代的文艺使命自任：“成功一种站在时代前面的副刊，决不敢以‘茶余酒

---

① 微知：《从“春秋”与“自由谈”说起》，《社会新闻》，1933 年 2 月 7 日 2 卷 13 期。
② 蔡登山：《洋场才子与小报文人》，北京：金城出版社 2012 年版，第 53 页。
③ 《黎烈文启事》，《时事新报》，1933 年 7 月 7 日。
④ 《幕前致辞》，《自由谈》，1932 年 12 月 1 日。

后消遣之资'的'报屁股'自限。"[①]因此,改革后的《自由谈》遂成为典型的新文学传播阵地,正如时人所描述的:"民国二十一年底……而《自由谈》,则有一个突破,完全由新文艺提倡者执笔,的确是《自由谈》光芒万丈的时代。编者系由法国回来的黎烈文,有新文艺思想,经常投稿者有鲁迅、郁达夫、曹聚仁、老舍……同时因为注重杂文,提拔了不少新作家,如孔另浅、钱杏邨、施蛰存、唐弢等。"[②]

三、改版后旧体诗的流向与走势

《自由谈》从1911年创刊时起即与鸳鸯蝴蝶派有着深刻的渊源关系,周瘦鹃等人主持《自由谈》长达12年之久,即使这场改革延宕了15年之久,但新文学家黎烈文代替周瘦鹃主持《自由谈》仍然引发了新旧文坛的剧烈冲突,署名微知的作者在《从"春秋"与"自由谈"说起》中形容当日情形:"最近守旧的《申报》,忽将《自由谈》的编辑礼拜六派的巨子周瘦鹃撤职,换了一个新派作家黎烈文,这对于旧势力当然是件非常的变动,遂形成了今日新旧文坛剧烈的冲突。周瘦鹃一方面策动各小报,对黎烈文作总攻击,我们只要看陈逸梅主编的《金刚钻》,主张周瘦鹃仍返《自由谈》原位,让黎烈文主编《春秋》,也足见旧派文人终不能忘情于已失的地盘。"[③]

一方面,黎烈文的改革触发了旧派文人的强烈不满,另一方面,包括旧体诗、通俗小说仍然在广大市民阶层中拥有广泛的受众,《申报》主

---

① 《编辑室启事》,《申报》,1932年12月12日。
② 陈伟:《〈自由谈〉小史》,《申报》,1945年8月22日。
③ 微知:《从"春秋"与"自由谈"说起》,《社会新闻》,1933年2月7日2卷13期。

编陈彬龢在《我和〈申报〉》文中曾说："黎烈文主编'自由谈'后，史先生在商言商，为节省开支，拟将周瘦鹃先生辞退，但我不同意。这因游戏文章虽不合时宜，而在当年则有助于《申报》的销路推展，在人情上不应得鱼忘筌。重以新旧交替之间，老一辈犹迷恋于旧文学，俳体谐文，看来津津有味，为了销路，亦应投其所好，揽住这些老读者。因此商定另辟一栏，题目'春秋'，请周瘦鹃先生主编，公私兼顾。"①

为了挽回旧体诗词与通俗小说的市场需求，《自由谈》改版一个月零八天后，即1933年1月9日，申报馆在首页刊登了《本报启事》，宣布成立《春秋》专刊，仍由周瘦鹃主持，但编辑方针则明确规定"文体不论新旧"：

> 本报为增加读者兴趣起见，自本月十日起，添辟增刊一种，定名"春秋"。所采材料，文体不论新旧，但以思想新颖，趣味浓厚为主。内容分谈话、杂作、长短篇小说，妇女的乐园，儿童的乐园，游踪所至，世界珍闻、新发明、小常识、新漫画、小园艺、小工艺、人物小志、风土小志、笑的总动员，诸栏。并加插小图与照片，所有门类，随时变换，并出不定期专号，以期一新眼界，先此布告，读者鉴之。②

《春秋》作为《自由谈》改版后最为固定的旧体诗传播空间，吸引了

---

① 陈彬龢：《我和〈申报〉》，转引自蔡登山：《洋场才子与小报文人》，北京：金城出版社2012年版，第53页。

② 《本报启事》，《申报》，1933年1月9日。

一批旧派文人的聚集。仅以1934年5月《春秋》刊登的一则稿费启事为例，可以看出这一时期旧体诗创作的主要作家群是：

> 张恨水，火雪明，何如，茸余，无聊客，方雪鸪，秦瘦鸥，清癯，惟经，徐挈，花铃，卧佛，楚玉，绍，烟桥，天虚我生，黄克威，尚文，虬若，贤贤，氏之，曹文楠，徐豪吾，徐月玲，孙育才，定华，静，子明，尚真，恂子，杨余声，棲凤楼主，黄影呆，波光，孟昭，钱霨，瞻庐，俞友人清，燕子，史济宏，王定九，顾锡章，顾金丰，乐山，青云，黎民，傅冀之，醉痴生，颜，保之，天乎，汪瘦秋，杀羽，东林，离鸿，姑射，陈亮，陈师诚，阁重楼，冰如，锡临，渔艇，诸君公鉴：四月份承惠大作，曷胜感纫！稿费业已结算清楚，请于六日至十日，十六日至二十日，下午二时至四时，具条盖章，向本馆会计处领取为荷！①

事实上1932年《自由谈》改版后，《申报》上刊登的旧体诗并没有即刻消失，而是不定时地向《春秋》、《申报·本埠增刊》与后期《自由谈》三个方向分流出去。同时，由于抗日战争、内战以及编辑方针的调整、副刊的消长等多种原因，《申报》1932年以后刊登旧体诗的状况相当复杂，仅《自由谈》这一副刊就曾经在1932年1月、1935年11月、1937年8月至1939年10月、1943年8月至1945年8月和1948年12月等多个周期内停刊。因此，为了直观显示《申报》1932年后旧体诗的走向，笔者制作了以下表格对《申报》旧体诗的版面分布情况进行统计学分析：

---

① 《春秋启事》，《申报》，1934年5月9日。

表7 《申报》各版面发表旧体诗数量统计表(1932—1949)

时 间	《自由谈》(首)	《本埠增刊》(首)	《春秋》(首)	总计(首)	备 注
1932年	40	657	——	697	1月30日,《自由谈》停刊;4月6日复刊。本年年底,周瘦鹃主持《本埠增刊》。
1933年	——	335	62	397	1933年9月,《本埠增刊》不再刊发旧体诗。1月9日,《春秋》创刊。
1934年	——	——	54	54	
1935年	——	——	59	59	11月1日,《自由谈》停刊
1936年	——	——	78	78	
1937年	——	——	41	41	8月,战事吃紧,副刊关闭
1938年	——	——	——	0	抗日战争,停刊副刊。12月15日《申报》停刊。
1939年	——	——	41	41	10月10日,《自由谈》、《春秋》复刊
1940年	——	——	23	23	
1941年	——	——	1	1	
1942年	——	——	2	2	
1943年	6	——	——	6	8月13日《自由谈》停刊
1944年	——	——	——	0	
1945年	——	——	4	4	8月20日,《自由谈》复刊
1946年	1	——	52	53	

续表

时　间	《自由谈》(首)	《本埠增刊》(首)	《春秋》(首)	总计(首)	备　注
1947 年	3	——	253	256	11 月 30 日后,《春秋》停刊
1948 年	576	——	——	576	12 月 1 日,《自由谈》取消
1949 年	25	——	——	25	3 月 5 日《自由谈》恢复;4 月 30 日《自由谈》终刊

从以上表格中,可以直观地看到 1932 年之后,《申报》旧体诗的走向。1932 年 12 月 1 日《自由谈》改版,成为新文学的传播阵营。而在《自由谈》正式改版之前,《申报》已经多次在征稿启事中强调“本刊不愿收者,为诗词文赋”①,并不断压缩旧体诗数量。同时,《申报》新开辟了《本埠增刊》刊登旧体诗 657 首,成为 1932 年旧体诗的主要版面。

1932 年初,日军发动第一次淞沪战争,激发了上海文人的爱国热情,从 1932 年至 1933 年,他们创作了近千首抗战题材的诗歌,由于改版前《自由谈》一再压缩旧体诗版面,因此,这些诗歌被置于《本埠增刊》这个临时性版面中。

1933 年 9 月,《本埠增刊》取消,《自由谈》则已是新文学传播阵地,因此,从 1933 年 9 月至 1947 年,《申报》旧体诗主要刊发在新旧兼容的《春秋》副刊上。期间,1938 年和 1944 年两年因为战争的关系,所有副刊关停,旧体诗创作数量归零。1949 年 4 月 30 日,《自由谈》终刊,因此本年度旧体诗作品仅有 25 首。

---

① 《征稿新例》,《自由谈》,1928 年 3 月 2 日。

从表1中可以看出，1932年后《申报》旧体诗主要分布在《本埠增刊》、《春秋》和《自由谈》三个版面中，除了淞沪会战时期，旧体诗在临时副刊《本埠增刊》上大量出现外，整个旧体诗的创作数量是呈现出逐年减退之趋势的。这一点，还可以从《申报》登载旧体诗分月统计情况中体现出来：

表8 《申报》登载旧体诗分月统计表(1927—1949)

年份	一月	二月	三月	四月	五月	六月	七月	八月	九月	十月	十一月	十二月	共计	未刊月数
1927	50	50	50	44	43	4	2	2	4	30	19	16	314	0
1928	6	29	0	0	0	2	3	10	11	0	5	16	82	4
1929	6	10	8	0	0	0	0	0	0	0	0	5	28	8
1930	0	0	0	0	0	0	0	0	0	0	0	1	1	11
1931	3	5	5	0	12	4	7	0	0	3	15	7	61	3
1932	0	0	0	95	117	86	105	81	51	67	64	32	698	3
1933	42	51	81	57	53	39	39	17	2	2	4	10	397	0
1934	5	2	6	2	4	2	5	11	12	5	3	0	57	1
1935	5	0	2	9	8	2	9	0	7	9	0	8	59	3
1936	4	4	13	3	14	3	11	3	2	0	11	10	78	1
1937	17	8	1	2	1	9	3	0	—	—	—	—	41	4
1938	—	—	—	—	—	—	—	—	—	—	—	—	—	—
1939	—	0	0	0	18	0	3	5	15	0	0	0	41	7
1940	3	0	16	0	0	0	2	2	0	0	0	0	23	8
1941	0	0	0	0	1	0	0	0	0	0	0	0	1	11
1942	0	0	0	0	2	0	0	0	0	0	0	0	2	11
1943	0	0	4	0	0	2	0	0	0	0	0	0	6	10

续表

年份	一月	二月	三月	四月	五月	六月	七月	八月	九月	十月	十一月	十二月	共计	未刊月数
1944	0	0	0	0	0	0	0	0	0	0	0	0	0	12
1945	0	0	0	0	0	0	0	0	0	0	0	4	4	11
1946	4	3	2	2	5	1	0	0	0	4	9	19	49	3
1947	26	13	16	20	58	16	29	19	1	29	26	3	256	0
1948	5	4	71	50	81	39	73	66	75	53	59	0	576	1
1949	0	0	14	11	—	—	—	—	—	—	—	—	26	—

早期《申报》的旧体诗,每月必刊,到 1911 年后《自由谈》创刊,鸳鸯蝴蝶派作为主要的创作群体,建构起了庞大的海上文人唱酬交际网络,鼎盛时期,旧体诗成为《申报》每日必刊的内容。然而,到了 1928 年,《自由谈》改革之前,旧体诗数量不断减少,版面不断压缩,《申报》开始出现几个月甚至十一个月无旧体诗的状况。

以本表为例,1928 年,《申报》有 4 个月无旧体诗,1929 年发展到 8 个月无旧体诗,1930 年竟有 11 个月无旧体诗,可见改革前《自由谈》旧体诗的生存危机已经到了何等严酷的局面。1931 年至 1937 年,《申报》每年都有 1—4 个月不刊登旧体诗的情况出现。1939 年至 1945 年间,是抗日战争形势最为严酷的阶段,后方物资匮乏,一方面旧体诗年均刊登数量锐减,另一方面,不刊登旧体诗的年份剧增,这七年间,《申报》平均每年有十个月无旧体诗刊登。1946 年后,旧体诗刊登数量有短暂的回升,但 1949 年《申报》终刊,1947、1948 短短两年的旧体诗数量回升,大概只能够看作是《申报》旧体诗终结前短暂的回光返照。

从 1932 年《自由谈》改革后的《申报》旧体诗走向分析中,可以得出这样的结论:旧体诗并没有随着新旧文学传播阵营的转换而即刻消失。但是,《自由谈》改革后,无论从作品刊登的数量还是刊登的月份来说,旧体诗都无法再与鸳鸯蝴蝶派主持的鼎盛时期相较,《申报》旧体诗在1932年后的迅速边缘化是一个客观事实。

第三节 结 语

1. 基于文献数据的结论——《申报》旧体诗流变与鸳鸯蝴蝶派的渊源关系

本书《〈申报〉刊载旧体诗的研究(1872—1949)》,《申报》刊载旧体诗的数量是一切研究的起点与基础,这也是本书的重点与难点之所在。

从1872年4月30日创刊到1949年5月终刊,《申报》上共刊登了近两万首旧体诗。就个案研究而言,通过对这25600期《申报》旧体诗文献资料的整理,笔者试图厘清在近代新闻事业、社会文化思潮与申报馆经营策略等多种因素的相互作用下,《申报》刊登的旧体诗数量及其历史流变。具体而言,这个流变过程可分为四个阶段。

首先,从1872年4月30日创刊到1890年3月21日宣布停刊旧体诗,这是《申报》旧体诗兴盛的第一个高潮。这一时期,近代新闻事业尚属草创阶段,以“诗词为补白”的惯例成为各大报刊应对因交通不便与消息传递滞后所造成的新闻版面不足的重要措施。同时,近代上海开埠,随着市民社会兴起和口岸文风的变迁,越来越多的江浙文人麇集于上海租界,并就职于西人报馆,成为近代中国第一批职业报人。

旧体诗既可以在新闻不足的情况下填补报刊版面,又是吸引广大士人群体的关注,提高报纸销量的有效方法,因此,旧体诗在早期《申报》上逐渐蔚成大观。以蒋芷湘、钱昕伯、何桂笙、蔡尔康等为代表的早期《申报》编辑群体和以葛其龙、袁祖志、邹弢、李芋仙、金免痴、杨伯润等为代表的洋场才子群体凭借着《申报》这一媒体平台,赋诗题赠,往来唱和,开拓起海上文人以报刊媒介为核心的诗词唱酬的风气并建构起传统文人在近代都市的公共交往空间。

第二,1884年后,《申报》旧体诗逐渐减少,至1890年3月21日,《申报》上刊登了一则《词坛雅鉴》,申明报纸限于篇幅,将不再刊登旧体诗词。从1890年至1911年,这是《申报》旧体诗的一个为期不短的沉寂阶段,其主要原因在于美查兄弟变卖股权回国,而继任的洋人大班不通中文,且对中国文化颇为隔膜,申报馆的文学与出版事业陷入停滞。1890至1911年,在申报馆内部经历一系列股权变更而无暇顾及旧体诗经营的同时,旧体诗词在近代上海仍然拥有广泛的市场,蔡尔康在《字林沪报》的副刊《消闲报》上设立"花团锦簇楼诗集",李伯元借《游戏报》开创"海上文社日录",提供诗词唱酬平台,都受到海上文人的热捧。这一时期,上海小报凭借旧体诗吸引的不仅仅是传统士人的目光,还有数目惊人的报刊销量,而《申报》、《新闻报》在此打击下,销量锐减,遂纷纷创办文学副刊以应对小报的冲击。因此,1911年待《申报》甫一完成内部股权与人事变更后,便重新开始了对旧体诗版面的经营。

第三,1911年8月24日,《申报》上历史最悠久、声名最显赫的文学副刊——《自由谈》创立了,担任第一任主持的是王钝根,《自由谈》与鸳鸯蝴蝶派之间的深刻渊源，自此开始。

《自由谈》与王钝根之间是一种相互成全的关系。一方面，民国初年，资产阶级思想启蒙运动逐渐陷于沉寂而新文化运动仍处酝酿之中，通俗文学由于契合了广大市民消费空间的需要而蓬勃发展，鸳鸯蝴蝶派文人占据了上海绝大多数的报刊媒体资源，可以说，《自由谈》选择王钝根是一种偶然中的必然。另一方面，王钝根对于《自由谈》的办刊宗旨、栏目设置以及编辑、作者队伍的培养等方面多有贡献，奠定了《自由谈》作为通俗文学传播阵地的基调以及与鸳鸯蝴蝶派之间深刻的渊源关系。

在主持《自由谈》的四年时间内，王钝根除了着意经营"游戏文章"、"尊闻阁诗选"、"尊闻阁词选"、"文字因缘"等重要栏目外，他还悉心培养《自由谈》的作者与编辑队伍，像吴觉迷、姚鹓雏、陈蝶仙等既是他发掘的作者，也是日后《自由谈》的继任主编。因此，即使王钝根离开了《自由谈》，他所奠定的办刊风格、文学旨趣在很长一段时期内，依然得到贯彻和维持。

王钝根主持《自由谈》时期，一方面大量刊登旧体诗词，使《自由谈》成为海上文人诗词唱和的传播平台与公共领域，另一方面，则大量刊登作者照片，借助摄影技术完成当时《申报》作者群体自我形象的呈现与传统文人身份的建构。

经过上述种种尝试与努力，从 1911 年 8 月《自由谈》创刊，到 1932 年 12 月黎烈文改革，以《自由谈》为传播阵地，以鸳鸯蝴蝶派为编辑与创作主体，《申报》刊登的旧体诗经历了第二个创作的顶峰，形成了"了青追悼会"、"栩园四十初度"、"邹酒丐《三借庐剩稿》"、"《玉田恨史》"等众多传统文人此唱彼和的文学景观与传播事件。

第四,1932年12月,黎烈文改革《自由谈》使这个由鸳鸯蝴蝶派主持长达21年之久的文学副刊转变为新文学传播的阵营。改革前后的《申报》旧体诗并非人们习惯认为的,消失了,而是以更加复杂的形态流向多个版面。1932年初至1933年8月,日军发动淞沪战争,激发了广大文人的爱国热情,在此期间,《申报》共刊登了992首旧体诗在临时性的副刊《申报·本埠增刊》上。《申报·本埠增刊》取消后,1933年9月至1947年,《申报》旧体诗主要刊登在新旧兼容的文学副刊《春秋》上。

黎烈文改版《自由谈》后,虽然《申报》上的旧体诗亦出现了1932、1933、1947和1948这四个年份的繁荣局面,但就整个旧体诗的创作而言,版面的不固定、月平均刊登数量的减少以及未刊登旧体诗月份的增加等,这些数据从多个侧面说明了1932年后《申报》旧体诗传播空间的不断缩小及其边缘地位的形成是一个事实。

2. 基于传播视野的不足——新旧文学论战与旧体诗边缘地位之形成

1919年,新文化运动如火如荼,旧体诗文的命运岌岌可危,即使如旧派诗人吴芳吉亦感叹毫无固守之必要:"时文学革命之声震海内。心知旧诗之运已穷,穷则必变。吾非老师宿儒本无固守之义。"①新文学运动之后,旧体诗并未绝迹,但旧体诗文运之衰退却是事实,这一点,借由近现代报刊的传播视野则可清晰凸显。

旧体诗是最早在近代报刊上刊登的文学体裁,当中国新闻报刊草

---

① 吴芳吉:《自定年表》,吴芳吉著,胥端甫编辑:《吴白屋先生遗书补遗》,台北:成文出版社1968年版,第5页。

创之时，报中材料枯窘，旧体诗遂成为填补版面的首选内容，如孙玉声所言："各日报发刊之始，其主体皆为新闻，附属品则为诗古文词，厥后始有小说。"①不论是上海第一份中文报纸《上海新报》还是《万国公报》的前身《教会新报》、1872 年美查兄弟创办的《申报》、1882 年由字林洋行创办的《字林沪报》以及 1893 年英国人丹福士、斐礼思所创办的《新闻报》，旧体诗都是重要的补白材料。

1905 年之后，随着新闻事业与近代交通业的日益发展，报刊新闻内容充裕，已不再需要"以诗词为补白"，但传统文人以报刊媒体为平台，往来唱和，在近代都市中寻找身份认同与构建交际网络却已蔚然成风。

1900 至 1920 年间，上海几乎所有的报刊媒体都设置有"文苑"、"艺苑"栏目，刊登旧体诗。综合性的期刊《东方杂志》设"文苑"和"海内诗录"两个栏目，大量刊登陈衍、陈三立、沈曾植等宋诗派文人的旧体诗；《小说月报》在创刊号上即刊登《征文通告》向海内外征求旧体诗等稿件；鸳鸯蝴蝶派所主持的《栩园杂志》、《小说新报》、《半月》、《红玫瑰》等通俗期刊上旧体诗比比皆是；《申报》、《时报》、《新闻报》、《中华新报》等大报上旧体诗是必不可少的内容；乃至《永安月刊》、《浙江商务》等一些商业报纸、行业报纸中亦少不了旧体诗的身影。

但 1919 年新文化运动之后，作为白话文学革命的最后一座堡垒，旧体诗遭受到新文学家猛烈、持续的抨击。新文学对旧派文学、旧体诗的猛烈攻击虽然不至于在短时间内剥夺旧体诗的阅读空间，但却在传播

① 孙玉声：《报尾溯源》，孙玉声：《报海前尘录》，《新夜报》，1934 年 4 月 28 日。

空间上有效地造成了旧体诗边缘地位的形成。

最明显的表现是1919年以后,从新文学期刊到综合期刊,越来越多立场各异的报刊媒体纷纷停止旧体诗的刊登。1919年2月7日,北京的《晨报》第七版实行改革,取消旧体诗内容而开始发表白话散文和新诗;1919年6月16日,《民国日报》取消旧体诗副刊,而代之以刊登新诗的进步文学副刊;1921年,商务印书馆旗下的《东方杂志》和《小说月报》先后改版,取消维持10年之久的旧体诗栏目,介绍西洋新文学,成为新文学的传播阵地;1921年至1932年,虽然《申报·自由谈》的改版较之其他报刊要滞后许多,但从1918年开始《自由谈》已多次声明不欢迎旧体诗,且旧体诗的版面和数量日益在减少,到1932年12月黎烈文改革,《自由谈》这个由鸳鸯蝴蝶派主持长达21年之久的老牌副刊同样拱手相让于新文学阵营。

19世纪末20世纪初,吴芳吉所感受到的"旧诗之运已穷"根源于近代中国转型时期印刷技术的提高、市民消费市场的膨胀、文人群体的边缘化以及新文学的攻击等多重因素。

首先,印刷技术的发展和市民群体的急遽膨胀使得传统小说的文运在近代上海为之一变,从难登大雅之堂的边缘文学一跃而为承担了启蒙和娱乐两大功能的主流文体。

瓦尔特·本雅明曾指出"新的技术、新的生产和消费方式将创造出一种全新的生活方式,因而对文学产生根本性的影响"①。技术复制能力的提高是文学生产发生变革的重要推动力量。正如近代上海开埠

① [德]瓦尔特·本雅明:《机械复制时代的艺术》,李伟、郭东编译,重庆:重庆出版集团2006年版,第38页。

后，其作为全国印刷、出版中心地位的形成必然影响近代上海的文学生产。

口岸社会的繁荣，使得市民群体成为一支不容忽视的文化消费力量，他们的商业性、世俗性的精神生活伴随着商业经济的繁荣而不断发展。近代印刷技术的飞速发展打破了传统小说限于篇幅而难于行之久远的限制，如果说诗词仅仅满足的是一部分传统诗人的需求的话，那么小说则弥补了广大市民群体的文化消费空间，小说比诗词拥有更广泛的读者市场。

第二个方面，科举制度的废除，使得诗文不再与举业直接挂钩，在传统士人不断边缘化的过程中，制度的废除使得文以载道的传统失去了存在的落脚点。

科举制度废除之后，子弟们纷纷弃旧学而向西学，新式学堂和留学欧美取代了科举取士，成为新兴知识阶级上升的台阶。失去了制度的保障，旧体诗文亦失去了民间的教育氛围，一般家庭不再强迫子弟接受旧体诗文熏陶，久而久之，白话诗取代旧体诗便是必然："凡学校出身，自初多攻散文，少读诗句，学作对联，更系外行。人情于其所不惯者，兴味自为之锐减。韵文少读，律诗少做，偶尔觌面，遂觉难识，亦事之常。因而'艳诗艳词'，意象纵极深厚，比兴纵极允当，天下则纷纷矣。此白话诗之所由来也。"①

第三个方面，新文学对旧体诗的抨击。1920 年以后，旧体诗存在的正当性成为新文学批驳的重点，一方面通过报刊书籍等印刷媒介扩大

① 曹慕管：《论文学新旧之异》，《学衡》，1924 年第 32 期。

新诗的影响力，另一方面则通过频繁的论战否定旧体诗存在的合法性，试图从阅读空间和传播空间两个方面有效地造成旧体诗边缘地位的形成，这亦是白话诗正统地位确立的策略性选择。

以《申报》刊载的旧体诗为研究个案，通过近现代报刊文献的整理，本书梳理出旧体诗文运变迁的轨迹。然而，唯有保证研究样本的多样性和丰富性才能使研究结论建立在坚实的文献基础之上。由于时间和精力的有限性，本书只重点梳理了《申报》、《东方杂志》和《小说月报》的旧体诗登载情况，而对于北方综合性日报《大公报》、旧派文人的旧体诗传播阵地《学衡》和《青鹤》以及鸳鸯蝴蝶派主持的《礼拜六》、《红杂志》、《红玫瑰》、《最小》等通俗期刊和近代小报刊载的旧体诗形态则缺乏进一步的研究。

1920 年代，在新旧文学竞争与并存的文学场域下，旧体诗的生存状态是怎样的？以更广阔的报刊媒体为传播样本，旧体诗又是如何一步步走向边缘化的？这是笔者在今后研究工作中的学术兴趣点和研究重点所在。

参考文献

1. 近现代报刊

《晨报副刊》,北京:晨报副刊社,1922 年创刊。

《东方杂志》,上海:商务印书馆,1910 年创刊。

《国风报》,上海:国风报馆,1910 年创刊。

《国学丛刊》,上海:商务印书馆,1923 年创刊。

《红玫瑰》,上海:世界书局,1924 年创刊。

《红杂志》,上海:世界书局,1923 年创刊。

《礼拜六》,扬州:广陵书社 2005 年版。

《民国珍稀短刊断刊》,北京:全国图书馆文献微缩复制中心 2006 年版。

《女子世界》,北京:线装书局,2006 年版。

《女子杂志》,上海:广益书局,1915 年创刊。

《平论》,上海:平论报馆,1913 年创刊。

《青鹤》,北京:全国图书馆文献微缩复制中心 2004 年版。

《青声周刊》,上海:青声周刊社,1917 年创刊。

《清华周刊》,北平:国立清华大学 1914 年创刊。

《人间世》,上海:良友图书印刷有限公司,1934 年创刊。

《社会月报》,上海:上海社会出版社,1934 年创刊。

《社会之花》,上海:藜青社,1924 年创刊。

《申报》影印本,上海:上海书店出版社,1986 年版。

《申报月刊》,上海:申报馆《申报月刊》社,1932—1945。

《申报周刊》,上海:申报社,1936—1937。

《戊午杂志》,上海:戊午杂志社,1918 年创刊。

《小说月报》,上海:商务印书馆,1910 年创刊。

《新青年》,北京:中国书店出版社 2011 年版。

《新夜报》,北京:全国图书馆文献微缩中心 1991 年版。

《学衡》,南京:学衡杂志社 1922 年创刊。

《永安月刊》,上海:永安公司,1939 年创刊。

《浙江商务》,杭州:浙江省商务管理局编印,1936 年创刊。

2. 民国文献

黎锦熙:《国语运动史纲》,上海:上海商务印书馆 1934 年版。

刘豁公:《上海竹枝词》,上海:雕龙出版部 1925 年版。

罗志如:《统计表中之上海》,南京:国立中央研究院社会科学研究所 1932 年版。

沈恩孚:《新闻报馆三十年纪念册》,上海:上海新闻报馆 1922 年版。

孙玉声:《报海前尘录》,《新夜报》,1934 年。

天虚我生:《玉田恨史》,上海:三益书社 1934 年版。

王韬:《遁窟谰言》,上海:大达图书供应社 1935 年版。

《新诗年选》(1919),上海:亚东图书馆 1922 年版。

姚民哀:《民哀说集》,上海:国华书局 1920 年版。

朱右白:《中国诗的新途径》,上海:商务印书馆 1936 年版。

《最近之五十年》,上海:申报馆 1923 年版。

3. 专书

阿英:《晚清文学丛钞》(小说戏曲研究卷),北京:中华书局 1961 年版。

阿英:《晚清文艺报刊述略》,北京:中华书局 1958 年版。

包礼祥:《近代文学与传播》,南昌:江西人民出版社 2001 年版。

包天笑:《钏影楼回忆录》,香港:大华出版社 1971 年版。

蔡元培等:《商务印书馆九十年》,北京:商务印书馆 1987 年版。

陈万雄:《五四新文化的源流》,北京:生活·读书·新知三联书店 1997 年版。

池志澄:《沪游梦影》,上海:上海古籍出版社 1989 年版。

邓云乡:《水流云在书话》,上海:上海书店出版社 1996 年版。

丁文:《"选报"时期〈东方杂志〉研究(1904—1908)》,北京:商务印书馆 2010 年版。

董丽敏:《想象现代性》,桂林:广西师范大学出版社 2006 年版。

范伯群:《中国近现代通俗文学史》,南京:江苏教育出版社 2000 年版。

范伯群:《中国现代通俗文学史》,北京:北京大学出版社 2007 年版。

葛元煦:《沪游杂记》,上海:上海古籍出版社 1989 年版。

洪煜:《近代上海小报与市民文化研究(1897—1937)》,上海:上海书店出版社 2007 年版。

胡详翰:《上海小志》,上海:上海古籍出版社 1989 年版。

黄式权:《淞南梦影录》,上海:上海古籍出版社 1989 年版。

姜涛:《“新诗集”与中国新诗的发生》,北京:北京大学出版社 2005 年版。

李春雨:《出版文化与中国文学的现代转型》,北京:北京语言大学出版社 2011 年版。

李家驹:《商务印书馆与近代知识文化的传播》,北京:商务印书馆 2005 年版。

李仁渊:《晚清的新式传播媒体与知识份子——以报刊出版为中心的讨论》,台北:稻乡出版社 2005 年版。

李维清:《上海乡土志》,上海:上海古籍出版社 1989 年版。

李长莉:《晚清上海社会的变迁——生活与伦理的近代化》,天津:天津人民出版社 2002 年版。

刘纳:《嬗变——辛亥革命时期至五四时期的中国文学》,北京:中国人民大学出版社 2010 年版。

刘献廷等:《清代笔记丛刊》(第四卷),济南:齐鲁书社 2001 年版。

柳珊:《在历史缝隙间挣扎》,南昌:百花洲文艺出版社 2004 年版。

鲁湘元:《稿酬怎样搅动文坛》,北京:红旗出版社 1998 年版。

栾梅健:《民间的文人雅集——南社研究》,上海:东方出版社 2006 年版。

茅盾:《我走过的道路》,北京:人民文学出版社 1981 年版。

孟兆臣:《中国近代小报史》,北京:社会科学文献出版社 2005 年版。

钱徵、蔡尔康辑:《屑玉丛谭初集》,台北:文海出版社 2003 年版。

《清代诗文集汇编》编纂委员会:《清代诗文集汇编》(第 704、705、773 册),上海:上海古籍出版社 2011 年版。

芮和师、范伯群等编:《鸳鸯蝴蝶派文学资料》,福州:福建人民出版社 1984 年版。

史和:《中国近代报刊名录》,福州:福建人民出版社 1991 年版。

宋军:《〈申报〉的兴衰》,上海:上海社会科学出版社 1996 年版。

孙玉声:《退醒庐笔记》,太原:山西古籍出版社 1995 年版。

王灿发:《30 年代〈申报〉副刊研究》,呼和浩特:北方出版社 2005 年版。

王尔敏:《近代文化生态及其变迁》,南昌:百花洲文艺出版社 2002 年版。

王尔敏:《中国近代文运之升降》,北京:中华书局 2011 年版。

王晋光、涂小马等:《1919—1949 旧体诗文集叙录》,南京:江苏教育出版社 1998 年版。

王敏:《上海报人社会生活》,上海:上海辞书出版社 2008 年版。

王韬:《漫游随录》,长沙:湖南人民出版社 1982 年版。

王韬:《瀛壖杂志》,上海:上海古籍出版社 1989 年版。

王晓明:《批评空间的开创——二十世纪中国文学研究》,上海:东方出版中心 1998 年版。

王燕:《晚清小说期刊史论》,长春:吉林人民出版社 2002 年版。

吴福辉:《都市漩流中的海派小说》,长沙:湖南教育出版社 1995

年版。

吴宓:《吴宓诗话》,北京:商务印书馆 2005 年版。

谢庆立:《中国早期报纸副刊编辑形态的演变》,北京:学苑出版社 2008 年版。

谢晓霞:《〈小说月报〉1910—1920:商业、文化与未完成的现代性》,上海:上海三联书店 2006 年版。

忻平:《从上海发现历史——现代化进程中的上海人及其社会生活》,上海:上海大学出版社 2009 年版。

徐甡民:《上海市民社会史论》,上海:文汇出版社 2007 年版。

徐载平、徐瑞芳:《清末四十年申报史料》,北京:新华出版社 1988 年版。

杨联芬:《二十世纪中国文学期刊与思潮(1897—1949)》,南昌:百花洲文艺出版社 2006 年版。

杨萌芽:《古典诗歌的最后守望》,湖北:武汉出版社 2011 年版。

姚公鹤:《上海闲话》,上海:上海古籍出版社 1989 年版。

姚鹓雏:《姚鹓雏文集》(诗词卷),上海:上海古籍出版社 2009 年版。

姚鹓雏:《姚鹓雏文集》(杂著卷),上海:上海古籍出版社 2012 年版。

叶中强:《从想象到现场——都市文化的社会生态研究》,上海:学林出版社 2005 年版。

叶中强:《上海社会与文人生活》,上海:上海辞书出版社 2010 年版。

尹奇岭:《民国南京旧体诗人雅集与结社研究》,北京:中国社会科学出版社 2011 年版。

张静庐:《中国近现代出版史料初编》,上海:上海书店出版社 2003

年版。

张涛甫:《报纸副刊与中国知识分子的现代转型》,桂林:广西师范大学出版社 2007 年版。

张天星:《报刊与晚清文学现代化的发生》,南京:凤凰出版社 2011 年版。

张寅彭:《民国诗话丛编》,上海:上海书店出版社 2002 年版。

张元济:《张元济日记》,北京:商务印书馆 1981 年版。

赵家璧:《中国新文学大系》(建设理论集),上海:上海文艺出版社 2003 年版。

赵家璧:《中国新文学大系》(文学论争集),上海:上海文艺出版社 2003 年版。

赵孝萱:《鸳鸯蝴蝶派新论》,兰州:兰州大学出版社 2004 年版。

周振鹤:《晚清营业书目》,上海:上海书店出版社 2005 年版。

朱文华:《风骚余韵论》,上海:复旦大学出版社 1998 年版。

邹弢:《三借庐笔谈》,《笔记小说大观》(第 26 册),扬州:江苏广陵古籍刻印社 1983 年版。

邹弢著,王海洋校点:《浇愁集》,合肥:黄山书社 2009 年版。

邹依仁:《旧上海人口变迁的研究》,上海:上海人民出版社 1980 年版。

4. 学位论文

方迎九:《文学性与新闻性的消长——早期〈申报〉文人研究》,北京大学博士学位论文 2002 年。

潘建伟:《对立与互通——新旧诗坛关系之研究(1912—1937)》,浙江大学博士学位论文 2012 年。

彭继媛:《西学东渐中的民国旧体诗话研究》,湖南师范大学博士学位论文 2012 年。

时国炎:《现代意识与二十世纪上半期新文学家旧体诗》,南京师范大学博士学位论文 2008 年。

孙琴:《我国最早之文学期刊——〈瀛寰琐纪〉研究》,苏州大学博士学位论文 2010 年。

孙志军:《现代旧体诗的文化认同与写作空间》,华东师范大学博士论文 2004 年。

万柳:《上海竹枝词研究》,南开大学博士学位论文 2010 年。

文娟:《申报馆与中国近代小说发展之关系研究》,华东师范大学博士学位论文 2006 年。

5. 期刊论文

包礼祥:《美查〈申报〉馆的出版思想》,《江西财经大学学报》2004 年第 4 期。

陈建华:《1920 年代"新"、"旧"文学之争与文学公共空间的转型》,《现代中文学刊》2009 年第 1 期。

范伯群:《论历史学家对鸳鸯蝴蝶派的评价——以研究"上海学"的史家论述为中心》,《现代中文学刊》2010 年第 4 期。

范继忠:《晚清〈申报〉市场在上海的初步形成(1872—1877)》,《清史研究》2005 年第 1 期。

何宏玲:《晚清上海小报与读者的联系》,《海南师范大学学报》2011年第4期。

何宏玲:《晚清上海小报与近代小说关系初探》,《江淮论坛》2006年第1期。

何宏玲:《〈瀛寰琐纪〉与近代文学风气的转变》,《南京师范大学文学院学报》2012年第1期。

侯运华:《早期〈小说月报〉与旧文学改良的终结——一个基于数据统计和文本比较的分析》,《中国现代文学研究丛刊》2010年第2期。

胡安定:《鸳鸯蝴蝶派的形象谱系与自我认同》,《文学评论》2011年第4期。

柯希璐:《革新〈小说月报〉前后——1920年代初文坛的“旧”与“新”》,《中国现代文学研究丛刊》2011年第5期。

鲁湘元:《〈申报〉与中国近现代报刊文学》,《中国现代文学研究丛刊》2001年第2期。

罗志田:《近代中国社会权势的转移:知识分子的边缘化与边缘知识分子的兴起》,《开放时代》1999年第4期。

罗志田:《新旧能否两立——二十年代〈小说月报〉对于整理国故的态度转变》,《历史研究》2001年第3期。

吕肖奂、张剑:《酬唱诗学的三重维度建构》,《北京大学学报》2012年3月。

马大勇:《20世纪旧体诗研究回顾与前瞻》,《文学评论》2011年第6期。

马学强:《近代上海成长中的“江南因素”》,《史林》2003年第3期。

潘建国:《〈工商业尺牍偶存〉所载鸳鸯蝴蝶派小说家史料辑考》,《明清小说研究》2003 年第 3 期。

邵志择:《〈申报〉第一任主笔蒋芷湘考略》,《新闻与传播研究》2008 年第 5 期。

舒芜:《"文白之争"温故录》,《新文学史料》1979 年第 3 期。

汤哲声:《鸳鸯蝴蝶派:吴地文学的一次现代化集体转身》,《苏州大学学报》2009 年 11 月。

王奇生:《新文化是如何"运动"起来的——以〈新青年〉为视点》,《近代史研究》2007 年第 1 期。

王泉根:《吴宓主编〈学衡〉杂志的初步考察》,《西南师范大学学报》1990 年第 4 期。

王燕:《论早期〈申报〉刊载的文学作品》,《江海学刊》2005 年第 6 期。

肖爱云:《〈礼拜六〉作家群的文人心态》,《海南师范大学学报》2009 年第 3 期。

徐采石、金燕玉:《鸳鸯蝴蝶派与吴文化》,《中国文化研究》2001 年第 4 期。

薛勤:《20 世纪初东北旧体文学研究——以〈盛京时报〉旧体诗为中心的考察》,《求是学刊》2011 年第 6 期。

薛勤:《20 世纪初东北文学观念的传承与改变》,《南京师大学报》2011 年第 6 期。

杨扬:《海派文学与地缘文化》,《社会科学》2007 年第 7 期。

姚雪垠:《中国现代文学史的另一种编写方法》,《社会科学战线》

1980 年第 2 期。

叶中强:《近代上海市民文化消费空间的形成及其社会功能》,《上海财经大学学报》2006 年 8 月。

尹奇岭:《民国时期旧体诗词的刊印传播》,《出版科学》2011 年 3 月。

尹奇岭:《民国时期新旧文学经济状况的考察》,《人文杂志》2009 年第 6 期。

袁进:《中国现代文学中的旧体文学亟待研究》,《河南大学学报》2002 年第 1 期。

袁省达:《申报〈自由谈〉源流》,《新文学史料》1978 年第 1 期。

张纯:《〈游戏报〉——晚清小说研究资料的大发现》,《明清小说研究》2000 年第 3 期。

张晖:《新时代与旧文学——以民初〈小说月报〉刊登的诗词为中心》,《中国现代文学研究丛刊》2005 年第 4 期。

附录一

1912年《申报》刊载旧体诗(第116—119册)[①]

1912年1月——3月(第116册)

1. 1912年1月2日,尊闻阁词选,《申报》影印本第29页。

铁耕:《和王彦卿吊战场原韵》、《和王彦卿北伐军行原韵》、《冬至夜倚枕口占》。

2. 1912年1月3日,尊闻阁词选,《申报》影印本第41页。

逸舲:《无题》(4首)、《晚眺》。

3. 1912年1月4日,尊闻阁词选,《申报》影印本第53页。

万里:《题可怜虫传奇》(6首)。

4. 1912年1月7日,尊闻阁词选,《申报》影印本第93页。

《无题》(5首)。

5. 1912年1月8日,尊闻阁词选,《申报》影印本第105页。

虞山王荫槐:《女军行》。

6. 1912年1月10日,尊闻阁词选,《申报》影印本第133页。

---

① 资料来源:《申报》影印本(第116—119册),上海:上海书店出版社1983年版。

铁耕稿:《晓枕吟》、《雁字》、《偶成》、《消寒咏》。

7. 1912年1月11日,尊闻阁词选,《申报》影印本第145页。

探梅客:《无题》(8首),扬州秋氏病媪:《遣两女入赤十字会濒行诗以勉之》(6首)。

8. 1912年1月12日,尊闻阁词选,《申报》影印本第159页。

愚公:《汪精卫出狱喜赠》、《同贻丈蒋山淮生泛舟大明湖》。

9. 1912年1月14日,尊闻阁词选,《申报》影印本第185页。

《南汇张君锄生于民军刀县时为土匪蠹役所害时九月十八日也诗以哀之》(2首)。

10. 1912年1月15日,尊闻阁词选,《申报》影印本第194页。

谯国:《和江东君咏章醒如校书风云漂泊有谁怜句仿辘轳体》(5首)。

11. 1912年1月16日,尊闻阁词选,《申报》影印本第202页。

侍仙:《谒岳武穆墓》(2首),江东:《鄂事》(2首)、《南京张勋负固自守为虎作伥爰赋二律以勉诸军攻取之心》(2首)。

12. 1912年1月17日,尊闻阁词选,《申报》影印本第209页。

野民:《壮士行》。

13. 1912年1月18日,尊闻阁词选,《申报》影印本第218页。

吴县谢静甫:《题媛媛小影》(4首)、《有赠》(5首)。

14. 1912年1月19日,尊闻阁词选,《申报》影印本第226页。

天长胡粹亭:《黄莺儿十首》(18首)。

15. 1912年1月20日,尊闻阁词选,《申报》影印本第234页。

苕溪云华女史:《闻民军北伐有期奉诗以贺》(2首)

16. 1912年1月21日,尊闻阁词选,《申报》影印本第242页。

吴县谢静甫:《赠媛媛》(4 首)、《由龙泉返处郡中多险滩为告河伯》。

17. 1912 年 1 月 22 日,尊闻阁词选,《申报》影印本第 250 页。

蓉湖渔长:《赠汪琴台》(7 首)。

18. 1912 年 1 月 23 日,尊闻阁词选,《申报》影印本第 258 页。

越痴:《读长生殿埋玉》(2 首)、《西江有某校书者,美风姿,善歌舞。年未及笄,聪慧过人,千识而心赏之。一日,询其身世,云本良家,为遭回禄之灾,迫作倚门之计。天乎,人乎。呜呼,人间才子,半厄穷愁。世上名姝,多归沦落。闻其苦语,劝我悲肠,因口占以赠之》(4 首)、《近有某豪客,以千金赠校书家人,愿藏之金屋,校书毅然不徙,私与姊妹,行入某庵,欲订剃发盟,以忏前愆,予悯其过而嘉其志,诗以彰之》。

19. 1912 年 1 月 24 日,尊闻阁词选,《申报》影印本第 266 页。

守宽:《双门底怀古》(3 首)。

20. 1912 年 1 月 25 日,尊闻阁词选,《申报》影印本第 274 页。

息梦稿:《读河南同胞血泪书长歌当哭藉塞吾悲》。

21. 1912 年 1 月 26 日,尊闻阁词选,《申报》影印本第 282 页。

遯庸:《前南沙谣》、《后南沙谣》。

22. 1912 年 1 月 27 日,尊闻阁词选,《申报》影印本第 290 页。

昭陵銕血健儿:《渡师洞庭访小乔墓》(7 首),古越孙余人:《闻金陵克复填长词以志喜》。

23. 1912 年 1 月 28 日,尊闻阁词选,《申报》影印本第 298 页。

华亭韩小洲:《追悼徐陈马三烈士歌》,侍仙:《吊孤山女史冯小青墓》、《答江浣仙女士》,悔昨:《病吟》、《绮怀》。

24. 1912 年 1 月 29 日,尊闻阁词选,《申报》影印本第 306 页。

江东瘦槐:《病中偶成》,江东:《自民军光复南京各省纷纷剪发不亦快哉,戏成二绝以博一笑》。

25. 1912年1月30日,尊闻阁词选,《申报》影印本第314页。

六合:《游学日本舟渡太平洋感而赋此》、《马嵬坡怀古》,假髡:《黄海舟中口占》、《安东旅夜》,问山:《饮酒》、《早起》。

26. 1912年1月31日,尊闻阁词选,《申报》影印本第322页。

杂庸:《录旧作吊鉴湖女侠秋瑾题墓碣三首》,侍仙外史:《寄海上校书》、《赠乌目山僧》、《香车拥艳》。

27. 1912年2月1日,尊闻阁词选,《申报》影印本第330页。

枫溪梦若氏:《杂感》,真州李巢仙:《收武昌》、《复金陵》。

28. 1912年2月2日,尊闻阁词选,《申报》影印本第338页。

通州澹庐:《琅山》、《如皋访冒氏水绘园遗址》、《俸鼠》、《赠汪笑侬》。

29. 1912年2月7日,尊闻阁词选,《申报》影印本第378页。

通州澹庐:《豪家郎》、《次韵杨铁崖香奁八咏》(4首)、《月奁匀面》、《玉颊啼痕》、《黛眉颦色》。

30. 1912年2月8日,尊闻阁词选,《申报》影印本第386页。

桂岑:《金陵杂咏》(4首),唐漱玉:《闺词》(3首)。

31. 1912年2月9日,尊闻阁词选,《申报》影印本第394页。

丛蓭:《东楼美人曲》、《寂寂一首》、《少年》、《宿阊门寄淮上所驩》。

32. 1912年2月10日,尊闻阁词选,《申报》影印本第402页。

湖北帅静陆先生遗稿:《闻汪镜汀大令被遣》、《复镜汀书感赋》。

33. 1912年2月12日,尊闻阁词选,《申报》影印本第418页。

湖北帅静陆先生遗稿:《得镜汀书作即以东马渔珊刘赤帆、李紫璈诸君》

(2 首)、《题天津悯忠祠楹联》。

34. 1912 年 2 月 13 日,尊闻阁词选,《申报》影印本第 426 页。

陆凝:《荒郊独步怀古》,越痴:《庄港旅馆题壁》、《二十初度》。

35. 1912 年 2 月 22 日,尊闻阁词选,《申报》影印本第 444 页。

陆凝:《壬子元旦书怀》(2 首),吴蒙:《岁暮读爱楼先生度年关记,书感并寄印楼六绝》(6 首),潜庐:《岁除日在沪上景春园购连理枝梅树一瓶,红绿二色,含蕊未开,诗以志之》(4 首)。

36. 1912 年 2 月 23 日,尊闻阁词选,《申报》影印本第 452 页。

虞山初我:《催租道中有感》、《齐深治事不寐有感》、《旧历岁朝民署早起》。

37. 1912 年 2 月 25 日,尊闻阁词选,《申报》影印本第 468 页。

魏锄月女士:《游仙曲》、《春日即事》、《晓望》、《咏明妃》。

38. 1912 年 2 月 26 日,尊闻阁词选,《申报》影印本第 476 页。

云间雄伯:《将去海上留别张七》(4 首),澹庐:《宿东寺》。

39. 1912 年 2 月 27 日,尊闻阁词选,《申报》影印本第 484 页。

越南丛桂山人:《侠客行》、《感怀》,澹庐:《冬至怀琴公》、《次韵和王十三丈岁暮感怀》。

40. 1912 年 2 月 28 日,尊闻阁词选,《申报》影印本第 492 页。

越南丛桂山人:《入吴》、《赠朝鲜金秘书》、《太湖舟中闻笛》。

41. 1912 年 3 月 1 日,尊闻阁词选,《申报》影印本第 508 页。

浮邱逸叟:《华天柱》(15 首)。

42. 1912 年 3 月 2 日,尊闻阁词选,《申报》影印本第 516 页。

浮邱逸叟:《华天柱》(续)(12 首)。

43. 1912年3月3日,尊闻阁词选,《申报》影印本第525页。

刘寄龛:《春思》(10首)。

44. 1912年3月7日,尊闻阁词选,《申报》影印本第560页。

丘潜庐:《莫愁湖歌》。

45. 1912年3月8日,尊闻阁词选,《申报》影印本第568页。

冷秋馆主李鹃字漱兰:《庚戌自遣》,曼青:《百日》。

46. 1912年3月9日,尊闻阁词选,《申报》影印本第576页。

野民:《风雨六章》(6首),寄生:《读铁厓感赋诗有作》(4首)。

47. 1912年3月10日,尊闻阁词选,《申报》影印本第584页。

蛟川王陶:《吊孝陵卫》、《莫愁湖吊古》、《金陵偶题》,沧海楼稿:《笑依曲》。

48. 1912年3月12日,尊闻阁词选,《申报》影印本第602页。

南强:《赠内》(10首)。

49. 1912年3月13日,尊闻阁词选,《申报》影印本第610页。

求愚:《书感》。

50. 1912年3月14日,尊闻阁词选,《申报》影印本第618页。

《辛亥旧除夕》,听湖:《书怀用芙青吟友韵》,南樵散人:《文明集贤楼茶话有感》。

51. 1912年3月15日,尊闻阁词选,《申报》影印本第626页。

毕几莽:《美人劝我酒》、《月夜感作》、《海上旅夜》。

52. 1912年3月16日,尊闻阁词选,《申报》影印本第634页。

申石荃:《夏日居龙嘴即晚偶成》、《扫墓即景咏杨花》、《题华某二乔观书图》。

53. 1912 年 3 月 17 日，尊闻阁词选，《申报》影印本第 642 页。

申石荃：《海昌观潮歌》，波浪生：《文明集贤楼茶话有感》，黄青：《前题》。

54. 1912 年 3 月 18 日，尊闻阁词选，《申报》影印本第 650 页。

谢静甫：《三十初度感赋》(4 首)。

55. 1912 年 3 月 19 日，尊闻阁词选，《申报》影印本第 658 页。

柳桥氏：《辛亥旧除夕》、《早春》、《寄栩然代柬》(2 首)。

56. 1912 年 3 月 20 日，尊闻阁词选，《申报》影印本第 666 页。

清艇：《春日感怀》(2 首)、《春雪》(2 首)、《晴雪》。

57. 1912 年 3 月 25 日，尊闻阁词选，《申报》影印本第 711 页。

《斋中所蓄鹤饥而死赋诗悼之》(2 首)，虞山初我：《作乞振书成书后》、《署斋早春和金山芳墅见赠原韵》。

58. 1912 年 3 月 26 日，尊闻阁词选，《申报》影印本第 720 页。

爱兰：《用花月痕韩荷生赠红卿韵八首寄所知》(4 首)。

59. 1912 年 3 月 27 日，尊闻阁词选，《申报》影印本第 729 页。

爱兰：《用花月痕韩荷生赠红卿韵八首寄所知》(4 首)，天南逸民来稿：《共和成立沈君师徐作诗纪之次韵奉和》。

60. 1912 年 3 月 28 日，尊闻阁词选，《申报》影印本第 738 页。

湖口高仲慧：《云珠三妹别逾三稔，去秋宁垣光复，音问不通，离情总叠，欲诉无由，感而有作，调寄如梦令。吾妹若于报纸中见之，当知相忆之深也》(2 首)。

61. 1912 年 3 月 30 日，尊闻阁词选，《申报》影印本第 754 页。

钝锥、扬州小杜：《暗祝来生化女儿》(仿辘轳体 5 首)。

1912年4月——6月(第117册)

1. 1912年4月2日,尊闻阁词选,《申报》影印本第19页。

金钝锥:《感怀一律》、《即事书怀二绝》、《口占》。

2. 1912年4月4日,尊闻阁词选,《申报》影印本第39页。

杂傭:《莅申数日,兵变频闻,延及梓桑,殷忧不寐,鄙人冥鸿,屈渡犹切,悲观其在,匡时执政储君,正不知何以处此。赋诗一律,以继民劳,板荡之声,载之报章,或亦闻者足戒欤》。

3. 1912年4月5日,尊闻阁词选,《申报》影印本第48页。

剑仙:《金阊劫》,侍仙:《有感》(2首)、《题杨避俗津门品花录》、《妆台》、《自述》。

4. 1912年4月6日,尊闻阁词选,《申报》影印本第57页。

珠溪蔡选青:《咏风筝》、《春日读剑南诗钞拟放翁小体诗三首》。

5. 1912年4月7日,尊闻阁词选,《申报》影印本第66页。

竹西钝铁效颦:《读钝锥扬州小杜辘轳体联句五章,雅人深致,别有风趣,不让随园老人专美于前,焚香盥诵,齿颊留芬,不禁为之技痒,勉步原韵,质诸钝锥小杜未识以为何如》(5首)。

6. 1912年4月8日,尊闻阁词选,《申报》影印本第75页。

钝锥金诵闻:《悼亡室胡筠青三十二韵》。

7. 1912年4月10日,尊闻阁词选,《申报》影印本第95页。

东园:《读赵倪三烈士哀章作》、《有感》,韬庐:《次韵》、《如梦令》。

8. 1912年4月11日,尊闻阁词选,《申报》影印本第105页。

桴海居士:《和珠溪蔡选青风筝诗》。

9. 1912 年 4 月 14 日,尊闻阁词选,《申报》影印本第 135 页。

谯国铁民:《和钝锥小杜暗祝来生化女儿原韵》仿辘轳体(5 首)。

10. 1912 年 4 月 15 日,尊闻阁词选,《申报》影印本第 145 页。

湖口高仲慧:《昨读报载和作》,钝锥金鼋闻:《感怀》,潜庐:《隐趣》(5 首)。

11. 1912 年 4 月 16 日,尊闻阁词选,《申报》影印本第 155 页。

镇海王子元:《随园》、《雨花台》、《莫愁湖》(2 首)、《登胜棋楼睹徐中山遗像想今日孙中山》、《偶成》。

12. 1912 年 4 月 21 日,尊闻阁词选,《申报》影印本第 201 页。

惜贞:《无题》(8 首)。

13. 1912 年 4 月 23 日,尊闻阁词选,《申报》影印本第 221 页。

痴:《孤芳》,孤芳:《商团苦》。

14. 1912 年 4 月 24 日,尊闻阁词选,《申报》影印本第 231 页。

瘦鹤:《仿剑南小体旧作》(3 首)、《倚醉歌二首》、《闭门一首》、《漫兴》。

15. 1912 年 4 月 25 日,尊闻阁词选,《申报》影印本第 241 页。

爱兰:《无题》(4 首),《又》(5 首)。

16. 1912 年 4 月 26 日,尊闻阁词选,《申报》影印本第 250 页。

兰贞:《述怀》(2 首),《又》。

17. 1912 年 4 月 27 日,尊闻阁词选,《申报》影印本第 259 页。

太痴:《吾亦爱吾庐》,徐仲升:《沪上感怀》(4 首)。

18. 1912 年 4 月 29 日,尊闻阁词选,《申报》影印本第 279 页。

瘦蝶:《如梦令两阕·春日书怀和高仲慧女士韵》,定耕:《醉后漫兴》、《慰友》(8 首)。

19. 1912年4月30日，尊闻阁词选，《申报》影印本第289页。

沙溪鸥侣：《闺情》(4首)，今生：《青溪杂作》(9首)。

20. 1912年5月1日，尊闻阁词选，《申报》影印本第299页。

定耕：《醉后放歌》、《绮绪四首》(4首)。

21. 1912年5月2日，尊闻阁词选，《申报》影印本第309页。

《题头顾影·调寄蝶恋花》，杜鎏煇：《闺怨》，三十年前旧太痴：《感某嫠妇事》(4首)。

22. 1912年5月3日，尊闻阁词选，《申报》影印本第319页。

今生：《秦淮有感·调寄如梦令》、《归舟夜泊瓜步玩月有怀》。

23. 1912年5月6日，尊闻阁词选，《申报》影印本第349页。

定耕：《四十初度述怀八首》。

24. 1912年5月7日，尊闻阁词选，《申报》影印本第359页。

《新诸将》(4首)。

25. 1912年5月9日，尊闻阁词选，《申报》影印本第379页。

陈曾毅：《哭妾三首》，张少斋：《题制寒衣图》，青溪徐公修：《杂感二首》(2首)。

26. 1912年5月10日，尊闻阁词选，《申报》影印本第389页。

孙霁：《新妆》，顾黄公：《观姬人睡》，煦堂：《春思》(4首)。

27. 1912年5月11日，尊闻阁词选，《申报》影印本第399页。

佐彤：《遣怀偶成》(3首)、《闺情》。

28. 1912年5月12日，尊闻阁词选，《申报》影印本第409页。

煦堂：《读黎公宋卿通电书后》，剑仙：《书愤》。

29. 1912年5月15日，尊闻阁词选，《申报》影印本第439页。

醒吾:《吊鉴湖女侠》、《书感》(2首),珂:《恨无慧剑斩情痴》(辘轳体5首)

30. 1912年5月16日,尊闻阁词选,《申报》影印本第449页。

瘦蝶:《挽高君福枬集唐四绝》。

31. 1912年5月17日,尊闻阁词选,《申报》影印本第459页。

天白:《题桃花扇》(4首),乐实:《瑶池》、《歇浦驱车》、《旅夜闻箫》、《书所见》。

32. 1912年5月19日,尊闻阁词选,《申报》影印本第479页。

瘦梅:《舟次感赋》,佐彤:《春暮》(3首)。

33. 1912年5月20日,尊闻阁词选,《申报》影印本第489页。

瘦蝶:《浣溪沙·春晚》、《虞美人·题全国名姬小影》、《摸鱼儿·壬子春暮,偕内子就医,直水归舟无俚,谱此遣怀》,煦堂:《春思》(6首)。

34. 1912年5月22日,尊闻阁词选,《申报》影印本第509页。

佐彤:《前读珂君辘轳体,清丽缠绵,距躍三百日长物事,续成五律,东施效颦定卜轩渠》,情生:《春闺怨》(4首)。

35. 1912年5月23日,尊闻阁词选,《申报》影印本第519页。

瘦蝶:《题平波羡钓图》(2首)、《无题和子丹韵》(2首),无相:《感春》(2首)。

36. 1912年5月26日,尊闻阁词选,《申报》影印本第547页。

无锡庭珍女士稿:《惠山竹枝词》(18首)。

37. 1912年5月27日,尊闻阁词选,《申报》影印本第557页。

天白贡草:《春晚感事七律一章录呈尊闻阁主人斧正》,李生《附录鄙人弟子李生七律一章呈政敬乞赐刊以励初学》,伍祐蔡选青:《和瘦蝶先生倚醉歌二首原韵》。

38. 1912年6月4日,尊闻阁词选,《申报》影印本第637页。

缩尘:《津门纪事》(8首)。

39. 1912年6月7日,尊闻阁词选,《申报》影印本第667页。

太宽:《忆旧》(7首)、《唧唧》(4首),署云外史:《山居春兴三首》。

40. 1912年6月8日,尊闻阁词选,《申报》影印本第677页。

天白:《春宫怨》,李生:《和天白春宫怨元韵》,佐彤:《无题》。

41. 1912年6月10日,尊闻阁词选,《申报》影印本第697页。

天白:《新青平调》,师牙:《皇室幽怨》、《世家闺怨》,宪民:《有感》。

42. 1912年6月11日,尊闻阁词选,《申报》影印本第707页。

乐宾:《壬子诗存》(2首)、瘦蝶:《虞美人一阕赠钝根》、《余与爱楼主人久不通音问矣,读报知云停海上,苦不知居址为怅,爰寄两绝以志相思,倘蒙在远不遗,务希有以慰我》(2首)。

43. 1912年6月13日,尊闻阁词选,《申报》影印本第727页。

嚣嚣:《金陵怀古四首》(4首),鹃魂:《客春偕友作北里游,友筵余于妓谢月英家,时侍座妓妹媛媛者,豆蔻年华,芙蓉丰貌,流波荡漾,足摄心魂,而其憨态尤令人怜煞,余即席赠以诗曰》。

44. 1912年6月14日,尊闻阁词选,《申报》影印本第737页。

瘦蝶:《高阳台》,佐彤:《有怀·虞美人谓用瘦蝶词人韵》,珠溪蔡选青:《春雨初晴偶成五律二首》。

45. 1912年6月15日,尊闻阁词选,《申报》影印本第747页。

天白:《见野外草堂有感》、《读友人吊前清诗感赋》,佐彤:《无题》(4首)、《房中药贺金君雪胜与谢剑霞女士结婚》。

46. 1912年6月17日,尊闻阁词选,《申报》影印本第767页。

李生:《和天白新婚诸将步原韵》(4首),息影庐:《苦雨》。

47. 1912年6月21日,尊闻阁词选,《申报》影印本第807页。

天白:《香妃行》,郑梦槎:《无题》。

48. 1912年6月22日,尊闻阁词选,《申报》影印本第817页。

瘦蝶:《端午日作》、《雨夜偶成》(2首)、《高阳台》。

49. 1912年6月23日,尊闻阁词选,《申报》影印本第827页。

《蝶麟酬唱集》 瘦蝶:《首唱》(2首),峰石:《和韵》(2首),瘦蝶:《叠韵》(2首),峰石:《和韵》(2首)。

50. 1912年6月24日,尊闻阁词选,《申报》影印本第837页。

《蝶麟酬唱集》 瘦蝶:《再叠韵》(2首),峰石:《和韵》(2首)

51. 1912年6月26日,尊闻阁词选,《申报》影印本第857页。

华年:《端阳感怀》,镜笙:《仍谱原调原韵答瘦蝶词人》,《蝶麟酬唱集》 瘦蝶:《三叠韵》(2首),峰石:《和韵》(2首),瘦蝶:《四叠韵》(2首),峰石:《和韵》(2首)。

52. 1912年6月27日,尊闻阁词选,《申报》影印本第867页。

孙至公:《高阳台次瘦蝶、镜笙两词人韵》,瘦鹤:《三月二十九日追悼粤东殉难诸烈士三首》,《蝶麟酬唱集》 瘦蝶:《五叠韵》(2首),峰石:《和韵》(2首),瘦蝶:《六叠韵》(2首),峰石:《和韵》(2首)。

53. 1912年6月28日,尊闻阁词选,《申报》影印本第877页。

镜笙:《为施心题女照用蝶麟酬唱韵》(2首),息影庐:《十四夜观剧于新舞台邻座有苍髯霜丐披戎服而褂徽章者与一老妓絮谈感而有作》,《蝶麟酬唱集》 瘦蝶:《七叠韵》(2首),峰石:《和韵》(2首),瘦蝶:《八叠韵》(2首),峰石:《和韵》(2 首)。

54. 1912 年 6 月 29 日,尊闻阁词选,《申报》影印本第 887 页。

景骞:《谒史阁部墓》(3 首),瘦鹤:《登黄鹤楼书感二律》,瘦蝶:《九叠韵》(2 首),峰石:《和韵》(2 首),瘦蝶:《十叠韵》(2 首)、《十一叠韵》(2 首)、《十二叠韵》(2 首)。

55. 1912 年 6 月 30 日,尊闻阁词选,《申报》影印本第 897 页。

《十三叠韵》、《十四叠韵》、《十五叠韵》、《十六叠韵》、《十七叠韵》、《十八叠韵》、《十九叠韵》(共 14 首)。

1912 年 7 月——9 月(第 118 册)

1. 1912 年 7 月 1 日,尊闻阁词选,《申报》影印本第 9 页。

钱塘老渔:《挹翠堂小叙听息影庐主挡琵琶即席赋此》,景骞:《寄怀瘦蝶》、《扬州旧城怀古》,戴陶:《窗外》。

2. 1912 年 7 月 2 日,尊闻阁词选,《申报》影印本第 19 页。

李生:《香妃》、《西施》,修生:《过相州吴尔壎先生一指坟》、《过识村吕晚村先生墓》。

3. 1912 年 7 月 4 日,尊闻阁词选,《申报》影印本第 39 页。

瘦蝶:《得镜笙词人见和新词复用原调原韵奉报》、《沁园春》。

4. 1912 年 7 月 5 日,尊闻阁词选,《申报》影印本第 49 页。

病鞠求正草:《读瘦蝶叠韵即用原韵成二绝以志倾倒》(2 首)。

5. 1912 年 7 月 6 日,尊闻阁词选,《申报》影印本第 59 页。

悟盈生:《和钝锥扬州小杜暗祝来生化女儿辘轳体原韵》(5 首)、《感怀》。

6. 1912 年 7 月 7 日,尊闻阁词选,《申报》影印本第 69 页。

王渭生:《夜游味莼园偶书所见戏拟方回小梅花弄体演之》、《愚园独酌醉中倚此·西江月》、《槎上出旧陶圃野耕即景·临江仙》、《春暮怀人·浪淘沙》,镜笙:《瘦蝶词人以不知镜笙氏籍为憾,今再以原调原韵奉答末二语贱子之姓名已躍如矣》、《题梦罗浮馆词集即用瘦蝶词人原韵并呈钝根词坛索和》。

7. 1912 年 7 月 8 日,尊闻阁词选,《申报》影印本第 79 页。

瘦蝶:《寄怀景骞酬见寄韵》,问津稿:《高阳台次镜笙瘦蝶公诸大词坛韵》,碧梧女子:《香妃》。

8. 1912 年 7 月 9 日,尊闻阁词选,《申报》影印本第 89 页。

美周:《初夏》(4 首)、《题翠卿小照》(3 首),红豆相思馆主:《千秋岁》。

9. 1912 年 7 月 10 日,尊闻阁词选,《申报》影印本第 99 页。

美周:《无题》(2 首)、《喜晤族兄棫崖》,息影庐:《闻某公挟孀潜逃诗以纪之》(2 首)。

10. 1912 年 7 月 12 日,尊闻阁词选,《申报》影印本第 119 页。

天白:《夏日闺情》,李生:《灵泽夫人庙》(2 首),渭芬女子:《前题》(2 首)。

11. 1912 年 7 月 13 日,尊闻阁词选,《申报》影印本第 129 页。

碧梧女子:《灵泽夫人庙》(2 首),了青旧作:《辛亥感事》(6 首)。

12. 1912 年 7 月 14 日,尊闻阁词选,《申报》影印本第 139 页。

韫石:《夏日晚眺》,野鸿:《夏夜》,石相:《和西昆唱酬唐明皇一律原韵》,绥臣:《感时三绝》。

13. 1912 年 7 月 16 日,尊闻阁词选,《申报》影印本第 159 页。

了青旧作:《西园纳凉词》,剑痴:《忆得》(4 首),知止:《集李商隐句》。

14. 1912 年 7 月 17 日,尊闻阁词选,《申报》影印本第 169 页。

了青:《古塚行》,瘦鹤:《叠次蝶麟酬唱韵赠钝根》(2首)、《复赠长律一首》、《附录》(2首)。

15. 1912年7月18日,尊闻阁词选,《申报》影印本第179页。

海虞铁耕:《高阳台》,了青:《读多心经得莲花一瓣因书其上》、《夏夜》。

16. 1912年7月19日,尊闻阁词选,《申报》影印本第189页。

《秣陵春感》(10首)。

17. 1912年7月20日,尊闻阁词选、文字因缘,《申报》影印本第199页。

尊闻阁词选　红豆相思馆主:《丐云松令》、《百字令》、《摸鱼儿》、《台城路》,慎余居士:《独酌谣》。

文字因缘　《高阳台寄托瘦蝶镜笙诸公仍用原韵》,忆公:《高阳台四蝶再答镜笙词人以划改之体代柬》,天民:《遣愁两阙寄酬瘦蝶》。

18. 1912年7月22日,尊闻阁词选、文字因缘,《申报》影印本第219页。

尊闻阁词选　红豆相思馆主:《鹧鸪天》、《前调》,寓公:《感时》、《和秦勇公百日诗》,陆平:《题女子北伐队照片》(4首)、《和作》(4首)

文字因缘　师牙:《送别醒醉》。

19. 1912年7月23日,尊闻阁词选,《申报》影印本第229页。

红豆相思馆主:《踏莎行》、《沁园春》,鸳湖补某:《遣怀》(8首)。

20. 1912年7月24日,尊闻阁词选、文字因缘,《申报》影印本第239页。

尊闻阁词选　率公:《闺情》(6首)、《坠欢》。

文字因缘　《高阳台》,息影庐:《读瘦蝶词人诗有作》。

21. 1912年7月25日,尊闻阁词选、文字因缘,《申报》影印本第249页。

尊闻阁词选　天白:《津门客》,李生:《吊吴将军禄贞》(2首),了青:《品茶》、《采莲曲》,太痴:《清宵》。

文字因缘 问津:《寄瘦蝶诗歌藉志景仰用蝶麟酬唱韵》(2首),白沙程习鹏:《观镜笙瘦蝶屡相叠和不胜欣羡爰和原调原韵以博二公一粲》,镜笙:《高阳台再答瘦蝶词人》,瘦蝶:《得镜笙和作指系京兆后人三叠前调却寄》。

22. 1912年7月26日,尊闻阁词选,《申报》影印本第259页。

率公:《哭内》(10首)、《又作》。

23. 1912年7月27日,尊闻阁词选,《申报》影印本第269页。

补天:《前读某报西子影小说系记吾邑某君淞滨奇遇事惟收束处则涉乎幻想长夏忆此率成四律即简某君》,铁耕:《次韵》(4首)。

24. 1912年7月28日,尊闻阁词选,《申报》影印本第279页。

天白:《红莲》,剑仙:《苏府学西隙地数百弓,相传为宋儒范文正公旧址。前抚程公雪楼捐廉建筑改为农务试验场,名曰植园,接李栽桃,别饶幽趣,当兹夏令,士女云集,归赋五律二首,以志斯游》(2首)。

25. 1912年7月29日,文字因缘,《申报》影印本第290页。

楱梧:《仆慕太痴先生之名廿载于兹每以未识荆颜为憾爰赋俚句藉志景仰》(4首),天民:《寄酬瘦蝶镜笙原韵》。

26. 1912年7月30日,尊闻阁词选,《申报》影印本第299页。

越痴:《喜晤柏贞女兄过南昌》,定耕:《有所见》(2首)。

27. 1912年7月31日,尊闻阁词选,《申报》影印本第309页。

江都樨禅:《香妃词》(6首),病鞠:《经龛归自秭南诗以志喜》(5首)。

28. 1912年8月1日,尊闻阁词选,《申报》影印本第319页。

王梅雪:《醉太平》、《菩萨蛮》,凉血:《夕阳》,景骞:《溽暑》,太痴:《槁木暵呈楱梧》。

29. 1912年8月2日,尊闻阁词选、文字因缘,《申报》影印本第329页。

病夫:《消夏八咏》　《晨起》、《午眠》、《分瓜》、《雪藕》、《焚香》、《弄笛》、《听禅》、《扑萤》。

30. 1912年8月4日,尊闻阁词选,《申报》影印本第349页。

铁民:《感时》,瘦蝶:《题画诗》。

31. 1912年8月5日,尊闻阁词选,《申报》影印本第359页。

侍仙:《感咏自由花》(3首)、《咏子陵钓台》、《琵琶怨》、《吊岳武穆王墓》、《隐趣》。

32. 1912年8月6日,尊闻阁词选,《申报》影印本第369页。

寄尘:《感怀时事》(4首)、《闻变南归舟中遇风天色甚晦感赋》、《三十初度自题小照》。

33. 1912年8月7日,尊闻阁词选,《申报》影印本第379页。

楼梧:《燕京新感》(8首)。

34. 1912年8月8日,尊闻阁词选、文字因缘,《申报》影印本第389页。

尊闻阁词选　天民:《感怀四首》,太憨生稿:《事诗》(6首)。

文字因缘　天民:《读瘦蝶镜笙唱和诸作答有把臂入林之慨,令人艳羡无极。再叠原调寄酬以志景仰》,楼梧:《近作呈太痴乞示寓公以便晋谒》(5首)。

35. 1912年8月9日,文字因缘,《申报》影印本第399页。

悟盈生:《和珂君恨无慧剑斩情痴原韵辘轳体录呈瘦蝶吟坛正拍》(5首)。

36. 1912年8月10日,文字因缘,《申报》影印本第409页。

蝶仙原唱:《感怀》,天民和作:《感怀》。

37. 1912年8月11日,尊闻阁词选,《申报》影印本第419页。

率公:《哭内》(10首)。

38. 1912年8月12日,尊闻阁词选,《申报》影印本第429页。

寄尘:《方今党祸日亟感而赋此》、《闻南方消息有感》(4首)、《武昌变起天下响应感而赋此》、《感赋》。

39. 1912年8月14日,尊闻阁词选,《申报》影印本第449页。

天民:《感时》(14首)。

40. 1912年8月15日,尊闻阁词选,《申报》影印本第459页。

蝶仙:《感赋用潘兰史次易实甫韵却寄》(2首)、《寄何颂花》(4首)、《董青心阮剑痴各为我题扇一首次韵分寄》(2首)。

41. 1912年8月16日,尊闻阁词选,《申报》影印本第469页。

蝶仙:《申江忆旧四首》,不辰生:《新中秋》。

42. 1912年8月17日,尊闻阁词选,《申报》影印本第479页。

横泾织簾:《夏日杂兴十二首》(3首)。

43. 1912年8月21日,尊闻阁词选,《申报》影印本第519页。

息影庐:《丝绣斗酒百篇图》,珠溪文莲:《和鸳湖补某遣怀原韵集词牌》(8首)。

44. 1912年8月22日,尊闻阁词选,《申报》影印本第529页。

天白:《早秋吟》,蝶仙:《为周拜花魂颂声画莲各题一首》(2首),问津:《八夕》。

45. 1912年8月23日,尊闻阁词选,《申报》影印本第539页。

率公:《感怀》,天白:《题海棠魂》(2首),蝶仙:《蝶恋花》,寄尘:《感赋》。

46. 1912年8月24日,尊闻阁词选,《申报》影印本第549页。

瘦蝶:《题戏考》(3首)。

47. 1912年8月25日,尊闻阁词选,《申报》影印本第559页。

醉红居士:《贺新凉》、《台城路》,佐彤:《秋江漫兴》(2首)。

48. 1912年8月26日,尊闻阁词选,《申报》影印本第569页。

景骞:《和张峰石七夕自挽歌》。

49. 1912年8月27日,尊闻阁词选、文字因缘,《申报》影印本第579页。

尊闻阁词选　了青:《危楼一角残灯半明窗外蛙鸣床头鼠语彻夜喧聒蚊蚤之属复相侵扰闷怀四触每不成眠戏赋四章藉以自遣》(4首)。

文字因缘　瘦蝶:《桃源忆故人・寄怀蝶仙》。

50. 1912年8月28日,尊闻阁词选,《申报》影印本第589页。

蝶仙:《避暑普陀山僧园磐嘱题茗具赠人为占三绝》(3首)、《客岱山蓬莱偶作索资芝老和》(4首)。

51. 1912年8月30日,尊闻阁词选,《申报》影印本第609页。

圭身:《海上竹枝词》(30首),猛公:《津门倏忽花行》。

52. 1912年8月31日,尊闻阁词选,《申报》影印本第619页。

佩宜:《赠秦雅云女史》、《赠花丽娟女史》(2首),醉愚:《赠宋玉侍史》,佐彤:《无题集句》(6首),陈栩蝶仙:《买陂塘・有序》。

53. 1912年9月1日,尊闻阁词选,《申报》影印本第629页。

沈桂冬:《花月痕题词》(4首)、《桃花扇题词》(2首)。

54. 1912年9月2日,尊闻阁词选,《申报》影印本第639页。

豫章廖尔炎:《由燕京赴沪感遇七章》(7首)。

55. 1912年9月3日,文字因缘,《申报》影印本第649页。

沧海老渔:《和天虚我生东莱即景原韵》(4首)。

56. 1912年9月5日,尊闻阁词选、文字因缘,《申报》影印本第669页。

尊闻阁词选　镜笙:《口歌寄钝根》,重光:《七夕》,铁民:《旧七夕》,来蝶轩生:《新七夕六首》。

文字因缘　天民:《桃源忆故人·寄酬瘦蝶》、《次瘦蝶题戏考元韵三首》。

57. 1912 年 9 月 7 日,尊闻阁词选,《申报》影印本第 689 页。

廖尔炎:《旅申杂感六章》。

58. 1912 年 9 月 8 日,尊闻阁词选,《申报》影印本第 699 页。

寄尘:《感赋》,率公:《口占》、《咏李奉贞》(2 首)。

59. 1912 年 9 月 9 日,尊闻阁词选、文字因缘,《申报》影印本第 709 页。

尊闻阁词选　镜笙:《金缕曲》,李生:《和天白早秋吟》。

文字因缘　海陬逋客芝庭初草:《赠蝶仙》(4 首)。

60. 1912 年 9 月 10 日,尊闻阁词选,《申报》影印本第 719 页。

病鞠病中旧声:《和瘦蝶高阳台》,影香:《沪居有感》、《张园归路》、《春申江上》。

61. 1912 年 9 月 11 日,尊闻阁词选,《申报》影印本第 729 页。

寄尘:《题美人汤浆图》,李玉川:《戊申寄金陵双子校书集新疑雨集句》(3 首),王豫斋:《长江舟中》(2 首)、《茄茵小传题词》(2 首),廖尔炎:《由京赴沪沿途感赋三章》(3 首)。

62. 1912 年 9 月 13 日,尊闻阁词选,《申报》影印本第 749 页。

醉红居士:《新秋席上四绝》,李生:《明妃》,瘦蝶:《画堂春有赠为某君作》。

63. 1912 年 9 月 14 日,尊闻阁词选,《申报》影印本第 759 页。

景骞:《月夜吊古墓》(2 首),瘦蝶:《新历九月九日书寄钝根鄂士》(2

首),蕴深:《旧作新七夕绝句八首之四》。

64. 1912 年 9 月 15 日,尊闻阁词选,《申报》影印本第 769 页。

吴一冰:《清游二首》(2 首)、《晓游玄武湖》(2 首),醉红居士:《张园夜听王玉峰弹三絃》,魏锄月女士:《秋海棠》(2 首)。

65. 1912 年 9 月 16 日,尊闻阁词选,《申报》影印本第 779 页。

吴一冰:《登鸡鸣山感吟》(2 首),天白:《感遇 · 调寄临江仙》,佐彤:《秋柳》(2 首)。

66. 1912 年 9 月 17 日,尊闻阁词选,《申报》影印本第 789 页。

天白:《征人》,佐彤:《白海棠》、《漫兴》,了青:《宫闱咏古》(7 首)。

67. 1912 年 9 月 18 日,尊闻阁词选,《申报》影印本第 799 页。

淡明:《有忆》(4 首)、《前诗意有不尽复成四首》(4 首)。

68. 1912 年 9 月 19 日,尊闻阁词选,《申报》影印本第 809 页。

天白:《咏雁来红》(2 首),李生:《新燕歌行》、《感事》。

69. 1912 年 9 月 20 日,文字因缘,《申报》影印本第 819 页。

侍仙:《题刘秋水女士感叠吟后用元韵》(3 首),蝶仙:《为吴舜伯绘纨自题二首》。

70. 1912 年 9 月 21 日,尊闻阁词选,《申报》影印本第 829 页。

瘦鹤:《杂感三十首》(8 首)。

71. 1912 年 9 月 22 日,尊闻阁词选,《申报》影印本第 839 页。

瘦鹤:《杂感三十首》(5 首)

72. 1912 年 9 月 23 日,尊闻阁词选、文字因缘,《申报》影印本第 849 页。

尊闻阁词选　天白:《渡江南送人北归》、《秋夜望月》,镜笙:《自题肖照》。

文字因缘　瘦鹤:《读自由谈杂作倾倒之至爰叠景骞韵赠诸词人并乞和章》(9首)。

73. 1912年9月24日,尊闻阁词选、文字因缘,《申报》影印本第860页。

尊闻阁词选　天白:《王玉峰》(2首),李生:《又》(2首),震青:《复愁》,李玉川:《杂感·调寄苏武慢》,瘦蝶:《为游人题茶具》。

文字因缘　《读天民何瘦蝶桃源忆故人词感而有作》,环游倦客:《寄怀许君隽人》(2首)。

74. 1912年9月25日,尊闻阁词选、文字因缘,《申报》影印本第872页。

尊闻阁词选　《读报新感·水调歌头》、《蝶梅同感集·丁未年录,莽山许泰瘦蝶首唱,扬州陆景骞和韵,感怀四律示梦梅》(4首)、《和韵》(4首)。

文字因缘　《周湘舲先生与其夫人以壬子秋闱百龄和照,赋自述诗索和,即用其十年前四十初度韵奉酬四章》(4首)。

75. 1912年9月27日,尊闻阁词选、文字因缘,《申报》影印本第893页。

尊闻阁词选　蝶:《蝶梅同感集·叠前韵》(4首)。

文字因缘　瘦鹤:《奉和沁园春原韵赠瘦蝶词人》、《复叠原调原韵并质镜笙词人》,息影庐:《敬酬瘦卷词人即步瑶韵》。

76. 1912年9月28日,尊闻阁词选,《申报》影印本第903页。

王慕徐:《中秋对月有感》(4首)。

77. 1912年9月29日,尊闻阁词选、文字因缘,《申报》影印本第914页。

尊闻阁词选　酒纯:《金陵归来过蔚云庐校书病中话旧口占二绝句赠之》(2首),韫石:《秋晚》,李玉川:《咏秋风调寄满江红》。

文字因缘　息影庐:《再酬瘦鹤》(2首)。

78. 1912年9月30日,尊闻阁词选、文字因缘,《申报》影印本第925页。

尊闻阁词选　梅:《蝶梅同感集·和韵》(4 首)。

文字因缘　扬州王慕徐:《读瘦蝶梦梅两君唱和诸篇感而有作谨和原韵四章》(4 首)。

1912 年 10 月——12 月(第 119 册)

1. 1912 年 10 月 1 日,尊闻阁词选、文字因缘,《申报》影印本第 9 页。

尊闻阁词选　《蝶梅同感集·感事再叠前韵》(4 首)、《和韵》(4 首)。

文字因缘　瘦蝶:《酬瘦鹤和见赠韵》。

2. 1912 年 10 月 2 日,尊闻阁词选、文字因缘,《申报》影印本第 19 页。

尊闻阁词选　《蝶梅同感集·四叠前韵》(4 首)、《和韵》(4 首)。

文字因缘　景骞:《柬瘦鹤》。

3. 1912 年 10 月 3 日,尊闻阁词选,《申报》影印本第 29 页。

吴一冰:《登清凉山奉心悟上人》、《勤耕》、《秋日归里感吟》、《月蚀偶成》。

4. 1912 年 10 月 4 日,尊闻阁词选,《申报》影印本第 39 页。

《出京畿留滞申江与诸同志感赋八首》。

5. 1912 年 10 月 5 日,尊闻阁词选,《申报》影印本第 49 页。

涵纯:《莫愁湖水谢题壁》,醉愚:《前题》(3 首)、《秦淮》(4 首),涵纯《次韵》(4 首)。

6. 1912 年 10 月 6 日,尊闻阁词选,《申报》影印本第 59 页。

景骞:《韩侯钓台》、《漂母祠》、《口占》、《老妓》。

7. 1912 年 10 月 7 日,尊闻阁词选、文字因缘,《申报》影印本第 69 页。

尊闻阁词选　沈子贤:《凤凰台上忆吹箫·题瘦红馆主李彭庚秋灯调雨

图》,仁和冷香女士王佩珩:《摸鱼儿·前题》

文字因缘　瘦蝶:《鹗士索阅近作赋此却寄》,鹗士:《瘦蝶寄示近作和韵以答》。

8. 1912年10月8日,尊闻阁词选、文字因缘,《申报》影印本第79页。

尊闻阁词选　听猿耳似:《买陂塘·题瘦红馆主秋灯听雨图》,冬郎:《湘春夜月》,午桥高煦:《八声甘州》。

文字因缘　门下谢素娟:《寄怀息影庐主》,三十年前旧太痴:《百盆花斋自遣东问梅瘦鹤》。

9. 1912年10月9日,尊闻阁词选,《申报》影印本第89页。

一冰:《秋感》(2首),瘦蝶:《秋情》。

10. 1912年10月10日,纪念之诗,《申报》影印本第99页。

岳德基:《光复纪念大会志庆》(10首)、《国庆纪念》。

11. 1912年10月15日,尊闻阁词选,《申报》影印本第148页。

淡明:《后琵琶行》,寄尘:《由大连航海南归》。

12. 1912年10月16日,尊闻阁词选,《申报》影印本第160页。

醉红居士:《唐多令》、《蝶恋花》,蝶仙:《次韵和樊樊山古意四首索瘦蝶和》。

13. 1912年10月17日,尊闻阁词选,《申报》影印本第172页。

逦:《白菊》、《新婚》,吟梅:《病中偶成》(4首)。

14. 1912年10月18日,尊闻阁词选,《申报》影印本第184页。

引溪联吟社:《菊花》(6首)、《旧重阳》,冯绪承:《去年之重九日》、《今年之重九日》。

15. 1912年10月20日,尊闻阁词选,《申报》影印本第208页。

瘦蝶:《观提灯会偶成四绝》,了青旧作:《槎溪归棹》、《遣兴》、《闲意》。

16. 1912年10月23日,尊闻阁词选,《申报》影印本第244页。

寄尘:《九日登高》(2首)、《又作》。

17. 1912年10月24日,尊闻阁词选,《申报》影印本第256页。

李生:《秋柳四首》。

18. 1912年10月25日,尊闻阁词选、文字因缘,《申报》影印本第268页。

尊闻阁词选 了青:《答金抱璞世祁》(3首),蝶仙陈栩:《感赋寄何公旦》、《长女兆英字吟梅归浦东庞氏因无弟妹不忿离亲同住,茸城侍奉甚得,讵于元年九月十二号因病逝世,年仅二十有二,哭之以诗,不知血泪之交并也》(4首)。

文字因缘 瘦鹤:《叠韵答瘦蝶并告姓氏》(2首)、《蝶韵答息影庐主人》(2首)、《再赠瘦蝶词人》、《口占一绝答瘦蝶》、《答景骞》、《再赠景骞》。

19. 1912年10月26日,文字因缘,《申报》影印本第280页。

楚狂:《寄赠某校书》(3首),息影庐:《偶过浙江路见有署其门曰息影庐者感而赋此》。

20. 1912年10月27日,尊闻阁词选、文字因缘,《申报》影印本第292页。

尊闻阁词选 天白:《暮秋感赋》(4首),慕徐:《海上遇慎阁即席赋赠》(4首)。

文字因缘 息影庐:《答瘦鹤》(4首)、《庚戌再寄子校书集西厢词句》(4首)。

21. 1912年10月28日,尊闻阁词选,《申报》影印本第304页。

李生:《和天白式微歌》(4 首),碧梧女士:《和李生原韵》(4 首)。

22. 1912 年 10 月 29 日,尊闻阁词选,《申报》影印本第 316 页。

蝶仙:《解珮令》、《留别岱山查芝老二首》、《过北上庙谒夫差像作歌投之》、《题二乔观书图》。

23. 1912 年 10 月 30 日,尊闻阁词选,《申报》影印本第 328 页。

吴一冰:《九日词》、《功成一首》,庐青:《寄珍英词史》。

24. 1912 年 10 月 31 日,尊闻阁词选、文字因缘,《申报》影印本第 340 页。

尊闻阁词选　豫章廖尔炎:《由京赴沪与同伴国务院诸君怆怀时局次韵和之》(4 首),寄尘:《书愤》(2 首)

文字因缘　瘦蝶:《叠韵再答瘦鹤词人》、《和见示韵酬瘦鹤》,景骞:《峰石招引于一亹室同席有张益之颇能饮益之者峰石之侄也席散赋此》(2 首)。

25. 1912 年 11 月 4 日,尊闻阁词选,《申报》影印本第 388 页。

寄尘:《秋菊》(2 首)、《残菊》,瘦蝶:《秋夜闺情》。

26. 1912 年 11 月 5 日,尊闻阁词选,《申报》影印本第 400 页。

蝶仙:《洞仙歌·艳情三首》。

27. 1912 年 11 月 10 日,尊闻阁词选,《申报》影印本第 460 页。

率公:《窗前白秋海棠每当盛开花影一庭弥望无际不藉浓妆自然素雅真国色也至九秋渐就凋残遽委霜露回忆花时未能玩赏诗以吊之》、《听王玉峰奏技感赋》(2 首)、《感遇》。

28. 1912 年 11 月 11 日,尊闻阁词选,《申报》影印本第 472 页。

率公:《悼亡》(13 首)。

29. 1912 年 11 月 12 日，尊闻阁词选，《申报》影印本第 484 页。

率公:《诔华吟梅》(3 首)，息影庐:《杂感》，蝶仙:《摸儿子·次吴门沈瘦蝶韵》。

30. 1912 年 11 月 13 日，尊闻阁词选，《申报》影印本第 496 页。

了青旧作:《冬夜宿故人庄》(2 首)。

31. 1912 年 11 月 15 日，尊闻阁词选，《申报》影印本第 520 页。

了青旧作:《寄家兄信阳》(4 首)。

32. 1912 年 11 月 17 日，尊闻阁词选，《申报》影印本第 544 页。

瘦蝶:《奉和蝶仙古意四首仍次樊樊山韵》。

33. 1912 年 11 月 20 日，尊闻阁词选，《申报》影印本第 580 页。

蘅史曹会涵:《听瞽者王玉峰摘阮》，蝶仙:《著泪珠缘五集有句》(2 首)。

34. 1912 年 11 月 21 日，尊闻阁词选，《申报》影印本第 592 页。

蝶仙:《七天乐·题玉云留痕次林琴南自题诗韵》，佐彤:《游秦淮即占》(2 首)。

35. 1912 年 11 月 25 日，尊闻阁词选，《申报》影印本第 643 页。

瘦蝶:《奉和蝶仙古意四首仍次樊樊山韵》。

36. 1912 年 11 月 26 日，文字因缘，《申报》影印本第 654 页。

蕴深:《旅夜书感寄钝根》，蝶仙:《阮剑痴君以其文郎遗像嘱题即次元韵八首》。

37. 1912 年 11 月 27 日，慷慨悲歌，《申报》影印本第 666 页。

山阳秦寄尘:《书愤》(4 首)。

38. 1912 年 11 月 29 日，文字因缘，《申报》影印本第 690 页。

蕴深:《寄怀海上王申蕃先生》(2首)。

39. 1912年12月1日,尊闻阁词选,《申报》影印本第714页。

了青旧作:《落叶·次曲园老人韵》(4首)

40. 1912年12月2日,尊闻阁词选,《申报》影印本第726页。

李生:《早雪行》。

41. 1912年12月3日,尊闻阁词选,《申报》影印本第738页。

了青:《续感怀》(3首),了青:《答金抱璞世祁》。

42. 1912年12月4日,尊闻阁词选,《申报》影印本第750页。

寄尘:《秋感》(4首),冰:《式微歌》(4首)。

43. 1912年12月11日,尊闻阁词选,《申报》影印本第836页。

天白:《秋兴八首用少陵原》。

44. 1912年12月18日,尊闻阁词选,《申报》影印本第920页。

驾东:《醉后书愤》(2首)

45. 1912年12月19日,同上,《申报》影印本第932页。

蝶仙:《江城梅花引》,瘦蝶:《雨窗夜坐》。

46. 1912年12月20日,尊闻阁词选,《申报》影印本第944页。

瘦蝶:《秋怀四章和冀谋》(4首)

47. 1912年12月24日,尊闻阁词选,《申报》影印本第992页。

李生:《边风哀》,蝶仙:《江城梅花引》。

48. 1912年12月25日,尊闻阁词选,《申报》影印本第1004页。

天白:《寒风哀》。

49. 1912年12月26日,尊闻阁词选,《申报》影印本第1016页。

蝶仙:《莺啼序》。

50. 1912年12月27日，尊闻阁词选，《申报》影印本第1028页。

蝶仙：《清平乐·闺情》，蝶仙：《风蝶令·题画》。

51. 1912年12月29日，尊闻阁词选，《申报》影印本第1052页。

寄尘：《岁暮感怀》(2首)。

52. 1912年12月30日，尊闻阁词选，《申报》影印本第1064页。

蝶仙：《拜星月慢》，息影庐：《虞美人》，太痴：《初冬大雪歌》。

附录二

《自由谈》投稿者小影 (1913.3—1914.1)[1]

1. 丁悚

2. 爱楼

---

① 投稿者小影按照《申报》刊登顺序排列。

3. 东埜

4. 便便

5. 拙人

6. 庆霖

7. 匹志

8. 二我

9. 常觉

10. 觉迷

11. 冰盦

12. 秦寄尘

13. 郑幼斋

14. 梦琴轩

15. 瘦蝶

16. 鹿门旧隐

17. 了青

18. 瘦鹤

19. 立三

20. 热庐

21. 问天生

22. 天声

23. 独鹤

24. 逸民

25. 梦生

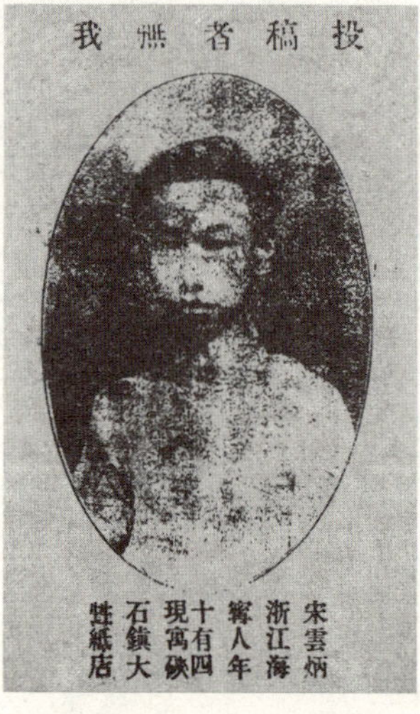

26. 无我

27. 非柳

28. 百恨

29. 息影庐主人

30. 劣僧

31. 悔生

32. 野樵

33. 荫之

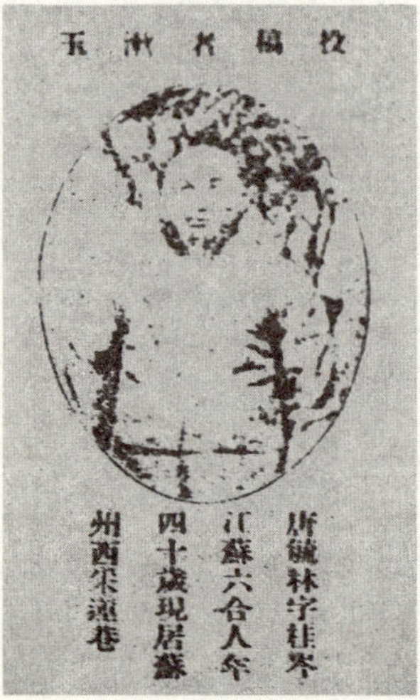

34. 漱玉

35. 双璧

36. 小蝶

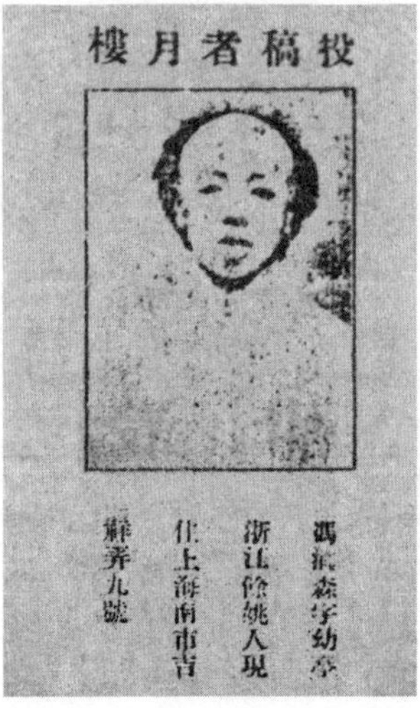

37. 月楼

38. 光头

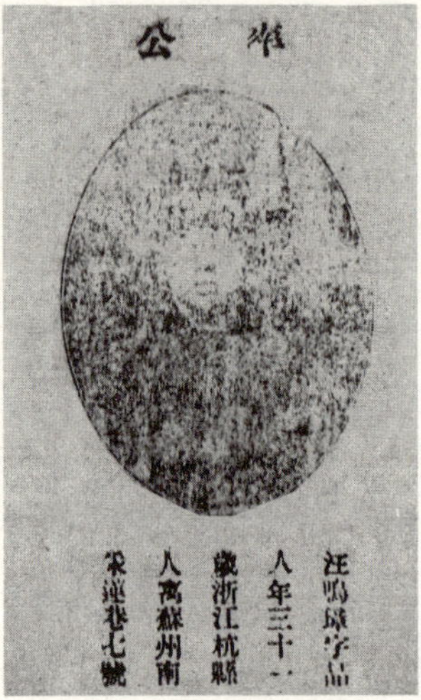

39. 率公

40. 槁木子

41. 孽儿

42. 谪仙

43. 越痴

44. 空闲子

45. 铎

46. 习鹏

47. 施畹芳

48. 华吟梅

49. 佩玉

50. 张舜门

51. 景骞

52. 莽汉

53. 是龙

54. 血真

55. 如愚

56. 酒丐

57. 倚桐

58. 钝锥

59. 金秉五

60. 病魔

61. 士登

62. 钝民

63. 乐君

64. 玄郎

65. 海帆

66. 惠民

67. 秋声

68. 隐我

69. 佐彤

70. 映清

71. 棲梧

72. 扬州小杜

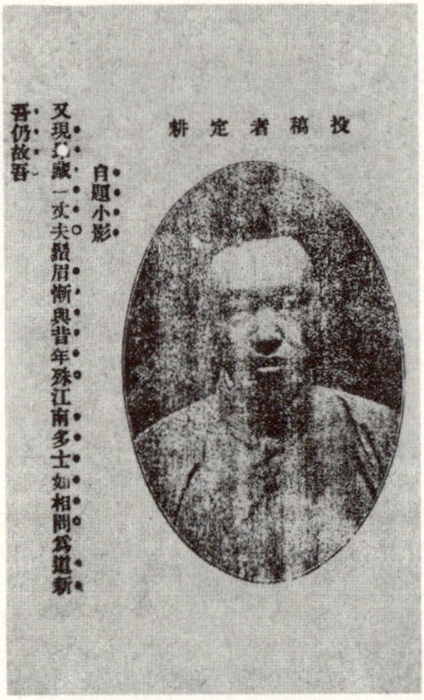

73. 定耕

74. 枕水轩

75. 劳汉

76. 徐哲身

77. 顾影怜

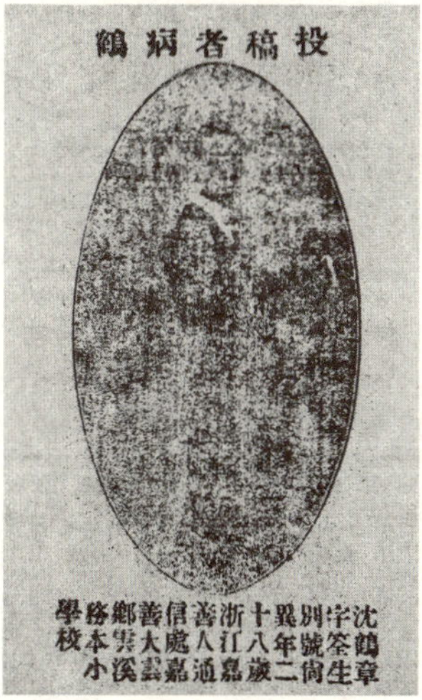

78. 病鹤

79. 病公

80. 文瑞

81. 活泉

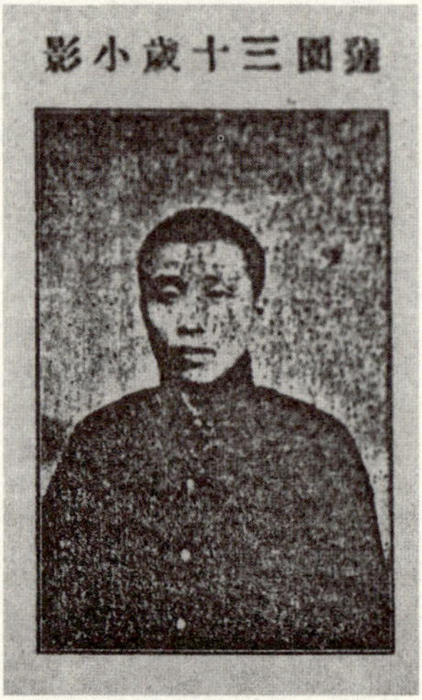

82. 蘧园

83. 芙镜

84. 子枚

85. 惊侬

86. 浮生

87. 悲秋

88. 秋虎

89. 粉蝶

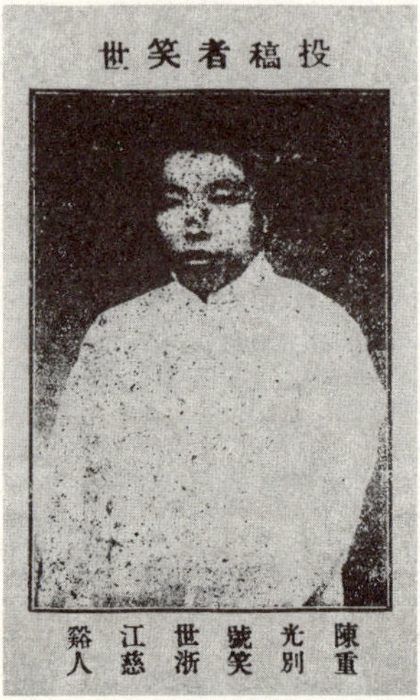

90. 笑世

91. 剑青

92. 方百

93. 病夫

94. 公赞

95. 天虛我生

96. 鹨士

97. 迷途

98. 点墨

99. 松隐庐

100. 颂斌

101. 侍仙

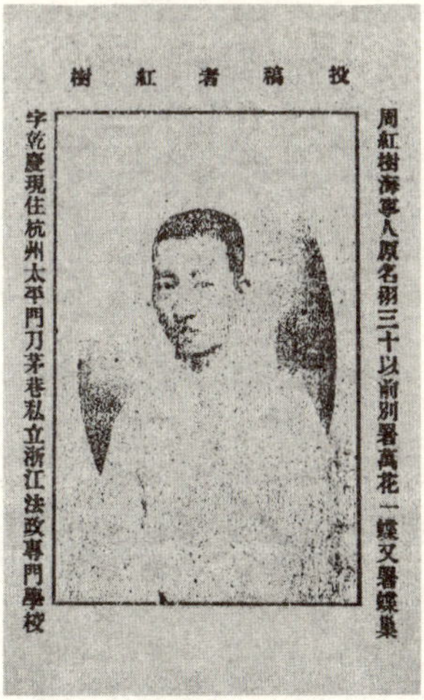

102. 孚忱①

① 《申报》误将孚忱当作红树,并于 1913 年 9 月 12 日刊误。

103. 寸铁

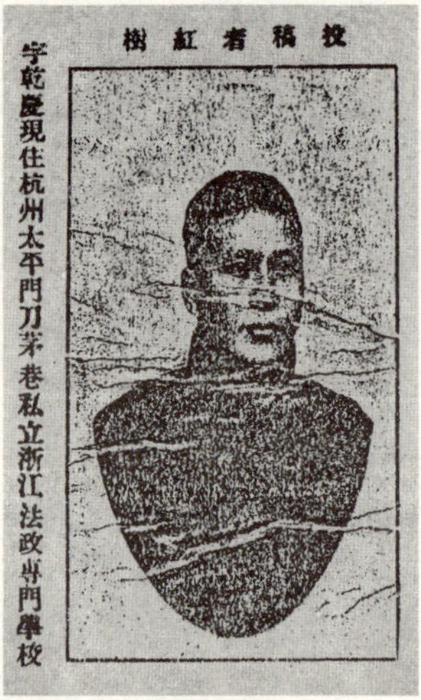

104. 红树

105. 慕侠

106. 空生

107. 学如秋云馆主

108. 石痴

109. 静观子

110. 陈留我公

111. 见贤思齐

112. 涤

113. 知疚

114. 恨海

115. 冶溪秀生

116. 愚民

117. 天一

118. 丹初

119. 无我

120. 虎痴

121. 愚盦

122. 三畏

123. 蓬心室主

124. 桂香室主

125. 行义

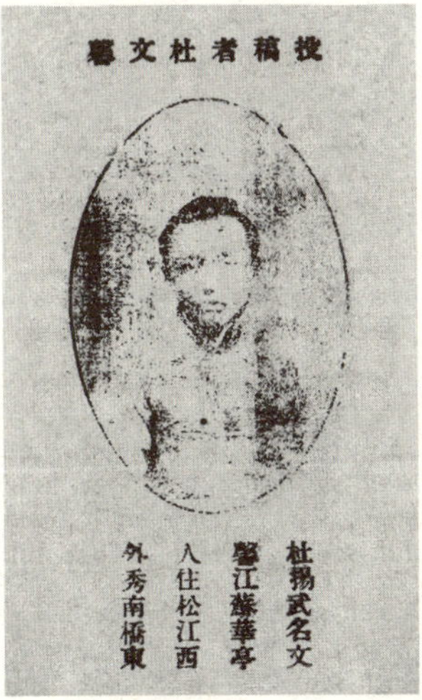

126. 杜文馨

127. 太痴

128. 沈家骢

129. 渔郎

130. 樵宾

131. 枝一

附录三

《申报》刊载钱仲联旧体诗辑佚

笔者在翻阅77年《申报》史料的过程中发现1932年4月2日至1933年4月22日之间,钱仲联先生曾经在《申报》附刊上发表了大量旧体诗。《钱仲联讲论清诗》中说:"我写沪淞抗战十九路军的诗,很多发表在《申报》上,深得黄炎培的赏识,但一半以上的作品,都被我在编集的时候删掉了。"①《钱仲联学述》也提到:"1931年秋,震惊中外的'九一八'事变爆发了。日寇几乎是兵不血刃,长驱直入,一举侵占了东北三省。国家危亡的严酷现实,迫使我打破过去个人的书斋天地,奋力跃出'同光体'和山水风光的狭窄圈子,参用虞山诗派和清末诗界革命的创作方法,写出了一批反映现实、感咏国事的诗篇。……这些诗发表在《申报》副刊上,在当时确也起到了一些鼓舞人心的作用。"②现录存以备查考。

1. 1932年4月2日,梦苕盦主,《申报·本埠增刊》。

---

① 魏中林整理:《钱仲联讲论清诗》,苏州:苏州大学出版社2004年版,第130页。

② 钱仲联著,周秦整理:《钱仲联学述》,杭州:浙江人民出版社1999年版,第17、23页。

胡烈士诗

烈士胡阿毛，上海人，业御，乱中至虹口，为敌兵所劫持，以军火一车强之驾，烈士佯诺，敌兵四督之行，至江边，疾驶入水。遂以身殉，年四十一。家尚有老母云。

车辚辚，行何之？敌兵劫我沙场驰。哀哉车中累累物，千辟万灌毒所郁。一弹可制一人命，毁之胜杀百枭獍。时乎一去不可更，今日之事我为政。死我一人生百人，一死乃不负厥身。飙轮疾转身入水，大呼阿母我归矣。报国事重家区区，人弹同尽无一余。浪花拍天车影没，十丈江心葬白骨。今日江心添白骨，明日战场少白骨。此骨入海随江涛，蛟龙见之远遁逃。上化雷霆下山岳，浩气长薄星辰高。

注：此诗《梦苕盦诗文集》（黄山书社2008年版）有收。

2. 1932年4月3日，梦苕盦主，《申报·本埠增刊》。

国军撤淞防感书一百韵

辛未秋八月，妖星缠角芒。虾夷一夕至，唾手举辽阳。东师不战遁，敌势遂披猖。我时被奇灾，恤难且未遑。淮泗接江汉，千里通汪洋。啼霄万鸿雁，哀哀觅稻粱。阋墙斗未息，南北犹参商。楚天郁兵气，野哭多疮痍。如人伐元气，百病森一床。贼来抵其隙，于何不立戕？钧天几高会，党论仍蜩螗。击敌但以口，纸上兵空忙。烽火匝五月，沪变起仓皇。楼船跨海来，窥我奥与堂。国是乃再误，一发成溃疡。先是敌投书，限日撤淞防。将军蒋与蔡，义愤摩穹苍。裂书起大呼，我民慎弗惶。

歼敌我犹能,往事为汝详。二十学书剑,三十亲戎行。曾及苍梧狩,一战全城隍。北征初出师,谈笑收衡湘。破竹下中流,月黑捣武昌。再举逐孙恩,余孽清豫章。今秋定兴国,赤眉闻风飏。凡此皆区区,未足壮旗常。试我屠鲸手,似足翻扶桑。戎衣耸山岳,健儿翼两旁。相顾各雨泣,慷慨刳中肠。万心并一心,誓死捍我疆。完我壁与垒,聚我糇与粮。沥我最后血,滴滴殷沙场。腥风卷虎牙,吹角声苍凉。部分仅俄顷,突至奔犬羊。敌旌互天半,烈焰烧昆冈。西断淞江水,东迤江湾乡。维时冬春交,寒气塞八荒。横江轰楼橹,谁架鼋鼍梁。万炮射高岸,江水随低昂。雷车碾九地,势与丰蛇长。星槎贯牛斗,九天如康庄。穿云掷火弹,大声崩雷硠。嘘烟或作阵,日月为遯藏。布毒压原野,呼吸成夷伤。三路协一攻,六合沦玄黄。将军当火立,从容喻儿郎。曰谁不畏死,随我驱豺狼。豺狼岂以畏,健儿皆龙骧。三军排墙进,擒贼争擒王。辟历忽透空,应声灰飞艎。地轴为动摇,天柱摧中央。幻容百虎士,一一神其妆。露胸赤两膊,毛发青匡鬤。或丑染蓝靛,或丹剖瓜瓤。厉或拟牛鬼,捷或如猿獐。变化极诸相,赴敌生死忘。银龙翻虎穴,滚地刀如霜。以我血肉躯,摧彼铁甲强。自天下灵怪,不战敌已僵。遯逃十八九,弃甲走踉跄。鳖突苦不速,足短憎耶娘。回戈自争刃,金铁交铿锵。破碎大和魂,欲归不得将。亦有诸奸民,为虎作鬼伥。锄恶务求尽,积尸高于墙。归来整行伍,袒臂各千创。全兵获无算,如山堆车箱。初破蕴藻浜,鼠辈不敢狂。继捷庙行镇,尽戢鸱势张。毋谓秦无人,是真国之良。欢声腾万口,遮道倾壶浆。三军益感慰,负国如此觞。方期不需时,电扫收搀枪。奈何壁上军,袖手多彷徨。敌援络绎来,我援空相望。众寡势已殊,稊米视太仓。亦知无幸理,敢避火与汤。横戈三十日,鏖战天无光。从军三易帅,曾莫撄我铓。幡然忽变计,拊背扼我吭。孤军百战余,过半为国殇。后援尚不赴,奋臂难为镗。夜半贼大举,排山势莫当。后方警频传,敌陷刘河塘。力战非不能,徒死无救亡。全师始一退,鼓声死不扬。哀哉血战功,一掷归苍茫。孤忠在天地,终足起膏肓。兵去敌屠村,池鱼皆遭殃。戮我鸡与豚,轰我堂与厢。胠我流亡箧,褫我妇女裳。夷歌行如飞,一夕趋南翔。我时客孤馆,闻变泪滂滂。海隅既沦陷,东南失保障。我援再坐视,势将括苏杭。诸公秉国钧,却敌当有方。隔河竟观火,寇深不知攘。纵未城下盟,罪已难具量。及兹塞漏舟,所失犹堪偿。陈诗当罪言,号泣呼天阊。

注:此诗《梦苕盦诗文集》有收。

3. 1932年4月5日,梦苕盦主,《申报·本埠增刊》。

翁旅长

国军既退翁旅长照垣犹死守吴淞父老强之行。

海角三旬血战中,莫将成败论英雄。从容犹想全师退,感慨能教万口同。未死此身终杀贼,临危今日见初衷。兵家原不争孤注,决胜还看最后功。

滕将军死事诗

吴淞要塞司令部滕参谋长久寿,贵州人,于二月四日,奉命上炮台督战,敌弹中左臂,仍奋勇登,敌弹再中其右胁,遂殉难。家有老母寡妻,褒忠有待,归亲无期,赋此哀之。

黑风吹海海水立,一台控海高嵘吸。狂雷碾地火沸江,返射三军衣尽赤。将军一人立火前,手提骷髅掷上天。高台欲上未及半,一火已中将军肩。赴汤蹈火所不避,有生誓死吴淞地。浴血登危不顾身,劳军一振李陵臂。江头雾塞风凄凄,鳌翻地穴猱缘梯。将军铁血满身胆,猛气犹慑鲸与鲵。鼓声欲死日无色,海云接天天似墨。一弹再洞将军腰,未死犹能呼杀贼。中军吹折熊虎旗,大星坠水光芒微。孤忠耿耿自千古,耳其事者皆涕洟。将军死国事未毕,老母在堂妇在室。沉沉虎豹今当关,太息褒忠知何日。夜郎天远风云寒,千山万水归榇难。我为此诗表忠烈,毋令志士摧心肝。

4. 1932 年 4 月 9 日,梦茗盦主,《申报·本埠增刊》。

飞将军歌

航空军第六队黄副队长毓全,精驭空术。二月五日,在上海真茹作战殉难,初,第六队飞机员朱达,先负伤下降,毓全见时机危迫,即腾身上机,起飞应战,讵机身已被巨创,未及审视,起升不及百尺,即下坠,人机并陨。

毒龙喷火烧天根,雷车翻天天昼昏。吴淞江头云抹漆,神焦鬼烂无逃门。敌机百架我机十,上下环攻事益急。一机无声忽下天,鸦阵来追势将及。将军天外忽飞来,眼见黑影颠尘埃。力拯同袍出死地,旋车重向天门开。将军身手云中翮,扶摇不觉天池窄。惯缚青虬绝海行,雷鞭风驷皆辟易。跃跨腥云追贼飞,鹏翼已铩所不知。培风直上未十丈,人机立堕成琼糜。将军身死心未死,不能歼敌心所耻。今以一死酬国恩,气作长虹烛天紫。安得将军千百人,长飞直压扶桑津。粉碎三山不知处，毋令碧海重生尘。

注：此诗《梦苕盦诗文集》有收。

5. 1932年4月10日，梦苕盦主，《申报·本埠增刊》。

严桂生死事诗

桂生，湖南人，官十九路军第四团三营七连中尉连附，殉于二月三日上海永兴路之役。君每临阵，辄身先士卒，敌人望风披靡。是役，敌兵由横滨路东宝兴路猛冲我军阵地，君竟脱去上衣，赤膊持机枪应战，大呼杀敌，冲入敌阵，敌军为之胆落，奔溃而逃，我军前线遂大捷。俘敌军钢炮七尊，机枪十三挺，将军亦身中数枪，犹大呼杀杀杀，前进不已，可谓烈矣。

君名桂生其姓严，身长数尺雄须髯。马上马下战略谙，山川奇气钟湘潭。半生百战经危阽，未湔国耻心如惔。敌氛虽恶力可戡，愿戢岛寇安江南。江头转斗旬日淹，彼贼畏之如哮虤。二月三日毒雾涵，战场风黑天似黕。贼来如云步马兼，雷车压地高巉巉。君也大呼起裂衫，是何小丑敢狼贪。灭此朝食我犹堪，毋谓我刃锋不铦。赤其胸膊毛髟髟，手持铁枪驱凶獭。弹丸脱手快于镰，贼军如草恣一芟。我军随之马脱衔，一心陷阵无反瞻。万贼势溃如崩岩，是役敌军尽数歼。生者逃出不二三，君身亦被千创劖。浴血应战战益酣，为国而死死亦甘。我力已竭血面含，大声呼杀张怒髯。垂死詈贼犹喃喃，嗟自胡马来趁覃。山河破碎那忍谈，辽河之水成青蓝。金城千里囊中探，遂登长城虎视眈。诸军弃甲驰惊骖，亦有虎将能韬钤。变节不死强婀媕，彼哉独非七尺男。以视严君能无惭，惟君之体膏鹰鹯，惟君之名人心嵌。英魂在天位星蟾，光明常照衡山尖。

6. 1932 年 4 月 11 日,梦苕盦主,《申报·本埠增刊》。

沪难新乐府·汉奸谣

敌兵欲来,汉奸放火,敌兵既来,迎之道左。敌来犹可,汉奸杀我,嗟汝亦入,岂无肝肠。奈何甘心,为虎作伥,虎伥闻言,大笑不住。平时我身,千恨谁诉,人坐我车,我为马牛。人居华厦,我棲隘湫,一朝时来,翻转乾坤。扬眉吐气,无佛称尊。东家黄金,西家美女,女抱我眠,金恣我取。汝莫快意一时,鸟尽弓藏悔且迟。

沪难新乐府·卡车行

卡车兀兀行复停,铜床柚几堆零星。路逢相识人,劝言不可行。前行虎口万难过,欲过虎口囊须倾。卜居旧在浜北地,一朝戎马仓皇避。夜半轰雷四壁摇,万屋烟腾赤熛帝。脱身虎窟幸已多,身外有物何暇计。战后还家心骨惊,十家九破余焦楹。家具如山独未失,一一标识题分明。(某君乱后返闸北家中,诸物皆未动,但编成号码,于此见十九路军纪律之佳。)空军浜北来,满载浜南去。迟卒逢无数,喝车停当路。有钱放汝行,无钱车且住。多金馈贼车其前,百步之中几行贿。不论贫富千取百,赂金高于车中值。更有奸民狐假威,倒箧翻箱去无迹。车声辚辚渐过桥,行人犹唱康衢谣。洪南天地宽如此,人车得到空如水。车辚辚,难为听。

7.1932年4月13日，梦苕盦主，《申报·本埠增刊》。

沪难新乐府·赁屋叹

淞隅既失江南危，人心摇摇将安归。大家小户离乡去，争向申江赁屋住。申江富儿屋作田，一屋岁收银万千。贫儿无钱那容处，只借半楼蔽风雨。不知居停居何心，将屋作巢人比禽。败屋两幢十家赁，灶下余地租多金。乱来屋价高倍昔，人多犹患屋难得。贫儿仰屋愁复愁，朝啃暮嘆租金逼。有钱且住无钱行，居停铁面无留情。可怜江海沦烽燧，反为居停致财地。只知此邦安乐窝，谁料长安居不易。君不见，战区十家九无屋，足茧蒐江雨中哭。今能赁屋容起眠，日受困迫犹为福。

沪难新乐府·埋遗骸

埋遗骸，遗骸狼藉沧江曲，面目如灰泥血搀。犬饕鸟啄无完肉，尸林骨山撑乱麻，道旁骷髅生齿牙。日蒸气发百毒泄，残魂簸作风与沙。毕竟贼兵仁爱汝，一一和泥埋入土。附身虽无衣与棺，犹胜邦人视无睹。战场昨过鹰扑人，斑斑战迹痕犹新。夜来精灵哭江雨，天阴月黑吹青燐。此际诸公梦方永，可惜不曾知此境。

近事书愤

斫地哀歌愿总违，回戈无力泪频挥。九乌猖獗凭谁射，六鹢参差已退飞。岂有片言纷可解，但争一子局全非。诸公只办秦庭哭，太息中原马正肥。

注：《近事书愤》一首《梦苕盦诗文集》有收。

8. 1932年4月15日,梦苕盦主,《申报·本埠增刊》。

近闻四首

人世沧桑第几回,无端惊浪起蓬莱。梦边失鹿皆吾土,眼底屠鲸孰将才。笳鼓一宵江上急,衣冠百辈贼中来。纷纷那与胡僧事,一任昆明付劫灰。

传闻九鼎卜西迁,吟望神州涕泪悬。龙汉亦愁仙佛劫,红羊况值乱离年。此身自分终沈陆,与贼何堪共戴天。大好家居撞已坏,凭谁只手定三边。

举国纷争党李牛,高台那复凤皇游。横流到处成沧海,错铁何人铸六州。此日惊风皆草木,当时未雨欠绸缪。补牢谁道真无及,莫把金瓯一掷休。

是和是战论分歧,借一如今事已迟。岂有冤禽填大海,空看乌鹊避南枝。诸公竟守偏安局,此着真成最后棋。不尽江南开府恨,梦魂犹想中兴时。

注:此四首诗《梦苕盦诗文集》有收。

9. 1932年4月16日,梦苕盦主,《申报·本埠增刊》。

沪难新乐府·开合议

今日开合议,明日开合议,似闻闸北将成瓯脱地。今日商撤兵,明日商撤兵,太仓城外日夜闻战声。折冲果无才,何如议弗开。停战战仍烈,何如兵弗撤。嗟汝尸位郭橐驼,委佗委佗颜则那。自夸擅坫舌犹在，一筹不展将奈何。反云合议中梗不足虑，尚有联盟可申诉。即云联盟果足恃，我刃胡为弗再试。光荣之史血染成，劝君莫寻城下盟。

10. 1932年4月17日，梦苕盦主，《申报·本埠增刊》。

马将军歌

去秋马氏江桥一战，震烁寰宇，余作歌张之，及闻马氏变节，此诗亦弃诸敝簏，昨阅马氏反正一电，为之一快，则我诗固不可以不存也，乃录之，以核其将来。

关东作贼皆豪杰，将军马上技尤绝。白骨成山卷甲回，一马如龙万马噎。幡然虎变作干城，十年坐啸边尘清。岂独雄威振殊俗，儿啼不敢闻姓名。一朝辽阳动鼙鼓，虾夷跨海来纵横。玄菟城头角声死，貔貅十万余空营。铁骑横驰一千里，投鞭欲断嫩江水。将军奋臂裂裳起，男儿报国此时矣。八千子弟从如云，帐下欢呼各效死。巨刃在手摩天扬，会看驱贼如驱羊。九月癸亥贼大举，飞船殷天弹如雨。鳌翻地穴江倒流，血浴玄黄迷处所。将军令出威如山，万马无声齐出堵。黄云下荡旗角开，将军一骑突阵来。赤熛射破鲸鱼浪，将军逐贼江桥上。回头跃马十丈高，十荡十决翻贼巢。是好男儿死此土，敢有后者腥吾刀。我气益振贼益蹙，再接再厉无一挠。天摇地岌龙蛇走，不见贼前见贼后。四野惟闻辟历声，纷纷碎落贪狼首。将军人马皆天龙，入阵马黑出阵红。山河北戒独支拄，边功第一今谁同？吁嗟乎！一从胡骑牧辽野，七十余城望风下。江桥一捷贼胆摧，相戒莫撄龙江马。关河北望泪眼枯，失群哀雁云中呼。为语将军志莫渝，一心杀贼当如初。功成待绘凌烟图，吾笔犹能一歌再歌为君书。

注:此诗《梦苕盦诗文集》有收,收录时删除小序。

11. 1932 年 4 月 18 日,梦苕盦主,《申报·本埠增刊》。

沪难新乐府·献军图

献军图,卖春申,彼何人哉椒房亲。军图一献军情泄,三十日功弃一日。国有斯人国之耻,凡我军民发皆指。奈何就逮今月余,不闻一定罪有无。论罪果不诬,国法军律所比诛。核事若有虚,亦当早使群疑除。吁嗟盗国人十百,献图区区我何责。君不见辽东守帅失边土,账下依然拥貔虎。

沪难新乐府·跳舞热

万灯颤影镜屏绿,露湿天街一片玉。十二琼楼尽卷簾,声声飞出紫云曲。风吹罗袂登银台,龙箫凤管喧如雷。抱月飘烟影无敌,寻声按屐能千回。就中蓬莱多仙子,红纱障肤亲尺咫。家山破碎可莫论,人生只合柔乡死。单丝舞罢沽香槟,酒语桃花花不嗔。银胆欲斜乐未停,纷纷蝶梦醒未醒。昆明池灰十万丈,何心犹醉华池上。

12. 1932 年 4 月 21 日,梦苕盦主,《申报·本埠增刊》。

沪难新乐府·缥缃劫

海内藏书几家在,海源测海皆湮沦。涵芬一楼最后起,崇楼兀峙沧江滨。宋元环宝度高架，绝域善本罗群珍。分斋设案恣涉览，明窗如雪无纤尘。能令寒士大欢喜，驱车排日来频频。一朝烽火逼江介，轰雷巨炮四壁振。飞车百弹破空下，赤熛一怒毁典坟。铁琴铜剑有孤本，可怜玉石俱遭焚。（吾邑瞿氏善本数种借与商务书馆亦遭殃及。）纸灰如鸦蔽天半，云中仿佛号鬼神。颓墙峰兀化战垒，遗册亦供军中薪。嗟自胡马寇东北，心心刻意摧斯文。文溯一阁拥四库，鬼车载入扶桑津。今兹涵芬劫尤酷，旧观欲复知何春。私家更数周（越然）与易（培基），铢累寸积搜之勤。似闻池鱼亦殃及，凡我识字皆酸辛。吁嗟乎，缥缃一炬哀祥云，三百年来今再闻。

13. 1932年4月22日，梦苕盦主，《申报·本埠增刊》。

罗营长死事诗

七十八师第一团第一营罗营长坤，殉于三月一日小场庙之役，是役日兵以全力袭我营阵地，营长殊死战，毙敌七百，逾月事外闻，诗以哀之。

战场昼寂天死灰，顽云压阵阵不开。蝴蝶千群递飞出，（蝴蝶兵倭寇也，见明史。）杀声如海排空来。九天九地火齐发，孤军拒壁危一发。公怒一叱万鬼瘖，奋身杀贼先士卒。贼见公来疑飞神，仆地都成木偶人。我军如龙敌如草，大呼陷阵山为倒。至晨至午战不疲，敌军七百皆肉糜。公力未尽枪忽折，手中剩有弹数发。裹疮再战甲尽红，是心是血皆化铁。贯日雄虹万丈起，汉家虎将终战死。是夕我军鼓不扬，全师急退三十里。可怜众寡太殊绝，不然五岳谁能拔。战场劫后过者愁，遗骸苍莽不可收。不知何者是公骨，天阴雨湿魂啾忧。安得起公领貔貅，往集余烬剪我仇,侧身西望徒烦忧。

读海藏楼诗感赋

铜狄摩挲二十年,一麾江海杜樊川。吟边已换人间世,犹向空林拜杜鹃。

白发藜床夜未归,秦庭泪满老臣衣。乌山风月浑无恙,为语西乌莫夜飞。

注:《读海藏楼诗感赋》二首《梦茗盦诗文集》有收。

14. 1932年4月24日,梦茗盦主,《申报·本埠增刊》。

萧德上尉纪念碑歌

萧德上尉之死,吾友王君既为之传,兹者萧母来沪,葬上尉遗骸于虹桥飞机场,各界有为上尉立纪念碑之议,爰为此歌,以促其成。

雷雨如闻转战急,精灵闪烁崇碑立。兀地排云骨作陵,四万万人同雨泣。当时敌机江上来,杀气所透青天开。铁弹掷云不知数,下方人屋皆飞灰。君也慷慨奋臂起,是何丑类乃敢尔。猛虎居然附翼飞,我独非人忍坐视。立驭飞车逐敌行,敌为胆落天为惊。风云蹴踏来酣战,岳动山摇银海眩。星官飞将下层霄,阊阖城头走雷电。敌机上下连环攻,一机应战何从容。须臾熛火歼贼一,君亦一弹穿当胸。三十三天烛龙坠,忠魂烈魄玻璃碎。呜呼君死为谁死,有身但殉正义耳。如君一死关苍生,华德戈登何足比。浩气化虹吐千丈,片石嵯峨足瞻仰。至今霹历响昊天,灵旗甲马犹来往。我为君碑赞一词,三字当刻和平碑。

15. 1932年5月3日,梦苕盦主,《申报·本埠增刊》。

海上春感二首

碧夜沉沉永劫沦,愁边金粉属荆榛。人间竟少埋愁地,海上难回有脚春。南渡衣冠终北去,汉家城阙又胡尘。兵戈满眼风云恶,来作新亭对泣人。

泪眼河山劫火红,庙堂本意在和戎。诸军壩上原儿戏,一将南塘自战功。哭很当关皆虎豹,坐教平地困蛟龙。可怜卅日睢阳守,付与沧江落照中。

16. 1932年5月4日,梦苕盦主,《申报·本埠增刊》。

感时

拼掷头颅歼厥渠,勇哉烈士震夫余。鸱张竟饮刃三尺,豕负空还鬼一车。天下慕声同郭解,炙中置匕笑专诸。东风不竞从今始,万事乘除问太虚。

17. 1932年5月7日,梦苕盦主,《申报·本埠增刊》。

合议成愤书四绝

雪涕东南百战余,纤儿终坏好家居。剧怜十万沙场骨,换得和戎纸一书。

山柯烂尽问残棋,城下盟成剧费思。上策珠厓终自弃,中朝都是贾捐之。

安排春色上輶车,君罪应难罄竹书。一梦皇华犹未唱,风波平地病相如。

宝刀如月剑如霜,如此河山送靖康。泪眼冷看湖上雨,那堪驴背老斩王。(报载十九军蒋、蔡二公将解兵柄,蒋总指挥作西泠之游。)

18. 1932 年 5 月 21 日,梦茗盦主,《申报・本埠增刊》。

退敌感赋

一雨东南竟洗戈,还乡有梦绕关河。重来战地无春草,别后寒江换绿波。词客已先花事老,离愁争比乱云多。全家尽脱虫沙劫,乃此金瓯破碎何。

19. 1932 年 5 月 22 日,梦茗盦主,《申报・本埠增刊》。

马将军屡挫敌军

龙江北望阵云深,谁向中流击楫吟。绝塞重教张汉帜,生降今始见陵心。亦知阳九天难挽,未信虞渊日竟沉。我病闻鸡还起舞,期看十万盾成林。

20. 1932 年 5 月 26 日,梦茗盦主,《申报・本埠增刊》。

宴唐师蔚芝二绝

唐师蔚芝避地来沪与同门诸子公宴有作。

乱后依然聚德星，无多涕泪对新亭。尊前一曲家山破，鼍愤龙愁不可听。

百年万感入哀吟，历劫难灰逐日心。白发重温天宝梦，一灯写与酒痕深。（师来沪时，中途遇盗得脱。）

21. 1932年5月28日，梦苕盦主，《申报·本埠增刊》。

沪难新乐府·雉朝飞

雉朝飞，飞来自何处，沧溟万里蓬山路。蓬山浪子沙场行，江头百战余残生。回首乡关泪如雨，何人省识从军苦。飞来野雉尽癫狂，兵气消为粉黛光。军门即是迷香洞，葡萄美酒唇边送。神女三千自在身，一齐幻入阳台梦。出门犹着五铢衣，云酥雨腻是耶非。仙国风光原不愧，行人争看雉朝飞。

22. 1932年5月30日，梦苕盦主，《申报·本埠增刊》。

李营长死事诗

十九路军七十八师李营长熙荣，广东台山人。少卒业日本陆军士官学校，事详吾友王君所撰《台山李营长传》。

蚩尤喷雾作狡狯，蕴藻浜头阵云坏。人马踏河河倒翻，敌势来如风雨快。熛火下射营当中，兵气结为蛇与龙。将军誓众死我土，此而不守无吴淞。我有劲军如铁铸，纷纷蝼蚁那足惧。将军令从水上传，辟历入水火乱旋。以火杀敌敌堕水，一江鱼鳖化赤烟。敌来如云杀不绝，将军转战肠尽出。我头可断胸可裂,不教寸地手中失。将军殉国不顾身,随而殉者三百人。丹心万丈光不灭,血洒江头血犹热。我军大至刃再交,敌众鸟散空营逃。千雷万霆动天地,血雨红溅曹家桥。奇功是役谁第一,将军一死事尤烈。嗟哉台山好男子,安得壁上诸军皆如此,与君杀敌战场死。

注:此诗《梦茗盦诗文集》有收,文字略有删节。

23. 1932年6月15日,梦茗盦主,《申报·本埠增刊》。

东北四哀诗

停战协定签字,沪变告一段落,而东北半壁河山,仍沦敌手。政府既无心收复,沪人士亦渐淡忘,乃摭拾昔闻,为东北四哀诗,以警国人,傥不贻明日黄花之诮乎。

哀沈阳

沈阳城中十万兵,城南城北皆峙营。夜半贼来兵尽走,四天如墨无战斗声。平明作队搜大户,穿门为狼入为虎。母从儿走妻求夫,我军已远空号呼。万家膏血污泥涂,烂焦不顾池中鱼。天禄之藏四库书,一一盗载归蓬壶。兵工雄厂亦敌有,经营十载嗟何如。吾闻东师号劲旅,奈何一朝虎变鼠。将材不生壮士悲,家山入破泪如雨。莫唱边城白雁谣,大帅河上方逍遥。

哀长春

敌军所向如偃草,长春以南无完堡,降敌苦多杀敌少。危城独以孤军当，二百廿人无一降，城存与存亡与亡。万骑压城城欲动，城上健儿气山涌，浴血奋战无旋踵。一夫奋臂百夫从，上马斫阵如飞龙，同拼一死为鬼雄。见贼便刺刀锋利，左盘右辟恣我意，敌兵来者俱伏地。千声万声呼杀倭，倭杀不尽来益多，我力尽矣将奈何？苦战终日命同毕，血刃在胡毗犹裂，是岂我心乃我节。

24. 1932年6月16日，梦苕盦主，《申报·本埠增刊》。

东北四哀诗(续)

哀龙江

虾夷已破昂昂溪，铙歌一路行如飞。黑云过江大于马，半日已薄龙江下。龙江将军勇绝伦，贼军畏之若天神。连日鏖战几大捷，力尽援绝于溃奔。孤城无险不可据，吏民尽劝将军去。民爱将军如父兄，忍掷全城作孤注。将军去矣贼入城，马上但闻呼号声。呜呼！将军此退非得已，来春及早收贼垒。

哀锦州

奔车一夜辚辚声，我军尽向关内行。锦城高高天尺五，有城不守奈何许。黄昏胡笳城上吹，贼不血刃皆登陴。截城拦杀者为谁，辽西义民边城儿。奋臂直入不畏死，矢与名城共终始。创痕入骨蹶复起，毕命犹然切其齿。明日虾夷屠四门，传闻戮及鸡与豚。吁嗟乎！我民杀贼非不力，争奈三军先避贼。北门锁钥今大开，贼军饮马长城来。

注:《东北四哀诗》四首,其中《哀沈阳》、《哀长春》、《哀锦州》三首《梦苕盦诗文集》有收。

25. 1932年6月18日,梦苕盦主,《申报·本埠增刊》。

雨夜游浦滩公园

劫后楼台取次寻,依然物外旧园林。雨中灯影沈千晕,叶底车声并一吟。坐觉江流无住相,暂收魂气合层阴。年时待月窥星地,争与神州共陆沈。

归车过战地作

车厢梦挟万雷奔,梅雨声中过百村。劫后风花如此老,怀中肝胆向谁温。河山想像群龙战,天海归来一鹤尊。野哭千家听不尽,江南犹有未招魂。

注:《雨夜游浦滩公园》一首《梦苕盦诗文集》有收,题目有改动。

26. 1932年6月21日,梦苕盦主,《申报·本埠增刊》。

苑将军歌

去岁暴日寇黑,兴安岭屯垦军苑旅长崇谷,率所部炮兵赴援,渡河时,炮弹不能经水,缚顶上以济,河冰剧骨,士无完肤,余闻而感叹,为作歌。

君不见,危峰积雪白入天,千古万古无人烟。下有不测蛟龙渊,钱甲如山研冰走。将军此去逐天狗,健儿奋臂相先后。中流人影无尺高,头如霜叶冰如刀。铁弹压顶色不挠，十生九死渡此水。登岸相看几完体，将军一呼蹶仍起。明朝杀贼江桥来，万炮如雷轰天开。纷纷虏骑颠尘埃，捷报传来震朝野。论功独说龙江马，将军之功岂在下。忠肝义胆皆绝伦，能令鼠辈惊天神。始知东北非无人，将军更是人中杰。伫看功成播英烈，百炼干将铸我笔。

27. 1932年6月28日，梦苕盦主，《申报·本埠增刊》。

论诗绝句五十首

余事诗篇便绝伦，每从涩惊见天真。江山一代回天手，不作词场第二人。（曾文正）

东州三绝画诗书，诗境芙蕖出水初。洗尽铅华留本色，形骸以外学髯苏。（何子贞）

经巢不磨是经师，落笔能空一世诗。老去空山歌拾橡，杜陵乐府绣哀时。（郑子尹）

冶红妖翠斗新词，不见苍松百尺姿。绝代柴翁谁伯仲，云山韶濩邵亭时。（莫子偲）

媚韩謟杜百堪怜，真髓何人得古贤。探到本原精厚处，四农诗法有薪传。（鲁通甫）

曾从同甫论诗坛，桂派名家首伯韩。一语分明先道破，惊人犹易惬心难。（朱伯韩余于陈柱尊师处读伯韩诗末七字，伯韩句也。）

生逢天宝杜陵年，异代悲哀鸿雁篇。和到泉明尤绝唱，陶琴自古本无絃。（邓弥之）

白发宫妆学上阳,一生辛苦榜门墙。堂堂湘绮楼中老,遽把雄才让白香。(王壬秋)

坛坫西江黯不光,町畦独关让陶堂。自应羞学邯郸步,不解壬翁故谤伤。(高百足　湘绮《论诗绝句》于陶堂深致不满。)

百年江左数诗流,都让江郎出一头。只惜未除门户见,平生诤友好云楼。(江弢叔　弢叔中年与祖姑丈李小湖先生论诗不合。)

28. 1932年6月29日,梦苕盦主,《申报·本埠增刊》。

论诗绝句五十首

不是温柔敦厚诗,自家罪过自家知。是谁故作欺人语,赞叹围城乐府辞。(金亚匏　亚匏刺时之作伤于尖刻,晚年纵情声色,益卑靡无足取,其《椒雨集》自跋谓语宗痛快,已失古人敦厚之风,是亦颇自悔也,近人陈衍、梁启超、胡适盛称之。)

老作诗人绝可怜,凄凉家国感当年。商声满地今何世,展卷南山一惘然。(舅祖翁文恭公　"商声满天地,如蜩复如沸",公题我祖母《种菊补篱图》诗句也。)

韩富声名海外知,沧江岁晚足悲思。宗臣遗恨知何限,泪尽香山讽喻诗。(张文襄)

藤花京国印诗痕,浙派风流几辈存。绝代朱颜留一笑,秋波临去尚消魂。(李莼客)

诗品如人玉样清,梦回青琐不胜情。江楼残照分明在,听水听风送一生。(陈弢庵)

樊易才华拜下风，关山涩体压咸同。真人天际谁能会，独有平生海日翁。（袁忠节）

三关论向残年定，拈出诗家不二门。谁料平添一公案。争墩今日到三元。（沈乙庵　乙庵旧与石遗论谈，有“三元”之说，晚年易为“三关”。近石遗门人为石遗年谱序，必欲以“三元”之论归，石遗独有门户之见，可笑）

公子风流侯雪苑，遗民心事杜茶村。不堪袖手神州事，来向诗中起国魂。（陈伯岩）

29. 1932年6月30日，梦苕盦主，《申报·本埠增刊》。

论诗绝句五十首

健笔清才莫与京，散原以外孰齐名。合将太华三峰比，天外高标削不成。（郑太夷　张广雅曾以太华三峰比之。）

伯子诗穷号善鸣，白头高睨众公卿。一编涕泪皆民物，不是秋虫诉不平。（范伯子）

箧衍编成力未殚，更传诗话压仓山。平生着意图宗派，踢倒乾坤点将坛。（陈石遗）

黄冠朝市逐公卿，诸夏无君出处轻。卿本佳人争做贼，蘼芜山下可忘情。（樊樊山 国变后有“诸夏无君出处轻”之句。）

绮语冬郎取次吟，前尘影事梦中寻。高楼明月笙歌处，愁绝诗人夜夜心。（易哭厂 琴志自称前生为张梦晋。）

写到青衫泪湿时，江州流派几人知。笑他绝代云门曲，犹是梅村以后诗。(王部畇　先生为瑗仲尊人《彩云曲》最有名论者,谓樊山二曲犹是梅村而先生则长庆矣。)

金井秋魂吊水仙,哀蝉声断汉宫天。何当搁尽才人笔,万朵红莲礼白莲。(曾重伯《庚子落叶诗》为珍妃而作传诵最广,《登南岳观音岩》有“宝山珠殿插青天,万朵红莲礼白莲”句,余尤爱之。)

人境初逃党锢名,一庐归去了残生。吟边小试屠龙手,出地惊雷第一声。(黄公度)

30. 1932年7月1日,梦茗盦主,《申报·本埠增刊》。

论诗绝句五十首(续)

八千人散感沧桑,浮海归来两鬓霜。一代兴亡诗史在,斜阳听鼓赵家庄。(邱沧海 沧海于台湾独立时被举为总统,事败内渡,诗中念念不忘台湾,有“斜阳围听说场词,我亦曾驱十万师”句。)

行卷苍茫遍四州,不将陈法自拘囚。三山五岳都尘迹,又作诸天汗漫游。(康更生)

烧车风节旧知名,白发铜仙胜泪零。生长峨眉仙佛地,吟成伸脚万山青。(赵尧生 末五字尧生句。)

觚庵清骨瘦于诗,五字争传度陇辞。成就残年湖上趣,二分明月水仙祠。(俞恪士)

百年宋派入人深,介白犹存六代音。谢客精思少陵笔,夕阳红断广陵琴。(刘裴村)

曹洞禅深孰苦商,寒花能作去年芳。一轩晚翠人何在,乱眼残山涕

数行。(林瞰谷)

玉笛声中故国情,几人心醉不分明。兴亡为是开元曲,独见西风百感生。(王静庵)

南国诗人李亦元,瓣香只拜玉溪门。美人兰芷无穷意,目断灵旗望帝魂。(李亦元)

31. 1932 年 7 月 2 日,梦苕盦主,《申报·本埠增刊》。

论诗绝句五十首(续)

老树孤花意自耽,宛陵三昧静中参。西江流派今余几,除却持庵数映庵。(华烂石夏剑丞)

苍虬诗笔走龙蛇,简学风流自一家。十载餐英楚臣泪,不堪吟对义熙花。(陈仁先)

诗庐诗味别酸咸,衣钵相承继伯严。他日京华添掌故,一龛分占法时帆。(胡诗庐)

南登衡岳北居庸,两足平生踏万峰。天放楼头今夜月,有人抵掌说元龙。(金松岑 松岑诗多纪山水游,又好谈经世之学。)

毛羽天高出异鹰,东陵才子气飞腾。故人犹有唐衢在,老泪无端洒作冰。(邵心炯 心炯与吾师唐蔚芝尚书为丱角交,卒年三是二,师为作传,语特沉痛。)

桂岭漓江独往心,天高容得万山侵。有时儿女红闺语,隔叶黄鹂亦好音。(陈师柱尊 侵韵七字,师旧句。)

此老萧然物外姿,苦吟万古一灯知。自题集内惊人语,五百年无入眼诗。(从舅父沈石友先生　末七字,先生句。)

三生龙骨印绸缪,儿女神仙写百忧。自古奇才遭物忌,锦囊零落付谁收。(黄摩西 摩西诗惊才绝艳,似王仲瞿,以狂疾死,遗稿散佚,金丈病鹤曾辑之。)

32. 1932 年 7 月 3 日,梦苕盦主,《申报·本埠增刊》。

论诗绝句五十首

江山无限梦魂中,浩劫何堪说汉宫。一自连昌词客去,几人肠断落花风。(孙龙尾　《龙吟草》多关晚清掌故,《宁寿宫词》尤足嗣响梅村。)

碧萧声里念家山,老辈风流总莫攀。人说杨侯诗句好,玉门风雪写云鬟。(杨云史 云史《天山曲》长一千九百三十二字。)

天痕和尚浪仙才,七字华严弹指开。赢得江湖传唱遍,洞庭波送一僧来。(释寄禅)

疑雨疑云怅暮朝,三生慧业总难消。春来携得伤心句,唱过樱花第几桥。(释曼殊)

野史亭边夕照非,十年采尽首阳薇。却将白发铜仙泪,吹上南朝客子衣。(金沧江　朝鲜人,寄籍南通。)

新派重看秀水开,万滔奔海放天才。王郎奇语谁能敌,只许韩苏伯仲来。(王瑗仲　万涛七字,瑗仲观潮句也。)

低头东野有昌黎,五字吟成手自题。若向人前夸好句,一生稻长觉山底。(表兄沈子茂　兄诗近颇刻意,东野“菱荒知岸阔,稻长觉山低”,其旧句也。)

江山灵气几人收，辛苦长吟不自休。瘦笛哀笳断肠语，此中难道有千秋。

33. 1933年3月17日，钱梦苕，《申报·本埠增刊》。

游仙诗同张文璚隐作

拟仿二冯例以一百首为限

灵河西岸夜停槎，前度人来阿母家。虎齿何曾轻一笑，怜君枉粲妙莲花。（前驻美公使施植之到美游说。）

紫兰北烛定情时，妒煞偷桃一小儿。密誓背人亲手递，瑶池西畔说相思。（中俄复交在日内瓦换文。）

浪说星辰上界多，菱枝前路尚风波。美人尽又缠绵意，奈汝盈盈一水何。（国联诸小邦虽多袒我而无能为力，美亦观望。）

似闻太乙会群仙，笞凤鞭鸾各一天。翻覆谁凭云雨手，竟将沧海认桑田。（英本助我，变而袒日。）

金风纸雨不成春，辟债台高逼帝宸。一夜护花铃尽解，此中消息问钱神。（英法对我变卦，由于美之不允缓付战债。）

注：《游仙诗同张文璚隐作》五首，其中前四首《梦苕盦诗文集》有收。

34. 1933年3月18日，钱梦苕，《申报·本埠增刊》。

游仙诗同张文璚隐作（续）

玉楼天半乱笙歌，换羽移宫一刹那。毕竟麻姑偏狡狯，早栽红豆到银河。(日本在国际反宣传。)

伊谁曾冠玉宸班,小字分明记阿环。开得仙花才顷刻,便骑紫凤下人间。(谑者称汪为水性院长。)

携盘来曲太匆匆,又道铜仙返汉宫。桂树画栏香未改,不须铅泪下秋风。

碎掷坤舆事可哀,又闻海会佛天开。枉持护国仁王呪 ,岂有昆沙殿上来。(国民党开大会于南京。)

早晚罡风下广寒,玄黄龙战亦奇观。生愁异代昆明劫,又向浮幢海上看。(太平洋大战恐不可免。)

西飞青鸟漫丁宁,雾阁云窗事杳冥。十万玉龙鳞甲散,了知呵壁已无灵。(国联开大会,适值苏铁会将军兵败。)

注:《游仙诗同张文璠隐作》六首,其中第三、六首《梦茗盦诗文集》有收。

35. 1933 年 3 月 20 日,钱梦茗,《申报·本埠增刊》。

游仙诗同张文璠隐作(续)

仙家岁月闭灵屏,蜗角沉沉事渐非。三十三天人尽醉,玉梅花底拜真如。(梅伶南下演剧,申江士女倾城往观。)

蚩尤万丈闪星旗,仙劫虫沙又一时。白鹤归来华表柱,漫天风雪吊安期。(日寇榆关,安营长德馨等四百余人死之。)

麟胶凤髓罢琼筵,抛却瀛洲万顷田。曾是呼龙种瑶草,更无日地再耕烟。(江苏宝业厅及所属各县农场皆被裁。)

鸡犬年来住上清，洞天紫府各经营。清宫仙格纷难记，丹籍明朝换姓名。（三中全省议裁并建设财政各厅。）

阆苑空多附鹤书，枕中鸿宝竟如何？梦云笑电纷来往，独少风雷辟历车。（国联不能施日本以压力。）

注：《游仙诗同张文璚隐作（续）》五首，其中第二、四、五首《梦苕盦诗文集》有收。

36. 1933 年 3 月 21 日，钱梦苕，《申报·本埠增刊》。

游仙诗同张文璚隐作

赫赫天关夜举烽，六韬金版镇从容。赤刀倘有黄公祝，乞取灵符制毒龙。（国府仍空言抵抗。）

红墙银汉各为家，欲订仙盟愿总赊。一点灵犀通未得，蓬莱织女故回车。（日本拒俄缔不侵犯条约。）

莲台处处荡潮音，肉髻花光俨照临。白玉棺成天亦老，人间虚诵涅槃经。（开会必读中山遗嘱。）

聚窟洲头会列真，仙山楼阁白如银。黄金化尽丹砂剂，忆否红莲地狱人。（政府要人无不拥重资营金屋于海上。）

方平老去眼全花，错认蓬莱作帝家。蓦地雷声来掌上，天街玉碎阿香车。（郑孝胥遇险。）

注：《游仙诗同张文璚隐作》五首，其中第一、二、三首《梦苕盦诗文集》有收。

37. 1933年3月22日,钱梦苕,《申报·本埠增刊》。

游仙诗同张文璚隐作(续)

天外风云不可知,一春梦雨想佳期。燕齐方士多迂怪,争信神山可合离。(北方有为复辟梦者。)

修罗欲战海波红,魔火横烧善见宫。帝释浪夸千手眼,无端遁走藕丝中。(日犯热河,汤玉遴逃。)

布地黄金净域开,华严百宾眩楼台。猛看银海滔滔浪,都向须弥顶上来。(美金融风潮。)

劫墨层层下界平,上方犹自断心兵。月中兔窟都残破,便有金蟆欲占营。(某巨公北上意在河北地盘耳。)

十年雄长凤麟洲,左股蓬莱一掷休。辟谷方成且归去,云山好伴赤松游。(张学良下野。)

38. 1933年3月23日,钱梦苕,《申报·本埠增刊》。

游仙诗(续)

芙蓉城阙会群真,风月平章恣笑嗔。仙吏未醒蝴蝶梦,犹将尊号上金轮。(国难声中选举电影皇后。)

露盘携出月荒凉,逃劫仙家别有方。悽绝金日辞汉日,衰兰相送过咸阳。(故宫古物南运。)

北极天门露布施,荡魔玄武出雄关。黑旗十万龟蛇将,叱咤风雨此一时。(宋哲元、关麟澂、孙殿英诸将杀敌捷报。)

銮驾飙车返帝乡，群仙迎拜寄冠裳。漫夸袖里乾坤大，可有娲皇炼石方。（汪院长回国。）

注：《游仙诗》四首，其中第三首《梦苕盦诗文集》有收。

39. 1933年3月24日，钱梦苕，《申报·本埠增刊》。

热河失守感赋

边郡囊书发，秦师遂向东。马嘶关塞黑，龙战海波红。弃甲怜诸将，挥戈几鬼雄。赤峰愁北望，眸子射酸风。

浪击须弥顶，魔攻善见城。有军来铁鹞，无剑斩长鲸。已失燕脂塞，余闻草木兵。军前新乐府，争唱董逃行。

绝徼崇朝尽，虫沙劫可哀。吹唇惊沸地，发掌失鸣雷。天险资人守，边门竟洞开。相州兵一溃，胡骑便南来。

谁负城门责，前时牡早亡。如何夸必死，又此撤边防。故国愁闻雁，穹庐纵盗羊。四方齐咄咄，传笑国昏荒。

注：此四首诗《梦苕盦诗文集》有收，文字略有改动。[1]

40. 1933年3月27日，未署名，《申报·本埠增刊》。

游仙诗（续）

百八魔星下紫宸，金刚宝杵付何人。扫除赤彗光芒尽，第一南天辟

---

[1] 《钱仲联学述》第25页录《热河失守感赋五首》，除以上四首外，另有第五首："饮马长城窟，平生意气雄。残山看落日，江介泣悲风。天眼愁胡久，人心思汉同。长驱三百万，何日下辽东。"

荔神。(蔡廷锴在南从事剿赤。)

玉真高会上崆峒,霸业西方白帝雄。还我天蓬元帅胄,自排仙仗礼青宫。(德新国会开幕,兴登堡总统对废太子行法西斯蒂式之敬礼。)

一道银汉隔梦思,双星相望已多时。要防风雨蓬莱恶,莫遵佳期更后期。(美将承认苏俄。)

公案重翻奈若何,通明上奏绿章多。嫦娥应悔偷灵药,瞒着人天度绛河。(郑毓秀侵吞公款事发,称病潜赴南洋。)

注:《游仙诗》四首,其中第一、四首《梦苕盦诗文集》有收,收录时删除注释,文字略有改动。

41. 1933 年 3 月 31 日,钱梦苕,《申报·本埠增刊》。

五百死士歌

三月九日,万福麟军自宽城败退,贼军占喜峰口。宋哲元军闻变立赴,傍晚抵长城。冯治安师五百死士,赤臂持刀登城,出贼不意,尽杀之。毙贼一千,而五百人者亦同殉。

炮车云塞喜峰口,黑纛蔽山贼骑走。倭来倭来撞令郎,吞江吸海势莫当。孤城突兀烟尘里,一霎吹唇沸地起。此时五百横冲者,如山气涌奋臂呼。风驶电掣百余里,半日已薄长城趾。前者爬山雄虎彪,后者夺城飞猿猱。短兵突出万贼恐,人声马声噤不动。五百死士心同仇,今日骈死同首邱。九上九下刀锋利,贼头滚滚纷落地。铁龙翻城城欲摧,须臾已变髑髅台。憨肠狗态逃不速,它它籍籍填坑谷。三平之剑正宗刀,不堪狼藉委战壕。是役贼君图营获,明治以来无此辱。雁飞月黑秦时关，忠魂碎掷无一还。青白旗下乃有此，五百壮士同日死。

注：此诗《梦苕盦诗文集》有收，文字略有删改。

42. 1933年4月6日，钱梦苕，《申报·本埠增刊》。

重至上海

掉头东海又重回，赢得群鸥笑口开。得失鸡虫何足道，风尘牛马为谁来？归山枉负园松约，此地差容社栎材。未尽图南鹏运意，侧身天地一徘徊。

寄钱生大成张生崇贤杭州

关山一别奈愁何，湖上诗情让汝多。浓抹淡妆想西子，悲离欢合感东坡。无边花月春江夜，独倚苍茫水调歌。长念不违终日意，千金一刻莫蹉跎。

注：《重至上海》一首《梦苕盦诗文集》有收。

43. 1933年4月18日，钱梦苕，《申报·本埠增刊》。

游仙诗

十绝仙幡术帝廷，普天同戴蒋王灵。登坛莫演参同旨，乞授黄庭遁甲经。（有通电欲推蒋氏为海陆空军总司令者。）

丹符深闭上清居，敕禁刀兵出玉除。毕竟銮铃还自解，洞门收下五雷书。（英国取消禁运军火之令。）

支柱河山半壁天,骖鸾来去驾青烟。可知撒豆成兵者,不是灵官是散仙。(谓朱子桥将军也。)

拂袖归来海上峰,仙盟竟负有情侬。上元宫里重开宴,太岁东方已绝踪。(日本退出国联。)

劫烧昆明已化灰,桑田改后隶蓬莱。明知不是东王业,要待天龙索取来。(欧战后国联委日本代管太平洋诸岛,今将索还。)

重来緤马望风颠,一别琳宫又几年。曾是蓬山青鸟使,莫教暗递衍波笺。(前驻华日使芳泽来华。)

注:《游仙诗》六首,除第三首外皆收录于《梦苕盦诗文集》,文字略有改动。

44. 1933 年 4 月 20 日,钱梦苕,《申报·本埠增刊》。

哀冷口

右屹界岭左喜峰,漆城荡荡天当中。滦东鏁钥争冷口,贼倾全甲来环攻。九攻九拒输与翟,黄昏电绕昼蛇击。杀气飞鸟不敢停,长城万里走霹历。黑云十万落雁都,吞贼气挟山岳趋。斫阵抽刀立相啖,如此雄师天下无。玄黄龙战腥四野,十日昆阳飞屋瓦。一朝贼军蹈背来,太息笼东窜万马。天跳地踔神怒号,旭旗影卷黄云高。仙盘鸟拢天险失,夺还何日犁腥臊。

注:此诗《梦苕盦诗文集》有收,文字略有改动。

45. 1933 年 4 月 22 日,钱梦苕,《申报·本埠增刊》。

哀秦皇岛

北椅榆关南秦岛，天险由来鬼工造。一朝关陷岛犹存，鹏吻摩云图一饱。黑云朝压城南门，军未见贼先逃奔。岂知贼来仅五十，而况五十皆游魂。将军乃为万全计，讵肯孤军轻一试。从此泺东无汉旌，析津日晚烟尘惊。呜呼谁掌北门钥，聚铁三边成此错。

后　记

2018年初春，终于辗转拿到《〈申报〉刊载旧体诗研究（1872—1949）》的书稿清样，这个时候，距离我决定并开始着手研究《申报》，不知不觉，已经是第八个年头了。

2011年博士毕业之后，我希望暂时放一放女性文学的研究，所以选择了近代报刊研究作为自己新的研究领域。

《申报》从1872年4月30日创刊至1949年终刊，77年间共出版了25600期，仅上海书店出版社1983年出版的影印本就足足有400册之多。为了研究《申报》中的旧体诗及小说等文学体裁，八年来，我先后做了三次《申报》文献的搜集工作。

第一次是博士后开题之后，我在暨大图书馆里一页一页地翻阅400册《申报》影印本，把所有相关的文献史料一一拍照、存档，并录入到电脑。这是最原始也是最耗费时间和精力的第一次文献收集工作。但收获也是巨大的。因为亲手翻阅近代报刊，不仅能搜集到研究文本，还能看到各种各样的非严格意义的副文本。比如，内容各异的征稿启事、作者小照、稿费清单、铜板费收支情况等等。这些与《申报》经营策略息息相关的史料都是一般的报刊索隐不予收录的。而日复一日，坐在古籍室一页一页翻阅报刊的过程也让我对《申报》有了更为直观的了解，包括她在不同时期的文学副刊的风格、作家群体的流变、《自由谈》中不同栏目之间的对话等等。

第二次是在2015年前后，我决定继续将《申报》研究深入下去，并弥补第一次文献搜集的缺漏。这个时候我手头已经有了《申报》影印本的电子版。于是，我又一次在电脑上全面浏览《申报》。这一次，我将发现的材料记录下来，并请研究生李志惠等帮我将需要的内容输入电脑。不知不觉，一年不到，我们这个小小的团队搜集的文献史料已经有50万字之多，打印出来放在桌上，竟已裒然盈尺。而在此期间，我的课题也先后获批了暨南大学"宁静致远工程"项目和国家社科基金的资助。

第三次是在2017年，我在加拿大约克大学访学期间。因为查访国内文献资料不便，我购买了爱如生的申报馆数据库。虽然爱如生的数据库仍存在很多缺漏，可是结合我自己前两次积累的《申报》文献史料，一方面可以弥补数据库的缺陷，另一方面，可以同时进行许多横向和纵向的基于数据统计的比较研究。正是在大数据和个人文献相结合的情况下，我发现了很多以前没有解决的问题。当然，这一阶段的研究已经和本书的内容关系不大了。但我很庆幸的是，自己接触《申报》文献史料的顺序是从最笨拙到最便捷的。

这一本书是在我2013年完成的博士后出站报告的基础上修改而成的。八年前，我希望借助《申报》旧体诗研究作为自己学术生涯的一个转变，目前来看，这个转变的过程是顺利的，也是颇有收获的。因此，我首先需要感谢那些在此过程中帮助和关心过我的所有的师长、前辈和朋友。

感谢我的博士后合作导师陈少华教授。正是在陈老师的严格要求下,使得这个我一直想做而不敢做的课题,成为了一份计划表上必须按时完成的工作报告。感谢谢飘云教授,他曾经对这个课题给予非常热情的支持和鼓励;感谢戴伟华教授,他将收藏的一份非常珍贵的《申报》送给了我,并对这份出站报告提出了许多中肯的意见;感谢左鹏军教授,他那句鼓励的话——"抓紧时间,拿下《申报》",我一直言犹在耳。

感谢暨南大学文学院院长程国赋教授,是学院提供的高水平大学资助让本书能够顺利出版。自我工作以来,学院对年轻人的学术研究一直给予最大力度的帮助与支持,而我们是最直接的受益者。

感谢我的博士生导师魏中林教授,学术和人生的道路,若没有您的指引,我将蒙昧前行。感谢饶芃子教授在学术事务繁忙的时候,依然时时关注我的学术发展,给予我鼓励和帮助。感谢山东大学的郭延礼教授,我所取得的一点点成绩总是让他感到非常欣慰。

感谢加拿大约克大学的语言文学系的诸位同事。感谢外导徐学清教授,在多伦多访学这一年,既有学术上的互相切磋与讨论,也有生活中无数美好时刻的共同分享。感谢 Pietro Giordan 教授和马佳教授,为我提供许多的帮助和支持。

感谢《暨南学报》、《北方论丛》、《华南师范大学学报》、《兰州学刊》等学术期刊及中国人民大学书报资料中心的编辑老师,使得这本书的前期成果以学术论文的形式在期刊上发表。感谢师弟王清溪作为责任编辑在此书出版工作中所付出的辛勤的劳动。

后记完成之时,窗外雪花漱漱而落。这一个冬天据说是多伦多自1899年以来最寒冷的一个冬天。此时新年临近,而我很快将要结束为期一年的访学生活。在加国,最爱的是在天气晴朗的日子里看云,常常想起的是那句“山中何所有,岭上多白云”的诗句。因此,仅以此书作为这一段充实而丰盈的域外生涯的一个句点。最后,感谢先生傅勇的支持和小儿知非这一年的陪伴。

2018年2月8日大雪

于多伦多北约克